风情旧金山
于青 李硕儒 主编

重庆出版集团 重庆出版社

JIUJINSHAN
FUSHIHUI

旧金山浮世绘

刘荒田/著

图书在版编目(CIP)数据

旧金山浮世绘 / 刘荒田著. —重庆：重庆出版社，2008.7
（风情旧金山）
ISBN 978-7-5366-9638-9

Ⅰ.旧… Ⅱ.刘… Ⅲ.散文—作品集—中国—当代
Ⅳ.I267

中国版本图书馆 CIP 数据核字(2008)第 051340 号

旧金山浮世绘
JIUJINSHAN FUSHIHUI

刘荒田 著

出 版 人：罗小卫
责任编辑：周显军
责任校对：杨 婧
装帧设计：重庆出版集团艺术设计有限公司·钟丹珂

重庆出版集团
重庆出版社 出版

重庆长江二路 205 号 邮政编码：400016 http://www.cqph.com
重庆出版集团艺术设计有限公司制版
重庆联谊印务有限公司印刷
重庆出版集团图书发行有限公司发行
E-MAIL:fxchu@cqph.com 邮购电话：023-68809452
全国新华书店经销

开本：787mm×1 092 mm 1/16 印张：18.75 字数：270 千
2008 年 7 月第 1 版 2008 年 7 月第 1 次印刷
ISBN 978-7-5366-9638-9
定价：32.00 元

如有印装质量问题，请向本集团图书发行有限公司调换：023-68809955 转 8005

版权所有 侵权必究

目 录

001 **总序** 风情依旧 浪漫永在 于青
004 **序** 荒田丰收 王鼎钧

001 唐人街的婚宴(上篇)
006 唐人街的婚宴(下篇)
014 又见"芸娘"
027 华尔特的"破折号"
041 旧金山浮世绘(十一则)
054 怪闻杂抄(十则)
066 父亲的孤独
071 窗外人寰
074 俯拾即是的快乐
077 此地一为别
084 候诊室遐想
089 虚拟的世界
093 洋世故(十一题)
108 当"土人情"撞上"洋风俗"(三则)
116 唐人街的咖啡店
122 赴"粥会"记

- 127　向后代播种乡愁
- 138　"吃饱了撑的"——美国两项地方"创制案"(二则)
- 141　"李太夫人金英生平事略"
- 148　新"洗衣歌"
- 155　唐人街流言(三则)
- 159　搭 档
- 163　缆车司机
- 168　编辑部的故事(三则)
- 173　赖 床
- 177　行至水穷处
- 181　眼镜与我
- 185　黑 夜
- 189　唐人街琐记(三则)
- 194　纽约的魅力
- 200　"形而上"的唐人街(五题)
- 217　凌晨的巴士
- 219　公园特写(三则)
- 222　一本书的薪火
- 227　父亲和他的"生平知己"
- 233　"黄金梦"三部曲
- 246　告别莲池
- 250　"老母鸡"传奇
- 258　以邻为壑"壑"多深

260 遥远的邻居
264 土洋骗子速写(二则)
270 招牌之战
273 我的黑人朋友

278 附录 刘荒田散文与比较文化学　董乃斌

总序

风情依旧　浪漫永在

于　青

　　最初拿到来自旧金山的这五部书稿时,就有一种精神上的期待。期待我所认识的这五位新朋旧友能给予我们一次文学的盛宴。久浸书海,阅读神经日渐麻痹,但我对来自海外的书香文字还是留有一派信赖。这信赖绝非是崇洋迷外,而是出自于我对这几位文友的了解,出自对整个海外华文文学的向往,我想,我不会失望的。

　　十年前,我去旧金山参加海外华人女作家会议,就与本丛书的作者喻丽清、刘荒田、庄因、李硕儒相识。那时,对他们的作品略有涉猎,却未细读。我更了解的是作者本人。比如,对新移民李硕儒的了解。李硕儒是在国内就颇有成就的当代作家,往日他的作品就充满了海外风情,那些作者亲自经历过的在西非的非凡经历,还有海外大家族的喜怒哀乐,都给国内读者留下了深刻印象。那时他刚刚移民美国旧金山,与他见面的时候,其神情是忧郁的:他正经历着传统文化观念与异国文化的冲突与磨合。喻丽清的作品就像她的名字,清丽、温雅,她对生活的细腻品尝,恰好是与国内生活粗疏简陋的一种比照。那次女作家国际研讨会她是主持人,她的温文尔雅让人不忍心给她添麻烦,虽然那时我就计划要编一套海外华人女作家的丛书。刘荒田先生的风貌给人的感触尤深,读他的文字,感觉他是一个在沧海人生中漫步的行者,见到他才知道他实际上就是一个来美国洋插队的中国知青。他是来自国内的知青,到了美国也还是一个中国知青。因此,他的美国感悟对中国的读者就格外地有通灵之感。他在旧金山是多年的蓝领,在一天几换身份的辛苦中,唯一不能转换的就是他的中国情怀。而住在花园般的斯坦福的庄因,却比我所见到的任何中国教授都更像中国教授。看到庄因教授典雅的书房,中国古典式家具摆件装点的客厅,你就会明白他字里行间所浸透的中华风韵是来自何方。王智我从未谋面,可我知道他是拿了美国学位,一直工作在美国高科技公司的白领。或许是知识结构的不同所致,从思维到视角到语言,她的文字都给人一种别致的美式情味。

的确,从二十世纪下半叶开始,海外华人文学逐渐繁荣,发展到现今已经很成气候。一些海外华人作家的作品,不仅蜚声华人文学界,就是在国外主流文学界也崭露头角。他们身处异域,思想和生活无不与传统的母语文化以外的异邦文化形成冲突并不断磨合;而在内心世界里,都有不同文化碰撞后闪现出的亮点和火花。尽管他们在国内不如一些畅销作家来得更有知名度,但在域外,他们的写作俨然是与中国文学连在一起的,与中国文化传统息息相关。华人作家的作品也成为人们了解中国文化的一个简捷途径。甚至在某种程度上,国内的读者对海外作家的作品更有兴趣。在改革开放初期,人们对海外作家作品的关注更多的是对海外生活的关注。而当海外的华文文学已经发展繁荣到相当程度时,对华文作家的作品的关注就超越了作品中生活相的部分,更深入到不同文化背景下的观念转变及文化视角。有些海外华人作家不但在海外崛起,在内地也走红。诚然,身在传统文化之中,有时反而无法领悟传统的真谛,倒是离开一段距离,经过比较,才能真正领悟传统文化与异邦文化的差异之美。对于华文作家来说,由于特殊的生活经历,不同文化的碰撞更能激发思想的火花,并形成两种文化的融合。华文文学,并不因为地域的局限而屏蔽,事实上,华文文学在一定程度上因为地域的比照反而有了新的活力。因为有了全新文化的激活,母语文化因而更显得生机勃勃。因为共同的语言,共同的文化根基,共同的价值认同,在国内的区别是不大的,但在海外,因为有了不同生活空间,一个文化背景不同的文化空间,就有了对比的可能,因为他们有自己的自成一体的生活章法,生活历练,自然是涉笔成趣,斐然成章。海外文学的发展大致是沿着这个轨迹发展繁荣着的。

收在这个集子里的五位作家,自然都有自己的亮点。喻丽清的《面具与蛇》是以迤丽的文笔描述了作者生活中的点点滴滴,文字简洁,篇章活泼。庄因的《流浪的月亮》是以作者深厚的中国文学的学养探讨人世,颇多体会,又温文尔雅,体现出学者散文的人格魅力。李硕儒的《寂寞绿卡》则以传统的文化视角观看彼岸风情,有很多切身心得,且文字优美,情感充沛,自有一种感染力沉浸其间。刘荒田的《旧金山浮世绘》其文字简练,观点敏锐,有启迪人心的感悟。王智的《扫描美利坚》对美国世情有全新的视角,其中的旅途散见更能体现美国之别致风情。

  这些来自旧金山的文字都应验了美国作家威廉萨洛扬所说的,"如果你还活着,旧金山不会使你厌倦;如果你已经死了,旧金山会让你起死回生。"旧金山,对华文作家来说,就是一座勘探人生宝藏的金山,让我们来欣赏这些宝藏吧。

二〇〇七年十二月于北京

序

荒田丰收

王鼎钧

我们愿意记住每一个人的名字，但是只有少数人的名字可以过目不忘，例如"刘荒田"。荒年"留"下的只有田地，沉痛如读"国破山河在，城春草木深"。我想象这人是个瘦子。

20世纪90年代，刘先生的散文产量很大，"有中文刊物的地方就有刘荒田"，据估计他写了四百万字。他喜欢描述身边的华洋人员，言之有物，呼之欲出，颇似自由体的短篇小说。他着重细部描写，表现了对美国社会广泛的兴趣，锐利的观察，娴熟的写实能力。在这里我得引用杨传珍教授的话作为重要的补充：刘荒田的散文并非社会调查而是"严格意义上的美文"。

一平先生在《刘荒田和他的金山箱》一文中，慨叹美华散文中的虚浮之风，到处是传奇式的"灰姑娘"，绝对没有"卖火柴的女孩"。我涉猎所及，多少作家总忘不了写他开什么年份的车，叫什么牌子的酒，吃了多么名贵的海鲜。这些当然也是文学素材，问题是，这酒这车这海鲜在这篇作品里的意义为何？作用为何？它和其他素材如何结为有机体形成深层结构？"细部"和全体共生，他们没顾到。刘荒田虽然认识不少名车，经手不少名酒，他在创作时割舍了浮华，在这方面他好比是华人散文中的巴尔扎克，我想象他跟巴尔扎克一样，也是胖子。

后来有缘得见其人，哈！原来不胖也不瘦，是个模样英俊的中年秀才，眼睛并不特别大，但"心眼"明亮，手掌的肉并不多，但是有温度。也是"文革"过来人，待人接物好像还保留了三分"上山下乡"的豪气，谈起话来总是称道朋友的长处，也总是说得很中肯。他在坦率的肉皮囊里装着华洋杂处的众生万相,对"古人"和"来者"的深层探索。他已出版诗集四种,散文十五种,年荒田犹在,荒田终于丰收,我想起《飘》拍成的电影,郝斯佳站在田里捧起红土,"我还有泥土,只要还有泥土!"那一个拉镜头非常漂亮。

　　刘荒田长年居住旧金山,他下笔取材也以旧金山为多,他把这个现代大都会的无常"定格",把许多小人物上升到台面,他对客居地付出的爱心和耐心如此之多,他使旧金山不仅在中国移民史上名称响亮,在中国文学史上也有重要的意义。这年代,旧金山收了这么一个移民,应该已经"值回票价",旧金山什么地方应该有他一座铜像。

　　据闻纽约、旧金山这样的都市,都非常注意世界各国的画家怎样画它,官方年年作出纪录,却对世界各国的文学家怎样写它漫不经心。巴黎人以巴尔扎克为荣,旧金山市政府对刘荒田知道多少?听说刘荒田浩然有归志,在他的生涯规划中,有一天要提着"金山箱"回广东佛山。我们预料他会像写旧金山一样写佛山,他使佛山在中国现代文学史上也有重要的意义,佛山人与他们的这位乡贤血肉相连,他的铜像势必要坐落在佛山了。

唐人街的婚宴（上篇）

欲知唐人街的文化景观，不可不了解婚宴。若说死是哀的极致，通过一整套仪式——从在《金山时报》披载讣告，到殡仪馆内的家奠，最后由吹奏《基督精兵》的洋人管乐队打头阵，送殡车队浩浩荡荡穿越闹市，开往郊外墓园——加以展现；那么婚宴就是喜的巅峰。属于"负数"的丧礼——忙于衣食的庸常日子——属于"正数"的喜宴（包括生日、满月、订婚、结婚，甚至诸朋友或同事无聊时凑份子开的"大食会"等等），三者连成了一条单调的异乡生活的数轴。此文单说喜宴中的婚宴。

对婚宴的主人而言，能在唐人街大型酒楼订下百数十桌的，一般不会是尚未站稳脚跟的新移民，也不会是太穷的人家。新移民婚嫁，多是回老家去办，在乡中请了客，热闹过了，算是有了交代，回来不再张扬，亲戚之间稍作庆祝，草草了事。能撑得起这个场面的，或者是来美多年，不论根基、声望、人脉，都已稳而广的；或者是虽来得不算久，但已"事业有成"的；或者是财力虽不逮，但把"挣面子"视为人生第一要义的；或者是名与财无可观，却胜在家族庞大，一呼百应的。如何在酒楼预订酒席，也是学问。首重酒楼的信用，那些字号老、生意好的备受青睐，订单密密麻麻地排上一年半载。最怕的是和营运不佳，岌岌可危的酒楼打交道，待到主人请帖发了，万事俱备了，它一夕之间宣告破产倒闭，混账的老板连按金也吞了不还，逃之夭夭，害得主人在婚礼逼在眉睫之际，无从向亲友交代，面子尽失不说，临时更难以另找开席之地。其次是菜式和服务，以同胞们口味之刁，品评之苛，信息之灵，酒楼岂敢造次，以劣货（广东人谓之"流嘢"）糊弄？于是竞争激烈，奇招迭出。新开张酒楼为了向老店挖客人，往往以"定席二十席赠送一席"、"酒水免费"等为招徕。

其余与婚礼相关的服务业,无论礼服出租、新人化妆、婚礼摄影、录影,莫不如此,斗得头破血流,教懂得"货比三家"的聪明人拣到便宜。

婚宴是一种体面,一种炫耀。在华人经营的印刷厂所订做的烫金请帖,就是表征。帖子照例是大红,与婚礼尚雪白,以之象征爱的纯洁的洋俗成了对照。内文是中英并举,但不是翻译,而是英文说洋例,以新郎新娘领衔,首布告在何处的教堂行婚礼,末了说在何处举行宴会;中文则循古制,开头是某君"新翁"或"叠翁"之喜,隐示从自由恋爱到洞房花烛,中间还有"父母之命"在。往下才是婚宴的细节,可见一个"民以食为天"的民族,就是吃得名正言顺,吃得中庸。

主人送请帖,范围比之国内,一般要广得多,几乎没什么界限,直系的不消说,旁系的,也一网打尽,还有新人双方以及新人各自的父母兄弟姐妹的朋友、同事、教友、雀友、卡拉OK友、六通拳友、茶友,连若干八竿子打不着、无从确定名分的也沾了光,颇有"民胞物与"的怀抱。也有个别主人送帖太滥,招致物议的,比如亲朋远在千里外,明知不能抽身来了,仍旧发帖不误,被邀的人免不了犯叽咕,盖因人可以不光临,礼却不能不送。那些冠冕的帖子乃有了不甚冠冕的外号:头疼帖,接到就犯愁。其实也难怪,在商言商,一桌酒席中等的以三百元算,每席十人,如果每人平均送礼二十元,也就支付了账单的三分之二。如果更精明,抠得更紧,说不定会闹个收支平衡,略有节余。

婚宴对女同胞来说,是争艳斗丽的场合;于如花怒放的姑娘,更是非正式的选美会,焉能掉以轻心?事前,她们光顾发型屋,将平日沾上衣厂的线头、餐馆的油烟,或让襁褓中的孩子、让繁琐的家务弄得失去魅力的头发,不惜工本地修理一番:柔和型、高雅型、浪漫型、能干型、活泼型、老幼咸宜型……大花打薄抑立体翻梳?内弯中还是大波纹?具体而微的讲究,出得门来,判若两人。去找美容师,做面膜、做"飞梭",务求脸蛋白、嫩、滑、娇。再讲究点的,还去找修甲师,把指甲趾甲都剪过、锉过,涂上亮丽的蔻丹。这类工夫,大抵愈是花事阑珊愈是做得考究。

"佛要金装,人要衣装",衣服是皮肤的皮肤,从上衣到裤或裙到鞋到手袋,必精心选择和搭配,自不待言。还得赶往银行,打开存放首饰的保险箱,将最拿得出手的行头调出来。女人为了美的恒久而作的战斗,已是可歌可泣了;赴婚宴前的惨淡经营,更是叹为观止,由此又令有关行业兴旺起来。设若唐人街取缔了婚宴,那众多的美容院、成衣店、首饰店、鞋店、手袋店、化妆品店、香水店,只能喝西北风了!

婚宴通常在周末晚间举行,请帖上如果说的是"六时入席",那末,训练有素的众宾客,在女士们终于完成了出门前具体而微、精益求精的诸般工程后,在不修边幅的丈夫让太太强迫打上久违的领带、在黑或斑白的头发上打蜡或上发乳,往粗大的指节套上一枚金戒指后,在坐在车上的儿女不耐烦地按响喇叭后,会陆陆续续地驾到,其时是将近七点。加上例行的握手、拥抱、寒暄、打哈哈,加上在一张大红绸缎上以汉字或英文签上姓名,再加上对号入座,到司仪宣布仪式开始时,正好是七点半。

婚礼司仪,是荣耀的差事,如果有香港"金牌司仪"何守信的知名度,大概每个周末不愁没有人邀去压轴。倘若找不到出色当行、妙语如珠的专才,就须是华埠小姐、会馆侨领、社区贤达、本埠闻人之类,等而下之便是新人的亲友了。司仪一声令下,新人一对业已从门口步入,宾客欢声雷动,新郎挥手,新娘颔首。不消说,他们的外观,自制或租来的礼服、婚纱、旗袍,都是考究的。我所见最为别开生面的,那刚拿到医学博士衔的新郎戴"通天冠"、穿红蟒袍,走外八字步;担任会计师的新娘呢,凤冠霞帔,"背子"襦裙,莲步款款间,环佩叮当,活脱一幅才子佳人图。

新人表演完"入场式",在台上就座,从容接受三姑六婆、七婶八姨的评头品足。同时司仪开始了最不得人心的介绍,从新人的父母兄弟姐妹直到舅父母,叔祖公,逐个被唱名,逐个起立、鞠躬如也,偏偏都是普通不过的人物,别指望在《富比世》杂志或"群星谱"上一睹其丰仪,此辈有露脸的机会,诚当珍惜;怎奈宾客无聊中无从抗议,就敲起酒杯来,愈敲愈急,最后势如骤雨,那是呼吁,是命令:新人啊,该接吻了! 起初,新人还装聋作哑,少顷,新郎的防线首先崩溃,新娘也就掩面相就,来上蜻蜓点水式的一吻。于是男傧相们率先起哄,为民请命:不算数,再来!好,再来就再来，新娘或者新郎豁出去了，一把捧起亲爱的脸孔，狠狠啃了一阵，台下一片欢呼，女孩子就害羞起来，用手遮脸，只在指缝间瞄。

尽管喧声不断，等候开饭的时间毕竟太慢。人们就趁此站起来，不管台上表演，到各处串连去。那些曾在村里的巷子间串门串出了瘾的女人，来到异乡，白天大早带上饭盒，搭巴士到衣厂上工，一天累个腰酸背硬，摸黑才回到家，张罗过一顿饭，看过中文电视的"八点钟新闻"，也就到上床的时候，和乡亲的联系，仅止于电话。所以，每次婚宴上见面，总会有点夸张地惊叫：没见面又是一年、两年了！她们像蝴蝶般，从一张桌子飞到另一张，顺便扯上嘟着嘴巴的女儿，为的是收获诸如"啊，这么高了，好靓女哟！"的赞语。她们抓紧空隙，或站或坐，以最地道的乡音聊起家常，悄悄话夹上咯咯的大笑。那些有备而来，对自己的容貌与身段均有充分自信的女士，在狭窄的过道娇声说"请让让"时，照例自觉到成了大众的眼睛甚或摄影镜头的焦点，于是分外摇曳和矜持。当然，那是要付出代价的，比如大脚板在陌生的高跟鞋里憋得难受啦，遇到乡亲来相认，老半天记不起名字啦，只好苦笑一下，匆匆带过。

终于，不体恤民意的主持人按部就班地完成了程式，或者体恤民意的主持人巧作调度，一边强迫新人交代恋爱史，一边大声宣告："请厨房起菜！"引起了最为真诚的欢呼。熬到此刻，那些从一早起就节食，好来这里盛载佳肴的肚皮才被解放出来。头一道，拼盘，烧鸡啊海蜇丝啊墨鱼片啊叉烧啊，如果同座之中有熟识的父老，年轻人还稍加收敛，先给阿公阿婆阿伯让上头一箸；倘若同桌全是萍水相逢的，就恕不客气，风卷残云了。再就是鱼翅，它是全桌菜的中心，用料是排翅呢，裙翅呢，抑或是细碎的"行货"，甚而是赝品？还得品评那汤，太稠的，颜色太深的，是加了过量的太白粉以掩饰，骗不了老饕的。这个翅汤的优劣，次日在同乡会、在花园角，都将是重要话题。

上过三道菜以后，台上的桌椅响动，新人和他们的亲人下来，逐席敬酒去也，所到之处，一片骚动，新娘粉腮酡红，新郎沉着应战，酒杯空了又斟满，好在这里不兴作恶作剧，新人多半喝的是红茶，人们也不深究。所以说这里行婚礼，新人受的洋罪并不多，大抵诸般程式，都有"聊备一格"的味道。

从此刻起,饥肠不再辘辘,人们开始礼让起来,谈兴再起,且比刚落座时收放自如了。到最后,是整鱼,不是石斑就是鲶鱼,不是清蒸就是红烧,人们小声抱怨:这才上鱼,谁吃得下嘛!

吃不下不要紧的,训练有素的侍应生们在"曲终奏雅"之前,把纸盒子纸袋子送上,大家忙着"中饱私囊",带回家装进明天的饭盒。据说此一节俭风气与海内宴后将剩菜全数倒掉成了对照,令新来者惊讶不置云。

再后来,宾客作鸟兽散,什么结婚蛋糕、什么甜品,都顾不得了。主人眼看大势已去,便不作挽留,赶忙率领新人、傧相、直系亲人,站到门口,抖擞精神,口不迭说:"招待不周,请包涵。"一边握手、拥抱、飞吻,这阵子,最有吸引力的,不再是新人,而是新人的父母,他们往往露出一生中难得一见的、革命业已成功的得意,这种得意复因其老于世故,而格外带着醇厚的韵味,就像适才喝过的"轩尼诗"白兰地一般。这也好理解,在异乡漂泊,除却个别幸运儿或苦斗成功的,谁不是凑凑合合,窝窝囊囊地活过来呢?终其一生,成就感和幸福感,就凝聚在这个苦心经营的婚宴中,尤其是这送客的瞬间了。

一九九五年五月

唐人街的婚宴（下篇）

在旧金山，每年接到十张以上的请帖。这类印制考究、一律中英对照的烫金帖子，因为暗示着送礼，被台湾人夸张地称为"粉红色炸弹"。但是，连收入最菲薄的车衣厂剪线头工人，对它也没有多少恶感，至多送礼时出手不那么爽快。须知这几乎是劳苦大众唯一的大型社交。在这里，财也好貌也好身份也好家世也好，"露"的机会相当有限，而婚宴，可算最为师出有名的场合。家有待婚的儿女的人，以及待成家的男女自己，更由此想及：迟早也要轮到我，当然以赴宴作为实战前的准备，人情上的铺垫，谁不想自己的婚礼也有头有脸，红火吉庆啊！

二十年下来，参加过的婚宴不知凡几。有时候，在唐人街闲逛，邂逅这样的一家子：夫妻已到中年，都开始发福，身边的孩子，因营养过剩而显得颟顸，不愿和客人套近乎，怕说不好家乡话遭讥笑，很不耐烦似的东张西望，当妈的不时柔声教训几句。寒暄过后，父母把远远地站着的孩子叫到跟前，按着他们阔厚的肩膀，命令道："叫叔叔。"我随即不好意思地纠正："不，叫伯伯，不，该叫公公。"和这一家子分手后，我马上记起遥远年代的某次婚宴上，那因身量过矮而穿上特制超厚底皮鞋的新郎，那凭"未婚妻"签证、从香港来这里才两个月的新娘。新娘身穿绣凤和牡丹的大红对襟唐装，她和新郎作例行的拥吻时，故作矜持又无法掩藏胜利者的得意。和傻乎乎的新郎比，她的精明尤其触目。这次婚嫁，是她深思熟虑以及亲友们合力运作的结果，她抄捷径实现了"移民梦"。这么多年下来，被当年参加婚礼的宾客暗里讥评为"不大登对"的一对，进了洞房然后好整以暇地谈恋爱，却成就了异乎寻常地甜蜜的姻缘，制造了两个体重异乎寻常地抢眼的儿子。

有时候接到这样的帖子,看到在"承严命"、"遵慈命"之下所标的、新人父母的中文名字,在乡间时已经很熟,再看,要么新郎要么新娘的名字也似曾相识,再想,哎,他或者她不是早已结过婚了吗?再打听,原来已经离了,这回梅开 x 度。

异邦的生涯,谁都是忙忙迫迫的,平日交往很少。大部分写在电话号码簿上的亲友,难得通通电话,有的干脆老死不相往来。亏得这些婚宴,使得旧日的同乡之谊、同窗之谊、同事和同好之谊,得以重温,得以发扬。打个比方,这些因过去的因缘遇合,交往过、亲密过的人,来到异国后,生命成了流向各别的小河,凭一张请帖,短暂地汇合起来,激发出一些平时难得一见的浪花。

参加婚宴,对我来说,"看"才是主课。三头两头断不了见面的人,未必看出兴味来,因为腻的缘故。久违的脸,写满了土和洋的沧桑,此刻被发出樟脑味的盛装支撑着,密集地出现在席间,逼得你苦苦追索,分别后又是多少岁月?各人命途又延伸多远?我参加过洋式鸡尾酒会,咣啷的碰杯声中,陷进"不知底细"的洋人的重围,所有的接触都是"水过鸭背",只限于平面和表面。这样的婚宴则不同,好些参与者的"根底",你都摸得几分,因而一句寒暄一点暗示,"拔起萝卜带起泥",教你从"过去"与"眼前"的交会中获得立体的历史感。

今晚,我和妻子又参加了一次婚宴。傍晚,在唐人街的百老汇街,登上两层楼梯,进了"金山酒楼"的宴会厅,人声鼎沸,说明我们到得有点晚。先到登记台,往横七竖八地写满方块与鸡肠的大红绸布上写上自家的中文名字,再从排得极密的桌子之间挪过去。好多又熟悉又陌生的脸迎上来,几乎应付不赢。打招呼、握手、问好、拍肩膀、打哈哈,好在谁都不会纠缠,礼数点到即止。

在标上自己名字的一席就座。满堂人中,绝大多数是同胞,也夹着十来位洋人——中国人的丈夫或者媳妇。宾客即使同种,其间的差异也不小。论背景,多数是移民的第一代,有改革开放以后陆续到达的大陆人;有在大陆出生,一九四九年到台湾,又辗转来美的老一辈;有五十和六十年代偷渡或申请到香港去,然后来美的。他们的共同特点是英语不纯正，这也是一种优势：凡说英语带口音的中国人，中国话一定呱呱叫，还能读中文报纸，乃至写中文。在美国出生和成长的第二代、第三代，和我们同种却不同文，英语的地道不消说了，连带的是丧失了中文能力。从神情看得出来，满是因对环境熟悉而自然而生的自在，一如鱼游于水。比起长辈，他们的脸较为单纯，这和年龄没有绝对的对应关系，只系乎人生遭际。皱纹，就是命途，或者叫命运的注释。

抬眼看宴会厅尽头，那是主人席，位置高出地面三尺，为的便于大家瞻仰。离我的座位太远，只勉强分辨出，居中的"新郎"和"新娘"席位空着。右侧，穿灰色西装的中年男子，是"新翁"；穿淡青色旗袍的，是新科婆婆。他们是理所当然的主角。美国人的婚礼，由女方包办，顺理成章地，提包里掖着支票簿的岳母娘，是宴会部主任侍候得最殷勤的主人。但中国人相反，宴席由新郎一方掏腰包。所以，坐在台上左侧的新娘的父母，论衣着和首饰的光鲜触目，虽不比亲家差，但行事低调，很少四处走动，风头全让给东道主，教人不得不佩服他们的人情练达。

新郎一家子，我认识的只有婆婆。那是刚刚移民的年月，我和妻子在唐人街的"香港"茶楼，和亲友品茗，一位女工推着点心车经过。妻子暗里推推我的手肘，示意我看，然后站起来甜甜地叫一声"七婶"。女工年约四十，从衣服到脸孔，一看是经过小心料理的，整洁和修饰都有点过分，这是自知迟暮而奋力抵御时间侵蚀的女人惯有的作派。七婶很有节制地和妻打个招呼，说一声"少陪"，走过去了。这难处我们都谅解，正在上班嘛，怎能扔开正事和客人闲嗑牙？她走远后，妻子告诉我，七婶是她的同村乡亲，住同一条巷子，在乡间时很熟。七叔在经济困难期间偷渡到了香港，后来以"难民"身份来了美国。两口子分开二十年了，七婶在家乡还好说，侨乡女人守一辈子"活寡"的有的是，难得的是七叔，在花花世界没变心。恩爱夫妻守得云开见月明，是改革开放开始的年头，七婶到了美国，赶得上生个儿子……我远远看着七婶，她正在卖力地给客人端虾饺和萝卜糕，我很是感慨，在小说里渲染得血泪交迸的爱情故事，其实，未必比得上市井间司空见惯的长相厮守，后者琐碎而漫长，其艰难恰恰在于无日无之的平凡。

这回是茶楼相遇后,第二次看到七婶,她是"主人席"上容光焕发的新科婆婆。对"糟糠之妻"从来不失忠诚的七叔,自然也在场,他年过六旬,风度翩翩,可见当年是美男子,怪不得七婶在"瓜菜代"的年代痴心地守他。成亲的青年人,该就是他们苦熬过万里相思后的爱情结晶,算来顶多二十四岁吧?

我们比请帖所规定的入席时间晚半小时,就座后还等了半小时,亏得这空当,我将主人的生平遭际大略回顾一番。理清身世上的线索,再看婚宴,便觉得闹哄哄的喜气下面,是上一代凄凉的分离与期盼,是大时代升斗小民也微不足道也可歌可泣的家史,抬眼看台上大红的"双喜",它不再是黄丝线绣的汉字,而是厚重无比的象征物,它蕴涵着"幸福"的全部意义。

从同乡会邀请来的司仪,一个中英文兼擅的中年男人,清清带乡音的嗓门,宣告婚礼开始。两台红色的广式狮子踏着鼓点从门外奔入,锣钹引着全场五百双眼睛,在天花板下盘旋。欢呼声先从靠前门的席间响起。新人进场,太兴奋了吧?在窄窄的过道小跑起来,新娘的大红旗袍,被保守的低开衩局限着,跑不快,几乎是被戴红瓜皮帽、穿红马褂的新郎拖着走。全场噼噼啪啪地拍掌,新人扬手答谢。呼哨声尖锐地掠过,它发自邻桌一个少年,这小子怕是在校际篮球赛中专事起哄的。新人在台上落座。

喧声回落。宴会最乏味的一幕开始。亏得司仪善于删繁就简,以正常速度唱过新人两方的直系亲属的名字后,接下来的亲戚名单、嘉宾名单,几乎是一口气念下来。然后,筷子和碗碟的咣咣啷啷地闹,侍应生们手捧着的大号盘子,燕子般飞翔在人头上。冷盘后是鱼翅汤,一直被禁止"喝汤出声"的中国人,明目张胆地反叛了一次洋礼仪,呼噜呼噜,惊天地泣鬼神。趁上菜的间隙扫视,端详一张张多年前在乡村就已熟悉的脸,逐一回想往昔,揣摩现状,推度前景,可比喝汤还要过瘾,历史感和窥探欲都获得大大的满足。

台上的七叔和七婶,这"金玉良缘"的活样板,并没和客人一般忙于祭"五脏庙"。婚宴是人生的巅峰啊!在功成名就的时刻,老两口含情脉脉地对视，展现着比鱼翅汤还浓稠的爱意。

　　看够台上，目光游到对面的一席。那边坐着一对我十分熟悉的乡亲——基哥和基婶夫妇，他们的婚姻是另一种版本。我关于他们"人生大事"的记忆，可用若干次婚宴串接起来。如此巧合，使得我不无夸张地想到：许多人的生活，是以婚宴为主线、为中心、为高潮的，婚宴之前是筹措、操练和彩排，之后是补充、拾遗，再往下便是为下一代婚宴作规划和实际运作。以至用得上这样的套语：人生的目的在于婚礼。同村的基哥，论辈分，是我的远堂叔父。一九五八年，这位在香港金铺当伙计的青年人回乡娶亲，我的祖父作为德高望重的父老，被聘为主持迎亲以及铺床仪式的"上头公"。我叨了祖父的光，在婚宴中和新人同桌。那年我十一岁，野孩子罢了，哪里懂什么"用餐礼仪"，举箸时喉发痒，来不及掩嘴，肉和菜夺口而出，喷在新郎的西装上。新郎碍着祖父的面子，不好责备，便恶狠狠地瞪了我几眼，那双几乎没有了黑色的眼珠子，至今深深印在脑子里。

　　然后，婚礼的镜头一下子跳到二十世纪八十年代的唐人街。基叔从香港移民美国十五年后，基婶带着独子也来了。那时基叔正和一位东北来的女人同居，这对于一心来团聚的基婶，无疑是晴天霹雳。这位小学没毕业就嫁了人的村妇，却无师自通地把醋罐搁下，先顾全中国人最为在乎的"面子"，不曾大吵大闹，一边在衣厂上班，一边忍气吞声，和儿子租住唐人街客栈的单房。果然，又是"守得云开见月明"，几年后，基叔赔出一笔钱，和东北女人断绝了关系，回到基婶身边。不多久，儿子回老家娶的媳妇来了。基婶主持大局，在乡间办了酒席后，再在这里办一次，名义是儿子的婚礼，其实是他们夫妇复合的公告。虽然限于财力，没有在酒楼大事铺张，但在住所里举行的诸般仪式，无一不遵乡间旧制。

　　限于场地，观看婚礼的亲友不多，我是其中一位，身份是"特邀嘉宾"。获得这样的礼遇，仅仅因为基婶在基叔和东北女人作"拆伙"谈判的紧要关头，把我当做狗头军师和心理医生，隔三差五地来电话诉心事、讨主意，从多年来的苦守苦等到今天的欢欣与委屈；从基叔的薄幸到儿子的孝顺。当然,这并不意味着她如何看重我这晚辈,只因为除了我,没谁还有这般的耐心和热心,动辄花两三个小时,听她巨细无遗的唠叨。基叔夫妇接受儿子和媳妇跪拜大礼的场面,最教我感动。不知是给泪水还是汗水搅的,基婶脸上的脂粉一塌糊涂,她紧紧揽着失而复得的丈夫的右臂,嘴巴颤抖着,说不出话,座位下面的松木地板,湿了一片。破镜重圆的背后,这位貌似憨厚,其实极会放长线钓鱼的女人,多少次到关帝庙拜祭,多少回找巫婆神棍作法,驱逐迷惑丈夫的"狐狸精",种种细节,在场观礼的亲友,无论是真心同情的还是幸灾乐祸的,都无意探究。儿子和时差还没调整过来的新娘子,蛮像一回事地给父母叩了三个头,地板卜卜作响。新科"家翁"觉得自己欠妻儿的太多,心里不安生,身子老扭来扭去,基婶用暗劲扯住他的臂膀,才安静下来。

　　大礼后是宴客,基婶只在房里摆了两桌,菜是自家炉灶上做的,客人得轮着坐。大家都明白主人的难处,并不计较……想到这里,看看对面,基婶旁边坐着的孙女儿,据说读小学五年级了。我注意到,基婶望向主人席时,眼神里不但含着羡慕,还有点不服气。哦,记起来了,我和妻子上个月不是参加过基叔七十大寿的宴会吗?那可是在唐人街一个大酒楼举行的盛宴,宾客来了两百多位,业余歌星上台献唱,两个孙女儿用英文唱"祝你生日快乐"。胸前戴花的基叔夫妇,结结实实地风光了一次。我有理由猜想,是基婶为了独子当年成亲时太寒酸而一直耿耿于怀,才以这个寿宴作为弥补的,反正儿子当上日本寿司餐馆的老板后,不管发了没有,好歹算"场面上人"。从基婶的行迹,你可以断定,一次够排场的喜宴,是许多同胞毕生最伟大的举措。试想想,除了这个堂皇的理由,怎么把欣赏和传播你的"风光"的乡亲召集起来?

　　想到这里,抬眼看主人席,人却已空了,原来都深入各席敬酒去了。换上银灰色旗袍的新娘和换上西装的新郎,被提酒壶的傧相领着,人生角色刚刚获得提升的公公婆婆、泰山泰水殿后,走到哪里,哪里便响起贺喜声和笑声。男孩子站在椅子上鼓噪:吻一个嘛!新人假装没听见。

　　耳听六路,眼观八方,和大快朵颐并行不悖。菜大抵是老套子,这么多年承袭下来,让人误以为唐人街的厨师不但是同样的嫡传,而且谁都惮于创新似的。冷拼盘后是"二热荤",往下是蒜茸龙虾、油泡蹄子,黑不溜秋的海参配上从罐头倒出来的鲍鱼,牛肉配前总统老布什恨之入骨的洋芥蓝,最后上的是整鱼,为的是"有余"的彩头。经验老到的侍应生们,算定吃腻了的客人,没法报销满桌的菜肴,菜才上齐,不等吩咐,一叠塑料外卖盒加袋子已经放在桌上,让大家打包带走。

新娘抛花束和新郎解新娘腿上的袜带,本来是洋婚礼才有的程式;一如中式的新人,须换三次以上的礼服,才把派头显齐。这一次,来个中西合璧。主持人在新人切了六层的蛋糕后,趁侍者把蛋糕搬到工作间分切的空隙,将所有未婚女性叫到台前,排成几排。一声令下,新娘背过身,往后抛出手里的花束,抢到花束的小姐欢喜得呱呱大叫,这意味着,她在将来一定找到理想的夫婿。可是,下一个节目——颇带性意味的解袜带,却不得不草草收场,大家不是专心吃蛋糕,就是忙于穿衣,找失散的孩子,准备离席,新郎把头钻进新娘的裙子下,摸索一阵,把系在大腿上的袜带脱下来,这样香艳的镜头,竟没人理会。

我端坐不动,目送从面前匆匆走过的众人。"人生不相见,动如参与商",服装鲜丽、笑声盈耳的聚合,尤其稀罕。进而想到婚宴的意义,在洋人方面,在对新人的祝福;在我们,却是向亲友,也就是向社会,连带间接地向故土家山作一番炫耀。事业有成人士,一辈子如果没有当过一次喜宴的东道,怎么说也是莫大的缺失。试想想,名人可以借传媒尽量地露脸,脸不肯露,"狗仔队"还不放过;非名人,特别是在同乡会捞不到头衔的平常人,岂能不为一辈子的"没名堂"痛心疾首?好在有各种喜宴,让"每个人可以出名三分钟"的著名论断得到效果不一的落实。

众人散得差不多了,妻子一边和一位从加拿大温哥华来的舅妈叙旧,一边催我到停车场取车。我下楼,在拐角处遇到一位没见面十五年的朋友,他叫阿顺,刚才他坐在另一角落,怪不得没看到。他从前在旧金山,和我的岳家是邻居,我去探望老人家,常顺便去串他的门。他搬走后失去联系。只听人说,他在西餐馆当厨师,太太替一个台湾人家当帮佣。我和他亲热地握手,拍肩膀,简单介绍家人近况。我急着离开,他却拉着我的手,东扯西扯,全无"放行"的意思。我一下子猜到了,他要让我温习一回"士别三日,便当刮目相看"的古训呢,如其株待,不如主动出击。我先问他的孩子,他平淡地说孩子还在上大学,并无特别表现;再问他自己,他说还在拿锅铲,没挪过窝,没什么好说的。太太呢,说她呀?胖成大冬瓜呢。屡次试探,都搔不中痒处,颇为着急。好在,我说到近年最热络的房市,他一激灵,兴奋地述说,房子嘛买了三栋,两处出租,一栋全新的,自家住。买时价钱多少,如今升值几何。碰对了!我顺竿子爬,惊叹连连,了不起哇,三栋!每月房租收入过五千,还干鸟活嘛,享福去!我重重地捶了一下他的肩膀,说:顶呱呱,我们这一茬移民,数你最发了!哪里哪里!他谦虚地说,顺势把"握住不放"的手势改为握别,一脸的轻松,教我联想到走出妓院时的壮男。

阿顺发泄了成就感后,神速地离开。我看着他肩膀倾斜的背影,十分满足地想,婚宴固然是主人的用武之地,客人呢,也不是全无炫的机会。显摆,如此这般,成为平淡日子中唯一的重头戏。

二〇〇二年八月

又见"芸娘"

今年夏日一个周末,午间,人的潮水从旧金山湾区各个城市涌进中国城的大街小巷,我置身其中。在市德顿街上遇到的,多半是陌生人,也不乏熟脸孔。所谓"熟",有的是乡中故旧,有的是到了美国才认识的。套沙特"他人即地狱"的名言,可说"他人即里程碑"——这种少有交往的熟人,成为命途上的参照物。和他们的邂逅不但纯属偶然,而且上一次和这一次相隔,少则数月数年,多则十年八载。这么一来,不可幸免地,人的脸孔被"时间"这位勤奋而心思细密的家伙,要么大刀阔斧,要么具体而微地加工过来,痕迹彰明地写在皮肤、五官、身架和姿态上。可以说,熟脸孔,不但记载脸孔持有者一方的生命"里程",也相应反射出自家老去的速度与规模。凡熟人见面,最惯用的话语是:"哎哟,怎么你还是老样子?"例行公事的客套,出于心照不宣的共同妄想:要是脸孔和前次即"上一站"相见时"差不多"就好了。

要赶到纳山顶去上班,我匆匆穿过人流,仿佛一尾颟顸而性急的鲶鱼。忽然看见,三十步外,有"里程碑"——一对夫妇。我不由自主地放慢脚步,端详起他们来。男的中等身个,相当笨重,属于痴胖,一望而知是心血管病引起的。脸上的沟壑不多,但每一条都极为触目,可见时间的刀功极为了得。太阳当头,我身上的薄夹克,纽扣全解开了,还在冒汗。他却穿着棉袄,小半步小半步地挪着。稍加留神,便发现他是身边人搀着走的。那一位女性,矮墩墩的,圆圆的脸盘,有点像洋娃娃,轮廓在工整里带着教人信任的简单,皮肤白皙,不但使得口红红得怪异,也教细碎的雀斑触目起来。皱纹其实不少了,但在她紧紧搂着的男人映衬下,却容易被忽略。我心头极为迅速地替她掐算——哦,也七十岁了。

他们挪到我的跟前，我在你推我挤的人堆勉力站定，恭敬地弯弯腰，好使身量和他们平齐，打招呼："陈伯伯，陈伯母，你们好！"陈伯母眯眼看了好一阵，终于认出我来，惊喜地说："是刘仔呀！哎哟，几年没见啦！"我没有循一般的社交礼节，伸出手去和他们相握。她的手一旦从丈夫的臂膀挪开，老人就要后仰倒地。陈伯伯，分明带着中风的后遗症，一脸呆气，轻声嗫嚅着。陈伯母在旁翻译，说："老鬼向你问好。"我关切地问近况，陈伯母说，还可以，退休后就这么过日子。年初陈伯伯患了轻度脑溢血，恢复得不错，麻将是不能打了，走路要人扶。我指了指旁边的"檀岛咖啡店"，邀他们进去喝咖啡，她说同乡会选举新理事，要去投票，改天吧。我其实是虚应故事，哪里有空？便轻轻拍拍陈伯伯的肩膀，要他好好保重，然后，分手。走了半个街区，横过斑马线时回首，两位老人慢腾腾地走着，在人海里沉没。我轻轻叹了口气，想，"一回相见一回老"，如今，"老"尤其一发不可收。上次和他们见面，是什么时候？记不大清了，似乎在地铁站。不，和陈伯母单独见面，是在花园角，谈得很热乎呢！前些年看到这对夫妻，都满壮健的，有一次刚刚打了二十四圈麻将，似乎赢了两次大满贯，一脸得胜的喜气，陈伯伯两手提着好几个购物袋。他照例不多话，只是陈伯母絮絮地和我说家常。再往前溯，也是地铁站，他们步履生风，到东海岸的二儿子家，喝第三个孙子的满月酒……一次见面，就是经过一个里程碑，驻足时，各自的生命，又走过几重风景。

　　这对夫妇的名讳，我光知道英文方面的，在西餐馆里上至老板下至我辈，称陈伯伯为雷蒙；陈伯母，娘家姓伍，英文名字叫贝蒂。

　　陈伯伯夫妇，都是乡亲，他们的家乡，离我的村子四十来公里，我移民前在县政府当公务员时出差，探望一位患病的同事，曾经从那里经过。那也是夏天，村前入口处有破旧的牌楼，屋后有残缺的碉楼，村前有荷花绰约的池塘。我的这一印象，在初次看到他们夫妇时说出来，增加了无限亲切的乡情。正在给客人煎牛排的陈伯伯，马上在煎板旁旋开煤气炉，给我做了一盘美国风味的"扬州炒饭"。

　　那是二十一年前，我刚刚从大陆来到这里。进唐人街专为新移民设立的职业培训班,学习了半年,然后,进金融区内一家名叫"马车"的西餐馆当练习生。头天上班,同事们的英语听不懂,更不会说,埋头干力气活,专司把一盆盆脏碗碟往厨房搬。午间歇息时,在厨房后进的储物间前,坐在过道上吃饭,看到几位也在里面干活的同胞。握手,自报姓名,算是行了见面礼。从他们口里知道,厨房里,除了大厨是法国人,洗碗的是墨西哥人,其余都是台山老乡:二厨是离我老家三里路的长塘人,还有四位:陈伯伯夫妇、陈伯伯的外甥,四十出头的妇人,洋名字叫嘟嘟,他们的原籍都在滨海的南部。台山的乡音,夹在碗碟的碰撞声里,格外清晰。我心中蠕动着的乡愁,获得温柔的抚慰。

  陈伯伯正在盛年,身架壮实,手脚生风,虽不是主厨政的第一二把手,却是老板倚重的台柱。每天餐期的高峰,里里外外打仗一般,侍应生们的吆喝此起彼伏,他在操作台前一声不响,嘴里咬着一根或者燃烧着或者熄灭了的"莫里斯"香烟,一个劲地煎牛排羊扒,烧金枪鱼,左右开弓,有条不紊。这头把一盘"牛肉威灵顿"放进烤炉,那头把鱿鱼捞出油锅。任侍应生们怎样气急败坏地催促、抗议,他一概懒得搭理。眨眼工夫,菜自然一盘盘地排在加热台上,你端走就行。从不耽误,极少出错,也不会遗漏。生意最好的日子,午餐三个小时内,要制作六七百人的菜。本来,大厨是该冲锋陷阵于先的,但法国佬是头号酒鬼,喝得差不多才踉跄着上班,一忙起来就丢三忘四。二厨是把好手,但只负责晚班,午间的大半活计出自陈伯伯的手。那时没有电脑,他也不看什么单子,就凭侍应生扬声叫餐,任是多少个嗓门一起吼,一次落单就行。我直赞叹,这是天才——记忆力上的天才,加上烹饪上的天才。脾气火暴的老板,这位在二次大战中当过舰长的白人,对谁,包括太太,都随意咆哮,唯独对陈伯伯从来毕恭毕敬,午餐忙过,亲手送上一杯爱尔兰威士忌,还拍肩膀,竖起在海战中受过伤的拇指,说陈伯伯"全世界第一"。陈伯伯对此照单全收,美滋滋地傻笑。以后,他无数次地对我说,在这餐馆拿第一有什么了不起?他是美国第一,也是全世界第一。终于使我悟出来:是他夸海口于先,狡猾的老板才顺着竿子爬,哄他卖死力气的。

  很快,我就发现,陈伯伯这"天下第一"的男人背后,他的矮个子太太,才是餐馆的主心骨。老板所全心倚重的,是贝蒂;然后才轮到她的男人雷蒙。极端地说,老板须臾不可缺的,是贝蒂,所以连带地给了雷蒙那么大的面子。每天大早,贝蒂是头一个进门的,早餐所有的准备工作,调制"美奈"酱,煎熏肉,烤香肠,煮各种浇头,准备所有作料,她一手包办。这家号称金融区最大、能容纳五百食客的餐馆,厨房的业务,所有的鸡零狗碎,从进货到制作,她凭罕见的勤快与聪敏,管得滴水不漏。头厨可以不要,反正这"第一把手"的位置,谁都待不长。如果贝蒂请一天病假,老板就像热锅上的蚂蚁般,进厨房揪着头厨骂个狗血喷头。

陈伯伯夫妇,都爱和我这"新乡里"聊天。陈伯伯吹罢"举世无双"的厨艺,便聊马经。这已经是固定的程式:午餐后,他临放工,必打开英文《纪事报》的《金门马场》专页,雄心万丈地圈定要投注的马,拍着胸脯说:"六环彩,必中!明天拿了彩金,请你上茶楼!"第二天早上看到他,一问结果,却总是尴尬地摇头,说差那么一点点。

陈伯母呢,爱和我谈身世,知道我去年才从乡下来,对我格外亲切。"亲不亲,故乡人",这位从十七岁起就随夫来美,再也没回头的女人,模样到姿态,都是我长年在乡间见惯了的。说起小时的事,格外动情。陈伯伯在二次大战中,是美国海军陆战队的现役兵士,曾经在昆明驻扎。战争结束后,许多华裔军人趁机回家乡成亲,然后凭军人的特权,办了签证,带到美国来。因为行程紧迫,她和这夫婿见了一面,就过门拜堂。然后,在旧金山一住就是三十多年,生下五个儿女。陈伯伯在行伍当的"伙头军",退伍后靠的也是这手艺,开了多年西餐馆。夫妻店,局面虽小,好歹能赚点钱。坏就坏在陈伯伯爱赌,每天打烊后,收银机的钱往往被他全塞进口袋,拿去献给唐人街的地下赌档。一年到头,累死累活,账面上收益不错,存折里却没见数字增加,有时连儿女的午餐费也交不出。于是她咬了咬牙,把能赚钱的餐馆盘掉,替人打工去。在"马车"餐馆,老板每次发工资支票,都亲手交给贝蒂,好抑制她丈夫的坏习气。

说到这里,和题目还是有点儿风马牛。不过,这是必要的,一如戏台上的元帅出场之先,必有跑龙套。而况,当今的性爱大全,也教人在"动真的"之前,须有"前戏"。我在"马车"西餐馆断断续续地干了三年,清洁工、练习生、酒吧帮工、侍者乃至圣诞节挂灯饰的临时工,诸多头衔,若不怕同胞的耻笑,斗胆列在名片上,也有半面之多。除了和陈伯伯夫妇无所不谈之外,也陆续从别的乡亲口里,听到许许多多有关陈府的"内部事务",比如,他家的二媳妇,是白人,老二上大学时的同学。过门以后这么多年,一直大咧咧地直呼公婆的洋名字:"贝蒂,请替我抱抱大卫。""雷蒙,这顿饭你出一半:三十五块六毛"。其实,洋规矩也不千篇一律,好些媳妇是随夫称呼爸爸妈妈的,就她这么前卫。贝蒂说到这一层,却毫无怨言,马上转了话题,说孙儿学走路了,唱"天上有颗小星星",说多可爱有多可爱。有一回,我向陈伯伯称赞他的贤内助,他得意地说:"她是我的阿二,我的元配还在香港,嫌老,我才回乡娶下贝蒂。"我那时几乎还是半个马列主义者,老以为一夫一妻制神圣无比,不料老实巴交的厨师也来这么一套,而且都明媒正娶!我眨巴着眼没搭腔,他使劲拍拍我的肩膀,说:"男人,女人才一个怎么'够喉'?"说罢呵呵大笑,本来够小的眼睛,更加没入重重叠叠的皱纹中。我搔着头,发了好一阵子呆。那时候,忙于养家活口,和"风流"的距离极为遥远。

　　后来,我暗暗把陈伯母,即贝蒂,称为"芸娘",起因是这样的:有一天上午班,我到厨房后间去拿酒杯,进了门,看到陈伯伯手伸进帮工嘟嘟的工作服里头,在乳上摸摸捏捏。嘟嘟岂但毫不介意,还不当一回事似的,扭过身子相就,仍旧在削马铃薯,随便地和"骚扰者"说笑。我不好撞破,退了出来。从这一场面,我马上看出,她和雷蒙原来是早已暗度陈仓的情人,不然何以默契十足。嘟嘟姓李,年轻时嫁了个金山客,从香港移民到这里。在这家餐馆,她的工作年资比陈伯伯夫妇还长,一开张就进来了。她四十出头,皮肤白嫩,容貌姣好,比起矮小的陈伯母,风韵上自有优势。只是略略发了福,腰背阔肥,和水嫩的脸孔不大相称,她和陈伯伯即雷蒙说话,特别喜欢捏着嗓门,娇滴滴的,和她对当侍应生的白人的凶横,恰成了尖锐的对照。贝蒂和她,一个老实正派,一个勉为其难地表演风骚。我暗暗地替贝蒂不平,狗男女太嚣张了,老婆就在隔壁忙活呢!

事后,和一位很谈得来的调酒师谈起,他诡秘地说:"这种事,哪里瞒得过贝蒂?人家'心水清'着呢!""那么,她是怎么个态度?当哑巴呀?"我急了,为陈伯母这个受害者愤愤。调酒师幼年从香港来美国,在旧金山上的中学,他的观念是西方的,一来为尊重他人的隐私,二来人家的私情,局外人说不清。他只高高地耸了耸肩膀,摊摊手。

我那阵子刚好读着沈三白的《浮生六记》,便把陈伯母拟作"芸娘"——现代旧金山市中,中国人圈子内的"理想女性"。

把陈伯母看做当今"芸娘",有点不伦不类吧?我自问,心里也发虚。如果有学究要我就此作一篇《芸娘与陈贝蒂异同论》,我肯定不及格。《浮生六记》的作者沈三白是雅人,芸娘也是,一起游山玩水,一起品鉴诗文,一起唱酬。这两位厨师呢,却是一身油烟味的老粗。可是,我找到古今两个女人的共同处:在男人外遇上的宽容。

先说沈三白那口子,《浮生六记》这样描述老婆纵容、鼓励,乃至援助老公去狎妓。那一次,作者沈三白夫妇和船妓素云在场,喝酒行酒令,沈和素云有了小口角,素云撒娇,捶沈的肩作报复。芸娘下令,以后只许动口,不能动手。有意揩油的沈接口说:"动手但准摸索,不准捶人。"老婆大人听了,居然把妓女挽起,放到老公的怀里,说:"请君摸索畅怀。"这回倒是老公不好意思了,说:"卿非解人,摸索在有意无意间耳。拥而狂探,田舍郎之所为也。"请看,这种明目张胆的性骚扰,不但发生在老婆的眼皮底下,而且是老婆一手促成的,可是货真价实的"贤内助"。且回过头看,雷蒙和嘟嘟在同一个厨房里,共事已超过十年,"摸索畅怀"事件,贝蒂总会撞上那么一两次,她却都和我一样,知趣地退出来。身为妻子,这是怎样的道行?

自然,芸娘堪称"惊天地,泣鬼神"的举措,不在上述还属初级阶段的"拉皮条",而在正经八百地替丈夫挑选"二奶"。书里是这样记载的:沈三白称赞友人的小妾美艳,芸娘看过这女子后,评论说:"美则美矣,韵犹未也。"友人问,那么你替丈夫选妾,必定是"美而韵"的了?芸娘道:正是。不久,芸娘看到浙江名妓温冷香,有一个女儿,名憨园,"瓜期未破,亭亭玉立,真'一泓秋水照人寒'者也。"沈三白自忖家穷,而且伉俪情笃,并不存妄想。芸娘却极为主动地进行了一系列艰苦深入的思想工作,心计的细密,手段的巧妙,似乎可追《金瓶梅》里替西门庆勾引潘金莲的王婆。首先,芸娘约憨园小姐喝酒猜枚,并不透露真意。第二步,和憨园密约,结为姐妹。第三步,挑明主题,果然得到憨园的应允。这一门亲事加韵事,后来没兑现,是因为憨园自愿还不行,得听母亲的。憨园和沈三白的好事不成,导致芸娘早死,那是后话。

中国漫长的历史上,有举案齐眉的美好婚姻,有数不胜数的节妇,有宁可喝鸩酒也不让丈夫娶小老婆的烈性女子,然而,如果要男人不假道学,不屈从家里醋缸和社会舆论的压力,纯按本性去投票,说芸娘获"男人心目中最完美女人"的称号,不得全票,三分之二以上的铁票是十拿九稳的。芸娘的伟大,不在其"待月快酌,射覆为令"的夫唱妇随;不在"拔钗沽酒,不动声色"的克己侍夫;也不在她以"就事论事"法省俭持家,慧心巧手,把贫寒婚姻经营成雅韵独标的小天地;而在于这种为妇解分子深恶痛绝的"贤惠"。如果太太们都成了芸娘,如今越来越成为婚姻杀手的"二奶"问题,当可迎刃而解。当然,这仅仅是男人们的痴心妄想,毫无实践的可能,更不说其无穷的后患了。

从那时开始,我不怕牵强,把陈伯母,即贝蒂,拟为"芸娘"。陈伯伯,即雷蒙,和嘟嘟的奸情,起于何时,难以稽考。据餐馆的同胞透露,以前一直是好朋友,水性杨花的嘟嘟,爱和雷蒙打情骂俏。五年前,嘟嘟的丈夫,这位在市政厅当了多年清洁工的老实人,患上肺癌,住院化疗。嘟嘟那时孩子小,每天两头跑,雷蒙少不得前去帮忙,当接送的车夫,代买东西。贝蒂体谅嘟嘟的难处,也鼓励丈夫去雪中送炭。不久,嘟嘟的丈夫过世,丧事是雷蒙出了大力才操办停当的。从此,孤苦伶仃的嘟嘟把雷蒙当成依靠。都是中年人,不知不觉地,俩人成了情人。过去,雷蒙下了班一头栽进赌场,现在多了一项余兴:到嘟嘟家去幽会。

人家说,丈夫有外遇,最后知道的是太太。贝蒂却不然,她虽不是头一个探得实情,却是最先晓得"事有蹊跷"的,都一起待在小小的厨房里,什么逃得过她的锐眼?开头,看到两个人在锅台前眉来眼去,有时自以为神不知鬼不觉,趁擦身而过时摸摸捏捏,她不觉得有什么大不了。男人嘛,就是逢场作戏的脾性。久了,她老从丈夫的衬衫里,嗅到与嘟嘟身上一样的肥皂味、香水味。有一回,丈夫的裤链附近落下一块油腻,嘟嘟情急间,忘乎所以,拿纸巾在这敏感部位擦拭,抬头时看到贝蒂意味深长的眼神,脸红着辩解几句,走开了。"奸夫淫妇"越是情浓,越是忘记了避嫌,有几次,雷蒙向贝蒂说要去街角的报纸档买马票,在拐角抱着嘟嘟啃嘴,贝蒂远远看到了。雷蒙是老式的中国人,对妻子,从来不会亲吻,对情人,却这般新潮。这教贝蒂心里难受得紧。

当然,背叛贝蒂,这不是雷蒙的头一次。贝蒂随夫到了美国很久以后,才从丈夫过年时汇钱回港的存根上,发现一个可疑的名字,经过审问,雷蒙也交代了。她这才晓得自己糊里糊涂地当了"阿二",比她年长十岁的"阿大",在香港独居。好在她不怎么在乎当侧室,毕竟,她的"名分",是以英文花体字写在旧金山婚姻注册处颁发的执照上的。"阿大"藏在香港某座唐楼单房的抽屉里的,那张用红布层层裹着的"婚姻证明",仅是乡间文定时交换的帖子罢了。然而,这一回不同,婚姻危机迫在眉睫。她哭泣过无数次,彷徨过许多时日,但她似乎从来没有和雷蒙摊牌。他们的家,三天两头断不了争吵,但那是为了雷蒙赌马,把房屋的分期付款也赔进去,还瞒着她,后来贷款公司派人上门送来律师签署的警告信:再拖欠,就收回房子。至于外遇事件,她守口如瓶不算,还予以默认、默许似的。她的宽容,反倒使嘟嘟羞愧难当,总像欠了贝蒂八辈子债,频频地买高档衣服和首饰,趁她生日和结婚周年纪念日送去,作为补偿。

我后来晓得,贝蒂是别有隐衷,那些年她被儿女的事整得焦头烂额,丈夫的风流勾当,反倒无暇顾及。那是二十世纪八十年代末期,"马车"西餐馆的老板,那位爱在最忙碌的餐期,向负责带位的老婆以及所有雇员咆哮的前舰长,在七十三岁上退休。此后餐馆由独生女儿掌管,不久,因为在"劳工合约"上和二号工会谈不拢,罢工的雇员在门外设立纠察线,使得生意一落千丈,只好关门溜人。这以后,雷蒙趁机退休,专心跑马场,周末到同乡会打麻将。贝蒂还没到退休年龄,便到另一家西餐馆当厨师。那些年,我也在下城的一家意大利餐馆当侍应生。于是,每隔几个月,就在地铁站上碰见贝蒂,有时一起等候N线电车,坐在一块儿聊家常。我问到她的家里人,她叹口气,眨巴着眼想哭,我赶快岔开话题,以免她难过。

有一回,我和贝蒂在地铁站碰上,聊了起来。我把家里的事娓娓地说给她听,儿女上初中,上高中了,我转到一家大酒店做事了。她的神情慢慢地放松,哽咽着诉说自己家的不幸:上大学时受了白人男友的骗,打过一次胎的二女儿,患了忧郁症,看了几年心理医生才好了,后来在圣地亚哥市找到工作。去年发现患了卵巢癌,却瞒着父母,在那个城市里靠一位同居女友的照顾,熬了好久。陈伯伯夫妻闻讯,到六百公里外把她接回家,照顾她,直到去世。贝蒂的叙说很简短,中间老作长久的停顿,好像回忆是一块最难翻转的冻土似的,教我后悔,干吗哪壶不开提哪壶呢?

转眼到了二十世纪九十年代中期,一天午后,在地下铁出口的滚梯顶端,我无意中瞥见陈伯伯夫妇。他们垂着头,缓缓地走,死样活气的模样,教我担忧起来:不是又惹上什么灾祸吧?我慌忙跳出滚梯,沿旁边的石级梯走下,追上他们,喘着大气打招呼。他们看到我,却十分惊骇似的躲开,冷淡地点点头,一句话也没敷衍,掉头走了。在步履匆匆的人流中,这对夫妇迟疑的脚步,尤其触目。我搔头自问:是我开罪了老人家吗?细想不可能,因为除了这样的见面,从来不通电话。几天后,我在唐人街遇上了陈伯伯的外甥——当年在"马车"西餐馆的同事,他说,阿舅家流年不利,去年表妹去了,今年轮到在利治文市当警察的表弟,半年前停职在家,等候调查结果,罪名是窝藏赃物。也不晓得他见了什么鬼,遭人检举,后来官方持搜查令上门,果然在他住的公寓里,搜出几台高级照相机来。他说是朋友寄存的,坚不认罪。检察官起诉他,被陪审团裁定罪名成立。执法者犯法,刑罚加倍,为这几千块钱的赃物,三十多岁的人要在监狱里熬八年。舅父两口子先是找大牌律师替儿子辩护,后来又上庭旁听。如今每个月到外州的监狱去探望他。忙不打紧,儿子落难的丑闻在同乡会传开来,才够难堪。我听着,不期然想起了书里的芸娘。芸娘早死,自身所受的苦,论总和,远比不上贝蒂。贝蒂这小女人,不显山不露水,这么多年下来,当同事时天天见面也好,离开餐馆后几年才碰一回也好,脸上总是晴朗的,神态总是安详的。如果说,陈伯伯好歹有"天下老子第一"的心理屏障,挡着外头的风风雨雨;那么,这位可敬复可怜的"芸娘",靠什么来抵御纷至沓来的磨难?

说话间到了二十世纪末。苏东坡诗云:"日长如少年",中年与老年,光阴却带着可怕的加速度。那天,我在唐人街中心的"花园角"公园里溜达。"刘仔。"熟悉的招呼声在背后响起,我转身一看,是贝蒂,在长椅上坐着,旁边搁上好几个购物袋子。我惊喜地走过去,她热情地把袋子挪开,非要我陪坐一会儿。她的脸还是那么白皙,上次在地铁站看到的晦气倒不见了,恢复惯有的祥和。也许她记起那次因为心事太重而冷待我,不好意思,要做点补偿吧,从袋子里掏出一根香蕉,非要我吃了。我边剥皮边和她拉呱。

鉴于世故,我不敢骤然问及陈伯伯的近况,万一他已经"驾鹤西去",我不又搅动她的伤心事吗?好在贝蒂机警,马上排除堆在我眉宇间的疑云:"我在等你陈伯伯呢,衰老鬼,骗我说是到积善堂(一个同乡会)去看刚从大陆回来的朋友,十成粘在麻将台了,不搓足八圈别想见人!"

我想,那正好,我和贝蒂聊聊。谈话有一搭没一搭,毕竟不脱顾忌,无论女儿的去世还是儿子的牢狱之灾,她都不提,我当然犯不着去刨老底。很自然地,说到过去在"马车"西餐馆共事的中国人,贝蒂说,陈伯伯的外甥,媳妇娶了,孙子生了两个,现在没做事,待到六十二岁,便拿退休金。当练习生领班的詹姆斯·李如今当了衣厂老板。鬼佬杰西,就是当调酒师的胖子,住进军人疗养院……

"嘟嘟,不知怎么样了?该退休了吧?"我貌似顺便提起,其实是"别有用心"。一出口,便后悔触及贝蒂的痛楚,脸红了,手不自然地摆了摆。

完完全全地出乎意料的是,贝蒂竟然顺水推舟,和盘托出。她异乎寻常地平静,大方地拍拍我的手,带点诡秘地说:"你问我那老鬼的'契家婆'呀?她好得很哪!"我故作惊讶地说:"陈伯伯和她……有那事吗?

怎么从来没听说？"

她刮刮我的鼻子，以前辈的语气，拆去我的西洋镜："装蒜！你耸耸尾巴就晓得要拉屎还是撒尿，你不敢问就是了。说吧，老鬼偷腥，哪里瞒得过我。荒唐不？开初我起疑心，翻他的裤袋，纸巾也是嘟嘟常用的那种，我一眼认出来。没审问，他全招了。跪着求我不要离。我哭了一晚，第二天，就想开了，偷你就偷好了，嘟嘟没丈夫，也可怜嘛。千万不要让儿女晓得，闹出去，坏了名声不敢上唐人街。我不离婚。那时更年期也过了，以为做爱还是享受呀？疼死人！打这以后，我不理他们干什么，别让我脸上挂不住就行。这么一来，他们反而不敢过分，处处让着我。老鬼说，我是天底下最宽宏大量的女人，娶上我是今生今世最大的福气。"贝蒂的脸，在夕阳中闪亮着兴奋的光泽，仿佛在炫耀生平最伟大的事功。我凝神听着听着，愤愤于雷蒙的出轨了，说："你当初坚决不肯让，和老公大闹几场，局面也许不同。"

"不同又好在哪里？离婚？这么多孩子，丢得下吗？我早早认命啦！我的父亲也娶了两房，我是小婆生的。要不，我多金贵，跟大妈生的姐姐进城读女师，才不嫁这金山头，十七岁就漂洋过海。"

我又想起了芸娘。贝蒂之于雷蒙，近乎芸娘之于沈三白。比照芸娘，贝蒂并不算多"超脱"，芸娘为丈夫纳妾，可不是惺惺作态，而是动了真的。憨园后来变了卦，一有力人物出聘金一千，还答应养她母亲，她便变了心。当事者沈三白对这事看得开，认为"锦衣玉食者未必安于荆钗布裙也，与其后悔莫若无成"。芸娘却认为受了愚弄，一口气硬是吞不下，竟致血疾大发，不久病故。可是，贝蒂也有"难能可贵"处，这位生活在美国的中国女性，逢上妇解运动如火如荼的年代，竟然放弃了自己的权利，战胜了天性中的妒忌。她经年累月地"放他们一马"，说是出自知书识礼者的修养吗？不见得，她只上过小学；平日应付裕如的英语，只限于口头会话，那还是在美国出生、长大的儿女在日常生活中教会的。说是宗教的熏陶吗？他们夫妻只信保佑生意人的关公。说是爱面子吗？有一点。究根寻底，她的心理支柱是"认命"。"争不过天，斗不过命"，是这位乡下女人唯一的哲学。认了，就不深究，就不报复，就不记恨，大而化之地维持着表面的和谐。何况,除了夫妻关系,要这位弱女子摆平的事多得很:丈夫几乎三天两头要背一回的赌债啦,儿女的事啦,孙儿女的事啦,老家的事啦。从她对性的漠然,我还看到,在"性文化"铺天盖地的美国,贝蒂这样的女人,即便在"三十如狼,四十似虎"的年华,也没有从性爱中享受到乐趣,于她,这只是为人妻的义务,一如每天天没亮就穿着厚夹克,走进旧金山的浓雾,搭电车到"马车"餐馆去,调制千篇一律的沙拉油,准备老生常谈的菜式。也亏得在"性"上的混沌,"情"上的不充分发育,使她免去了现代已婚女性的多数烦恼。须知,每天面对"情敌",是怎样残忍的折磨,怎样平息本性中不可抑制的妒火,丈夫不归的半夜,想象"奸夫淫妇"做爱的疯狂时,那种锥心的疼!可以说,这个无论在生意上、活计上、家事上都精明过人的女人,并不具备起码的现代婚姻意识,她是愚昧的,只是,能说这是缺憾吗?我看着垂垂老矣的贝蒂,满心是怜惜和悲悯。

贝蒂又使劲地拍拍我的手,说:"走神啦?莫非你也对嘟嘟这老姑婆'起痰'了?"我晃晃头,大梦初醒似的,从深深的思绪中返回,不好意思地笑笑,干脆老实招供:"我是早就知道雷蒙和嘟嘟的事的,为了这,我还把你称做'芸娘'呢?"

"芸娘是谁?不是破烂货吧?"贝蒂警惕地问。我便把《浮生六记》里头的这一男人心中的"终极偶像"简单地介绍了,说到憨园时,她插嘴说:"嘟嘟比我靓,会讨好男人。"

我激动地站起来,面对着活生生的"芸娘"说:"没错,你就是伟大的当代芸娘!"她有点惧怕我的失态,把身子缩起来,往后仰着。花园里好些闲坐的老人以为我们吵架,目光都聚拢来。我坐下,一板一眼地对贝蒂说:

"从纯粹男权中心的角度看,男人心中最好的妻子,就是能替他纳妾的芸娘。可是,哪个妻子甘愿当芸娘?男人包二奶,要'大奶'当参谋,当主持人,天下有这样荒谬的吗?"我又激昂起来,贝蒂却扯扯我的衣角,示意我降低声量,低声提醒:"我也是二奶,别忘了。"

随即,她苦笑着说:"人生一世,草木一秋,都差不多收尾啰。"

她怕我说她窝囊,又辩解道:"我嘛,和嘟嘟讲过数呢。前几年,老鬼还去看她,有一回,是中秋节前吧?老鬼前脚踏出嘟嘟的家,我后脚到了,按门铃,嘟嘟看是我,脸白得像纸。我进去,和她说,我和你服侍一个男人,好多年了不是?他老了,血压高,心脏不好,说去就去。丑话说在前头,你要他,我就让出来,办手续离了,你俩过。条件嘛,是你负责送终,不能把可怜的老鬼丢掉。嘟嘟差点没下跪,泪一把涕一把地赔礼,说你要我怎样赎罪都甘愿,但不能抢走你的老公。从此,这两个倒真的斩了缆,断了来往。"

我在唐人街拐角处,呆呆地站着,贝蒂和雷蒙的身影早已消失。市声一如既往地喧嚣着。一对风烛残年的夫妇,漫长的婚姻,风雨如晦却终于熬到波澜不惊。爱和恨的交缠,情与妒的起伏,床笫上云雨的翻覆,女人之间的争夺和退让,女人和男人的战争与和解,婚姻的句号,就是郊外"宁阳墓园"里的墓碑……一切都将过去,生命奏起尾声。认命的贝蒂,当代的芸娘,在姻缘路的末端,以柔弱的臂膀,搀扶着丈夫呆木而沉重的身躯,缓缓地走着。没有疑问的是,现在,丈夫完完全全地属于她。

二○○二年七月

华尔特的"破折号"

华尔特死了,病死的。消息是二号工会,即旧金山"餐馆和酒店业雇员工会"的人先传出来的。我所在宾馆宴会部的同事起初都不信,纷纷议论道,这家伙,说他横死,比如,半夜在下城的大街猎艳时给劫匪一刀捅死啦,让开车的醉汉撞死啦,吸毒过量死掉啦,和人打架给摁在地上揿死啦,是可能的。这般的"正常死亡",对他来说,反而不大正常。他的年纪才五十多一点,身体似乎一直还可以。同一天下午,二号工会在宾馆的常驻代表正式宣布:大前天,工会会员华尔特夜里上床睡觉,因心脏坏死,再也没有起来。接着,一张信纸大小的讣告贴在宴会部办公室的公告栏,说的是:星期六在奥克兰市郊一个教堂开追悼会,然后下葬。同事们有的叹息,有的若无其事,有的恶作剧地拿来开玩笑,说这家伙终于偿了心愿,不用上缴他平生深恶痛绝的联邦所得税了。

追悼会很简陋,来了二三十个人,华尔特的独生女儿负责主持一切,幸亏她一直保持严肃,到关键时候能哭几声,算是报答了身份特殊的生父的养育之恩。穷社区教堂的牧师,在仪式中的敷衍是一目可见的:致辞特别简短,华尔特的生平毫无丰功伟绩固然是重要原因,此外,因为付给教堂的钱,无论是场地租金还是事后的"乐捐",都离常规很远。末了,还是旧日的同事和工会代表掏一次腰包,才凑够葬礼的开销,把他下葬在奥克兰郊外一个小墓园里。

墓园的新土上,华尔特的碑石没树起来,他走得太匆忙,没有谁能神速地替他作准备。棺木上方,零星的花瓣中,插了一个木牌,极其潦草地写着:"Walter—Hall—1950—2002。"美国是讲平等的国家,碑石的刻字,绝大多数也都这样简单:姓名之后,是生年和卒年。讲究一点的,是墓碑上端嵌一张瓷照片。都没有铭文,没有头衔。连接生卒两个年份的,是直截无比的一根短线,囊括一切的破折号,饶你有多伟大的事功,多显赫的名气,多雄厚的财富;也饶你多放浪形骸,多不要脸,犯过多少恶行,都被它摆平了。

华尔特,个子在黑人中属中等,约为一米七四,一直没发福,直直的腰板,一身黑得发亮的精肉,让他那些浑身肥肉堆成众多小山包的女同胞们羡慕不已,在人少的场合对他动手动脚。毛孔粗大的蒜头鼻,肥厚但线条不错的嘴唇。从诸特征看,可以断定,美国虽然多的是黑白混血的"杂种",但华尔特的血统极为纯正。不足处是邋遢,黑不溜秋的脸上,眼眶四周比皮肤还要黑,因为眼睛长年害了过敏症,他有事没事爱往上面揉,便揉成这种怪诞的色地。胡子从来刮不干净,那是剃刀久久不换,变得太钝的缘故。作为制服的黑色裤子,老是不大合身。有一回裤子特别难看,一打听,是一位女同事过分发福以后,穿不下才送给他的,男裤女裤毕竟有差别,上了他的身,仿佛多了个屁帘儿。皮鞋太旧,也懒得上油。他为了自家这副尊容,常常挨宴会部经理的训,有时被勒令回家更换,他嘻嘻哈哈地打发过去。

关于吊儿郎当的华尔特,我想得最多的,不是他的死因,而是他的生前。"破折号"对于这个人,有着双重的象征意义。一是它的短促,把荣辱、升沉、悲喜、希冀和幻灭,一股脑儿聚集在简单无比的"一横"之内;二是它的无情,一辈子就这般干脆地"省略"掉了。别以为一条生命被"简化"是天大的遗憾。对于这位毕生默默无闻的中年黑人来说,简单如果不是美,至少给历史和社会学提供了最大的方便。无论人还是物,"可见的"都是让人感到踏实的。他这个人,性格也是这样简单。他的简单,不是纯情,不是天真,举凡正直、诚实、可靠一类作为"公民"的美德;或者义气、同情心、慷慨、相知相惜一类作为"朋友"的条件,他无一具备。可是,他几乎没有秘密,一切都袒露着,展览着,一眼到底的生命轨迹,一览无余的生活道路。这家伙几乎一无是处,但是,灰不溜秋的个性,灵魂的废墟,唯一的可爱处在于:坦白。

饱经忧患的中国人如我,深深的城府见多了,阴谋和面具,皮里阳秋和袖里乾坤，检讨书和告密信，改革开放以前的岁月，从"向党交心"到"狠斗私字一闪念"，无所不在的阶级斗争，在所有的人心中制造重重的藩篱，层层的警戒。中国人的内和外，言和行，知和行，动机和手段，是分裂的，有时候互相抵牾，有时候彼此引证。层次之多，关系之微妙，连我们自己也解不透。所以，我对于他的"坦白"的喜爱，往往压倒了对他品行的厌恶。此外，也出于写作人对于"人"的本能好奇心，于是，我和华尔特成了谈话的对手。他也许把我当做推心置腹的朋友，但我从没接受过这份友谊。一些自命清高的同事，看到我和他侃得那般投入，难免投来鄙夷的眼光，有的扯扯我的制服袖子，凑近耳朵说："当心，他和你套近乎，是为了借钱。"我微笑点头，没有搭腔。

不错，华尔特往往把和我的交往，当做借钱的铺垫。不是话音刚落就伸手，而是在当天下班后，他等候在宾馆侧门的员工通道前，拦住我，悄悄地问："借二十块应急，行不行？"语气并没有丝毫的纡尊降贵。开头几次，我借了。区区小数，不还也没损失什么。他并不赖债，说好一星期后还到时准还。这是他的狡猾处：取得信任，以便再借。后来，便拖欠。我没追讨，亏去二十块，他不好意思再把我当"金主"，也是好事。久了，他装作忘却，又来告贷，我不客气地说："上次的我还记着呢！"他搓搓酱黑的手，难为情地搔头，不敢借了。过几天，他乖乖地还掉宿债。然后，开始另一轮借债作业。别的同事，他不敢招惹，怕人家甩过来一句："他妈的你一年少说赚五万，有这厚脸皮呀？"他就落荒而逃了，要借也是五块三块的。

和华尔特同事这么多年，根据次数数也数不清的谈话，我约略晓得他的身世。一九五〇年夏天，他出生在美国田纳西州的大城市曼菲斯。那地方，我在一九九一年到密西西比州访友时路过，它并没有美国都会的气魄，建筑物破旧矮小不说，街上弥漫着灰暗，让你不敢从任何方面看好它，即使在艳阳的春日。我在一家中餐馆吃过一客日本酱油挂帅的"扬州炒饭"，味道的恶劣，前所未见。不过，曼菲斯的名气不小，一代歌星"猫王"埃尔维斯的故乡就在这里。华尔特在贫民窟里长大，家境贫寒，能读完两年初级大学，已算得奇迹。我问过他，对于童年，有什么可恋的回忆。他耸了耸肩，什么也没说。这也是美国人的天性：不爱怀旧。他成年后回过一趟老家，和老父团聚了几天，在派对中喝醉了，再上高速公路飞车，给警察抓着，查验他的驾驶执照，他这才晓得执照早过了期，他为此坐了几天牢。事后，提起曼菲斯他就骂娘。后来父亲去世，也没回去奔丧。越南战争期间，他刚刚从学校出来，进了海军陆战队，在西德驻扎了几年，和东南亚的战火无缘。七十年代初，他退了伍，也就失了业。他漫无目的地踏上车站遍布整个美国的"灰狗"长途巴士，走到哪算哪。

二十啷当岁的家伙，糊里糊涂地到了旧金山。不是预先计划好的，巴士碰巧停在旧金山市场街的车站，他看钱用得差不多了，找个最便宜的客栈住下，打算找事干，赚点钱，好上路，到了东海岸的纽约再说。在旧金山各家宾馆和餐馆找工作，总是碰壁，他发誓，再找一天，如果还是吃闭门羹，就卷铺盖走路。这天，他踱进纳山上一家五星级旅馆的人事部，胡乱填写了一张申请表。第二天，人事部主任打来电话，雇用他在"宴会部"当练习生。两年后，晋升为侍应生。这家酒店的"宴会部"，雇员共三四十位，如今只剩下他一个黑人。不是别的黑人不能干，不愿干，而是都干不长。有的中途给开除，有的干了几年，辞掉工作到别的城市去，有的死于艾滋病。他算得硕果仅存，一待就是二十多年。

他一辈子不曾结婚，也从无固定的同居女友，但有一个女儿。这孩子，每个月到宾馆来找爸爸，少则一次多则几次。我初认识她时，十五六岁的模样，黑黑的，瘦瘦的，脸孔和步履都和爸爸相像，但在眉宇间更多一点迷糊，什么都漫不经心似的。每次女儿离开，华尔特久久地看她的背影，眼睛眯着，十分的陶醉。同事们都晓得，她是无事不登三宝殿——讨钱。月初来，是讨法庭早就判定、华尔特每月非给不可的赡养费。其他日子来，是为个别的事要求额外的支援，比如交学费啦，野营费啦，给朋友买生日礼物啦，毕业晚会租借晚礼服和买餐券啦。说起他女儿，也是一笔糊涂账。十多年前，他和一位贫苦人家的黑人姑娘，一次在同一家超市买食物，他顺手帮她提东西上车，彼此认识了，互相留下电话号码。这以后，他所用的，无非是施用过几十次的"玩女人"老招数：约会，吃饭,进迪士高,上床。两人才好了一两个星期,他玩厌了,把人家甩了,另找新鲜。不料几个月后,姑娘挺着肚子找上门,说怀上了他的骨肉。华尔特当场开骂:"谁知道你他妈哪里弄来的?随便抓我当爸!"华尔特不是没道理,和这姑娘同时"玩玩儿"的,单算他偶然碰上的,至少还有三个。几个月以后,女儿出生了,姑娘没依没靠,向政府申请救济,社会工作者自然要了解生身父亲是谁。她咬定孩子是华尔特的。"社工"找上华尔特,威胁他说,如果不付赡养费,就得坐牢。华尔特不甘心,带上婴儿,到医生那里去作DNA(脱氧核糖核酸)血缘检验,医生宣布结果:女儿是他的,他才乖乖地认了。平心而论,华尔特不是不负责任的父亲。这么多年来,他一直付足赡养费,孩子每月二百多,孩子的生母也是这个数。反正他干的差事,薪水很不错,每个月拿得出钱来。平时还给女儿买衣服,开学买书籍文具。圣诞节来了,他不会忘记给孩子她妈送上一张签下姓名但不写金额的支票,随便她填多少钱,好买点礼物。这对于一个和"信用"没多少缘分的人来说,不但极为罕见,还是穷人中可歌可泣的"大度"。为什么他忽然潇洒到这个田地?只因为他晓得,这女人的老实近于傻,支票上的面额,饶她最大限度地发挥勇气和想象力,顶多填一百五十元,她知道写多了也兑现不了。

华尔特在四十五岁那年,突然旷工,不知去向。几天后他从市郊的监狱,给宴会部的经理打了一个电话,说要告长假。经理问他为什么,他说正在服刑。坐牢的原因,他老实地交代了,这样的:十年前,他在一个派对上喝醉,跟跟跄跄地出门,开车回家,在高速公路上,巡警见他的车子走得像蛇一般,就鸣笛截停,检查他体内酒精含量,超出法定的度数好几倍。他随即被逮捕,关了一夜,次日办好了受审手续,才给放了。他揣着巡警开的告票回到家,却没有按照指定日期去法庭接受审讯,反而偷偷把家搬进另一家廉价客栈去,肇事的破车,也以三百块钱的贱价脱了手。这以后,他不再开车,也就不再违规,所以人还在旧金山,警察却无法捉拿归案。隔了这么多的年头,他以为逃得过法网了,这一次得意忘形,手痒起来,驾驶朋友的车子去兜风,被巡警截下,一查验他的驾驶执照,早已过期无效,接着,从电脑中查出案底,嗨,还是逃犯哪!马上把他抓进市立监狱。幸好那笔老账,怎么也不能定个重罪。法官只判罚款,数目不大,可怕的是十年的利息得算,驴打滚的竟要上万元。他在法庭上说,没这个钱,坐牢抵偿好了。于是他志愿进牢去,坐足六个月才出来。那段日子,几个同事看他无亲无故,可怜得很,曾去探望。这时候,他的女儿已读大学三年级,父亲进牢她并不晓得,月初照样到宾馆找他要钱,才知道始末。她往监狱里打电话,说要去看他,他坚决不让。他出狱后,我问起他,亲生女儿去探望,本是好事,为什么拒绝呢?他说:"让她看到父亲穿囚衣,自尊心受伤一辈子,我怎么忍心?"当时我大为感动,激愤地向取笑华尔特为"囚犯"的同事说:"你们怎么不让人保有一点尊严,他好歹是父亲啊!"

华尔特服刑满了,回来上班,宾馆也没把他怎样,都是过去的事了。自然,对落下案底的人,不是不作"区别对待"。比如,极为重要的宴会,比如中国的国家主席和美国总统一起亮相的场合,事前所有的服务人员,都要上报国家安全机关作背景审查,这一关,华尔特就过不去。华尔特干活是"外甥打灯笼——照舅(旧)",谁问起坐牢的事,他不但十分的乐天知命,还以"资深犯人"的资格,口沫横飞地说牢房的规矩,各种黑吃黑的骇人故事,对牢饭中浇上浆汁的马铃薯泥一项尤其赞不绝口。

牛事未了,马事又来。出狱才一个月,另一桩陈年旧案又缠上他。这家伙从来不向国税局寄上报税表。交纳所得税,是联邦法律,美国人早就说:这国家有两样,谁也免不了:死和交税。他偏要冒天下之大不韪。自然,这并不意味着他一点税也没缴,宾馆在给他发工资前已经扣下了相当于总额30%的税金,上缴国税局。但这不够,每年各人还得自己填报,把欠税缴清。4月15日是每年报税的截止期限,人们都怕迟了受罚,他却鼓吹歪理:"宪法没有列上'公民纳税'的条款,凭什么政府强迫人破财?"他拒报了好些年以后,国税局终于采取断然措施,向法庭控告他抗税。他刚尝过铁窗风味,不敢再蹈覆辙,乖乖地和国税局达成和解:他分期缴交欠税,国税局不予控告。从此,他每个月的工资给扣掉大半,偿还欠税,穷得他到处告贷。

这么一来,他反政府的立场更加坚定,到处宣扬怪论。他不止一次地对我说过,白人都不是好东西,艾滋病毒就是白人为了灭绝黑人而发明的。我自然斥为无稽,说这是种族偏见,稍有常识的人都知道,艾滋病毒起源于非洲。何况,美国白人同性恋者死于这种"世纪绝症"的,按比例而言,也比黑人多得多。华尔特坚持说,白人先在监狱下手,阴谋使HIV病毒在黑人囚犯中蔓延,使黑种人慢慢死光,再解决社会上的其他有色人种。我批驳他,他就反问:"坐牢的,黑人不是占了多数吗?"继而说此论不是他的首创,而是有所本的——一本书曾这般揭露过。我拍了拍他瘦削的肩膀,说:"妈的亏得你没投错胎,你这般老和政府过不去,放在'四人帮'时期的中国,你的成分再好,也得吃花生米!"他说:"政府有什么了不起,还不是纳税人养着的?我偏要反!"我只好耸耸肩膀。不过,他的这些"反动"言论,都是私下与朋友、同事聊天时漏出来的,平时上工,侍候白人顾客,倒不敢太放肆。

有时他按捺不住火气,也捅点娄子。比如,有一回他侍候一群英国来的绅士吃午餐。先是沙拉,继而主菜,再是甜点,最后上咖啡。要咖啡的人不多,华尔特都奉上了。正待走开,一名绅士问:"请问,有红茶吗?"华尔特答:"有。"于是去给绅士泡上一壶茶。不料开了这个头,绅士们就先先后后要起"英吉利红茶"来,害得华尔特气喘吁吁跑了一趟又一趟,最后,他以为彬彬有礼的英国人好欺负,吆喝一声:"你们一起叫,免得我跑这么多来回行不?"永远不怒形于色的绅士们,霎时全噤了声。事后,华尔特当然没好果子吃。全国有名的五星级宾馆,容得侍者要横吗?绅士们向经理投诉,华尔特受到停职两星期的处分。

华尔特就是这般,小错不断,每年总被领班们开上几张警告信。有时候是上班溜号,躲到某个角落睡十分钟懒觉;有时是人家在干活,他却在职工食堂看美式足球大赛现场直播;有时是因分内工作不干,推给同事干,遭搭档投诉;有时是迟到半小时。有一回,他把《花花公子》杂志掖在屁股上的口袋,在宾馆大堂里招摇,让总经理看到了,又给记了一过。

怪也不怪,他在人事部的档案卷宗里,论警告信、投诉信之多,堪称"冠军",二十多年下来,却没给"炒鱿鱼"。须知以高级宾馆的规矩之严,一错再错是免不了卷被盖走路的。为什么唯独华尔特保得住饭碗?同事们说,原因只有一个:他是黑人。按照加州的"平权法案",少数民族受到保护。此说不无道理,华尔特在宴会部既然是"唯一的",又有多年经验,如果把他开除掉,酒店为了凑数,也得再行雇上个把黑人。既如此,不如把勉强算得规矩和卖力的华尔特保住。更重要的是,开除了他,代表工会权益的律师一定出面,控告宾馆"种族歧视",无穷无尽的诉讼,够你烦的了。不过,华尔特有的是自尊,谁要当面说他因是黑人而受袒护,占上便宜,他非扯直嗓门,和你争个水落石出不可。

以上所说的,基本上是我所目击的。所谓"眼见是实",这些行迹当然可以视为组成他生命的"破折号"的"点"。不过,我对这个人,永远不缺的是好奇心。他的坦率,为我观察全貌提供了绝佳的条件。我有事没事和他开玩笑,有时也严肃地探讨关乎人生和生命的题目。我渐渐得出这样的结论:华尔特是以"本能"生活的人。准确地说,他是对本能不加伪装的人。纯为满足本能而活,在婴儿时代,是生命的本色;成人以后还是这般,质量没有提升,一任原始欲望主宰,则只算低级的生命。然而,及时行乐,不是许多缺乏宗教情操的人的人生信条吗?华尔特因为独身,因为自由,走得更远,放纵得更彻底罢了。

孔子云:"食色性也。"说到吃,华尔特住在下城"田德隆"区的廉价客栈,没有厨房,他也从来不开伙。上班时在宾馆的职工食堂吃,不费一个子儿。休息日在大街上逛,饿了随便进麦当劳买个"大麦"汉堡包。他的口味并不精致,塞饱肚子就行。

至于美国人最为注重的"色",他倒是身体力行,乐此不倦。他并没有固定的性伴侣,女儿的生身母亲,他去探望女儿时总会见到,但自从女儿出生后,他没和她发生过关系。如果有机会,他也会勾引女人。他和宾馆里电话总机室当接线生的黑人小姐有过一腿,后来她断不了伸手要钱,他没法满足,才不敢溜进电话室去调情。他最大的兴趣,是嫖妓。不过,他不是"约翰"——通常意义上的嫖客,而是敲竹杠专家,一些妓女恨他,又离不开他。

华尔特居住在"田德隆"区边沿,附近的跑华街上,到了晚上,便浮现许多特别的身影,她们以尽量暴露的超短裙和低胸衣,随街做出性挑逗动作,以勾引男人。可悲复可怜的"性工作者"中,除了少数无家可归者外,还有以下几类:和丈夫或男友吵了架,离家出走的;有家庭和儿女但穷得没办法,来干点"副业"的;也有瞒着家人,来街上挣外快好满足毒瘾的。她们,都可能是华尔特的猎物。

华尔特的日常作息十分奇特,如果不用上早班,在凌晨,早则两点多,迟则四点多钟,便爬起来,洗个淋浴,穿上厚厚的皮夹克,走进无论哪个季节都不脱寒冷的大街。为了起早,他习惯了早睡,晚饭吃过,才七八点钟,夜幕未落,他已经把懒洋洋的身躯,放倒在嘎嘎作响的旧弹簧床上。反正除了看电视上的球赛,没有消遣。脑筋简单的家伙,从来不曾因心事失眠。一觉睡醒,才是半夜,街上有的是行人。他大模大样地溜达,在咖啡店附近游弋。他用不着和妓女套近乎,一成不变的,是守株待兔的套路。他装做漫无目的地东站站,西走走,口里叼一根万宝路,手里一杯冒热气的咖啡,白色的纸杯在夜色中颇为引人注目。这是他的道具。不要多久,妓女便趋前搭讪,首先是讨烟,他大方地送上一根,然后色迷迷地盯着她。那些兜客兜了一整夜,收获甚微或一无所获的娼妓,以最后的力气,把烦腻和疲倦收起来,向他献起媚来。随后的交谈总是开门见山的:"早上好,就你一个人?""当然,你看不到吗?""能不能请我喝一杯咖啡,加两个甜炸圈?""可以是可以,你怎么报答我呢?我可不是慈善家。""知道知道。"华尔特把妓女带进店里,掏出一元六角,让妓女买了东西,然后把人带进客栈的房间,春风一度。他代垫的钱,比起一般百八十块地付的恩客来,几乎是"吃白食"。有时,华尔特连这一块多钱也不必出,只要把在凌晨来敲他房门的落魄者让进来就行。

娼妓所以"不顾血本,清仓平卖",不过是贪图华尔特有个房间。华尔特长住的廉价客栈,房租每月五百八十块,还是因了他是住了五年多的老房客才获得的优惠价。一个卧室,附有厕所和浴缸。每星期有墨西哥来的清洁工清扫房间,换洗被单一次。于是,和他有过关系的妓女不时上门来,这些可怜的半夜游魂,央求进来洗个淋浴,在沙发上躺到天亮再离开,有时仅仅是抽他的一根香烟,除非华尔特心情特糟,她们大多如愿得偿,在倾盆大雨的黎明得到喘息之地,华尔特岂会放过,他要像王子般享受性服务。

"白嫖",似乎是华尔特最为骄傲的"优胜记略"。哪一天,上班时,如果华尔特一脸得意扬扬,看到我这唯一"谈得来"的人在,就招手,把我拉到一个角落,那一定是要夸张地描绘昨天的"风流韵事"。亏得他和盘托出,我得以洞察他隐私的一面,从而较完整地作出他的"灵魂拼图"来。我由此发现,他的内心深处,是这般的空洞,又极为急迫地填补这空洞。

如果说华尔特在"性"上专拣便宜,也不全面,除了为"败火"而速战速决外,他也会慢工细活,享受他名之为"做爱"的乐趣,在那场合,他可舍得花钱。不过并非付"肉金",而是买些毒品,和性伴侣一起吸食。我追问他是什么毒品,他说是大麻,每一回顶多花个二十块(他通常借钱借这个数,兴许是为了这笔开销)。不过,熟悉他的人说,这家伙,毒瘾才不这么小呢?大麻不管用,吸的是古柯碱,有时钱不够,就买"石头",放进香烟里抽。"石头"(ROCK),是劣质的古柯碱制品,价廉,但上瘾后更难戒掉。对此,我不置疑。对这家伙的堕落,你怎样估计也不为过。他不作奸犯科,抢劫杀人,在年轻时是胆量不够,中年以后有了不错的工作,才使沉沦不致带上侵略性。吸毒的开销奇大,这也恰恰说明了,他的经济状况何以从来没好过。

三年前,华尔特终于被宾馆炒了鱿鱼,这回,黑的肤色救不了他,年资救不了他,工会也无法施以援手,为的是,他栽在"自家人"手里。事情说来也平常:一个纯粹由黑人组成的协会,在宾馆开午餐年会。华尔特这人,说到底脱不了老祖宗所遗传的奴性,侍候同一种族的客人,比对白人还差劲,一副老大不情愿的傲慢相,餐盘不是轻轻放在客人面前,而是重重地一"摔",把人吓一跳。这协会,去年开同样的午餐会,已经吃了华尔特的苦头,这回忍无可忍,多位客人联名写信,向宾馆的总经理告华尔特的状。事后,华尔特被召进人事部,主任摊开投诉信,说:"上次的警告信,你认了,签了名,当时你可是点了头,一旦再犯,甘愿给开革的。这回你看怎么办?"华尔特摇摇头,说:"我认栽就是,算清工资吧,我走路。"

华尔特从此离开干了小半辈子的宾馆,好在工会没把他逼到绝路,让他到别家宾馆的宴会部打零工,亏这菲薄的收入,使他交得出房租,不必露宿街头。这光景,与过去没得比了,那时他一年收入五六万块,标准的中产阶级,在下层黑人中,简直算个"贵族",怪不得他在同胞面前最是牛气烘烘。他离开以后,我遇到工会来干零活的伙计,问问华尔特的近况,他们都说:还活着呢。便没了下文。在人际关系如此疏离的社会,谁在乎这样一个潦倒的小人物呢?

去年我在下城街上,走下缆车,迎面碰上他。两年不见,他老得如此不堪。他过去邋遢是邋遢,精神还在,"白嫖"之后尤其趾高气扬,如今却蔫了,一下子老了十多岁,脸上的皮肤挂在颈下,牙齿掉了几只,抿嘴时颊间深陷。我跨上前去,和他握手,凭过去的交情,我想邀他进附近的"星巴克"咖啡店,喝一杯意大利咖啡,再从他肆无忌惮的大嘴中"掏"出一些故事来。不料他闪开我的手,连说:有事有事。溜之乎也。人毕竟有起码的自尊在,他是不愿意我看到他的熊样,一如他不愿意女儿看到他穿囚衣的窝囊相。

我最后一次看到他,是今年一月,地点在二号工会专供招募临散工用的大厅里,他百无聊赖地半躺在长椅上,看来是在等活干。这回他竟没回避我,反而主动打招呼。原来是闷得过分,急于找人聊天。然而,像我这样"谈得来的",最是难找。为生计忙碌的社会,不是谁都有这般的闲情的。我和他,一站一坐,聊得很热络,话题是:我所在宴会部的主任,也就是他过去二十年间的顶头上司,为什么毫无预警地开枪自杀?他提供了若干内幕资料。

两个月以后,他过世了。没有遗嘱,没有遗产,几乎没有朋友和亲人。女儿从大学毕了业,有了工作,也结了婚,主持他的丧事,算是尽了最后的孝道。默默无闻的人,满身毛病的人,靠本能生活、也最大限度地享受了本能和官能的人,在中年溘然长逝。后来我听二号工会的人说,他心血管上的毛病,医生早已检查出,要他定期照心电图,戒烟,降低胆固醇,必要时做心脏搭桥手术,他却当耳边风,放浪的作派依旧。一次发生在半夜的心肌梗死，因无人在旁及时发现送医，便把还在盛年的汉子收拾了。

对于他的死，我没有伤感，没有惋惜，只有轻微的感喟和沉重的思考——关于人生和生命。不错，生命仅仅是过程，像华尔特这般极端的享乐主义者，和他谈奋斗目标、终极意义，自是对牛弹琴。然而，他从来没有过"理想"吗？又不见得。

几年前，华尔特还和我在一起干活，有一次，同事们在工余，以"人生的追求"为话题，聊得很热烈。华尔特跃跃欲试，要加入"论坛"，话头却老被打断，因为同事们多是鄙薄华尔特的，说他是"混混"，说他除了揩油，在电视机前为了他所效忠的旧金山"淘金者"足球队呐喊之外，没有思想，没有未来，没资格插嘴。谈下去，话题愈来愈严肃，一反过去嘻嘻哈哈的轻松气氛。吊儿郎当的华尔特，眼睛湿润了，更加起劲地揉，眼圈益发黑了。我力排众议，高声说："让华尔特说说嘛！"大家静了下来。

华尔特站起，激动地说："我读小学、中学那阵，都迷上足球，最伟大的梦想，就是当足球明星，在全国足联麾下的海豚队啦、牛仔队啦打边锋，每年的薪水不说多，一百五十万好了。黑人嘛，能有多少出路？最红火的，不是当歌星就是当球星。可惜个子不争气，六英尺不到，连校队也进不了。"大伙哈哈大笑，潜台词是：凭你这副废物相，还想在体育界"名人堂"留大名哩！

华尔特正色道："慢着，我的梦，如今由女儿实现了。她在戴维斯加大念电脑专业，快毕业了，成绩上等，还当上加州大学生女排代表队的二传手，嗨，都是从二十多所大学选出来的好手哪，去年参加了全国大学生联赛，得了第二名。不赖吧？每次比赛，我都去当拉拉队，看她在场上那个灵巧劲，多痛快！憋了大半辈子的鸟气，女儿都给我出了。她会有出息的。"

华尔特幸而言中，他的女儿，尽管也亏在身高上，没打进职业球队，但凭学士的学位，进了一家大型电脑企业，担任初级程式设计师，将来该比父亲有出息得多。华尔特的赡养费没白付，这是可以告慰死者于地下的。

我想起最近在网上读到的一首英文诗,题目是"感谢,为了我'破折号'中的一切",可惜译不出铿锵的音韵来,大意是这样的:

我读到一个人
在友人葬礼中的致辞
他提及她的墓碑上
所刻下的日子:从开始到末日

他首先说起她的生辰
然后,含泪说起她的辞世之日
不过,他说,最要紧不是两个日子
而是数字之间的破折号

破折号代表
她在人世的一切
而今,只有爱她的人
晓得这渺小横线的价值

破折号,和我们占有多少无关:
那些车子,那些房子,那些纸币
它仅仅和以下事体相连:
怎样活,怎样爱,怎样使用这一横线?

对破折号,真该好好思量,苦苦探究
哪些方面你要作改变
你永远不晓得来日还有多少
所以,能重新规划的须赶紧动手

我们该不该把步子放慢

好思索什么是真诚,什么是真实
我们总该去努力理解
别人怎样感受

火气慢点上来
多一点表达感激
爱一起生活的人
尽管你从来没爱过

倘若我们互相尊敬
倘若我们常带微笑
记住吧,我们拥有的破折号
随时可能写到尽头

那一天,当有人诵读对你的颂词
(它免不了改写你的生命章节)
你可会为他列数的往事自豪
你该怎样书写你的破折号?

二〇〇二年五月

旧金山浮世绘(十一则)

一、巴士站前

午前,我在巴士站等候着。已过了上班的峰期,人不多。旧金山市内的巴士,论误点,已具相当的知名度。这回,又不按时间表行车。等候,变得愈来愈无聊。有的在跺脚,有的在看表,有的在发呆。

忽然,身后的自动售报箱咣啷咣啷地响起来,我回头一看,声音停了,只见一个同胞站在箱旁,若无其事似的,眼光扫视过我和别的异胞与同胞后,目无余子地,把手插进烫褶鲜明的西装裤的袋子里,仰头看云。异国的天,仍旧暗淡着。

终于,我远远看到,橘红色的巴士开来。还在三四个街区之外,慢腾腾的,但毕竟"如大旱之望云霓",何其叫人雀跃啊!散漫地站开的人们,都向巴士站聚拢。咣啷声又响起,更其猛烈。我回过头,还是那位同胞。他在用力拍着自动售报机上一个按钮。那按钮,是为了找回多投的硬币,或者为了有人投下钱后,决定不买,取回硬币而设的。据我的经验,凡是自动售货机,不管是卖报纸杂志、香烟、汽水,还是投币的公共电话亭,按按这类按钮,极偶然地,会有硬币漏下。我在纽约的肯尼迪机场门前的电话亭打电话,返币口曾经莫名其妙地"赠送"十来枚面值二毛五的硬币。一般来说,几率比千万分之一的六合彩赔率稍高,但比郊区赌场的"廿一点"差得远,何况近于偷窃,没几个人干这丢脸的营生。同胞眼看巴士将到,机不可失,失乎不再,于是大拍而特拍。报箱不止一个,他就假其余勇,一个个拍了个遍,拍不出钱来,就使劲摇。路人皱着眉看他,他是晓得的,偏不买账。可惜他的手气不好,一直没钱落下,一如老天不掉馅饼一般。

同胞失望地踏上巴士。我细看他，约六十岁，长相颇"知识"，该不是乡下来的农民伯伯，看神气，说不定移民前在国内带个"长"字，也许他这"不拍白不拍"的动作，源于官场"不拿白不拿"的时风吧？

二、巴士上

沿加利福尼亚街开往唐人街的一号巴士，周末午间很拥挤。我在利治文区上了车，给罚站好一阵，才在最后一排座位上占上一个。看看书，看看车外稔熟的风景，看看车内陌生的风景，倒也逍遥自在。

一位白人妇女从前门上了车，一路高叫着"请让让"，在人群中矫若游龙，闪转腾挪，一直钻到后头，才站定，便不客气地请一位中国女士"让座"给她。中国女士果然有泱泱大国国民的风度，随即起立。白人女士大咧咧地坐下。她的脸，难以描画，归入"一塌糊涂"吧，但凡生活放荡（也许不是她的过错，而是父母放荡生活的产品），面孔就免不了线条紊乱，毫无法度。这种形象，不可以姣好与丑陋、凶恶与慈和一类标准来衡量，它是等而下之的。

一位站着的中国男士，也许刚刚读过《中国可以说不》，给洗了脑，居然挺身而出："你没有权利要人让座。这里的位置，是先到先得。""我是残障人，知道不？我见前头的座位坐满了，问过司机，他说可以到后头来向人要座位的。""你怎么证明你是残障？我看你就不像。""碍你什么事啦？是这位好心人让我坐的；真是！"旁边的人偷偷笑了，牺牲了座位的中国女士反而不好意思起来。

三、鸟　声

连日阴雨，今天放晴，兼是周末，看看海滨色彩缤纷的人群，和滨海地带兴冲冲朝大海奔跑的人群，很有重见天日的解放感。可惜蓝天不属于我，碧海不属于我，闲暇不属于我。我得上工去。于是颇有点恨恨不平——这里的好事儿，连好天气也摊不到一份，太亏了！

我在等候巴士。巴士在周末照例更其懒洋洋。于是无聊，无聊到了极致，是麻木——凭着候车亭的大玻璃打盹儿。手头的袖珍书，掉在凳子竟没觉出。忽然，哪里响起了嘎嘎的叫声，像老鸦的聒噪，但更沙哑，更霸道。哟，凌空撒下噪音的急雨。抬头看，是雪白的海鸟呢，在对面的屋顶上翩翩而舞，舞之不足，遂展其一无足取的歌喉。它们惯常只在海滩上参禅，除了风暴天气，多是沉默的。就是群居，也不像饶舌的人类，一味言不及义地高谈阔论，只是静静地凝视着海潮，或者飞那么一阵。滨海的住宅区，它们也不时光顾，只是为了观光，并不负制造舆论之责，也许自知没有黄莺儿的能耐吧。不过，毕竟是春天，"关关雎鸠，在河之洲"，为了爱啊，传宗接代啊，为了无事可干啊，鼓噪也是情理中事，何况它们一叫，舞姿便平添诗人朗诵华章时的风度，透过电线的五线谱看上去，倒也相当的动人。海鸟叫着，大概是召集同类开会吧，一眨眼，飞来了十多只，别的房顶它们不站，就爱街角那栋红色的，在檐间一溜排开，很有声势。事有蹊跷啊！

随即，我发现，对面的红房子，紧闭着的窗户里头，有一只毛色极为艳丽的鹦鹉，身子绿如茵茵草地。隔那么远，还分明看到它下弯得如同美人笑窝的喙。它站在一段雕木上，忘情地唱着，倘若谙鸟语的公冶长听到了，怕会发一通美妙的议论吧？我从海鸟激动的合唱中，晓得鹦鹉的歌声，如何教海上搏风击浪的一族神魂颠倒，进而展开良性竞争。可见，风马牛有时也相及。

四、鸟 巢

　　早晨,外出跑步。门前油绿的山指甲丛上,赫然一个白色的鸟巢。拿起细看,它不是常见的,用草叶做的那种,它全用均匀柔细的根须编成,兴许是海岸上某一种裸露的草根吧?那样的雪白,教人格外关注它的主人。不必问,它的主人是麻雀。我家屋檐下,有这么一群住客,我家搬来时,它们已在。鸟们既未曾征求主人同意,签订契约,依期交租;也未在市府注册,取得许可证,所以谁也不晓得它们已住下多久。我们的卧室向着街道,每天,它们在窗子上方啁啾,那声音,自然比不得婉转的黄鹂和"软语商量"的燕子,但决不喑哑聒耳。我们和鸟,一直相安无事。有时,窗上传来奶声奶气的啾啾,家里的孩子还兴高采烈地向我说:"麻雀妈妈有了小宝宝啦!"这巢,就是从屋檐上掉下的。究竟是麻雀趁春之迟暮,汰旧换新呢;还是"鸟为"的过失,不留神时把窝也踢了呢;抑或办了移民签证,迁往他处?

　　我琢磨了一会儿,不得要领,随即自语:鸟巢掉了,再造一个就是,比民初革命先辈"再造共和"一类的工程,容易多了。反正是"鸟事",管他个鸟呢!便跑到金门公园去。一路上,想到前几年在台湾"屈原诗奖"中夺魁的湖南诗人匡国泰,他寄赠的诗集里,那一系列"鸟巢下的风景"。且看:"鸟巢坐在树枝上／望着不整齐的炊烟／很多事情在它的预感之外",嫌这"鸟巢"有点板实吗?看另一个:"透明而又朦胧的鸟蛋／从黑色巢窝里旋出／轻轻磕碰着山角／淡然的汁液／濡湿遍地怀想"(《月出》)。不消说,那"风景"的产地,是诗人的故乡隆回"如梦的青山",那里,有"雪亮的斧子／深深砍进寂静";那里,"牛尾是一条回家的路";那里,"蓝天是儿童读物／阳光很辽阔／睡意很辽阔／四肢很辽阔／一把镰刀躺在草丛里／梦是弯曲的"。这些,我有吗?门前的鸟巢,即使在降落之前,也无非局促在檐下方寸。尽管一里外就是辽阔的太平洋,但它被排排房屋,架架天线遮挡着,望不到。与它为邻的,要么是电线的五线谱,供它们飞出巢后,随兴跳为音符;要么是电线杆、灯柱、电缆、广告牌。好在还有绿树,让它们在大早,露水还湿着翅膀时,有个高谈阔论的会场。如今,鸟巢被贬逐,更无从谈起。它所对的是人行道,道上停着我的蓝色本田车,车龄十年,颇为老气横秋,每次引擎发动,都让它饱餐废气。不时有赶电车的人跑过,遛狗的慢腾腾地踱过,拐杖笃笃的响过,风起了,有落叶和纸屑飘过。异国都会,不能说风景一无可观,只是总和鸟巢风马牛不相及似的。

不相及没关系,就让山指甲丛托着它好了。雪白的空巢,是一个醒目的提示。何况,它的运遇不算太坏,要落在地上,让风刮到街心去,便遭车轮和脚的蹂躏,然后当垃圾扫掉了。

五、白撞雨

清晨,我在街上漫步散心。在一个街角,为了看人行道旁的玫瑰花,停留了片刻。头上洒下细细的雨。怪了,摸摸略被沾湿的头发,轻轻叫了起来:哪会下雨呢!天气晴好得无懈可击,一丝云彩也没有,蓝得坦荡,净得一如最爱美的女人的妆镜。是楼上的人往街上倒水吗?没见人影。我非要一探究竟不可,踮脚一望,哈,一只小不点的麻雀,在屋顶饮水!昨天下过一场不大不小的雨,沥青屋顶周边积着水,并不奇怪。麻雀在那儿喝水,有何不可?我饶有兴味地左看右看,小麻雀更得意了,晃晃小喙,又往下洒来雾似的水花,那是在涮羽毛,兼以表示亲昵。多有意思的画面!我忘情地笑着。小麻雀玩够了,啁啾够了,眨眼工夫飞走了。

我对着地面小滩若隐若现的水痕出神。乡间的农民,把阳光下的骤雨称为"白撞雨"。刘禹锡著名的《竹枝词》里一首:"杨柳青青江水平,闻郎江上踏歌声。东边日出西边雨,道是无晴却有晴。""东边日出西边雨",就是"白撞雨"。小麻雀所制造的,是它的变种,虽极微小,完全不成气候,除了我因偶然的机缘,谁也没有注意到。然则,是怎样可遇而不可求的奇迹。麻雀也是"道是无情却有情"。

　　为了这场小到不能再小的"鸟造雨",一整天我很快乐。生命一下子充满了光明,和丰富的幽默感———想及麻雀在屋顶向我洒水的小动作,就忍不住发噱。我忽然悟出:心灵也许浩瀚如沙漠,但滋润它的,不必巨川,只要涓滴。而且,寻访这仙泉,不必非要穷尽地图、圣经、佛典,有时就在街角,如果时机刚好的话。

六、乞　丐

　　午间,驾车上班,路过"阔街"。照例是堵塞,车子一辆咬着一辆,一条街,就像一只百节蜈蚣,蠕动得艰难而缓慢。等候绿灯那阵子,看见安全岛上,法国梧桐下,一块纸板,一个蓝色方筐。纸板,不用说是乞丐的"招牌",上面所写的,大抵是:我是一个无家可归者,或越战退伍军人,或艾滋病患者,又或家遭大火(洪水、龙卷风等等)毁灭者,请求给予施舍,或者以工换食物。字,全是手写,都不会漂亮到哪里去。有的高姿态,搬出上帝来压人;有的姿态又太低,只求人"捐一个铜板"。须知区区铜板,在美东是不算钱的。"我收下,又找给谁去?"——前几年,我在纽约唐人街买报纸,杂货店的老板娘这般训斥我,把一把铜板退回来。其实乞丐是以退为进,驾车人要肯煞住车子,发发慈悲,难道真的就给个把黄澄澄的铜板了事? 至于蓝色筐子,是牛奶公司的专用容器,虽然筐上印着"盗窃者罚款五百"的字样唬人,但随便在哪个超市旁边都能偷到。它是乞丐的凳子。

　　就这么两件"生财家什"。通常是,乞丐手拿纸板,坐在蓝筐上,神情自然有一番讲究,须凄凉或者悲壮,偶尔打打哆嗦,蓝瞳里泪光闪烁,表示不可忍受的饥饿或者痛苦。善长仁翁从车子侧窗伸手施舍时,乞丐须相应像当年吾国的"右派"和"牛鬼蛇神"获得"解放",重返娘怀时一般,感激涕零。如果到手的居然不止几个铜板,而是一元五元,宜像教授获总统垂询国策,诗人蒙州长召去作应制诗,不妨流露出点儿"欢欣鼓舞"来。

然而,在此刻,乞丐不在。也许到了"咖啡时间",他已安坐在不远处的"丹尼餐厅"靠窗处,观赏街景。若然,又有什么可非议呢?人都有休息的天赋权利。也许,他到福利局前排队领救济金去了。也许,他放假,正在金门公园的美荫下高卧。天晓得。反正,他的谋生工具,不愁有人偷去,偷去了,"克隆"另一套,也不费很多手续。

街上交通,仍旧"便秘"着,容得我浮想联翩。乞丐,不值得羡慕,但他凭这般简便的工具,就可"上班",毕竟有优越之处。可以和这比美的,是谁呢?对了,是文人,以电脑为标志的"后现代"之前的文人,他们也是两件谋生家什:纸和笔。兴上电脑写作之后,便昂贵和繁复了些。不过,即便在今天这"后后现代",也不乏择善固执之辈,如李敖,坚持"以人脑对抗电脑"。总而言之,单靠纸和笔,仍旧可以写作,可以赚稿费和版税,赚多情读者的热泪,赚寡情读者的骂声。而且,和乞丐一样,是"自由职业者"。

前年感恩节前夕,也是在这个安全岛上,见到一个乞丐,他在竹竿末端拴一根长线,长线末端拴上小纸盒,从容向车流垂钓,他钓的是怜悯。有时读到在"反右"和"文革"中受尽摧残的文化人,移民以后唱出来的、老掉牙的"红太阳颂",我就想起了这位洋姜太公。

七、啊,一路绿灯

灵车缓缓驶出唐人街的殡仪馆。七百多块钱雇来的洋乐队打头阵,出殡的车队开始了例行的巡游。拐个弯,上了最繁盛的市德顿街。管乐队奏起了《基督精兵》。

四平八稳的黑色灵车上,是一个铜棺,由死者的儿子护着。车顶上,树着死者的遗照,八寸宽十二寸长的相框,这是死者最后一次在浏览市容。浩荡车队向郊区的华人墓园进发。两个穿红背心,骑摩托车的警察随行,负责交通秩序。他们的使命,是保证一路畅通,几十辆车子不会因沿路的红灯而遭分割。

死者的生活道路,曾经满布红灯啊!他凭着父亲从赴美族人手中买下的假"出世纸"来到这里,先在"天使岛"被拘留了几个月,移民官向他亮起头一盏红灯。好在,会馆的律师把他搭救出来。然后,他进了唐人街的一家豆腐铺当小工。漫长的漂泊,哪里不是乡愁的红灯,英语的红灯?还有移民局的红灯(有一年,他鼓起勇气,到移民官那里作了"坦白",才恢复了真实姓名)。打工的收入本来有限,在天后庙街的赌档干脆连机票钱也输掉,使他"衣锦还乡"的梦彻底碎了。穷得叮当响的日子,房东也亮了红灯,逼得他搬出了廉价客栈的单房。豆腐铺换了老板,工作亮了红灯。尔后,婚姻的红灯,健康的红灯……一辈子,站站是红灯。

终于,熬来了一路绿灯!灵车过下城最拥挤的十字路口,警察把摩托车当街横放,两手威严地一摆划,行人啊,车流啊,马上停下,乖乖让路。然后,下一个路口。这由交通警察的手制造的绿灯,是社会发放的,最后的慈悲和尊敬。一路绿灯,在交通堵塞成了家常便饭的都会,除了装上呜呜叫的警笛的警车、救火车、救护车,哪一辆车子有灵车的风光?绿灯,绿灯,上了高速公路,更是风驰电掣。

你会慨叹:他生前的路,要多几盏绿灯,就不会这般孤单,也不止这个寿数啊!如果他的妻子不是跟一个比她年轻十五岁的面包师傅私奔,如果他在拉斯维加斯赌场的牌九档赢上那么一两局,如果大儿子不是因为失业而酗酒……如今,太晚了吗?是的。须知就这一路绿灯,也是以满城多少车子和行人的延误为代价呢。

人间毕竟有情,给他一段一气呵成的路,在最后。

啊,一路绿灯!

八、门前故事

早晨,明媚的阳光。我走出家门看风景。两个油漆工在贴邻门前忙碌着。今天是门前大街靠房屋一侧的清洁日,不一会儿扫街车要开过来。为扫街车开路的,是专给不移走的车子开罚单的监督车。我向他们道早安,郑重提醒,卡车须马上移到对面去,不然就要吃三十五元的罚单,那可是三四个小时的工资。这两条汉子,一个南美洲人,一个欧洲白人,对我很是感谢。前者要么英语不灵光,要么生性腼腆,很少说话。欧洲佬却颇为饶舌,在梯子上蹿下跳的间歇,不停地操波兰口音很重的英语,和我没边没际地拉呱。我反正没事干,乐得有人聊聊。于是和欧洲佬有了如下对话。

"我说兄弟,要多少钱?"我问。"告诉你不妨,别给吓着就是——一万零五百块。"欧洲佬连比带画,语调夸张地答道。在二楼阳台上刮旧漆的南美青年却偷偷向我摇头。我再呆也大略晓得行情,哪有这么贵的?几乎漏出两个字:"放屁",改口说:"去你妈的,一千块才差不离。"欧洲佬耸耸上翘的胡子,说:"不信算了。"我给逗乐了,半开玩笑地说:"妈的你成心吓跑顾客。"欧洲佬说:"正经话,价钱是老板和业主谈好的,老板不会告诉我们这些打工的。"我说:"可是,有人路过,向你问价钱,总得答出个谱儿吧?干吗说个大数字唬人?"欧洲佬耸耸肩,说:"我只在乎工资支票。"说完,轻吹口哨,埋头漆墙壁。

我想,他不是没有道理。在老板一方,自然需要保密,不然难免工人的妒忌:看嘛,收费一千块,开工资才一百五十块,加成本顶多是三百块,"甩手掌柜"至少净赚五百块。马克思主义的"阶级斗争"说、"剩余价值"说,也许就从这种对立发轫吧?然而,老板从洽谈、估价、订合同到购买原材料、支付保险牌照费等等名堂繁多的开销,也不能忽略。好在,这里是两相情愿的市场。在工人一方,也亏得这个自由,才不必在工作之外还代老板找客户；没工开，改换门庭就是。

　　下午，我出门看风景。欧洲佬还在忙乎，看到我，又开玩笑："这个价，干不干？"我断然摇头，顺便问："你是不是波兰来的？"他点头，问："是呀，你怎么知道？""你的模样像你们的前总统、团结工会的主席华里沙，他还在船厂开车床吗？"他哈哈笑着说："不知道。"

九、电话骚扰

　　午间，正在吃饭，电话铃响了。一位黑人小姐打来的，一开始自报身份：西尔斯百货公司的营业代表。我马上阻断她的话头，说没什么好买的。她却大咧咧地回答："我又不是推销什么，是问点事。"如此蛮横，也许是受人宠惯的美女吧？我笑了起来，说："那好，问吧！"她笑嘻嘻地说了会儿闲话，以联络感情，我那阵子光顾吃饭，没读书也没看电视，耳朵尽可派上用场，所以没失去耐心。她问："你家的墙壁，是砖的、木的还是嵌上防护板的？"我晓得了，她在兜售塑料防护板，立刻说："得了，我家墙壁早嵌上防护板。"马上把电话挂断。这是我对电话袭击态度相当宽容的一次。凶的一次，是对着话筒，破口大骂那位拨错号的白种少年，后果是，一连四天，鬼精的家伙在同样时间来电话骂我，每次骂三分钟，让你既来不及找录音机录下罪证，又觉得为此而追查来电号码，惊动警察，太过小题大做。真后悔那次，不是小不忍乱大谋吗？

　　我生气并不是没有理由的。电话骚扰，是最普及最常见的骚扰。有人来家前按响门铃，你开门一看，也许是来弘扬福音的，也许是找错地址的，偶尔也有厚脸皮的推销员。这已经是大不敬，如果谁未经允许而登堂入室，主人尽可报警，控以"擅自闯入"罪。可是，电话长驱直入任何隐秘之地。逼得你满身滴水，从浴缸爬出来的，从酣梦中惊醒的，就是电话肆无忌惮的铃声。即便你正在从事经国济世的伟大事业，正和屈尊来访的外交部长商讨与某国签订的条约，正进行着人之大欲的事件，电话一声急似一声的呼唤,逼得你放下手头的一切。你去接听,才晓得无非是某政客在"电话拉票",他买下线路,输入录音,在电脑控制下,轮番突袭千千万万无辜选民的家庭。电视剧《沈斐德》里有一个镜头:推销员给主角打电话,主角说:"我正忙着,你把家里的电话号码给我,我回头打去,好不好?"对方说不好。主角说:"你不喜欢人家给你家打电话,怎么偏打来我家呢?"

十、电传骚扰

"闭门家中坐,祸从天上来"。电话骚扰已经防不胜防,今天又发现一种"新猷"——电传骚扰。且说中午,我在家待得好好的,两个电话中的一个,铃声催人。那台电话,线虽然接到楼上,却是住在楼下的儿女专用的,他们都不在家,我听了白搭,于是不予理会。不料它极为顽强,一直响下去,我只好接听,是传真机的响声。开头我不管,暗想这阵子的电传,绝不是什么"要件""急件",难保不是广告信。然而它不善罢甘休,断断续续响了七八遍,我不堪其扰,一边骂娘,一边把线接到电传电话两用机去。传真出来了,是一家设于核桃溪的地产交易公司发来、有关某一个"共度"单位过户的文件,一来就是二十张纸。拿来看看,号码是我家的号码,收件人名字很长,是素昧平生的洋鬼子。这电传机是新式的,卷筒的油墨纸用过一次就报废,也就是说,这家公司把文件传错了,代价却要我这无辜者来付。我本来要中途停机,但记忆已经储存在里头,不打印出来,机子就嘟嘟不断,一似塞上过量垃圾食物的肚皮,不拉不快,只好让它一错到底。折腾了一二十分钟,长长的文件发完,都是看了头皮发麻的法律条文。我想关我屁事,打算扔进垃圾桶了事。

偏偏是一点儿"恻隐之心"没死透,替那接收人着急起来,事关房屋过户,不可儿戏,帮他个忙吧!便依照文件提头的号码给这家公司拨电,接电的是公司训练有素的女秘书,我请她接通246号分机,她不肯,追问我所为何事。我把经过简略说了,中心是一个:请他们核对号码,免得误事。她还是不肯接通,非要我说出收件人的姓名。不巧那姓名在电传纸上有点模糊。我说:"我是好心花钱打电话,提醒你们纠正错误,有号码在,你们查查不就得了?"她说不行,没姓名没得商量。我说,那好,我不"商量"了,你们错下去就是。生气地摔了电话。

末了我叹息:在美国,报税是义务倒也罢了;人家犯了错,我付钱替它纠正,干吗还遭冷遇呢?

十一、小店小景

午间,我走进唐人街一家缝补店,它真够小,体重超过250磅的真洋鬼子断乎挤不进门。我此来目的有二:一、修鞋,二、问罪。两事可以合并,一如时髦人士,婚礼和婴儿的满月酒一块儿摆。事缘一两个月前,皮鞋一边脱了线,拿到这里来缝补。那次进门时鞋匠还在家高卧,太太用电话急召,此公才睡眼惺忪地来到,大刀阔斧地替我补好,收费两块。不料缝线脱落的速度,比今人的离婚快得多,我只好拿回来,再补一次,顺便以破鞋为证据,小小地教训潦草的手艺人一次。这回来得晚些,鞋匠已经在岗位上忙碌开了。仍旧是"坐等可取",顾客是北方佬,正在仅可容膝的过道上,穿一只鞋子本分地坐着。鞋匠可不含糊,给大头皮鞋加了逾量的胶水,北方佬等得无聊,便和缝纫机后面的妇人扯家常,盛赞广东人的"有钱",然后有点鬼祟地打开手提箱,数什么。

轮到我了,我把破鞋呈上时质问:"你上次补的,怎么不牢靠,看嘛。"他不搭腔,先在鞋上涂上逾量的胶水,再用吹风器吹了一通。这回工夫没得说了,线下了三道,连里头的垫子也给缝上了。活干完,他大义凛然地说:"两块。"我说:"还收钱呀?"其实我没那么小气,人家花了这么多工夫,好意思赖吗?是唬唬他,为了好玩。"这回保用不?别又是刚穿上线就脱了。"他迟疑了一阵,更加大义凛然地答:"保一个月,我在底上加记号。""上次的功夫为什么这般差劲?"他坦然回答:"哪里是我补的?八成连线都没上。"这般要赖,可是我没发票,怎么计较呢?再想,鞋子是美国厂商在墨西哥所设工厂制造的,40块的便宜货,和他"鸦鸦乌"的做工正衬配。

我和鞋匠周旋时,缝纫机后的妇人也和一位女顾客较量,她刚刚修改了一条牛仔裤,顾客问价钱,她说:"随你好了,不给也行。但你打的电话,是要收费的。"顾客掏出鸡心形钱包,付上一块五:一块是工钱,五毛是电话费。门外的阳光何其美好,小店也是,那是故国乡村才有的风情。

怪闻杂抄（十则）

一、"老土罪"

据合众社报道，一对当父母的，男的住在纽约，干制片助理，女的是演员，来自丹麦。今年五月中旬一个周末，他们带了十四个月大的女儿，到纽约来旅游。两人进一家烧烤店吃饭，把女儿连婴儿车，放在门外人行道上。侍者和别的顾客见状，都劝他们把孩子放到餐馆里头来。当母亲的说不要紧，没照办。一个顾客却拨911紧急电话，招来警察。于是父母双双就逮，被控以"行为导致儿童处境危险"的罪名，女儿也给带走，由政府委托人家领养。几天后，一个负责家庭事务的法官裁定，婴儿归还给母亲。但市的有关部门宣称，他们在该父母提堂前，仍将执行监督之责，以保证婴儿的安全云。当母亲的无比惊诧：在丹麦，这样做，再普通不过了，干吗到了纽约就成罪啦？

小小婴儿风波，在大西洋两岸都引起议论。据纽约市府儿童服务中心的发言人称，警方所以出面干预，是因为餐馆的顾客投诉，说婴儿给撂在外头，挨冷啼哭，连夹克也没披一件，有一个小时之久。纽约市市长认为，警方行为没有不当之处。"如果这叫过度谨慎，就过度点好了。"这事也惊动了丹麦驻纽约领事馆，发言人说："对丹麦人来说，把孩子放在外头，距离近得能看到一切，却因此吃上官司，那确是够奇怪的。"

这就是"橘生于淮北则为枳"的现代版。原因呢？一位丹麦人认为是：在丹麦，活得安全些，他在哥本哈根时，就不时把儿子放在人行道上，自己进快餐店去。合众社则以"文化冲突"概括整个事件。

丹麦人生活在出过安徒生童话的国度，过惯了和平安全的日子，到了纽约,这个"连门外的垃圾桶和花盆都加防盗锁的地方",一似刘姥姥进了大观园,怎能不频出"土相"?时代日益进步,夜不闭户的淳厚乡俗,早已被闭路电视、红外线扫描、警铃、录影机等一整套防盗系统所取代;路不拾遗,在抢劫成了家常便饭的美国都市,更是天方夜谭。在这里,小孩子随时面临的,是遭拐带、掳夺、绑票、凌辱、强奸、杀害的危险,而不是鲜花和糖果。你胆敢把婴儿放在人行道上,不是"土得掉渣"吗?也难怪纽约市长奢言矫枉过正,婴儿一丢,这头报失,那头传媒闻风而至,警方搜索,缉凶,劳动多少人马,耗多少加班费?

丹麦来的女演员,要说犯罪,那就叫"老土罪"。从前,"大乡里进城",傻里愣登,丑态百出,逗得城里人笑掉大牙;盎然土气,至多被讥为"阿木林"、"马大哈"而已,如今,"土气"也与时俱进,升格为"罪"了。可见,把最为现代化的美国都市视为小桥流水、疏烟淡柳的乡村,万万行不通,不消说得;即使和北欧名城哥本哈根,也不可等量齐观,所以无论游客还是移民,都务必去掉土气,重新做人。

一九九七年五月

二、电话公司的恩赐

在旧金山,算得具有全国性声誉的英文大报,是《纪事报》,该报最近在商业版上,刊出一篇有意思的报道,大意是:本市一家名叫"古得拜"的广告公司,为远在得克萨斯州的"西南电话公司"策划广告攻势时,想出了新卖点——向公众承诺:晚饭时间,即下午五时到七时半,不接通推销电话。"西南电话公司"是地方性公司,服务范围包括得州,阿克拉荷马,阿肯色等五个州。"古得拜"的高层主管认为,想凸显比竞争对手的优胜之处,非这样办不行。

在晚饭钟点打来的推销电话,其不得人心,大家早晓得。以勤奋著称的美国人,白天上班的上班,上学的上学,傍晚陆续回到家,好不容易团聚在餐桌旁,享受天伦之乐,口腹之欲。此时,电话昂昂然登堂入室,比不速之客按门铃,还要讨厌。你老大不高兴地放下刀叉,一听,原来是推销劳什子"运通信用卡",说利率如何如何低;要不就是人寿保险"特惠月";地产经纪也插上一腿:贵宅市价现已飚升为×××万元,有意出卖者请与"百万"或"千万经纪"×××联络。你出于礼貌,或贪小便宜,恭听如仪。有一天晚饭上来,我正待举筷,远从芝加哥打来一个"市场问卷"的电话,女调查员莺声呖呖,温柔亲切,我偏又未脱出一般男人的毛病:禁不住"靓女"——我从她嗓音一厢情愿地揣测如是——的央求,逐项回答问题,从种族、教育、职业、婚姻、儿女,到购买习惯,包括随身带哪些信用卡,平时爱上哪些公司,爱用哪些牌子,原因是什么,用后反应如何,包罗万象,具体而微。幸亏此姝笔下留情,没有问到性能力和频率。待她大功告成,我啃着冷得发清光的白米饭,才看到老婆孩子,脸孔比菜还冷。

不合时宜的电话尽管讨厌,推销者却照拨不误,只因这"黄金时段"诱惑力太大,你不要白不要,对手是一定抢着要的。这回,"西南电话公司"一不推销产品,二不兜售特别的服务项目,目的只有一个:刷新公司的形象,把它从唯利是图的商业怪物,变为富有人情味,能够体察民间疾苦的"经济公仆"。更使人雀跃的,是全美各大电话公司,大都有意跟进。我读报至此,几乎泫然而涕,不是说"没有新闻就是好新闻"吗?这岂止是好新闻,简直是福从天降,从此,傍晚五时至七时半,可享受一顿"安乐茶饭"。电话公司的恩典,提供资讯上极大的便利,是其一;其二,该轮到这一条。

前年的《今日美国报》,以显著地位报道香港的若干高级餐馆,制订了新政策,曰:"大哥大"免进。阁下要吃饭,就只管吃饭,"大哥大"须关掉,或者交领班保管。免得众食客大快朵颐之际,"嘟嘟嘟"的噪音此起彼落。我读后,也像这回读《纪事报》一般,很为了彼岸"大哥大"阶级,在用餐的短暂时光内,耳减少分贝之扰,心减少俗务之烦,胃减少溃疡之险而欣幸。这回,好事儿终于摊到我们头上了,岂能不额手称庆,祝电话公司万寿无疆?

一九九七年六月

三、人狗之间

美国人对狗的爱,我们向来看不惯,觉得他们太抬举了动物。在金门公园不时见到,在流浪汉蜷伏的人行道上,施施然走过一条经美容师修饰过、穿着时髦衣裳的狗,和一位高视阔步的遛狗人,便认为那是一幅富含讽刺的世俗画,为我们"人不如狗"的感叹作印证。不过,这等宠狗的风尚一如吾国人嗜"香肉"的风尚,不能勉强改变,还是各自为政为好,移民则须入乡随俗。

在美国,"爱狗"倘成了宗教,以信徒之众多,那些异端就要受罪了。据《今日美国报》报道:在迈阿密市,一个男人将一头小狗扬起,旋了几圈,再放手,小狗摔在人行道上,死了。这一罪行,陪审团仅仅用了二十七分钟,便裁定"虐待动物"的罪名成立,他的刑期也许长达十年。别忘了,洛杉矶那个历时近一年的"世纪大审",陪审团聆听了近百证人、上万页证词,用了近四个小时才裁定足球明星辛普森杀害两人的控罪不成立。两条人命与一只小狗比,"爱狗一族"同仇敌忾,惩办异端的效率硬是高了好多。

再看,在奥克拉巴马州,一对夫妇为了教训自家的狗,将它拴在车后,以三十英里的时速拖行,狗的血迹长达一千英尺。这对夫妇将面临宣判,刑期可达五年。

对于这种重罚,爱狗族当然有许多理由。一位在全美"防止虐畜协会"供职的心理学家说:"不错,用刀子捅了一个人,也许只被判六十天监禁。但是对暴力犯罪的受害者而言,腿多两条和少两条一样是受罪。"还有一些心理学家研究出,那些在童年时虐待过动物的人,暴力倾向严重,成年后沦为杀人犯的案例甚多。

是故,奉劝曾经爱吃"香肉"的同胞,慎勿以身试法。开罪于狗,在美国可不是玩的!

一九九五年十一月

四、女法官的锦囊

如何钓得金龟婿,从来是一门大学问。据报载,美国克利夫兰一位十九岁的女犯人,因男友偷用了别人的信用卡,受到连累而被控告。她在法庭上认罪之前,民事法庭里好心的中年女法官,就此教了她好几招,招数颇具"指导意义",值得介绍:

其一,如果男朋友不好,就果断地甩掉。女法官根据法庭记录指出:"美国所有监狱内的女犯人都是因为一个男人而坐牢的。"这个结论既权威又客观,可见女性是何等勇敢地为了爱情而献身。只是所爱非人,竟要付出坐牢的代价。女人务必警觉,不要糊里糊涂地为男人卖命,男人要不争气,就毅然决然"斩缆"。(男人注意:所有男犯人却不是因为一个女人而坐牢的。)

其二,去旧之后是图新,须锁定下钓的对象。最理想的,莫如医生。女法官本人,嫁的就是医生,由此可知,她的姻缘极为美满不消说,她还要以此普救所有迷途女性。医生收入高,在家也"仁心仁术",照拂娇妻无微不至,是最值得追求的。至于天下女性,如果都从善如流,非医生不嫁,导致医学院的男学生挤破头,害得其他行业的男人都打光棍,那是活该。

其三,追求男人,须露大腿。女法官一语道破:"男人是很容易上钓的,你穿上迷你裙,跷起二郎腿,坐在巴士站,就可以轻松地钓到二十五个男人,其中十个会给你钱。"如果还不行,"就稍微打开一点腿"。如此这般,男人哪有不色迷迷地走近的?当然,大腿要在医学院附近打开,免得引诱错了对象。不知这是否法官的经验之谈?揆诸中国谚语:"女追男,隔层纸",当然是真理。可惜,女法官此言一出,就遭到从社团到报章的围攻,指她为"教唆犯",在各方抨击之下,这位自由派女法官颇为狼狈。

也不知美国的淑女,有没有运用她的锦囊的兴致?

一九九六年八月

五、一吻何价

接吻,在某些不解风情的国人口中,变成了"啃",在洋爱情学、性爱学中,却是可以自立门户的大项目。每年到了情人节,许多地方举行接吻大赛,几千对情侣相拥,口对口地交流唾液,马拉松一番。最近旧金山一家电视台,播报了一条新闻:专家公布了最新的研究结果:接吻有两大好处:一是消耗热量,每接吻一分钟,可去掉两卡路里;二是脸部肌肉获得良好锻炼,有效地减少皱纹。这么说来,如果你每天和情人"啃嘴巴"半小时,上健身院和买护肤品的开销也省下了相当部分,爱情愈益天长地久,不在话下。

有人问,接吻如此有益,可否标定价格?洋人谓,"爱情无价,但爱情的附件无一不标价。"附件,当指鲜花、贺卡、以及作为礼物的其他玩意儿,如钻戒、手表、车子和别墅,这些都是明码实价的。但相对于实物,接吻属于"务虚",和情侣、夫妻间的性爱一样,一般来说难以进入市场。不过,最近在美国,有一案例,从中可管窥某些接吻的价格。

案子是这样的:加州维梯尔市居民狄奥斯戴度(Diosdado)夫妇,一九八八年结婚时,曾经订立书面的《忠诚契约》,其中的一条款规定:双方在感情和肉体关系上须对配偶保持绝对的忠诚。嘴对嘴的接吻以及任何形式的身体接触,只要和"性"扯上关系,便算犯规。违反契约的一方,须受如下惩罚:一,被逐出住处;二,支付离婚官司的一切费用;三,附加五万美元的惩罚性赔偿。一九九三年,妻子指丈夫和一女人有染,证据是一目击者提供的——他和一个女人接吻。其后夫妻二人分居。一九九八年,妻子上法庭控告丈夫,要求赔偿。丈夫对"外遇"的指控坚决否认,说向妻子检举他的"独立证人",是那位女士的前男友,他为了报复,故意捏造桃色谣言,在办公室散布。

二〇〇二年四月,洛杉矶上诉法庭的三位法官就这一案子作了审理，裁决书指出，女方为了丈夫与人接吻，而索赔五万元，此议不被采纳。法官所根据的，是加州一项制定于一九六九年的首创性法律，它规定，夫妇双方只要存在着"不可调和的矛盾"，就可诉请离婚，在诉讼中不必提供任何一方损害婚姻的证明。"行为不检"的罪名，在法庭和配偶争夺儿女抚养权时也许可作资本，但在离婚官司中派不上用场。

关于上文提到的《忠诚契约》，一位法官说："它试图给在性爱关系上不履行义务的一方施与惩罚，但这在法律上是不可行的。"看来，接吻的价钱，消费者权益保障委员会、物价管理局管不着，法院也鞭长莫及。

二〇〇二年五月

六、奉献挨罚

美国金县公园管理部门的经理，现年五十有二的海伦·斯坦韦尔女士，四次遭到上级惩罚，最近一次，是不带薪停职三十天。理由呢，几近混账——工作太勤奋，她长期来自愿加班，又不领加班费。她有自己的理由：她太爱自己的差使了，总想干得十全十美，于是把业余时间也搭上去，钱嘛倒不想多要。一来，她的薪水每年有四万三千，并不算少；二来，她不想加重纳税人的负担。这不是美国的"活雷锋"吗？却没个好果报。

上司为此，曾给了她一封措辞严厉的警告信，说"有人在八月二十二日下午八时还看见你在工作"，然后发挥一通：这样做并无好处，会使上级滥用权力，给下属施加压力，迫使他们无偿加班，云云。尽管在另一面，上司称赞她的"公民道德"。但说到底，加班而不拿钱，是"情虽可恕，法无可逭"，非取缔不可。

这桩事，孤立地看，海伦女士当然无可非议，问题是她陷在社会这张网中，牵连甚多。她加班而不要钱，在诸位按时上下班、加班必多拿报酬的同事中间，便显得突出。居心叵测的上司说不定就真的拿海伦作榜样，要求大家"奉献"，那规矩就给败坏了。中国人睿智的谚语，如"出头的橡子先烂",如"枪打出头鸟",在洋社会一样通用。

　　这桩事,不但牵涉海伦的同事与上司,更和工会扯上关系。甚至可以说,对此最为在乎的,乃是工会。一般而言,工会关注的,是会员的权益,而不是雇主牟利的多寡。海伦一人长期加班,雇主便可以少雇半个或一个人,这就意味着她剥夺半个或一个会员的工作权利,教社会增加半个或一个失业人员,海伦的好心,不是办了坏事吗?如果海伦本人是老板,则当别论,她一天干二十小时也是活该。她若精力过剩,最好到教堂去当义工。

一九九七年六月

七、乞丐奇招

　　据报道,在美国当乞丐有这般的奇招:你扛的牌子,上面不要写"急需食物",或"急需工作",而要写"我需要买啤酒的钱"。这可不是胡扯,而是记者乔装乞丐,身体力行数天之后,才得出的结论。扮乞丐的记者,在匹兹堡,扛着讨饭的牌子,一天下来只讨到十四元多,而亮出讨啤酒钱的招牌呢,竟讨到五十六元。

　　奇就奇在这里:锦上添花的,比雪中送炭的,硬是多得多。这可不好拿一句"不可理喻",或"莫名其妙"就打发掉。我们且试着分析一下,原因何在?我想到这么几条:

　　一、"讨钱买啤酒",有幽默感。本来,乞丐在普通人眼中,都是穷苦的——不是真的,就是装的,哪有品尝啤酒的闲情?新潮乞帮偏偏反其道而行,在单调得令人生厌的诉苦声中,掺入点儿黑色幽默,好新奇的美国人,便眼睛一亮,顿生好感了。

　　二、"讨钱买啤酒",是大实话。谁不晓得,乞丐大军中,相当部分不过是骗子,利用人们的恻隐之心发点小财,好去买毒品、买醉罢了。对此,骗子是不会和盘托出的。既然彼此心照,何不实说?实说,反倒可爱起来,心理上的距离缩短了。怪不得一个建筑工头要给乔装乞丐的记者一份工作,他认为,凭这样的牌子,就知道乞丐在工地上会和伙伴相处得很好。

三、"讨钱买啤酒",使施予者减轻了心理压力。替别人买瓶啤酒,让他解解渴,不过是顺便帮个小忙,花费不多,皆大欢喜。说到周济饥饿的、无家可归的、贫病交迫的、携带艾滋病毒人的,对不起,那是宏大的社会工程,必须郑而重之地办。一般路过的人,自顾之不暇,哪有这等雄心壮志?所以避之唯恐不及。

一九九七年七月

八、"母爱出让"

美国一个成立才三个月、经营拍卖业务的网站,趁二〇〇一年母亲节将临,推出最新的拍卖品:母爱。这种天下最伟大、最无私的爱,来自网站的老板罗伊。罗伊先生已三十二岁,母亲还把他看做小孩,爱得无微不至,爱得没商量,爱得使罗伊忍不住要和人分享。谁投得这一无价之爱,就可以接到"妈妈"定时打来的电话,问你吃了饭没有啦,房间收拾了没有啦,交上异性朋友没有啦,什么时候回去看妈啦。反正,妈该管的事,一件也少不了。当然,尽管罗伊的母爱出超,却不能被别个垄断,无论出价多高。这次出让,期限为三个月。拍卖从四月开始,截至母亲节前一天,有二十八人出价,最高价为二百七十五元,网站将把这一款项捐给儿童福利机构。

就有关报道看来,拍卖品的"母爱",似乎全靠电话输出,可以称为"电话爱",一如把没有性爱的柏拉图式称为"精神恋"。这也难怪,在这个"父母在,不远游,游必有方"极少成为可能的社会,儿女成年、成家后大多离开母亲,独立生活,母子的住处相距不远还好办,如果每次见面都得依赖飞机,那么,电话线之为母爱的管道,堪比拟九月怀胎时期的脐带。既然如此,将罗伊的妈妈给新来的"合同儿子"打电话,称为"母爱",似乎并无悖理之处。

据说,对此任务,罗伊的慈母极其喜欢,谁最后得标,谁将接到她源源不断的电话,该没有疑问。问题倒在于,母爱是"唠叨"的别名,中标者能忍受吗?须知,母亲的唠叨是以由怀孕到抚育的整个过程作铺垫的,缺乏这一铺垫,唠叨也许聒耳吧?然而,凡妈妈,都免不了向儿女唠叨,从小时吃饭穿衣洗澡理发买零食到成人后喝不喝汤水有没有对象再到孙儿女的尿布,母亲的悄悄话啊,"勤婆娘的裹脚布——又香又长",儿女当时听了,恭敬有之,感动有之,不耐烦,当耳边风也有之,到母爱终竟远去时,却无例外地追怀:妈妈啊,尽管唠叨吧,一万遍也不厌!

二〇〇一年五月

九、奶牛的"心情"

加州是全美最大的牛奶制品出产地,去年生产的乳酪共达十六亿磅(超过六亿公斤),全州奶牛所产的牛奶,一半拿来作为乳酪的原料。乳牛行业所组成的"加州牛奶协会"这广告大户,每年总要推出几个别出心裁的牛奶和乳酪广告。最近的两则,广告语都是"好乳酪来自快乐的奶牛,快乐的奶牛来自加州"。头一则,情节一似"文革"年代中国流行的"忆苦思甜":牛宝宝和牛奶奶在牧场吃草,宝宝问:"奶奶,你是从哪里来的?"祖母没有回答,头晃了晃,一副"不堪回首"的神情。接下来的是忆旧镜头:白雪满天,朔风呼号,奶奶瑟缩抖颤。随即,镜头切换,阳光明媚,草野丰茂,这是如今的加州——快乐的"新社会"。第二则,画面上的两只公牛,以性感的口吻评论生长在加州田野的异性。一头说:"这里的妞儿和别处的就是不一样。"另一头答道:"还用说,尽是阳光,空气清新,食料又好……"这当儿,一头雌牛出现,公牛们不失时机地调情,远远地抛过去一句:"喂,你这是上健身院吗?"

这些以牛拟人的广告,炒作还是炒作,却另辟蹊径,巧妙地迎合了美国人爱护动物的心理,引导顾客从"奶牛活得好",推出"奶制品质量好"来。可是,美国的"保护动物权利"人士,比中国的红卫兵还厉害,红卫兵要"解放全人类",他们却要把多出两条腿的畜生也解放出来。"畜道主义"分子所组成的"善待动物者协会",最近向联邦贸易委员会提出控告,指控三点:一、在加州,大多数奶牛给圈在肮脏的露天围栏里,栏里并不长草;二、挤奶太多;三、小牛刚出生,就与母牛分离,天伦之乐惨遭剥夺。总而言之,加州的奶牛岂止不快乐,简直生活在水深火热之中。因此,这个协会要求政府发出禁止令,不准业已在平面媒体播放了一年半的"不实广告"播出。不但如此,这些爱动物爱得走火入魔的人物,连喝牛奶吃乳酪也反对,他们推出的"减肥食谱",排斥一切奶制品。只是,这等玩意儿的味道,未必可和中国的素食家所制的"斋烧鹅"比拼。何况,连最能助长身体发育的牛奶也不让喝,不给小学生的家长们骂死才怪。对这样的抗议,"加州牛奶协会"的发言人针锋相对地说,集中着大多数乳牛场的卡斯特罗谷,尘土是多些,可是,谁会把它错认做风光旖旎的索努玛郡呢?

庄子云:"子非鱼,安知鱼之不乐?"人,也许只知道,奶牛挨冻受饿,不是好事;奶牛快乐不快乐,却是另一层面的事。奶牛的乳房干瘪,还去硬挤,诚然徒劳;可是,乳房鼓胀也不挤,奶牛不憋得慌吗?虽然,对牛弹琴,据说有助于提高奶的产量;但把奶牛等同于具有七情六欲的人类,动不动就来个"精神分析",几近荒谬。人吃饱了也不一定快乐,按此推论,奶牛所要求的"精神享受","爱护动物"团体怎样去满足呢?

二〇〇二年五月

十、瘦身妙方

闲来翻一本英文的男性健身杂志,里面罗列种种减肥方法,在"吃"

方面,有一条:尽量少放盐。吃盐过多的害处,我约略知道一些,如导致血管硬化和糖尿病。不过,该文标新立异,指出不放盐,宗旨在使菜的味道不好。饭既难以卒吃,自然少吃。减肥大计,这般推行,岂不利落?记得十来年前,我和友人游"万佛圣城",每人花八块钱,在寺内的斋堂吃了一顿午饭,菜,尽是清水煮的,油盐都没怎么下,味道出奇的寡淡。我们刚刚礼拜过众佛,不敢放肆,皱紧眉头,筷子少气没力地动着。要不碍着那条"务必吃光"的清规,连半碗饭也解决不掉。看来,这一偶发事件,若衍变为每日功课,教我们栗栗危惧的体重,谅可获得控制。

那么一来,家有烹饪高手,就不值得骄傲了。除了少进餐馆,谢绝以"放开来吃"为主轴的社交聚会外,家里的餐桌上,每天最好都是故国当年的"忆苦饭",材料是南瓜、白菜、糠皮和极少量的大米,混在一起,煮成稠稠的一锅,排斥油盐和一切调味品,如果边吃边流涎水,你就打开电视,靠看精彩的足球联赛来转移胃口。从前说"巧媳妇难为无米之炊",如今是"巧媳妇善为难咽之食",和烹制水陆八珍的美食比,这该较为容易,怎么难吃怎么做就行。只是,男人们须忍痛作出牺牲,你一面埋怨裤子没有一条合穿的,跑个小山坡就喘气不止,一面又要珍馐不断,还要壮阳药膳、抗衰老食品,好事占全了,哪有这般便宜的?而况这么个吃法,吸纳的是有限的高纤维绿色养料、低胆固醇、低热量,有益于健康,还有利于钱包。健康,所以长寿;节省,所以富有,长远地看,晚年生活一定美妙绝伦。而个中妙诀,却简单之极。

是故,以"简单"为核心的生活哲学,可以更加简单。不过,这并非什么时髦,马克·吐温早就倡言:要活得长,只要吃不想吃的,喝不想喝的。你和胃口对着干,瘦身大业一定成功。刚刚看了一篇题曰"粗粮细作"的散文,说在充满饥馑的历史中,玉米面,可以弄出好多花样:贴饼子、蒸傀儡、摇格格、打糊饼、打缸炉、把儿条……如今呢,似乎是"细粮粗作"的时代了。

二〇〇二年一月

父亲的孤独

昨天夜里，父亲来电话，说收到一份官方信函，全是英语，不知所云。我让他把字母念出来，他缓缓地读："J—U—R—Y"，我告诉他："是召你去当陪审员呢。"在刑事或者民事诉讼中任陪审员，是美国公民的义务，不履行得受处罚。旧金山地区，法庭多，官司多，供遴选陪审员的人口却只有几十万，所以公民们频频收到法院寄来的通知，连辞世多年的也逃不脱。父亲已加入美国籍，但据法例，超过七十岁的获得豁免。我说："你把表格填了，寄回去就行。"他对付入籍考试的英文是靠恶补来的，早已忘个精打光，要我代填。我说不急，什么时候去看你，顺便填写就行。他却说明天白天，趁你休息，带来你家给我填写。我忙说："你的腿不好，别为这小事两头跑嘛！"他说没关系，乘二十九路巴士，说话就到了。

说实话，休息日的白天，我是不想遭到叨扰的，我需要独处，读书，思考，写作。即便无所事事，也自得其乐。对至亲的人，有没有例外？我没有不孝到拒纳的地步，可是心里并不痛快。说得崇高点，在这被谋生占去太多光阴的海外，我要见缝插针地经营可怜的"事业"，可是，亲情能不顾吗？而况，父亲在我生命之中，所占分量之重，远不是一般骨肉情可比拟，他还是我的导师和友人啊！今天午前，父亲又打来电话，说要出门到我家来。我还是那一句：不必为表格跑路。他说还是来一趟好。我硬着头皮答应下来。

可是，日影从西墙转到东墙，过午了，门铃还没动静，不由得牵挂起来。毕竟是老人，六年前他在唐人街上走，闪了一脚，左肩脱臼，还是小菜一碟；以后，接二连三地出事，他的腿脚终于半报废：五年前左膝盖磨损，整个更换以后，走路一拐一拐的。三年前他在下城搭缆车，摔了一跤,右腿的胫骨断了,旋进五根螺丝。这精力充沛、生性好动、永远坐不下来的老人,莫不是又……我发慌了,打电话去查问,父母俩都不在家。深重的负罪感慢慢地爬上心头。

父亲到我这里来,仅仅为了填表吗?不,是要跟我说话啊!他憋了一肚皮的话,非得倒出来,这我早就晓得。说来话长,二十多年前,我和父亲之间的聊天,在村里曾经传为笑柄或者美谈。那时,我在乡村小学当民办教师,父亲在三公里外的供销社当售货员,晚上父子俩要有空,就摆开龙门阵。冷天在家里的厅堂,夏天在门外,对着满天的星。我懒洋洋地躺在大藤椅上,父亲坐一张矮矮的竹椅。他性子急,一个劲地摇葵扇驱赶蚊子。两代人的话题无所不包,大至世界政局小至生产队人事,周遭的沧桑,自留地里的椰菜,屋后小塘上的水浮莲,要么谈弟妹们正在忙碌着的副业:编草包和织竹帽。自然,有些话题不好涉及,比如黄色笑话、爱情和性事;此外,我也不掉书袋,因为父亲不是文学中人。父子俩了无拘束,高谈阔论。兴起就抬杠,打赌,面红耳赤,但从来不会拂袖而去。那些年间,我家有点像英国伦敦海德公园的论坛,村里喜爱听新鲜事体的后生,扛上板凳;德高望重的父老提一管"大碌竹",在我家门前的禾塘集合。主讲者,不是我,就是父亲。那是"无产阶级全面专政"的年头,中国人的脑袋和嘴巴都被紧紧钳制着,我却获得相当充分的言论自由,它来自毫不专制的生身父亲。尤其有趣的,是父子聊天,爱说粗话。本来,两代人都不以"雅人"自命,我身为"人之患",也只保证在学生面前不"炒蟹拆虾"而已。然而,再放肆也不好夹带脏字呀,父亲毫不在乎,和我说笑话,荤字成串,我习以为常,旁边的闲汉却笑得捧腹。"丢那妈,那鬼旋风硬是厉害,阳台上的白鸽笼子散了架啰!""我说,阿财这家伙没卵嘛,太他妈的混,这样便宜的买卖也给弄砸了!"更糟糕的,是我的家乡话里,粗话常常直指对方,比如,不是"丢他妈",而是"丢你妈",我开头听了也脸红,慢慢才惯了。我的粗话,没父亲的恣肆,但也够豪迈。于是旗鼓相当,不但村人,就连家里的女人——母亲、妹妹和妻子,也见怪不怪。

十四年前,双亲移民美国,和我同住了几年,后来搬到唐人街。父子关系仍旧亲密,可是,两人相对,断断无法像昔日的风前月下,那般酣畅淋漓。我为此深深苦恼过,却不知原因何在?我忙于谋生,太累,不得不对唾沫星子有所撙节吗?我离乡多年,代沟大大加深,再没有共同的话题吗?是文学之神,需要我以心的沉潜,嘴巴的沉默来供奉吗?也许都不是,仅仅是老去而造成的内敛。我知道,父亲对此是存着莫大遗憾的,不对我明说,却偷偷地对我的朋友诉苦,问他们,过去他的长子那么健谈,为什么这些年来无话可说?我明知这局面,太伤老人家的心,却没有力量改变。还好在,不是一味相敬如"冰",两代人也曾稍发少年狂,复活那年代的热络场景,机缘难得一见就是了。九年前一家子老小还乡,在老屋吱呀作响的破酸枝椅上,团坐着父亲、我、还有远道来访的故交,桌上一壶由井水泡出来的龙井茶,苏活了板结的远年回忆,聊到深夜,极其投机。头顶的阁楼上,对联剥落的神龛里,祖宗的牌位俯视着两代人,混浊的线香味,水烟筒的咕噜声,门外的狗吠,教人泛起莫名的身世之感。今年春节,我为了尽孝,陪父母回家乡,父子在旅途,在弟弟的家,聊得蛮有趣味,尽管不可能如同昔年那般一泻千里,话题接迭而来,但是在拘谨中,也分明感到了,心灵还在呼应着。

话虽然越来越少,父亲对我的疼爱,却永远不变,不动声色却温润无比。他是深情的人,知子莫若父,他凭直觉,晓得我的时间,要用在比和他聊天重要得多得多的"正事"上,所以尽量压抑住冲动,给我打电话,简略的几句,事情交代完就挂断,末尾老一句:"你忙你的事,别管我。"我的"事"是什么,他不多过问,我的书出版了,却喜滋滋地向朋友和乡亲夸耀。刊登我作品的副刊,他保存起来,看了又看。

然而,老年的孤独,愈来愈残忍地啮啃着个性好强的父亲,他的牢骚不敢向我发,怕我难过,进而影响我的"正事",便向他的媳妇——我的妻子发。有一次,他没来由地抱怨和他分租一个住宅单位的同乡阿炳,说:"搬来前,说得好好的,是做我的伴,晚上谈个话,他爽快答应了。这下倒好,上班还罢了,休息那天,在家屁股不沾凳,来去一阵风。"妻子当笑话告诉我,说罢连连摇头,作了评论:"你爸这号人不讲道理,人家又不是白住,凭什么要陪你说话,你付钱呀?"我却难受得很。孤独的父亲啊!可是,父亲身边有母亲,老夫妻去年庆祝了"钻石婚",感情经过六十个寒暑的磨炼,终于合作愉快。可惜母亲内向寡言,不喜交际,不像父亲那样精力过剩,爱来事儿。中国老式婚姻的一切利弊,都在他们身上:坚忍的厮守,最丰富的默契与最浅层的沟通。

父亲的孤独感来自个性,他是一个卓越的事业家、活动家,中年以前,脑筋的活泛与体力的充沛,鲜有同辈可比肩,这真是小市民中最可爱的"好动症"。为此,"文革"中,这位国营棉布店的会计,被挂上"阶级异己分子"的牌子游街,主持批斗会的造反派,派了一条教人哭笑不得的罪名:"不守冷档。""冷档",指墟期过后顾客稀少的时光,在高峰期一手剪刀一手算盘,运转如飞的父亲,偏偏忍不了闲和静,找个借口溜出柜台,到别的店去串门。如今,在异乡,哪里去找伙伴?在晚年,怎样从闲谈中获取慰藉?

是啊,孤独。都市人的孤独,是双重的,人人被局限在居住与工作环境的狭小空间,是"硬件"上的孤独;人在"隐私"里栖居,疏离的人际关系,被物欲的征逐淡化的亲情,是"软件"上的孤独。父亲不谙英语,不会开车,不爱到同乡会烟雾弥漫的麻将台去凑一角,偶尔上茶楼,与寥寥的朋友作极其有限的交往。那孤独无异是雪上加霜。他平生最可推心置腹的,是我这个他先前以"光宗耀祖"殷殷相期的长子,这些年,我在异邦混不出头脸,父亲却予以完全理解与体谅,他从来不像一些父母那般,以"某某发大财"来敲山震虎,就是证明。他的需要很卑微:和我说话。可惜,我和父母不住在一起,不能"晨昏定省",我常为此负疚。可是,转念想想,即便我去和老人家聊天,也只解他的寂寞于一时,却无法治本。

是啊,孤独,谁没有?我除了上班,不是独个儿待在家吗?孤独,如其说是"身无所伴",不如说是"心无所依"。要是父亲有什么嗜好,有所用心,麻将啦,养鸟莳花啦,读书作诗啦,或者加入什么俱乐部,群居终日,他就不会那么无聊。然而,可以责怪他的精神境界低下吗?传统上缺乏宗教情操的国人,谁不多多少少地为灵魂的无所皈依而彷徨?

接过父亲的电话以后,我一边在电脑上写作,一边胡思乱想,最后的结论是:欢迎父亲来,和他好好说说乡间旧事,也耐心听他发发牢骚,他的不满多是:外孙爱捣蛋,向隔壁扔石子遭邻居投诉;三女婿不和他说话;幺妹花钱没计划;二女婿干起活来不要命,天天为了装修房子忙活到凌晨,迟早累出病来……他的慈爱,固然常常以抱怨表现,他一生中无从发挥的才具,也只能这般出以曲笔,我当个忠实听众好了……

父亲说好两点到达的。抬头看钟,三点也过了,人却没来。打电话到他家,没人接,这急性子不要又在抢上巴士时摔倒了?我强按下忧虑,等着等着。终于,他家的电话拨通了。父亲乐呵呵地说:"我忽然改变主意,换坐另一线巴士,看阿炳去了。"我嘘了口气,责怪他:"怎么说来又不来,害得我好等。"他孩子般顽皮地笑着说:"我知道你时间金贵,就不去了,那表格,我让你妹妹填填就行。"

我捏着话筒沉吟,几星泪水滴在手背。啊,父亲,他为了我的"正事",放弃了机会。这就是我所拥有的深沉的父爱。

二〇〇一年九月

窗外人寰

前几天和家私店说好，星期三他们把订购的餐桌和椅子送来。星期二睡前，把桌子和椅子挪走，餐厅腾空。早晨，到外头跑步，买报，回到家，看着空荡荡的餐厅，很不是味儿。本来，看报纸和吃早餐这两桩例须同步的事件，可以在任何地方进行的，书房有什么不可以？白宫的椭圆办公室不是曾被克林顿总统用来幽会吗？然而我偏不转圜，宁可搬来折叠桌子，也要在餐厅待。

桌子上，一杯速溶咖啡、一张报纸、几只面包。我安然落座后，马上发现，离不开餐厅，原来是舍不掉那扇落地窗。窗子，曾经被李笠翁拿来做画框，室外的佳胜，既已在开窗户时精选过，嵌在窗里，又随季候和时辰变幻，自然算得窗之极品。我所面对的，没那么多妙处，无非是：一张从"家居总汇"买来、值六十来块钱的百叶窗，窗门是老式的单层玻璃，早该换为隔音保温的双层了，但还没工夫。然后，小阳台，白色油漆上落满了尘粒，提醒我：外面有鸟叫，也有露湿风寒。槛下兰花，一半剑叶枯萎了，软软地拖在木板上。望开去，依次是：栏杆、街道、街灯柱子、花旗松、车的流水、白的灰的、或者有如乡间神龛旁边对联一般灰暗得古典的屋顶。屋顶连绵地起伏，铺展到海滨，偶尔勃起一根两根细瘦的烟囱。从窗子望，屋顶不再是平铺的，反而像竖起的帷幕，烟囱恰赋帷幕以丰富的动感。海，在帷幕皱褶的开阖间，显出支离的浅蓝色来。还亏得隔音效果不好，窗外的一切噪音——喇叭声、警笛的怪叫、乌鸦的嘎嘎，在马路上铺沥青的工人开动捣拌机时、窗户轻轻颤动的响声，不绝于耳。在"人生"与"自我"之间，窗设下门限，却保有沟通。李敖当年和国民党斗法，质问：没有窗，哪有窗外？然而，有了窗，就有"窗外"了吗？如果你不看,不用入世的、悲悯的、热烈的眼光来看的话。

　　我呷了一口咖啡,翻开报纸。世界在我的四周活跃着。一个穿着大衣的白种女人,在屋前人行道上,点着一根香烟,深谋远虑地徘徊。凭直觉,我知道她不是在散步。散步的人,精神完全放松,路是人在走的;她呢? 可能赶上班去,从略略前倾的姿态看,走路的是她的紧迫感而不是她自己。她转了一圈又一圈,圈子越转越大,如果在等候接载的车子,不会兜这么久。那么,她干什么,在这个住宅区?

　　我探头,想看个仔细。她身段苗条,脸孔却不美,我这不是以眼睛揩油,而是想起上星期发生在这个社区的罪案:一个外表温文、衣着光鲜的白人男子,在街上转悠,看到孤老太太从外面回家,便佯装讨水喝、借电话骗开门,把事主捆绑起来,再从容劫掠,已犯案一二十起。如果这位女士是男士乔装的,下手不就更容易吗? 如果她或他不是图谋不轨,干吗还不离开? 我像福尔摩斯一般作着推理,结论没达到,人却不知在哪个时刻消隐了,连她是坐上车子还是走路离开,也没察出。

　　我对着花旗松出神,隐隐看到,坚忍的针叶脱落,撒落停在荫下的"丰田"和"傲视无比"上,车窗堆满散漫的褐黄色线条。一条狗进入视角,我认识它,1854号门牌邻居的宝贝,也许属于贵妃狗一类吧? 只是体型不迷你,腿脚尤其修长,每天我大早跑步后回家,多半看到它,在铁闸里头伫立,白毛一丝不苟地贴在婀娜的腰身上,眼睛含着久旷华年的女人才有的幽怨。我晓得,它不是在思春,因为已经被阉割掉;但遛,即散步的欲望总该有的。这不,此刻它在绿草的边缘自得地走着。不远也不近地落在后面的,是胖胖的女主人。这种胖,不是累赘,而是带贵族气的厚实,她自得于这种厚实,步履十分的轻盈。

　　一对中国人夫妇在自家门前经过,唧唧喳喳了一阵,兴许是在议论我家在铁闸后新建的大门。看他们缓缓地远去,我想起两种文化的种种来。说起区别,这算不算一桩呢:洋人专注于遛狗,中国人爱"遛"爱情。爱情靠散步来培育,特别是在爱情尽量化入细节的老年。

　　只是,除了假日,遛狗的远远多于"遛"爱情的。而遛狗,实在算得洋式人情味的集大成。套"你要朋友吗? 到狗群去找吧"的谚语,洋人的真性情，在与狗的关系中，较之在鸡尾酒会和退休人士俱乐部的舞会，更表现得彻底。狗和人的种种，我对窗看得多了。人在前，狗在后，"遛族"的激进派；人在后，狗在前，狗成了"久居樊笼里，复得返自然"的彭泽令，不过多出两条腿来。手里拿着绳子，听任狗到处咻咻的主人，是和狗谈判，被狗"不乱跑"的许诺感动了的天真分子。主人和狗并排，一似爱"并头联句"的古之雅士在联袂而行，那表明，人和狗业已达致"大同"境界；而主人，很可能是单身。偶尔，瞥见一位秀气的女士，一副潇洒的装束，却大义凛然得不近情理，那无非是她的宠物刚刚在草地上方便过，她要么出于懒，要么出于维护仪容的使命感，没有带来善后的工具，所以拿矫饰的表情掩盖。至于主人胡子拉碴，衣服邋遢，而狗雍容华贵，颈项的毛整洁得触目，一瞥就迸射出油光的，不难推知，主人的遗嘱上，狗是财产的唯一"继承者"。——我有一搭没一搭地看尽是坏消息的报纸，间或抬头，品鉴人和狗，自作聪明地给他们贴标签。标签肯定有失误，一如某友人给我下"性情中人"的评语，殊不知我自己连"性情"在何处也懵然。

不管这么多，看到的窗外人生，与窗外的实在人生，岂是同一回事？教我疑窦顿生的穿大衣女人，在人生舞台上扮什么角色，以及她在我眼中的角色，怎么会重合？而窗户的妙，恰在这虚与实的反差之间。

我把餐包四只报销掉，仰头，一似美满的鱼喋喋，把最后一滴咖啡吞下。扫了窗外一眼，流连光景该告一段落了。忽然，一位从前没见过的妙龄女郎款款走过，胸脯高挺，再以流利之极的线条弯向腹下，可见戴的乳罩不是以夸张为能事的"魔术"型，侧影在熹微晨光的衬托下，散发出致命的魅力。我正待背过脸去，她在松下停下步来，似乎在掩藏什么，我撩开百叶窗看个仔细，原来哈巴狗解手，她在旁边遮蔽旁人的视线。

二〇〇一年七月

俯拾即是的快乐

午后,阳光好到家了,反而变得沉重,照到哪里哪里起了睡意。在家闲着。昨夜睡得足够,即便意犹未尽,三点到四点这时段,也不是法定的午睡时间,怎么也找不出偷懒的理由来。那么,上街走走吧。狗要遛,劳其筋骨,以锻炼体能;人也要。

遛了三个街区,到了一家杂货店。我所在的日落区,华人众多,诺里俄嘎街这一带的中式杂货店才两爿,生意都红火得很。我进了其中一间,才发现这时刻,在家午睡不宜,外出购物也不宜。本来,上班的还没下班,不上班的懒得在不上不下的时辰来转悠,店里该相当清淡才对。然而要排队。而我平生最讨厌的,就是排队。男人生性不爱"瞎拼"(shopping),选好货物还得在长龙里挪个小半天,是双重的活受罪。不过,我不"瞎"也行,家里的电冰箱还相当的殷实,还是回归正宗的"遛"好了。

我在店里走走停停,忽然,被什么感动了,心激烈地跳动,眼睛快要渗出带咸味的液体,只好站在货架前,待心潮退下再走。怎么回事呢?是因为憬然悟出:小时候在脑海里描画的"乐园",如此具体、翔实地呈现着,是啊,快乐俯拾即是。"眼睛一眨,母鸡变鸭",造物施了法术吗?

谁没有理想境呢?陶渊明有桃花源,王维有辋川,《镜花缘》有君子国。我上小学五年级时逢上大跃进,小镇当街的大面墙壁,都绘上水粉画:《人民公社是天梯,共产主义是天堂》,然而,很快地,集体食堂里空空如也的饭桶警告我们:天堂没得进,"天梯"却把人间引向饿殍遍野的地狱。就连次一级苏联式"社会主义"的神话:"楼上楼下,电灯电话",也得在二三十年以后,到了改革开放的年代才开始实现。于是,何谓理想境,愈老愈模糊,变得只能意会不可言传。这也和择偶者的心理相似:你要他罗列"理想妻子"的标准,他要抓瞎;可是,有朝一日,他和她相逢,电光石火的一瞬,他终于向全世界宣告:终生的伴侣,就在眼前。

　　我背着手,看看靠墙架在高处的大鱼缸,"单泽尼斯"螃蟹跌价了,平日一磅四块多,昨天三块九毛九,此刻变为三块三毛九。公鸭嗓子的老店员,哗哩哗啦地向一位中年女同胞推销:"还等呀?没这个价,多半年啦!这个鲜美,我说哩,最好是清蒸,原汁原味,蘸一点镇江醋,来三两绍兴花雕,啧啧,不叫享受,叫成仙!"女同胞开头嫌贵,听着听着,终于下了"成仙"的决心,一买就是两只。老板是粗壮的中年人,越南来的同胞,交叉着手,在陈放冠珍酱油、李锦记蚝油和昌栈咸虾的货架前,有滋有味地听着,嘴角挂着几缕富于品味的笑意。

　　据我揣度,这位年富力强的华裔越南人是顺心的。这里,我几乎每天都进来一次,乃至两次,都看到,他不疾不徐地码货,给罐头打价目贴纸,给鱼缸换水,给顾客扛米袋。他不爱说话,不怎么平滑的脸,总带着胸有成竹的淡定。他的太太,娇小而精明,每天大早出阵,敏捷地搬动盛蔬菜的纸箱,同时向至少三位蔬菜部女雇员发布命令:"阿珍,这箱是昨天进的,摆到前面去,标价便宜点。""我说阿兰,我早跟你说,咸蛋往里头摆嘛!"正派的同胞,创业凭的是勤劳。一个社会中,勤劳者所获得的机会,若比枉法者、虚伪者多,它就没有失去起码的正义。我从老板夫妇的神情中,看到了"快乐"的基础:公平,或者说,接近公平。

　　收银机前,两位女收银员手动如飞。都是熟手,其中一位,年纪不大,但能够同时干四样事情:过磅,敲键,和顾客说笑,打电话订货。也许是老板的小姨或者堂妹吧?要不,不会这般敬业。而这,不就是一种陶醉吗?如果她干着自认为"很有意思"的活计,而顾客都对她怀着尊敬,使得她无时不意识到活计"有意思"的话。

　　店里的顾客,不下十五位,都专心致志地选购,偶尔询问旁人,稍作交谈。只我一个,以旁观为职志。顾客们,从服装看,都是上班族,大早跑去赶巴士的,就是这一群,此刻下班了,来筹备晚餐的材料。还可以想象,他们多半是旅馆的清洁工、衣厂的单针工、看护老人的"住家工"。凭体力糊口，难吗？难。可是，在这个一手交钱，一手交货的场所，你轻而易举地得出一个俗气然而亲切的结论：琐琐屑屑的艰难，是必不可缺的"春种"；活的螃蟹和鲈鱼，急冻的虾和扇贝，肉柜里的猪骨和牛排，货架上的饼干和汽水，是如期而来的"秋收"。历经沧桑的人都知道，"有耕耘必有收获"的论断，供励志犹可，却经不起推敲，它在这里却得到妥帖的落实，为此，能不感动吗？我凝视平静而丰富的庸常生活，一如在浪漫的秋阳下，纵眼无涯的稻田：剑叶害羞地低垂，谷穗正在灌浆。是的，面对禾稼，谁都没想到光合作用，然而，你没细加体味的快乐，正在悄悄地铺满大地。

是的，在寂静得几乎无聊，安宁得近乎困怠的午间，在毫不惊人的店铺，快乐一如满架满地的陈列品，你要拣上，就能带回家——不用付款。这么说来，快乐从"自为"的心情变为"自在"的客观，这乐观未免流于盲目。不过，我无意去分辨，快乐究竟是什么。是钱的形而上化吗？是"安逸"的实体化吗？是"稳当"的代名词吗？是理想在"生存"的演绎，是物质给想象的注释……拥有的，仅仅是这样的感觉：人生可以到此为止，追求可以告一段落。一辈子要的，原来不在珠穆朗玛峰之巅，而在眼前：我每天早晨跑步，拐进来买一份日报；在这里，我和开糕粉店的胖婆娘吵架（争的是：我要买的是不是她的店从没卖过的"鸡肉包"）；在这里的平价商场，华裔女店员边收款边打手机和男朋友谈情，咖啡店门口，大早总蹲着几名牛仔裤上沾泥灰的建筑工。细腻点说：快乐堆满了这家杂货店，在里头，我爱把柜台上的冰冻鲈鱼翻个遍，打开鱼鳃查验是否红艳有如北地冬日少女的腮帮，好买上又鲜又便宜的一尾。

我步履轻盈地回家，两手空空，因为没想出家里还缺什么。一个周身洋溢着快乐的中年人，对现实世界，暂时没有任何欲求。我要小心维护，保证晚饭后八点档电视新闻开播前，它不溜走。

二〇〇一年六月

此地一为别

在我家门口,我们和麦克利太太拥抱,互道珍重,然后,挥手,目送。她穿着出远门才穿的红色大衣,配一顶绒线帽子,红色半高跟皮鞋,显得十分高贵。她频频回头,每次,碰到我们的目光,又有点不好意思,马上低下头去。她个头矮小,却费老大劲儿才挪进继子开来的车子。车开走时,她从车窗探出半个头,眼睛所向的,却不是我们,而是我们背后的房子,那不是浮光掠影的一瞥,而是死劲地盯,仿佛要把房子的模样"吃"进心里去。车子往国际机场开去,这位龙钟老人,将乘法兰西航空公司的班机,飞往巴黎。我瞩望着她坐的丰田"勘瑞"牌,在花旗松的美荫下潇洒地拐弯,折入公路,融进黄昏滔滔的车流里。我却来不及惜别,只带着些微的不满,对还在带着例行公事的热情,一个劲地挥手的妻子说:"你看这开车的,整个是赶任务,把老人家送到机场就溜人。要稍微懂得她的心情,就该开慢点,让她好好看最后几眼嘛!"说罢,我的心头冒出李白的诗句:"此地一为别,孤鸿万里征。"这是永别啊!妻子却爽快地说:"哎呀,走了好,走了好。"说也是,和这位老太太打交道,可不轻松。

麦克利太太和我们,连朋友也算不上,纯然是因为一桩交易而结交上的——我们从她手中买下了一栋房子。房子位于日落区三十六道,和我原来所住的四十四道,只差十来个街区。房子成交后,麦克利太太并没有马上搬走,她以住客的身份在原处居住。出的租金一个月才一千块,比正常租金低一倍,为期三个月。这条款,是她的售屋代理人预先在契约上列下的,不平等也得履行。房是旧房,买下后要装修,热水炉、暖气设备和水管都得换。还好在,施工都在楼下进行,她住在二楼,除了偶尔抱怨噪音，平时相安无事。大的项目，我雇人来干，鸡零狗碎的自己动手。我一有空就从住处开车到这里来，和麦克利太太见面多了，也就熟了。

这位老太太，银发蓝瞳，纯粹的法国人，和好些她的同胞一般，个头矮小。白种女人多高头大马型，老来变得笨重迟钝，沉默中带着猜疑，似乎你进门来，少不得趁她眼睛不好，在车库顺手拎走一盒驱蜗牛药、一罐漂白水什么似的。和她们打交道，免不了一点莫名的压抑感。这一位，身高才到我的肩膀，也没发福，体形颇为玲珑飘逸，多皱的脸庞透出读书人的儒雅之气，而况我是新主人，大可以随便点儿。见过几次面后，我对她却小心起来，不是防范，而是晓得她"挺不简单"，不可张狂，免得让她小看，进而丢掉全体中国人的份儿。

每次我上门，在楼下干活，油漆啦、装电话线啦、拆掉泥灰剥落的天花板啊，为了表示尊重，都先上楼，向她打个招呼，谈谈天，偶尔还请她吃从中国人开的咖啡店买来的面包、从中餐馆买来的馄饨面。她脸相不算老，但左肩倾斜，举动迟缓，叫人误会已经到了耄耋。洋女人愈是对年龄保密，我愈是按捺不住好奇心，几经旁敲侧击，参照她闲谈中不经意地漏出的、由巴黎大学法律系本科毕业的年份，推算出她今年六十四岁。有一次，她以正宗法国香草风味的咖啡招待我，一口法国口音很重但极其流畅雅洁的英文，向我略道身世：她走出大学校门后，在巴黎当过短时间的律师，不久，婚姻触礁，她身心俱疲，连三岁儿子的抚养权也放弃掉，办过离婚手续，就到美利坚合众国来闯荡。凭着能操六国语言的根底，在联合国担任翻译员。不料，有一次，她随一家代表团到非洲去，接机的汽车在半路翻了，她受了重伤，往后，脑震荡落下了后遗症，她不能正常工作，领了一笔赔偿金，离开了联合国秘书处。在纽约，冬天漫天风雪，她受不了，便迁居四季如春的旧金山。在这里，她认识了在机场当机械师的前海军陆战队士官麦克利先生，他也是离过婚的，于是有了第二次婚姻。麦克利先生前年患癌症，在医院去世后，她在这住了二十来年的房子里形单影只，受不了，便变卖掉，把钱带回巴黎去，和如今已经当上医生的独生子居住。她说话时，腰身倾前，手肘搁在圆桌上，说到投入处,涂上猩红蔻丹的长指甲,轻轻敲敲太阳穴,仿佛一辈子的回忆,是久久地储存在脑子里的罐头,盖子锈结了,要用指头"撬"出来似的。说到亲人,她从起居室的咖啡桌下,拖出一沓照相簿,抽出最新的那本,翻开来,指着:这是我的儿子,在大医院当外科医生;这是媳妇,沙特阿拉伯人;哎,我的外孙,去年出生的,我还没抱过哪,蓝眼珠,像不像外婆,你说?谈话的间隙,她别过脸去,对着落地窗若有所思。我没来由地想象,她年轻时,穿一袭水绿的长裙,撩开半边印着石竹花的帘子,懒懒地看着后院的花草,槛外,是旧金山缠绵的春雨。这影像,实在是一首意境迷离的诗。不过,我渐渐发现,除了即将见面的儿子一家以外,她对一切消逝的人和物,似乎没多少眷恋,就连和她厮守了二十多寒暑、半年前在医院癌症病房去世的丈夫,也没多提。我心里想,洋人不爱翻老账,怪不得生死割舍到了眉睫,比我们干脆些轻松些。

麦克利太太搬家在即,家具要么卖掉要么送人,一时还剩下不少。我在楼下安装厕所和浴室,工场内的杂物要清出去。我和她商量,她懒洋洋的,不愿动手,我说你要不拿走,我就送上垃圾车去。她才随我下楼,草草看了几眼,只说,毯子是度蜜月那阵,在新奥尔良买的,便宜,才三块五,我得带到巴黎去。别的你要就要,不要扔掉。我细细翻检一下,好东西可不少,一大堆旧唱片,如果是行家,可以从中选出好些名家的经典作品来收藏。书也不少,法文的时装杂志、英文的地理期刊。还有好些翻译专用书,一本《英语同根词词典》,我问也没问,掖在口袋里,"偷"了回家。车库里一个立柜,挂满了麦克利先生生前的衣服。她也许忽然想到这么多垃圾交我处置,需要付工钱吧?很亲热地抓住我的手臂,硬要我试穿料子大衣和西装。这位已故的先生,是体重两百多磅的大个子,衣服比我穿的,要大五号以上,皮鞋尤其吓人,有如长条法国面包。我当然不要,她就央求我找买主,说最好是一揽子,贵贱给个价,全拿走。一般中国人不喜欢使用死人的衣物,但这一层不好明说,我只好摊手,表示没法代劳。从这些衣物,我趁机提到她的丈夫,还是出于好奇:这对老夫妻,感情如何?她眨眨眼,说:"老实说吧,我们婚姻美妙极了,保罗的脾气好得没得说,又会疼人,这么多年下来,记忆堆得满满的,可是,我不高兴扒开来,那会勾起伤感的。人不能背着过去走路,会给压垮的。"

她走到车库,顺手搬开一根木柴,忽然有了感触,问我:"你家烧壁炉不烧?"我说:"过去烧,后来太太嫌火星溅出来,烧了地毯,不再烧了。""晚上,起居室的壁炉,烧得旺旺的,我在弹勃拉姆斯的曲子,保罗在摆弄他的钟表,乍一看,两个人似乎各干各的,可是心里贴得紧哩,隔不多久他就挪过来,也不管手里有没有油污,搂着我亲,说我的曲子,是全世界最美妙的!"说着,麦克利太太的眼睛溢出泪水来。她眼神呆滞地看着木柴,嗫嚅着:"忘记从哪本书看到的了:'要炉火烧得旺,只要遵循一条规则:两根木柴放在一块时,既要近得使另一根发热,又要远得使彼此透气,距离大概是一指宽吧!对婚姻,这规矩也适用。"说罢,她意识到这近于失态,用力晃了晃头部来,转而指着窗口,"看那玫瑰花!"果然,一朵硕大的红玫瑰,在为野餐而砌下的砖灶旁招摇着。她说:"其实啊,天天去给它浇浇水,看看花蕾什么时候开,比守着旧东西,看着伤心,强多了。"我没插话,只一个劲地点头。

麦克利太太在门口挂着一个大挂历,上面标着她的行期:十月六号,每一个过去,她就郑重地画下意为"取消"的交叉符号。我发现,叉叉越多,她在家的时间越少。一面,我为此庆幸,她在家,我和别的工人干活,多少得顾忌着,提防她哪会儿心情不好,抱着胸口,无限痛苦似的说:"哟,你们那电锯,好像在我的手上拉,神经受不了呀!"一边,又有点疑惑:她忙什么去了?我很快侦查出,她是"无事忙",去当义工,串门啦,逛商场啦。这还好,如果不出门,就一个劲地灌"马天尼"鸡尾酒,和她说话,闻到杜松子酒青涩的味道。她对付不了孤独,要乞灵于酒精。

酗酒,免不了出洋相。一天中午,我在家,麦克利太太来电话,气急败坏,劈头一句:"我的车子碍你什么啦,这样糟蹋……"我堕进五里云雾中,问:"怎么啦?你说清楚,我怎么破坏你的车子?"她带着哭腔说:"反正,车头的保险杠掉了,左前灯碎啦。"被冤枉事小,赔偿可是无底洞,我马上开车过去,她带我去车库,车子果然损毁了。问她,她摆手耸肩,口气倒软了下来,有点害羞地说:"我以为,车子是停在车库,让人弄坏的……"哦,怪不得我是头号嫌疑犯。我细细查看,见车库门左边的木框,有一处很深的擦痕,高度与车头相同,可以推断,是她自己开车进来时,弯拐得不好,撞在门框上。我一一指给她看,引导她回忆。她站在车旁发呆,老想不起车子是怎么撞的。我没好气,告辞回家去。不一会儿,老人来电话,用极其抱歉的口吻说,她弄错了,很对不起,事情是:早上她去看牙医,脱了一颗大牙,医生让她服了止痛药,半路药力发作,她半昏半醒地开车,所以出了事。我一来为出那口鸟气,二来也是照契约办事,对她说:"祸是你闯的,车子我不管,房子是我的,你损坏了,该负责。"第二天,我去看,门框的木条换了,还上了新漆。她哭丧着脸说:"贵得要命。"还用说?工人为紧急事故而来,没有预约,工钱不多要才见鬼!

说话间,麦克利太太的行期就在一星期以后,她也益发忙碌,向朋友道别,卖家具,付各种账单。最要紧的,自然是托运行李。客厅里一架又破又旧的钢琴,雇人搬到远洋码头。她说这玩意儿伴了她三十五年,说什么也不能丢。她的车子,本来答应卖给我的弟弟,撞坏后价钱没谈拢,她来不及登广告出售,送给一个侄子,算是祝贺他考上大学的礼物。卧室里一个五抽屉的衣柜,她卖给一位白人女士。女士开车来搬柜子,我碰巧撞上,她趁老人不留神,东翻翻,西搜搜,意图顺手牵羊,我故意在她背后打几个响亮的嗝,她白了我一眼,不舍地离开。

一天,她邀我去,很神秘地说,她的两个继子,明天要来"搜刮",他们生性贪心,她早晓得,他们要什么,尽拿好了。不过,她央求我,把餐厅那个大立柜买下来。立柜模样满不错,我早想要,可是碍着老婆,我的贤内助最讨厌用二手货。她见我迟迟不点头,身段放得更低,说:这样好了,你要立柜,我额外送一套餐桌和四张椅子,椅子可是波拿巴特王朝流行的款式呢!"给我一百五十块好了,本来不想收钱,托运行李要八千,我手头紧着……"我不忍看老人失望的神情,咬牙答应下来。她喜不自胜,赶忙拿出笔和纸,要我写一张"说明":"此立柜已由新房主购下。"她把纸片贴在立柜的玻璃门上,回过头来和我握手,感激之情溢于言表。

"我说,麦克利太太,能不能告诉我,你这立柜要是卖给人家,远远不止这个价,为什么非要给我?"她孩子气地缩一下脖子,眼梢向立柜的方向扫扫,顿了顿说:"这柜子,是保罗为了我的生日特别买的,那时我爱收集瓷盘子。""哎,慢着,横竖你要走了,这大件头对你有什么意义?""有,有,我将来在巴黎,想念老房子,一定想起它来。""哎呀,满屋子都是纪念品,干吗不全留下,我替你保管着?"她露出少女似的羞涩来,不好意思地喃喃说:"一件总得要。而且,我就看不得那两个继子,进了门龙卷风一般,刮得那个狠。"

果然,第二天傍晚,我去看麦克利太太时,屋子空荡荡的。她已故丈夫的两个儿子,开一辆租来的"犹合"大卡车,把值点钱的,能挪动的,椅子、梯子、地毯、台灯、后院那台锈迹斑斑的烧烤炉、墙上作为摆设的盾牌和非洲黑人头像、碗碟、刀叉、灯泡、开关、锤子、锯子、电冰箱里一个古朴的迷你啤酒桶,德国慕尼黑的原装黑啤酒还没启封,还有臭气熏天的羊乳酪,一股脑儿搬了。对此,我只觉得畅快,不然,我得花二百来块,雇开卡车的墨西哥人,把这些劳什子送到垃圾场去。而且,我不把老实巴交的兄弟俩的举动,视为乡下老太婆式的"大小通吃";他们不是贪婪之辈,只是对旧物、特别是沾上父亲手泽的遗物情有独钟,比如,客厅那个放在单人沙发前的圆形皮脚垫,边缘已脱线,填充料漏了出来;车库角落里一根磨得发出光的手杖,他们也拿去了。那些尺码超乎常人的衣服和鞋子,不在话下。麦克利太太忧戚地坐在餐厅,跟前一杯浸着一枚腌橄榄的液体,冰块早已溶化,还满满的,我知道,这是鸡尾酒"马天尼",不难看出,此刻她的心绪极其波动,连最心爱的解忧之物,也久久地忘掉了。她知道我关切地看着她,勉强地挤出一个浅笑来,轻声说:"人一辈子就这样过去了。保罗、家具、酒……都过去了。"忽然,她振奋起来,说:"幸亏你贴了纸条,差点儿,他们把这大家伙弄走了。"我没有搭腔,默默地想着:从前,我以为洋人和中国人不同,不珍惜记忆,不爱怀旧,其实,人性,无论东西,大抵是相同的。

明天,麦克利太太动身回去。夜里,我和太太带上小礼物,和她道别。她很紧张,老是走来走去。彼此留下联系的地址和电话。我问她有什么事情需要交代,她搓弄着手,想了想,果决地摇摇头。

回家路上,我和妻子讨论:今晚,麦克利太太会不会失眠？我想说:会的,想到此去就是一刀两断,就是"回头已是百年身",怎么能安卧？在这个地方,丈夫的魂魄,婚姻的所有悲欢,生命的全部痕迹……接着猛然想起"马天尼",终于下结论:她今晚定会烂醉,明天,送她去机场的继子来按门铃才给惊醒。"黯然销魂者,唯别而已矣",别说洋人,中国人也爱以酒浇一腔离情啊! 妻子不同意我的推测,说老太太会坐着等天亮。为此,两口子打了赌。可惜,送麦克利太太坐上往机场的车子时,我光顾着和她的继子寒暄,没假装开玩笑似的,向一脸倦容又不胜其依依的老太太问问,昨晚她怎么过？ 于是,那个赌没有结局。

麦克利太太走了以后,没有从巴黎拨电话来报平安,我们也没有和她联系,毕竟不是亲近的朋友,从前的热乎,说穿了,不脱"新旧房主"的商业关系。不过,此后,她,乃至她丈夫保罗的邮件,不断地塞进我们这新家的邮箱。其中,好几封是讨债的,原来她拖欠了电话公司、有线电视公司和一家投资公司的钱。一封还是讨债公司付来,代人追讨欠款的,我怕连累自家,忙在信封上注明:"此人已回巴黎永久定居",退了回去。其实,善后的事,我在送行前,不是没有问过她的继子大卫。我本以为,这位一脸络腮胡子的中年人,既然家就在旧金山郊区,麦克利太太离开后,在账单、债务上如果遗留下纠纷,请他来解决,是合乎人情的——他来搬东西时不是一副当仁不让的派头吗？不料,我一提出,他马上封了我的口:"对不起,对她的私事,我不过问。"他是对的,他怎么能替继母背债？一如我这新房主不替旧房主负责一样。

二〇〇一年四月

候诊室遐想

休息日。早上，从书房望向后院，老天灰溜溜的。自家的柠檬树，贴邻的藤蔓，对门邻居晾在阳台下的花衣服，都没多少生气。然后，雨来了，斜斜地挂满一扇窗子。这样的天气，本该待在家里，做灰色的诗或者随笔的。可是，必须出门，到诊所去。

据自我感觉，我能吃能喝能睡能干活能小跑，一般而言，不脱快乐，遇上这般灰暗的天气，压根儿没想自杀，无论肉体还是心理，尚算健康。可是，近来太太老说我瘦了——"看你的下巴尖的！"非要我去检查不可。主持中馈的人物，说的话不可不听，盖因两三年前，我也是无缘无故地消瘦，还一味自我感觉良好，好在有一回太太坐着我开的车子，发现我握方向盘的手微微发抖，才催促我去看医生，果然查出"甲亢"来，服药半年才好了。可见，"健康的男人背后必定站着一个女人"一说，比"成功的男人背后必定站着一个女人"更有权威。这次，她说，怕"甲亢"又犯了，不然是糖尿病什么的。我却不当回事，拖拖拉拉。太座火了，说："再不去，我请假到诊所去，替你讨检验单。"我只好说："好了好了，要真的是病，你也不能替我生，明天我去。"可见，这趟出门，我是迫不得已。

撑着伞，踱到街上，打开车门，坐进开了十三年的本田，竟想起国内一幅漫画：在公厕门外，一低眉哈腰的男士向一大腹便便的男士说："局长，你这是亲自来呀？"看，积宦至"局座"，堂上一呼，阶下百诺，"出恭"却不能由人代劳。既如此，连"局座"以下的股长也没当过半天的区区，跑诊所岂能假手他人？

"亲自"走进医生的诊所，候诊室里，两行长椅上，坐满了和我一样，

"亲自"来看病的人,清一色的同胞。脸色都难看,都沉默,都满怀心事。一如外头的老天一般,叫人看了窝心。"生意兴隆通四海",在别的行业是绝顶好事,放在诊所,却晦气,尽管这使得医生"财源茂盛达三江"。兴许都是患流感吧?前天纽约的朋友来电话,鼻音浓重,一如哭了三天丧,说"半个纽约都在咳嗽"。旧金山也没好到哪里去。我走近挂号台,告诉接待小姐,想拿一张验血单,她要去我的健康保险卡,请我等。我记得,过去来这里讨一张类似的单子,是"立等可取"的,到了新世纪,却升格为"坐等"。

我要坐,却没地方。一眼扫过排排坐着,恭候护士传召的病人,没发现空当,挤下我这并未发现病象的中年之躯,只好斜靠着柜台,臂弯下的雨伞,嗒嗒滴下水珠,接待小姐皱了皱光洁的眉头。我赶忙走开,到门口去。顺手从报架上拿下今天的英文《纪事报》,就着廊下的日光灯,翻起来。"没有新闻就是好新闻",新闻版尽是晦气事:日前因直升飞机失事殉职二旧金山警察昨出殡,场面极隆重;劫匪趁上千警察参加上述丧礼,大钻空子——昨天旧金山市内银行劫案六起;旧金山商业区停车场调高停车费38%;马林县《独立报》一曾采访凶杀案嫌犯、掌握线索的记者,因拒绝出庭作证,被法官科以每天一千美元的罚款,直到吐实为止……

我边翻报纸,边留神接待小姐的动静,她敏捷地应付几乎没停顿过的电话,间或一本正经地把候诊者请进诊室。我还得等,便把注意力拉回报纸上。哈哈,终于发现可读性!那是专栏作家霍普先生的妙文。前天才从新闻中晓得,美国业已制成"和驾车人对话"的汽车,这位幽默家已经拿这刚出台的高科技开玩笑,全文是这样的:

> 汽车制造商们,早已下定决心,非将人的日子弄得愈加复杂不可。这回,又弄出新玩艺——会和人谈话的汽车。不错,我们开车时,有时断不了和车子说说话的:"天杀的,开动吧!怎么瘫啦?"车子从来不回应就是了。如今不一样,汽车可以收读电子邮件,报告股市行情和体育比赛的分数,还能指示你在哪

条路上开。我的朋友卡般科刚买了一辆,迫不及待地向我炫

他把引擎发动,对我说:"听听这个。"

"你有一个电子邮件。"车子说话。

"没骗你吧?"卡般科得意非凡地说,"凭这个,我再也不愁和外界失去联系。"

随即,车子读出电子邮件的内容:"你这大笨蛋,今天一早离开办公室时,干吗不把'佛顾孙数据'放在我的桌子上?"

卡般科解嘲地笑笑:"当然啰,电子邮件不全是好消息。"

"你新入的100股'格立托企业'股票,买价171/2,此刻上升23/8。"车子发出报告。

卡般科又快活起来:"就是嘛,有了它,什么重要事情,都不会漏网。"

车子又发言:"下一个十字路口:呼楼客路,请转左。"

卡般科手舞足蹈:"真神!多亏'全球卫星定位系统',靠它指挥,任何时候,我开到哪个地方,车子都了如指掌。"

车子在发话:"你应该向左转,却转了右。现在你在呼楼客路西行,危险!一辆大卡车正在单行道上东行,如果你不回头,就和它相撞。"

卡般科立刻拨动方向盘,转个U形弯。"怎么样?够厉害吧?这回嘛,'全球卫星定位系统'救了我的命。"

"你又有了电子邮件。"车子报告。

"是什么?"卡般科不耐烦地问。

"办公室的电冰箱里头,还放着你的香肠呢,都长霉菌了,如果你不马上拿走,我们就拿它来塞你的耳朵!"车子读出电子邮件。

"还不止这,一些鸡零狗碎的事,如果是我必须做的,车子也及时提醒呢!没有它,可是寸步难行哟!"

车子说话:"最新体育消息:惠皮队42分,牛鹰队3分。"

卡般科说:"唔,赢了点,也输了点。你输给我20块,钱呢?"

车子又说起话来:"你有电子邮件。"

卡般科耸了耸肩膀,不无忧虑地说:"说吧!"

车子读起电子邮件来:"亲爱的先生:到今天,你拖欠'超级歌唱巨星'户口的账款已达90天,我们不得不将此事通知专收烂账的公司,由他们来和阁下打交道。"

卡般科听过,骂起娘来。

"注意,你的时速是48英里,这地段的限定时速是45英里。"车子发出警告。

"闭嘴!"卡般科吼了一句,引擎马上死了火。

这一天,我最后一次看到他时,他正站在一个十字路口中央,气急败坏地截计程车。

一星期过去,我和他在一家小酒馆见面,他已脱尽晦气,满脸是笑,告诉我:"我结婚了。我的太太嘛,是世界级的刻薄鬼,不过,她比我的车子好。"

"这话怎么说?"我纳闷地问。

"她不像我的车子,我到哪里去,它都一清二楚。"

刚读完专栏,接待小姐叫我的名字。我应声趋前,穿白大褂的医生在旁边,正拿我的病历看。医生是香港来的同胞,人很和气,他问我:"要验血?有毛病吗?"我略加解释,他点头认可,刷刷在检验单的"项目栏"勾下几处,便完事。我省悟了,这回医生先问病,再给检验单,是表示慎重。难得的是,他虽亲自看病,却没按老规矩收五块钱诊金,可见科技发达的时代,中国人的人情味没给吃掉。

接待小姐接着交代:"检验前十四小时不能吃东西。"

我唯唯答应,拿起检验单出门去。路上,我想,今晚该办的,是提早吃晚饭,还空腹十四个小时。明天一早该办的,是验血。这等事,都须"恭亲",虽然主要地,是为了太太免于担忧而做。

我又想,汽车能说话,下一步,开车该也不必驾车人"亲自"了。科学的进步,多半体现在人"亲自"办的事情,越来越少上头。好在,吃喝拉撒睡、做爱、病、看病、验血,这些项目,在可见的将来,还须"亲自"办理。想到此,我居然为了我的车子不会说话而万分欣慰,一如我刚才在诊所看到的是医生,而不是虽会说话但毫无人情味的电脑,心头涌上的暖意。在这样倒霉的天气,街上湿漉漉的,老天爷还亲自下着雨。

二〇〇〇年一月

虚拟的世界

昨天,和友人到硅谷访友,晚上开车回旧金山。280号高速公路上,车灯万点,车如流星,在身边飞驰。我用左手把着方向盘,右手搁在左门的把手上,身子完全放松,背靠在椅背,一个堪称无懈可击的姿势。忽然有点晕眩,不过,起因不在高血压或操劳过度,而在太惬意,这座位简直可比拟家里那张可调整角度的皮沙发。轻车而熟路,只要车子不出毛病、不出事故,人家的车子出毛病、出事故也株连不到我的话,前景是有充分把握的:过三十分钟就到家,今天的事情旋即宣告圆满完成。过分舒适,于开车人来说,直接的危害就是易打瞌睡。眼睛走神,精神罢工,在高速公路上可不得了,说小处,会搭上车里头的几条人命,而乘客中,有《美华文学》杂志的正副主编,有一个公司的董事长,其性命,夸张点,乃中华文化在海外的部分气脉所系,就数我的命贱些——人寿保险才十万元。说大处,造成连环撞车,足以瘫痪整条公路,死伤不知多少!然而,驾驶汽车,不是进牛棚,不是劳改,不是关禁闭,方向盘前,靠在一张软硬宜人、角度适中的皮座椅上,欲不舒服,可乎?十年前,我和家小到洛杉矶的迪斯尼乐园游玩,归途上正当中午,艳阳高照,暑气逼人,我这掌控全家人性命的陆地"舵手",昏昏欲睡,好多次车子越过分道线,轮子被线上嵌的小石子颠了几颠,才被惊醒,稍带出了冷汗。我只好吩咐儿女频频从储冰箱拿来冰块,贴在我的额头。起初被冷得直打激灵,强打精神赶路,冰块的刺激力越来越弱,我只好拐进途中休息站正正经经地打了一个盹。可见,中国的老话:"艰难困苦,玉汝于成",具体到开车一事,也是不刊之论,坐在钉椅子上,你睡给我看!从前说学子如何勤奋,总拈出成语"囊萤刺股"来,"囊萤"暂不论,把大腿戳得鲜血淋漓,线装书不保险读得下去；但疼痛教人不找周公，则是毫无疑问的。前面的高速公路，若有若无的灯河在流动，柏油路面一如黑色锦缎，被轮子剖开；浓稠夜色被灯光稀释过，更飘忽如梦，我恍恍惚惚地，眼皮开始武斗，我连忙换一个使得腰身受苦的角度。好在，路不远，更亏得同车的文学中人，说得不避荤腥的笑话，一车哈哈笑声，可怕的睡意才败退。

这遭遇，使我平添许多感慨。且搁下"太舒服导致瞌睡，瞌睡导致车祸"这种一望而知的逻辑，看高速公路上驱车，它最大的陷阱乃在畅通无阻。当然，尖峰时刻，断不了比便秘还难受的塞车，那跟人生的不幸，如生老病死一般，谁也躲不掉。然而，先进的交通网络，给予人的，主要地，是快速、便捷。宽广的车道，开阔的视野，弯处的流利，直路的坦荡，坡道的宽宏，只要坐驾不太"老爷"，在初春晴日，头顶艳阳和蓝天，和风拂面，你总得承认，如果不为吃穿奔波，开车确是赏心乐事。至于灯光迷离的夜，从路到天空，浑然一色，暗红、殷红的车灯之流虽在周遭泛滥，世界却不因"可见"而增加真实感，天地偏因之而虚渺，一若繁星使夏夜的天穹变得深邃。了无挂碍的运行，使人进入虚拟的世界，一切变得那么不确实，不固定，不可依傍，不可测度。你会痛感这四轮怪兽太过神奇，只消轻踩油门，拨动方向盘，它就轻盈驰驱，缩百里为咫尺，拢天涯为比邻，车行，在梦乡，在神话的国度，在电脑屏幕所展现的虚拟世界里。

而今天的人类，所以这样手忙脚乱，智昏神迷，七颠八倒，恰恰因为：确定的和悬浮的，可触可摸的和在因特网上随滑鼠来无影去无踪的，太虚幻境和具体真切的十丈红尘，梦和现实，都泯灭起码的界限。血火交迸的战争，该真实了吧？可是，远至一九九〇年的波斯湾大战，近如去年的科索沃空袭，远离战火和难民号哭的欧美人，在电视屏幕上所见的实况报道，盟军的飞机轰击地面目标，和"任天堂"电子游戏机上的"战事"相去多远？网络上的新闻网站，也推出女性"虚拟主播"，以电脑合成的白种小姐，这位现代传媒中十全十美的"芭比"娃娃式丽人，将以开阖得不十分自然的性感之唇，播报并非虚拟的新闻。不单此也，你在电脑上能完完全全地换一种活法，只要进入法国一个名叫Cryopolis的三度空间网站,里头有现代城市的一切:广场、公园、公寓、酒吧、游泳池、咖啡座,没有空气污染和交通阻塞。你在现实人生中不过一介小小秘书吗?在那个城市里尽可摇身一变,当明星、歌手、老板,甚或一只自由自在的苍蝇。在那里,你取得身份,可以当常住居民;也可以当观察员或者游客,不管怎样,你不再是人,而是一个在大街小巷游荡的"数码"。

世界愈来愈神话化、虚幻化,然而人的孤独和焦虑没有被虚化掉。加州硅谷,这个每天生产出六十名百万富翁的电脑业中枢里头,那些企业执行长们连觉也不敢睡,生怕落伍而被人敌意收购,他们在虚拟的世界打滚、发财或者破产,成功或者落魄。这么说来,和精英们绝非虚拟的精神紧张症候相比,开车族古已有之的"驾车症候",岂不是很土气?

再想下去,不说电脑,只说开车症候,它可能救药吗?你从另一方向推论,为了免于开车陷入虚幻的迷宫,彻底的办法是舍车而步行。是的,脚踏实地的生命,极其可靠,连梦游的脚也不会踩空。青年时期,我在乡村当农民,进四五十里外的远山砍柴,归途上,肩负一百多斤的担子,在羊肠小路登陡峭的山坡,严冬腊月,汗水也在全身蒸腾成咸味的雾气,穿着轮胎做的"上山下水"鞋,迈出每一步前,先在草丛中试探,怕失足,连人带担滚到谷底。这样的脚步,岂止在山径,在抑郁悲愤的心上,也留下久远的印记。下山的路,是这样的漫长,两头的柴捆,在披肩布上上下悠悠摆颤,一如鸟翅,炊烟飘扬的家,却老望不到影子。生命愈坎坷,愈是真确;愈多缺陷,愈是丰饶;日子愈难过,记忆承载得愈深厚。记忆的雪泥鸿爪,该在毫不流畅的命途。至于"伊媚儿"、"聊天室",风起云涌的"网络文学",流星般的文字,生不能稽,死无对证,无从捕捉,无从铆定在大脑皮层的皱褶里。这就是"新人类"的"水波上的写作",一切都是即兴,只为当下的"有趣"、"有用"、"刺激"。什么也抓不住,捕风是现代人标准的生活形态。

电脑的虚拟世界,赖屏幕才得以呈现;海市蜃楼并非一空依傍,它建筑在和平时期丰足的物质生活上。穷山沟里苦哈哈的种田人,缺钱也缺罗曼史。罗曼·罗兰在《贝多芬传》悲壮地宣告:"唯有真实的苦难,才能驱除罗曼蒂克的幻想的苦难;唯有看到克服苦难的壮烈的悲剧,才能帮助我们担受残酷的命运。"苦难是有实在的重量和质量的,除了殉道者,谁也不愿背十字架。悖论正在这里:唯血肉淋漓的苦难,才使人具有在虚拟世界绝难获致的充足的生命感。尤其在哀乐中年,当你抚霜鬓而慨叹时间飞逝,怎能不怀念"穷知青"的泥棚——暴雨下来时棉被泡在泥水里,牙关打颤,长夜漫漫,你和伙伴们破口咒骂狗日的世界。三十年过去,落下的风湿痛犹在,你却滑稽地欣幸:好在还有这实在的痛感,要不,日子更无从把捉。别以为这是歌颂苦难,是为虚幻世界中"生命力疲惫"的流行病找方子而已,我们不都为了失去真力弥满的自我,失去对光阴剑及履及的感受力而惶恐、而悲哀吗?

然而,怀旧的螳臂岂可阻挡世界虚拟化的进程?方向盘前的天地再虚幻,车也不能不开,那是饭碗之所在,甚或使命之所在,驾驶时自求多福,防止瞌睡就是,办法不是没有,诸如避免独自开长途,开车前充分休息,带上咖啡,或者含咖啡因的提神药物,带上会说笑话的朋友。不久,也许我会当上祖父、外祖父,有个把擅长哭闹的孙儿,缚在后座的婴孩椅上也凑合。再说,在可见的将来,全盘由电脑操纵的汽车将面世,开车时尽管打瞌睡好了,那时,你有没有把身家性命交给电脑的胆量,和绝对信赖"全球卫星定位"高科技的肚量,是另一码事。

二〇〇〇年四月

洋世故(十一题)

小 引

"世事洞明皆学问,人情练达即文章。"中国和美国,文化差异甚大,人情世故上各有章法,但也并非总是针尖对麦芒,相似处、相通处还是很多的。以下几节,得于平常日子的见闻和省思,文中提及的《礼貌小姐》信箱和《亚比信箱》,是两个美国许多地方报纸予以连载的"辛特加"专栏,内容都涉及美国人情世故的方方面面。不过,我虽在新大陆住了二十多年,却依旧是"假洋鬼子",说到洋世故,忍不住拿它和中国式人情作作比较。

一、难却的人情怎么却

一位女士向报章的《礼貌小姐》信箱诉说堪称又离奇又可爱的"苦",她说:

"这样的麻烦事,放在别人身上,无论是谁,也会说是难得的运气:我的丈夫正在上医学院,我大学毕业后,入读研究院。从我方面来说,一来有薪水可拿,这笔钱足够家庭开销,二来我的学费,靠研究津贴支付,生活是没问题的。医学院可不那么简单了,开销拢共要十万元以上。公公和婆婆们拍胸脯说,他们的儿子、也就是我丈夫的费用,全包下来。

我明白,这样好意的馈赠,爽快地接受才是,我们却做不到,尽管我们完全明白,这笔钱没有附加任何条件。可是,即使从最好的角度看,他们也不会简单到这个地步:干干脆脆地写来一张面额十万元的支票,然后,把它忘掉。

对这般慷慨的亲人,一面,我们表示真诚的感谢,另一面,又煞费心机地,以模模糊糊的言辞,婉转地把赠款拒于门外。我们只是尽可能简单地说:'我们更在乎自己的经济独立,如果我们自力更生地完成学业,它对我们的人生价值才大。'公公和婆婆的反应呢,一方面,认定我们背这么重的债务,没法清还;另一方面,我们不领情已不高兴,还得替我们忧心,怎能不影响两辈人的关系?对我们的做法,他们没法理解;可是我们不能作具体的解释,因为解释会把事情弄得更糟。

开始,他们一意孤行,付来一张面额好几百元的支票。我们没有兑现,只向老人家说,希望他们尊重我们'自力更生'的决定。于是他们罢了手。可是,一年后,他们又寄来支票,而且面额愈开愈大。这样一来,我们不敢不收了,再拒绝下去,公公婆婆会给气死的。

可是,老实说,这钱我们不愿收。请问,有什么两全其美的办法,既让公公婆婆高兴,而钱我们又不必收下。我曾想过,待到他们生日时,我们把支票夹在贺卡里头送回去,如果退不完,比如剩下二十块什么的,就捐给慈善组织。这样做,合适吗?"

"礼貌小姐"的回答是这样的:

承蒙问及这样的"头疼问题",我也感到幸运。因为,读者来信,问的多半是怎样成功地把钱刮到手,像你这样,问如何有礼貌地拒绝赠款的,确实寥若晨星。

首先要明白,有一桩事,比你们夫妇的"自力更生"来得重要,那就是:身为父母,他们有义务帮助他们的儿子完成教育,这一天职,你们应予尊重。这件事,处理得不好,几乎等于把亲人拒于门外。

不过,两全之策并不是没有,你尽可同时做两件相反的事:拒绝和接受。那就是,你诚恳地感谢他们的礼物后,在银行开一个特别户口,把所有赠款存进里头。借此,你让公公婆婆知道,你们尽管接受了他们的钱,却没有依赖这笔钱来完成学业。何况,这笔钱,万一家庭中有人生病或者失业,也派得上用场。如果一切顺利,这户口从来没动用过,那更好,拿来为你公公婆婆的孙儿女们建立一个教育基金。如果你的孩子,也像你们一样独立,宣称从幼儿园起就自己掏腰包交学费,那又当别论。谢谢你的来信。

二、友谊不友谊

一位读者向报上的《礼貌小姐》信箱写信说:

"我是单身女性,和一位已婚女士缔交已超过二十年,虽然我们情同姐妹,但我从来没有干涉过她和丈夫之间的事,也不曾和她的丈夫起过冲突,可是似乎他对我从来没好感。我的朋友和我都这样揣测,这男人没有安全感,生怕我和他妻子的友谊,对他造成威胁。

为此,我也尽力作出弥补,比如,举凡娱乐活动,音乐会啦,郊游啦,我都邀请他们夫妇两位,甚至在筹划时就顾及到:他对这项活动有没有兴趣?他呢,很少和太太一起参加,除非别的客人也是成双结对地来。前些天,我和几位朋友在餐馆开派对,事前,我寄了请帖,请帖上写得清清楚楚,他们夫妇俩都在邀请之列。当太太的在回信中说,只她一个人来,丈夫不来,原因是客人中有他太太的前夫,他不想和这个人碰面。这哪里说得过去呢?他太太和前夫离婚,是十五年前的事,彼此从无纠葛,无非是他拒绝的借口罢了。

我觉得,遭到这样无礼的拒绝,对我是侮辱,我对此耿耿于怀,决心不再和他见面。甚而,当我的好朋友谈到她的丈夫,我连伪装若无其事也做不到。请问,对这桩事,你怎样看?"

"礼貌小姐"这样答复:

"老实说,你的反应是过度了。你朋友的丈夫其实不但无意伤害你,相反,他在竭尽全力地做的,就是不让你难受,尽管在做法上有点粗鲁,使人受不了。他不想掺和进你和他太太的友谊里头去,这样的举措自然算不得曲意讨好,但也绝非故意使你丢脸。就我所知,夫妇在择友上各具品味,发展自己的友谊,比起强令配偶接受自己选择的朋友来,应是较为愉快和自由一些。

在择友方面,各有所好的局面,如果成为烦恼,那仅是指一方对配偶干涉过多,强迫配偶和朋友断交,或者禁止对方和朋友来往。但你所遇到的,不是这样的问题。说你的朋友的丈夫有过失,那指的是他的托辞不够漂亮,让人觉得太过勉强。

所以,我认为,你照样和朋友交往就行,不必为此介怀,你说一和朋友谈及她的丈夫,就浑身不自在,那就更加没必要了。"

三、亲情不亲情

《礼貌小姐》专栏上,有一篇题目为《免费机票才一张,旅程上的歉疚却很多》的文章,引起我的深思。该文的头部分,是读者来信,大意如下:我先生的一个姐姐赚了一大笔钱,为作庆祝,她邀上我一家子和他一家去逛"迪斯尼世界",费用她全包。这一趟,我们玩得十分尽兴。游玩完毕后,我们到机场去,不巧所乘的班机,卖出的票比额定座位要多,航空公司为了鼓励乘客把座位让出来,提出谁放弃这一航班,他们将额外赠送机票。我想改搭下一班机,并没损失什么,便同意了。于是,东道主一家和我的先生先走。我留下搭下一班。我回到家后,才想到,坐飞机不出钱不算,还赚一张免费机票,双倍的便宜,只是,我不知道做东道的姐姐怎么想的,是不介意呢,还是不高兴。

于是,这位读者问"礼貌小姐":她脱队是不是错了;现在,应不应把机票转送给丈夫的姐姐,作为弥补?

"礼貌小姐"说,在这件事情上,"钱"并非焦点,你现在把免费机票送出去,也不是办法。你先生的姐姐花这钱,买的是和你们共处的时间,也就是亲情。她替你买的机票,你还没用,却凭它去赚另一张免费机票,你出卖的是亲情的价值。也许你说,游玩完了,只剩下回家这段路了,没那么要紧吧?不能这么说,你最好和她一样,珍惜两家子在一起的时光。不过,事情既已过去,吃后悔药没用,送机票也于事无补,你最好去向她强调一下,对这种亲情,你也极为爱护。然后你邀请他们一家去吃顿晚饭,或者到动物园去,尽管花的钱比不上游迪斯尼,但由你做东,总算是体现了心意。至于那张免费机票,你告诉她:绝不单独用,要到两家人下一次一起出游时才用。

读了这段问答,我想,如果非要对亲情作"折算"不可的话,与其用钱,不如用时间。时间不等同于金钱,虽然人们为了赚钱花费大量的时间。一般而言,注入了亲情的团聚时间,越长越能体现爱意的浓厚,却是可以肯定的。天下未必没有一见倾心的爱情,婚姻与亲情的醇酒,却须以年深日久的共处来酿造。

许多人,特别是男人,为了工作,为了事业,为了好些不可对人言的理由,很少好好陪伴配偶、儿女、父母以及别的亲人。有的夫妻同床共枕,却连说话的机会也没有,原因是丈夫不到半夜不回家,上床时妻子睡着了；明晨妻子上班去，丈夫的鼾声正响得欢。日日如此，丈夫的挡箭牌是"忙于生意"，妻子只好忍气吞声。心怀亏欠的男人，便以钱来弥补。给遭冷落的妻子买贵重的首饰，给每星期才见到一面的儿女买玩具。对缠绵病榻的老人，探望是没工夫的了，好在，请上全天候的陪人，算是尽了孝心。殊不知，纸币再厚也填不满代沟与感情的裂缝。

四、留宿不留宿

在寸土寸金的地方，客人来访，多半是留饭不留宿；在美国，相当部分中产阶级及以上的家庭，住宅里有客房，留客住宿并非难事。只是，洋鬼子最在乎隐私权，家庭这个"隐私"的堡垒，让外人侵入，毕竟不那么愉快。

一位女士，看住在老家的母亲生日到了，打算从外州回到老家去，举行个庆祝会。行前，她给也在别州工作的弟弟打了电话，商量这件事。弟弟说他当然愿意回去，碰巧有假期，不过，他要去就带上男朋友。女士为此大伤脑筋，弟弟是同性恋者，她早晓得；对此，母亲也约略知道，不过，儿女都已成人，她不愿过问私事，只实行"眼不见为净"主义。弟弟说这次回去，要和男友一起睡觉。女士知道，家里只有一间客房，她和母亲同一个卧室没问题，弟弟这般明目张胆地和同性伴侣搞在一起，怕母亲看了不高兴；然而，向弟弟明白地表示反对，弟弟怕会指为"干涉个人自由"，伤了和气。她便向报章的《亚比信箱》询问解决办法。

《亚比信箱》的回答是：

"你的弟弟最好是独个儿住家里的客房，不要让他的男友同宿。如果他们非要同宿，那请他们到外头租旅馆好了。"

大家恐怕有一疑问：如果弟弟带来的是女朋友，又将如何？答案该不同：让他们同宿就是，反正未婚同居在美国司空见惯。那么一来，不是显出对同性恋者的歧视?《亚比信箱》对这一层虽未作解释,但它立足点是不难推知的,那就是对母亲这位"主人"的尊重。儿女回家来庆祝生日,是为了让老人家高兴,而不是惹她生气。作为母亲,无法也没有权力去改变早已独立生活的儿子的性倾向,但可以贯彻她一贯实行的"不闻不问"政策。要是弟弟和男朋友和母亲同住一个屋檐下,年轻的情人卿卿我我在所难免,那多少有"强迫"母亲领受的意味,反倒侵犯了主人的隐私权。如果他们住在旅馆,钱是多花了点,但彼此都各得其所,保持自己的生活方式,而不必迁就谁。

五、冷气开不开

一位女士抱怨:每次她到朋友家做客,都给"热昏了"。平时她在自己的家,把空调打开,完全没有这问题。可是,到了朋友家,虽说是被正经邀请来的,而不是不速之客,但主人不开冷气,她不好意思明说,只能暗示。比如,主人问她要不要来点葡萄酒,她就说:"酒不要了,这里够热,喝了酒要出汗,给我一杯水好了。"要么问:"通阳台的门要不要关上,免得冷气跑出去?"可惜,主人不是佯装不知就是没领悟言下之意,都没有动作。尤其让她恼火的是,主人送行,陪她走到门外,她坐上自己的车子,要离开时,主人才如梦初醒,说一句:"哦,这么热!我回去得把门窗关严,打开冷气才行。"不知是客套还是真的后悔了?这样的事已发生过三次。

从此,这位女士自求多福,友人邀请她去做客,要是天气炎热,她婉谢了,转而邀朋友来家做客。她说她不会那么麻木,人家住进来,一定会把空调调到恰到好处,让人家待得舒服。可惜,朋友都不愿来。她只好请教报上的《礼貌小姐》信箱:

"如果主人家有空调设备,我要求她开冷气,礼貌不礼貌?

甚至,主人向我发出邀请时,我就问有没有冷气,算不算失礼?"

"礼貌小姐"的答复是:

主人不打开空调,并不是有意作难,有时不过是想省点电费。人所适应的温度有差异,此外还有一个可能:主人没注意到,房间空着时还凉快,有人住下来却变热了。

不过,除非主人和你关系非同一般,最好不要提出温度问题。即使彼此亲密无间,你也要用开玩笑的口吻,假装不经意地提出来。比如说:"不知是我怕热,还是这里特别热?"如果主人的回答是:"这里不热,是你特别点。"意思是,你的提问"莫名其妙",那么,你自认晦气,自己受短时间的煎熬算了。

六、花枝不过墙

这一条约定俗成的洋规矩,我是看了一位同胞所写的同题文章才晓得的。一位中国人,在后院栽了一株紫薇,花枝伸到洋邻居那边去。洋邻居二话没说,只把枝条剪下,隔墙摔了过来。洋人所持的理由是:花既然是你的,善后当然由你负责;尽管他们对着你,也会客气地把花赞美一番。看来,洋谚语"密篱笆造就好邻居",还不够完备。在隐私权高张的西方社会,邻居之间,彼此严加防范,篱笆上头的空间,也不能逾越。

事情如果仅仅到这一步,解决似乎不难,除却鞭长莫及的高大乔木,一般花草树木,以刀剪勤加管束就是了。可是我没来由地想起宋人叶绍翁的名句:"满园春色关不住,一枝红杏出墙来。""花枝过墙"事件,倘若稍为形而上一点,难题便产生了。第一,满园春色,关还是不关?姹紫嫣红,是园丁多少辛勤,多少心血所化!一位朋友,在巴士上听一位同胞说兰花经,知道他家栽了几十盆兰花,好奇地说了一句:"改日到你家去看看，欢迎吗？"这位爱兰人，高兴极了，马上约定，就在明天。次日他起个大早，在兰圃里莳弄了整整一天，把最心爱、开得最美的花摆到当眼处，时间没到，就到门外等候，转了无数个圈，那种热切劲儿教老婆孩子暗暗发笑。还幸亏那位随便说说的客人没失约，若然，他可要跺脚半天。第二，退一步，满园春色关是关了，所有的花草都局促在篱笆下、院门内，忍辱负重，邻居不必替你扫落叶、落英、落果，当然满意。主人呢，如果奉行中国人"良贾深藏若虚"的信条，世界自是一片太平。遗憾不是没有，比如说，路人在街上经过，所见除了篱笆还是篱笆，姹紫嫣红全然隐没。只是，像上文所说到的爱兰人那般，栽花人极难压抑"发表"的欲望，这是人的共性之一。且把这个话题再拉开一点，花枝招展地在街上漫步的女人，这些园丁与花一身而二任的美的使者，如果剔除"出墙红杏"一语的歧视意味和淫秽暗示，她们可算它的活样板。

这么一来，红杏枝头春意闹，墙外人声闹，变得顺理成章。路人赞叹，主人得意，红杏在墙头摇曳，怎样的风华！爱美的女士，你做不做过墙的花枝？你做了，你的美丽在路人目光的滋养下，骄傲地摇曳，蜂蝶来了怎么办？不待无花空折枝的登徒子前来骚扰怎么办？落红委地怎么办？邻居把萎谢的过墙花枝摔过篱笆来怎么办？把"红杏"发表到墙外的主人怎么办？唉，"花枝不过墙"，岂止是睦邻所需，其中也蕴藏着人生最大的两难呢！

七、烦恼不过夜

因特网有这样一个故事：一个农场主，雇了一个水管工来安装农舍的水管。水管工的运气很糟，头一天，先是因为车子的轮胎爆裂，耽误了一个小时。再就是电钻坏了。最后呢，开来的那辆载重一吨的老爷车趴了窝。他收工后，雇主开车把他送回家去。到了家前，水管工邀请雇主进去坐坐。在门口，满脸晦气的水管工没有马上进去，沉默了一阵子，再伸出双手，抚摸门旁一棵小树的枝丫。待到门打开，水管工笑逐颜开，和两个孩子紧紧拥抱,再给迎上来的妻子一个响亮的吻。在家里,水管工喜气洋洋地招待这位新朋友。雇主离开时,水管工陪他向车子走去。雇主按捺不住好奇心,问:"刚才你在门口的动作,有什么用意吗?"水管工爽快地回答:"有,这是我的'烦恼树'。我到外头工作,磕磕碰碰,总是有的。可是烦恼不能带进门,家里头有太太和孩子嘛。我就把它们挂在树上,让老天爷管着,明天出门再拿走。奇怪的是,第二天我到树前去,'烦恼'大半都不见了。"

烦恼,谁没有呢?我们所缺的,是"烦恼树"。那么,栽上一棵吧!有的人马上反驳我:"想得倒天真,烦恼仿佛钞票似的、垃圾似的,可以卸下来,存进去,或者扔掉。它和快乐、思念、回忆,对已成错误的痛悔,对无把凭的未来的焦虑,纠缠在一起,能单独放下吗?"我以为,回答这一困扰,不必多少人生的智慧,一点实事求是就行:不把烦恼"挂"在树上,后果怎样?水管工整夜愁眉苦脸,趴着的破车明天还是趴着。所有烦恼,不因他的执著、他的忧虑,减去分毫,却有无穷的害处:他的脾气一定很坏,不愿意和太太说话,不会抱起孩子,用拉碴的胡子把他们扎得哇哇叫,一家子的晚饭没有好气氛。然后,是一个人乃至两个人赌气,争吵,失眠。旧烦恼不去,反衍生新烦恼,岂不是加倍的倒霉?

我们该有一棵"烦恼树",它,不一定在家门前。可以是无形的,栽在心田一角;可以是有形的:私人日记本上的宣泄,自我的开解和安慰。还有,向亲爱者的倾诉,和朋友的交流。对于半夜辗转的无眠人,"烦恼树"是枕边一双倾听的耳朵。对儿女,是亲昵的拥抱。对路上的陌生者,是礼让的手势,关切的眼神,温暖的微笑。

八、女士赴约会诀窍

女士接受男性邀请,头一次赴约会,该注意什么?美国的婚姻专家提出以下八条:

一、**心情尽量放松**。头次赴约会,近于从前的"相睇",好些女性太紧张,忧虑多多,怕所遇非人啦,怕自己不被瞧上眼啦,怕临场出丑啦,怕给人揩油啦,这都不必要。不去则罢,要去一定要快快乐乐,自自然然,此去不是托付终身,不是出卖色相,不是竞选,不是赌博,无非是去看一个人,双方合得来,这第一次,算得友谊乃至爱情长卷的开篇;合不来呢,客客气气地拉倒。也不要矜持,好像对方一见面,就拉你坐上通向双人床的直通车似的,凛然不可侵犯的模样,在男人眼里成了"冷傲"。总之,自在地,不患得患失地,到约会的地点去。准时最好,有的女性以迟到显示高贵,那可能被视为掉以轻心,你浪费了人家的时间和心情,人家何苦在乎你?

二、**不要多嘴**。前男友、前夫,你最好不主动提起,如果对方问到,也不用遮遮掩掩,老实说出来就行。要注意,不要对这些早已没有纠葛的男人作太多的评判,夸耀他多么英俊多么有钱有才华固然让眼前这位反感,说他多寒酸多笨多凶也失去风度,简单地作个交代就可以刹车。然后,你可以同样的问题问他。

三、**有分寸地表现出"你对他有兴趣"**。不要随便送高帽,那近于谄媚;最好是欣赏他的某些方面,比如"这鞋子你穿上真精神","发型很衬配你","穿这衬衫你好帅气哟"。但是尽量不要碰触对方。见面才不久就拉拉扯扯,男方会视之为"亲密关系"的信号,反过来对你动手动脚,教你吃不消。

四、**举止有礼,予人良好的第一印象**。约会前不要吃菠菜,免得牙缝里留下绿色纤维。不要在餐桌前照镜子、涂口红,不要当众剔牙。

五、**头次共进晚餐,照例是男子做东**。不要点最贵的菜,佐餐的葡萄酒,喝普通的好了,一下子来上一瓶一两百块的加州萨诺玛最炫的"卡不腻",可能吓退人家。

六、**不要钻牛角尖**。约会并不是两党斗法的国会,凡是引起争论的话题,都不要涉及。也不要匆匆忙忙地发表什么声明,比如"我讨厌做爱","约会的头六个月,别想和我上床",这样的话,你说出来,即便两人很"来电",也怕没有第二次约会。除非这确是你一贯的宗旨。这样说,不是要你在性关系方面,越随便越好;而是说,这样的"有言在先",拒人于千里之外。

七、不要谈及你的财产、工资一类私人问题。同样,不要窥探人家的家底。

八、埋好伏笔。如果你有意作进一步的交往,分别前不要空泛地说:"以后我们再找机会见面好了。"而要说:"下星期天我去野餐,你能参加吗?"或者说:"我今天真快活,看来我们很合拍,我很想再见到你。"说时要看定对方的眼睛。

以上"约会约法"八条,如果你不扣不折地实行了,对方却表现冷淡,那么,干脆把他忘掉,另起炉灶好了。

九、怎样看"钱"

二○○○年五月十六日,美国"退休人士协会"发表了最新的民意调查结果,就"钱"这一主题,披露了若干饶有趣味的统计数字:美国人之中,男人比女人爱钱,白人最注重为晚年预作储蓄,亚裔呢,掏钱给自己和配偶的父母最为大方。这次抽样调查,对象共二千三百位,年满十八岁及以上。

具体说来,数据如下:回答"你想不想当有钱人"一题,回答为"想"的美国男性占总数的百分之七十三,按族裔细分,这一比率在亚裔、非洲裔、拉丁裔三群体中,分别为:百分之七十九、百分之六十七和百分之六十。作出同样回答的美国女性呢,却只占总数的百分之六十。

这次调查,一千七百名人士答称他们要么把钱存起来要么拿去投资。其中,百分之二十九的亚裔美国人称他们所储蓄或者投资的钱,占收入的百分之二十一或者更多,算得全社会中"最省俭"的族群。在储蓄和投资方面,白人虽然落在后面,但这一族群最能未雨绸缪,百分之六十六被调查的白人,自称早就替"退休后的生活"做好筹划。相比之下,这样的亚裔人士仅占百分之五十九,非洲裔只占百分之四十九,拉丁裔只占百分之四十六。

指导这一调查的"退休人士协会"公共政策部主任认为,数据表明人们比过去关注自己的财政状况。说来也是,美国人向来是"今朝有酒今朝醉",寅支卯粮,以信用卡向未来"透支"享受的,这变化当然算得一种进步。为何不同的族裔,在对钱的态度上有差异?这个协会没有作出具体分析,只笼统地说,是个人收入、移民背景、历史和各人教育程度的不同所造成。那么,为什么女人追求金钱的劲儿,比不上男人呢?写过《女人需要现款》一书的作家培里女士的解释是:把问题设定为"你想不想当有钱人?"对女士来说,并不妥当,须改为:"你想不想过安稳日子?"或者"你想不想保持现有的生活方式?"

无独有偶,同一天,另外两个机构:"雇员利益研究院"和"美国人储蓄教育理事会"公布了类似的调查数字。它们在向全美打工阶级,特别是少数族裔的打工阶级的专门调查中,有这样的问题:"你们有把握在退休后过上舒服日子吗?"百分之二十九的被调查者回答说:"很有把握",理由在于手头的钱足够开销。这一群对晚景信心满满的人,在各族裔内所占的比例,分别为:非洲裔为百分之二十四,拉丁裔为百分之十九,亚洲裔为百分之三十一,爱储蓄的亚洲人还是遥遥领先。有趣的还在于,这群人要是按性别来分,和上述"退休人士协会"的调查结果殊途同归:男性对"钱途"充满信心的,占总数的百分之三十一;女性仅占百分之二十一。

十、该谁谢谁

一位住在郊外的朋友,每天开车到旧金山市区上班。他响应政府的号召,实行"共乘"(Car—Pooling):先到指定地点接上同路的上班族,再开上专供"共乘"用的快车道,这样做,所得的优待是,高峰期免于堵塞之苦,还省下三块"买路钱"。一次,我问他:"你让素昧平生的各色人等坐进自己的车子,一个子儿也不收,这些接受恩惠的乘客,态度如何?"他的回答大大出乎我的意料:乘客绝少表示感谢,到达目的地,拍拍屁股下车,扬长而去。有一位黑人小姐,打开车门,看看座位,哼了一声,说:"这样破的车子,好意思来载人家!"那天碰巧候车的人少,友人低声下气地赔不是,保证下次彻底清洁车厢,换上新椅垫,小姐才冷然傲然就座。和这一怪事相印证的,是月前《今日美国报》一个民意调查,题目是:"你所遇到的最粗暴无礼的事情,是哪一桩?"加州拉菲埃市一位读者这样回答:我的车子参加"共乘",一位女士手拿咖啡杯坐进后排,她下车时,半杯咖啡溅在位子上,她自言自语地说:"哈,这样的事故可不老少咧!"然后关上车门走了,没有道歉,更没打算把咖啡擦干。这等与"感恩图报"的传统道德南辕北辙的怪事,一如中国的旧风俗:借债的从来在道义上压倒有钱而不愿借出者;在胜利者所书写的历史上,失败者总是坏蛋、混蛋。

谁该谢谁,真难说清。"共乘"固然是两利、双赢,但也有"买方市场"与"卖方市场"的差别,如果乘客盯着车主人一方,把人家所得的好处算个一清二楚,自然觉得吃亏的是自己,明知从司机到车子都免费,也得表现出优越感来。同理,上司请下属吃饭,是施与;下属自当叩首谢恩。美人、阔人、名人应邀赴席呢,却是赏主人以天大的面子。外婆拼着腰骨疼,在女儿家当义务的全职保姆,女婿却说是他慷慨让出可爱的小儿女,才使得老人家享到"弄孙"之福。更大的讽刺是,纳税人供养起来的政府和政党,老要老百姓歌颂他们的隆恩厚德。大千世界上,你说得清"谁欠谁"吗?

十一、什么是"最好"

网络曾经流行一篇文章,题目叫《生命中的"最好"》,罗列的事体如下:初恋。笑得脸皮生疼。热水澡。进大商场瞎拼,竟不用排队。特别的一瞥。拿到邮件。在风景优美的路上开车。躺在床上听雨。刚从干衣机拿出来的热毛巾。在时装店找到一件心爱的汗衫,居然是半价。一个长途电话。巧克力奶昔。一个泡沫浴。呵痒。投机的聊天。海滨。从去年冬天穿过的大衣里,翻出一张面额二十元的钞票。半夜"煲电话粥",长达数小时。从自动喷水器下跑过。毫无理由地哈哈大笑。有人说你很漂亮。无意中听到人家在背后夸奖你。醒来一看,哈,还可以再睡几个小时呢!第一次接吻。结交新朋友,或者和老朋友在一起。耍玩木偶。深夜和室友谈心。甜蜜的梦境。热巧克力。和友人一起出游。搂抱着心爱的人,在沙发上看一个好影片。在圣诞树下,一边吃饼干,喝蛋浆,一边包礼物。出席一个真正出色的音乐会。和一个可爱的陌生人交换意味深长的眼神。自己做巧克力曲奇饼。你给别人送去他渴望已久的礼物,观察他打开礼物盒时,脸上的表情。看日出。你天天早上起来,感谢上帝又赐予这般美好的一天。

以上事体,多半不脱婆婆妈妈、鸡毛蒜皮,而且,如此在乎人家对自己容貌的评论,想必是女性。不过,大咧咧的男人们,别以为人家把"抛媚眼"一类的小动作也抬到"最美好"的位置,是虚张声势。乱世的枭雄、治世的野心家,也许鼓捣出惊天动地的大事;一般小人物,生活就用如此这般的小事情堆积而成;我们生命中的欢欣与悲愁,只具备这样迷尔的规模。小,自有小的佳处:踏实、细密、稳妥,耐得咀嚼,经得岁月的淘洗。我何妨也自造些"最好"来:清早,听伶俐的鸟叫,呷一口焦香扑鼻的咖啡。午间昏昏欲睡,门外人行道,传来咚咚的脚步声,是一对老夫妇在小跑。独自做午饭,正愁没菜,从电冰箱的角落翻出一块腊鸭脯。接到一封信,邮票上竟没盖邮戳。在街上闲逛,路过一处海鲜店,看到门外一张告示:新到螃蟹,每磅三块九毛九,回来时经过同一处,告示还在,但价格改成二块九毛九,我兴冲冲进去,买了两只。

二〇〇二年

当"土人情"撞上"洋风俗"(三则)

已故著名企业家,二十世纪八十年代以前风靡美国高科技界的"王安企业"的创始人王安先生说过,在美国创业和处世的要诀是:和中国人打交道用中式,和美国人打交道则用美国式。在美国住久了的中国人,所使用的也就是这两招,差别在于火候。不过,这只是一方面。我们也须看另一方面:初来乍到的中国人,将在故土用得滚瓜烂熟的"土人情",拿到洋社会来用,又是什么景象?让我以三个实例来说说。

一、"有朋自远方来"之后

从祖国来了朋友,本该是"不亦乐乎"的,可是,有时候,像余光中的《敲打乐》所咏叹的:"不是不想快乐而是想快乐也快乐不起来。"就说上个周末好了,一位朋友从广州到旧金山来探望正在留学的儿子。我和此公,通过国内一位杂志编辑的介绍而认识,通过十次八次信,交换过诗作和家庭照片。好在,彼此都爱诗,相对地说,或者一相情愿地说,爱诗的人较少城府和机心,很容易"交浅言深"起来。去年我还乡探亲,和他见了一面。

他已近花甲,我也过知命,都算老成人物了。但凡世故者,在有形无形的"交谊录"上,会把朋友分分类,依感情的深浅、交往的长短给予"差别待遇",依次为至交、好友、泛交、点头交,等等。此公属于我的"泛泛之交",或者叫"一般诗友";不过,万里而来,接风的客套是免不了的,何况

当"土人情"撞上"洋风俗"（三则）

我在家乡去探访他时，受过他的热情款待，"一饭之恩必报"，于是我邀请了好几位文学上的朋友，在唐人街茶楼恭候他的大驾。对我这个"打工仔"来说，这算待客的"最高规格"了。

身为东道，自要慎重，因他所住的旅馆，客房里不设电话，我和他联系，须由他那在大学寄宿的留学生儿子作中介。我和他的儿子说好，请他在旅馆里等候，我上门去接，时间定在星期日午间十一时前后。我赴约途中，交通拥挤，给耽搁了十分钟，赶到旅馆，他的房门已上锁。洋管理员告诉我，他在半小时前离开了。我等了一会儿，不见人影，完完全全地抓了瞎，本以为万无一失，没带上他儿子的电话号码，没有任何通讯手段，只好怏怏然到茶楼，去和诸友会面。尽管茶照饮，点心照吃，但为远方来的友朋留下的座位，自始至终都空着，一似婚礼上只有傧相没有新人，众人的兴致能高到哪里去？大家议论：这位远客怎么啦？迷路？过马路给车撞伤，进了医院？打工赚钱去了？昨夜天降艳遇，此时在某佳人的香闺高卧未起？被黑社会绑架？我说，此公孔武有力，头脑清醒，不会出岔子。可是爽约的原因，到付账离开时没一个人猜得出来。

几天后，我终于邀到此公，上了一次茶楼，他的公子也到了。趁他上厕所，我问他的儿子，那次他到哪里去了，回答是：他等你等到午前十一时，私忖你不来了，便独自逛街去。他儿子说，他老子对他也如法炮制了一次：儿子和几位亲友邀他吃晚饭，说定六点在离他所在旅馆才三十尺之遥的餐馆会合，他却没来，大家扑了一场空。事后儿子问他，他气呼呼地说："我六点整进了餐馆，一个人也看不到，你们失约，我赖在那里干吗？"我如梦初醒，上次他的失约，原来是建立在这样的假设上：说十一时到而不到，就意味着前约作废。

这位朋友失约，基于"对方爽约于先"的假设。他没想到，假设他的假设不成立，人家怎么办？我想起几年前的一桩事，也是"有朋自远方来"。客人四位，平均年龄近四十岁，从国内到美国来旅游，所仗的是一位来过两次美国的朋友的打气话："不懂英语怕个屁，看得懂厕所门外的图画，不进错门，就能走遍新大陆。"他们的头一站是夏威夷，第二站是旧金山，事先招呼没打，具体行程我压根儿不晓得，他们到了檀香山才给我挂电话,不会用公共电话,幸亏一位遛狗的美国人帮忙,才打通了我家的电话,不料我上班去了,好在女儿在家,接了电话。事后女儿告诉我:有那么四个中国人,在什么日子、乘什么航班到这里来。我准时前往接机,安顿他们的食宿,才没有误事。

见到面,我才知道,这几位朋友在旧金山别无故旧,一切靠我操办。我吐了一下舌头,说好险。此前彼此从未见过面,底细一无所知,仅仅是文学上的交往,而他们这一趟越洋之旅,全部建立在这样的假设上:一、我没灾没病没外出旅游没坐牢,在旧金山专候大驾;二、我有能力包办从接机到安排食宿游览参观到送机的所有事宜。好在,他们的"孤注"掷对了,假设一处假设失误,比如我全家住一个单房,腾不出地方;他们离开机场时又太晚,无法入住旅馆,那晚恐怕要露宿街头。

"你们怎么老爱突然袭击?"提起故土一些人的类似事件,此公的公子愤愤然,指责父亲。他还提起,父亲来美的前一天,他往家里打电话,老子气定神闲地聊别的家事,最后他问起,父亲才顺带说起明天登机来美。这下子他急得跳脚,又是找廉价旅馆订房间,又是四处找有车子的朋友到时上机场,又是向学校请假。当父亲的听了却不以为然,道:"反正你知道我迟早要来的嘛!"此公此行,建立在这样的假设上:儿子一切准备停当,全天候在家守着电话机,到时到机场迎接大驾,万事大吉。

这样的尴尬事,不少在美生活多年的人都经历过。我开始,一边检讨自己迟到的过失,一边埋怨这位远方朋友不体察异乡异客的难处。细想想,其实双方都是被"单一假设"害了。他的假设是:十一时不见人等于约会取消。我的假设是:他一定在房间等候。如果我为人地两疏的朋友想得周全一些,把可能性预设多一些,比如:我迟到他该怎么办,他有急事外出怎么办,临时变更怎么办,结果就不一样。

再往下想,这等困扰,如果排除情绪因素、偶然因素,一般地说,根子还在两种世故的差异。就拿从夏威夷来我家的几位朋友来说好了,他们昧于美国的侨情人情,不理解"橘生于淮北即为枳",没意识到,在美国的中国人接待国内来的朋友,是个人行为;而在故土,却往往是公办的公事。此市某协会的人到彼市的对口协会去,人家的接待科秘书处不是随叫随到么?行前一个电话,抵达时车子已在等候,送往预订的旅馆,然后,吃喝玩乐,一切活动主人安排得妥妥当当,何须劳动客人?而在美国,谁家来了客人,主人预作准备,才能专心接待,凡事要自己办,掏腰包还在其次。

这里,还有沟通方式上的差异。中国人打交道,重人情,重面子,语多暗示,怕明说了伤感情。同是到外地访友,在中国,客人预打招呼,只说大略计划,别的全是"客随主便",各种细节,主人不提,客人不好意思提,姑且假设主人业已安排好一切。在美国,客人先要提供有关资讯:谁来,来了住哪里,旅馆还是主人的家?住多久,有没有特别要求,想去哪些地方,要见哪些人,需不需要主人作司机和向导,开销谁负责,越详尽主人越好办,客人也愈少被动。这里,既关乎"隐私权",对任何开销都无处"报销"的接待者,特别是新移民,还有生活压力问题。

两种世故既然不同,"土人情"移植到外国,双方难免误会,同胞难免碰壁,客人难免暗里说"不亦怨乎",主人背地里嚷"不亦烦乎"。

二〇〇一年五月

二、并非虚惊

老王夫妻,去年从广东乡下移民到旧金山,和儿子媳妇一起,住在滨海的日落区。两口子才六十多一点,还算年富力强。在乡下,老王当木匠,太太种田,一辈子干体力活,都具备中国人的好品德:勤劳。来到洋地方,除了照顾孙子,买菜做饭,闲得不知手往哪放,闷呢!今天阳光明媚,儿子媳妇上了班,孙子进了幼儿园,两口子暗叹英雄无用武之地。老王在后院打六通拳时,看到地里冒出好些草来,灵机一动:除草,把整个院子弄清爽!太太自然响应。于是一个拿锄头翻地,一个用手敲泥坷垃,把草呀根呀落叶呀抖出来,堆到院子中央去。院子收拾完,草成了垛。老王提议:烧掉。烧草皮,制肥料,在乡下不是挺常见吗?老王想到草皮泥,仿佛嗅到烧时类似烧焦饭的味道,很解乡愁哪!就地烧草,好处可多。一来免去清理的麻烦,要不,把小山高的杂草弄到屋前去,让垃圾车运走,垃圾公司要额外收钱,还得费去几十个垃圾袋;二来,老王打算在后院开几垅种菜,草皮泥正好改良土壤。午后,风停了,老王在草堆底下点着火。所谓"无知才能无畏",须知要烧出个岔子,可是"纵火"罪,要下监牢的。老王两口子却压根儿没想到这些,他们不笨,后院早预备下长长的水管,铁铲和打火棍放在身边。他绝不敢大意,点火后一步不离。

鲜草含的水分虽多,但和树根枯叶混在一起,也烧得很旺,就是烟大,霎时间蔓延开来,有如从海洋卷来的浓雾,还夹着教洋人误以为是"芥子气"一类可怖的辣味。邻居陆续被惊动了,头一个是住在三幢房子以外的朱太太。朱太太正在后院浇兰花,隔着好几重篱笆,高声对王先生说,这危险,快弄熄。老王胸有成竹地笑说:"不怕不怕。"心想,大不了就是一堆"草皮泥",怕尿!说完拿起水龙头扬了扬。

老王的贴邻是白人男子,原先在市政府的规划局当小官,才退休不久,精力过剩,格外地以天下为己任。他从后窗看到滚滚浓烟,大惊失色,不理三七二十一,拨911报警,只说这个街区发生火警。这就是美国人正宗的"线性思维":浓烟起于大火,大火来自某一座房子,如不及时扑灭,全街区的几十幢房子都遭殃。

才两分钟,消防车呜呜地高叫着开到,一辆两辆三辆,车上跳下好几十位消防员。前街这么热闹紧张,老王夫妇待在后院,专心地监视烟火,浑然不觉。老王不时用铁铲捅捅草堆,让草烧得快些。看看日头西斜,想着再过一会儿,如果还没烧透,就得用水泼,然后到幼儿园去接孙子。

浓烟四散着,消防员从前街看过去,只能约略掌握方位,却无法确切知道谁家起了火。救火大事岂能耽误?消防员逐家按门铃,敲门。正是上班时间,哪有人在家?老王家的门铃也响过,但没人开门。打头的消防员果断地扬起斧头,劈开一道大门,再劈开一道通后院的侧门,手持水龙的消防员跑进去,只见勤劳而勇敢的老王和太太正在篱笆另一边,慢条斯理地用小棍子拨拉烧黑的泥土,有说有笑的。消防员这才发现,砸门砸错了,那是起火人家的贴邻。户主是唐人街一家杂货店的老板,里头并没有人。

以下的事,似乎简单多了——草堆被消防员的几根水龙对着喷射一通,不消一分钟,火熄了。消防队长哇里哗啦地以英语教训,老王两口子呆若木鸡,老不明白错在哪里?烧一堆草,值得兴师动众吗?

可是还有两桩小事,要劳动老王两口。一是,消防车出动,按规定,如果确是火警,是不收费的,如果是虚报,则要肇事者负责开销,据说按英里算。二是,消防斧下,邻居的两道门被毁,这损失由谁赔?有的行内人说,若不是真正的火警,保险公司不会赔;消防局呢,未必肯赔,它不过是在履行职责。那位杂货店老板岂肯甘休?他一定控告消防局损坏公民的财产。消防局则控告放火的老王两口。账摊到老王他们身上,并非不可能,不是全部,也是部分,罚单付来便知道数目了。

二〇〇〇年十一月

三、白吃的午餐

美国人有一句极流行的谚语:"天下没有白吃的午餐。"头脑简单的洋鬼子,多半把它当做待人接物的指南。白白送来的,类似老天掉下大馅饼的便宜,多半引起警惕。男人在酒吧请陌生女郎共饮,容易被视为勾引的先声。某公司邮寄来"贺喜"信,说你莫名其妙地中了一个大奖,很可能是钓饵。不然,人家干吗供应"免费午餐"?

一位来自中国大陆的女士就遇到这样的烦恼。她住在加州一个小镇,那是中产阶级聚居的社区,环境清静幽美。女士的先生是电脑博士,她吃穿不愁,专心致志地当"煮妇",每天,把独生子送到私立学校以后,就在家做做家务,浇浇花,看看书。她的贴邻是一家美国人,当丈夫的是大胖子,脾气很好,他的办公室设在家里头,女士常看到他。有时候中国女士在院子里莳弄花草,胖子在晒太阳,两人少不得寒暄寒暄。有一次谈天,胖子赞美中国菜,她不免暗暗得意,技痒起来,问胖子要不要尝尝她的拿手菜?胖子哪有不喜欢之理?于是,女士做了一个酸辣汤,一个咕噜香肉,送到胖子家去。胖子吃过了,不但隔着篱笆向她竖起大拇指,还郑重地发来一个"伊媚儿",向女士和她的夫婿致以正式的谢忱。从此,他们两家有了不多的来往。胖子除了股票投资的正职,还是电器专家,举凡电视机、电冰箱、洗衣机、干衣机、车库的自动门、剪草机,只要不是太大的毛病,他都能修。女士有时请他帮忙,他十分乐意。可惜,美国以人际关系冷漠著称,这两家,几年来只停留在"女士请吃中国菜,胖子替她修电器"的层次上。

渐渐地,两家人热络起来,可以以"朋友"相称了。中国女士觉得,说到友情,该以"义气"居先,不能再功利主义了。她还像过去一样,隔三差五地给胖子做个麻辣牛肚啦、麻婆豆腐啦、葱爆羊肉啦,爱辣味的胖子吃得啧啧有声,赞不绝口,每次吃过,总来个伊媚儿,以文雅的字句,把中国女士的杰作捧上天。但她认为,反正闲着也是闲着,有这么一位国际友人,成为自家烹调艺术的忠实拥趸,虚荣心获得前所未有的满足,这就好了,不再像过去那般,实行洋式"等价交换",要胖子替她家修这整那。她说,中国人"烟酒不分家",朋友嘛,实际利益怎能算得太清?有一次,她刚给胖子送去一盒扬州炒饭,家里的下水管道堵塞了,要放在过去,她隔篱笆一个招呼,胖子提着工具上门,三下五除二,便排除故障,一个子儿也不花。可是这回女士不好意思:水管堵得真是时候!人家以为我是贪图他干活不花钱,才送饭去呢!邻居不会讥笑我"门槛精"吗?她宁可请专业水管工,花二三百块,也不要胖子帮忙。水管工上门的一幕,胖子也在家看到了。

胖子犯了嘀咕:过去我们有来有往,何等公平。如今她一味施与,不求回报,葫芦里卖什么药?是不是想向我借款十万元,好投资新上市的热门股票?是不是国内有亲戚要来这里留学,请我做经济担保人?是不是要我担任她或者她先生的推荐人,让他们找到好差使?是不是因为我曾透过卖房子的口风,先来讨好,望将来获得优待?好在,胖子有自知之明,晓得以自己的笨重,断不会赢得女士的垂青,要不,他还会往"桃色"

方面想下去。胖子由此得出结论：为免将来受损害，谢绝女士的款待。以后，女士做了中国菜送去，胖子委婉但坚决地退回来，使得她大为扫兴。

女士大惑不解，就此事和丈夫谈起中美两国"人情"上的差异，丈夫说，美国人交往，讲究实际，不爱欠人的情，也不想别人揩他的油。过去我家和胖子的交往，是明明白白的"互相利用"，这虽为老派中国人所不齿，但美国人视为理所当然。你后来把"利用"撤去，反而吓怕了人家，他以为你在耍什么"大阴谋"呢！洋鬼子也知道你们中国人有"吃小亏占大便宜"的老话，怕你要占的"便宜"大得他吃不消。

女士纳闷地问：如何是好？先生说，洋人喜欢明来直往，你每次给他做吃的，同时交代，请他做什么事，他喜欢就做，不喜欢拉倒。公平交易，皆大欢喜。

二〇〇〇年七月

唐人街的咖啡店

我近来才发现,在旧金山中国人的日常生活中,咖啡店的地位正悄悄地取代传统上的茶楼。个中原委大抵是:茶楼多设在中国城,但同胞不复聚居在旧金山湾北岸局促的一隅,而在五六英里外的日落区、利治文区,即所谓"新中国城",近年还扩展到原先为拉丁裔地盘的肖化区。要上茶楼,得走远路,茶楼的点心,"出血大平卖"期间每碟也卖一块多,耗时且费钱。同胞经营的咖啡店呢,在所有华人聚居区里头有的是,咖啡每杯六角,菠萝包每只三角五,稍高级的奶黄包、叉烧包、皮蛋酥和咖喱牛肉包,每只六毛,大肚汉花上两块三块,早餐便相当地丰盛。每天大早进各处小小咖啡店的,是上班族,其中又以建筑工为数最众,他们端过咖啡杯,便匆匆忙忙地进入日常主轴戏:谋生。茶楼以"闲"为底色,咖啡店以"忙"为基调;茶楼中多志在消磨光阴的清客,咖啡店多功利挂帅的事业家。茶楼出世,咖啡店入世。以吃喝方式观,上茶楼是工笔,是江南丝竹的柔曼抒情;进咖啡店是大写意,是金戈铁马的"急急风"。这么说来,可以和香港打工阶级每天必不可缺,以"一盅两件"为限的"早茶",可以和蜀地茶馆,珠江三角洲茶寮等量齐观的,再也不是唐人街上茶香缭绕的"美丽华"、"亚洲园",更不是厅里高挂"蹊山行旅图",酸枝几上摆仿古清玩,高标雅兴的"茶艺馆"——故土的茶楼到了异国,来个"狸猫换太子"式的掉包,异化为住宅区内星罗棋布的咖啡店。好在,咖啡店也供应带线的洋式红茶包,炉子上不脱一壶从来没有开过的白开水。舍得花上两块五以上,还能叫一杯台湾"珍珠奶茶"、"波霸奶茶"、港式奶茶。然而,咖啡店中,放在柜台上的电炉子上热着的,在大型超市素属低档大路货的黑色液体,终竟比广式茶楼上,分类细致的菊普、香片、水仙、铁观音,更富于中国民间生活的原汁原味,这一变化所含的黑色幽默,类于美国中餐馆的怪象——驰名菜式"扬州炒饭"和"西湖牛肉羹",据说在扬州和杭州闻所未闻云。

可惜,对这一虽不着痕迹却危及国粹的"洋化",我长久以来并无深切的体验,最近才有所领略。事缘前些天,我修理刚买到的旧房子,要到郊外大型建筑材料商场去买材料。车子太小,长木料载不了,便请一位拥有卡车的友人帮忙。我和这位友人,从前在西餐馆搭档干活,这些年却不通音问,"平时不烧香,急时抱佛脚",想来颇远于以绵长醇厚为特点的中国式"人情",好在,我和他完全是洋式交往,他说帮忙可以,白干却不行。我说当然,亲兄弟明算账嘛。比起假客套,还省下诸多铺垫呢。

友人和我约定,早上七点正,在诺里亚格街的一家咖啡店见面,吃过早餐,然后上路。从电话中知道,友人如今在市政府辖下的机构当机械维修工,每天下半夜才下班回家,我怕太早,他起不来。他却说:"那个店,我每天一早必去,风雨无阻。"

早晨,大街上冷冷清清,旧金山名满天下的雾气,像事出有因、查无实据的谣言,在英文和汉字招牌旁边飘忽,教我想起桑得堡名诗《雾》里头的比喻:"雾来了/用小猫的脚步",它只在沿街停放的车子的玻璃窗上,留下一层朦胧诗般的氤氲。我把车子停下,踱进咖啡店。据我所见,市内凡是中国人所开,占一个店面的小型咖啡店,格局都差不多,仿佛出于同一个懒于出新的老派设计师之手:左边一个长长的玻璃柜台,用以陈列华洋各式面包。柜台末端的大台面,专供客人自调咖啡用,上面摆着牛奶、糖、代糖、茶包和小拌棍。靠墙一边是货架,放着一筒筒分大、中、小号的纸杯,成箱成箱的小张纸餐巾、一罐罐业已磨成粉状的廉价咖啡。货架末端,放着装上轮子的大保温箱。玻璃柜台里的货色,用于观瞻;保温箱里,一层层刚从厨房大烤炉和盘托出的新鲜面包,才是饱口腹的。此外,便是小小的、或雅或拙的桌子和椅子,没有桌布和任何摆设。云石做的桌面,颇显富贵气派,但店家此举,意不在设"雅座",而为了清理方便——抹布一扫就行。

天色还暗,店里的灯光也暗。这阵子,所有茶楼都没开市,咖啡店当仁不让地充当供应早餐的主角。进门所见,一片影影绰绰。茶可润滑声带,所以茶楼多高谈阔论,开市如打开蜂窝;咖啡呢,首要功用在提神,而况洋玩意儿,须以洋招式对付,所以同胞们随俗为变,只在窃窃私语,教我误会都在传播什么"小道消息"。友人已到,独个儿占靠墙的一张小圆桌。我打过招呼,便去买咖啡和面包。按照中式社交习惯,我问友人来点什么,他说不用管,早吃过了。他还郑重交代,这店不像别处那么小气,添咖啡不额外收一毛五到两毛,尽管喝,如果你不在乎频频上厕所的话。我要了三只餐包,自斟一杯咖啡,付了两块多。暗想,就凭"便宜"这个在任何洋咖啡店都无法比肩的优势,中国人的店便站得住脚。如今在麦当劳来一顿真能饱肚的早餐,比如咖啡、牛角包加煎饼香肠,没有六七块钱打发不了。更别说这几年才大热起来,分店遍布全球,去年还打进上海滩的连锁咖啡专卖公司"星巴克",进去要一杯浓黑的意大利"艾可斯皮拉索",动辄三四块。我们岂止容忍小店土气盎然的简陋,反倒从中品咂故园乡野一般的适性任情。我和友人的交往,既直来直往惯了,这回也省略久别重逢的无聊客套,诸如握手、拍肩膀、寒暄话旧之类。我在他对面坐下来。

这么一坐,倒体味咖啡店的另一种风情。友人向我点头,打过招呼,再也不理会我——他在口沫横飞地演说呢!听众是坐在邻桌的一男一女,都五十开外,老成而矜持,看得出来,是为新移民所景仰的"事业有成"者。他俩端着纸杯子,却不喝,全神贯注地聆听,仿佛我的友人是按钟点收费的咨询顾问。友人仰头喝光纸杯里的咖啡,两只粗手按在桌子上,继续往下说:"巴比,装修车房,有两套法子,短程和长程。先说短的,买些木枋和灰板,钉子一钉,淋浴间用从'好人'商店的现成货,拼装起来就管用。弄上个一卧房单位,租出去,一个月租金七百五到八百,划得来。开销嘛,一两千块差不离。长程呢,我看不做则已,一做就得脱胎换骨。"友人来了灵感,站起来,在狭窄的过道上来回走动,作着种种果断的手势。我凭经验,猜到话题的脉络:听众是一对夫妇,刚买了房子,为了开拓财源,以应付每月付出的高额抵押贷款本息,计划在车库加建一个单位,怎么建才既合理又省钱?他们为此向我的友人讨主意。友人在本行外,还是非科班的出色建筑师,有关房屋的维修,改造,兴建,从向市政府申请许可证到全套施工,实践经验和专业知识都呱呱叫。尤其难得的,是充满"票友"式的忘我。玩票的优越性,在于所爱的并非饭碗所系,纯然出于趣味,怪不得话语如此精彩缤纷。友人继续发挥:"长痛不如短痛,干脆!把热水器和暖气机都移前十尺,侧面后大片空间派得用场,作大洗手间兼浴室,楼梯底下的空当,做储物柜。你看,车库靠后院那一半,一分为二:卧房和客厅,拢共三百五十平方英尺。原来的过道,弄上个小巧玲珑的厨房,嗨,全套新式,出租嘛,按如今行情,一千一百块一个月,没人要找我好了,我赔你。怕高度不合法例?地面该挖就挖。反正算下来,二万到二万五千,尽够对付。你看过我家的车库是吧?我把中间的柱子抽掉,换上一根工字横梁,一溜横放三部车子不说,后面小单位还有六百平方英尺。"友人连比带画,听者频频点头。我也听得津津有味,回过神一看,柜台旁站了七八位建筑工模样的汉子,他们一手拿咖啡杯,一手拿包子,也当旁听生。我突然省悟,原来友人是约定俗成的主讲人之一,他每天准时到达,"开课授徒",费用全免,发表欲与成就欲却获得空前的满足。这对夫妇一个劲地点头,在间隙也问了好些问题,例如申请许可证的具体策略和费用,图纸找谁来画,水管和电线的走向,友人一一解答。一位工头模样的旁听者,有意考考主讲人,在末尾提出:"据市府最新法例,暖气炉的通风道该用软管还是硬管?"友人坦然道:"不晓得,今晚我向朋友请教,明天给你答复。"我环顾四周,除了听友人"上课"的,不多的桌子被搬动过,椅子隐隐形成好几个圈子。一拨人在谈球,主题是:"洋基"队今年卫冕的前途如何?少不得有人打赌。一拨在谈股市,蓝筹股、科技股、工业股、银行股、千年虫、共同基金、网景和雅虎、戴尔和康柏……中英文词儿夹缠,外行的莫名其妙。各个小圈子谈得热烈,音量却恰到好处,不像茶客那么放言高论。可见从茶到咖啡,战略性的转变不在单纯的"喝"上,而在行为模式上,在公共场所,我们一向不是以肆无忌惮的大嗓门,令异胞皱眉掩耳么?忽然,人群中起了小小骚动,好几个人往门外走去,原来,一家带中文日报标志的箱形车,给店外的自动售报箱送报来了。我排进买报的队伍,往箱子放进五角钱,拿出一份《世界日报》。从前,我不止一次,见到贪便宜的同胞,趁揭开盖子时多拿几份,这会儿却不见谁揩可怜的报纸批发人的油,莫非咖啡也能提高公德心乎?

由手拿带油墨香的报纸,回到店里就座的人牵头,店里头展开另一轮议论。从头条起,台湾震灾、日本核灾、大陆的刑案、正在华盛顿国会山庄较劲的"病人权利法案"、市长选举、枪支管制……新闻自是以"坏消息"居多,但论坛诸公因为司空见惯,都不再激动,平淡中带着悲悯。我没来得及融进这社交圈子,只充看客。咖啡客们,或争得面红耳赤,或因某人一句切中时弊的隽语哄然而笑,或因几位好辩者偶尔词穷而停顿,何其生动的浮世绘!众人静待下一回合交锋时,那种意味深长的冷场,尤能刺激兴趣。我喝光了第二次添加的免费咖啡,抬头时忽然发现,店里空荡荡的,五分钟前还挤得要命,新来者连声说"请让让"才"自助"到一杯咖啡,如今,就两三位老者,慢悠悠地翻报纸。看看墙上的钟,刚过八点,大家都上工去了。

四位女店员,六点钟摸黑进门,近七时开门营业,在柜台后头,手脚生风地为川流不息的顾客服务:递包子、装外卖盒、算账、收钱、泡咖啡……这阵子终于松下气来,轮流坐在柜台外的桌子旁,就一只菠萝包,悠悠然喝新泡的咖啡。店员"与客同乐"的特权,只有中国人当的老板才会赋予,洋店子是不让雇员大咧咧地和顾客同桌坐着聊大天的,中式的"不正规",恰恰可作淳厚人情味最后的防线观。

几位聊天对手陆续告退后,友人才意兴阑珊地把纸杯子扔进垃圾桶,和我一道出门,开他的一九七五年出产的"道奇"老爷车,到建材店拉木料去。在车上,我感慨地说:"我真孤陋到家了,不知道小小咖啡店,已经成为信息交流中心、咨询网站、乡情沙龙、广东乡下的'榕树头'、英国伦敦海德公园的讲坛。阁下呢,在里头算得'黄金时段'的谈话秀主持人,不简单哩!"他晃晃半秃的头,半是得意半是没奈何地说:"没办法,上了瘾,每天大早,要不到那里去待上一个半小时,就像有了咖啡瘾的人早上没吸收咖啡因,'周身唔聚财'(广东话,意为:浑身不舒泰)。"

友人替我把木料运到住处,我粗略来个心算:跑这一趟,共费一小时又六分钟,他干本行,时薪约十五块,我虽不是他的正宗雇主,不必预扣所得税,但他在周末给我干活,好歹得按"超时上班"计,时薪该为二十二块半,加汽油费、零件损耗费二十来块,于是我在他开车时,往他的口袋塞上五十块,他没明码叫价,我却就地还钱。不过,我还是不大好意思"明算账",只说:"这点钱,供你喝杯咖啡好了。"一如别的广东人,把付给人家的酬金,一概称为"饮茶钱"。好在他突然四海起来,那钱数也没数,只连声道谢。

一九九九年十月

赴"粥会"记

一个星期六,群莺乱飞,杂花生树,花粉症引起的喷嚏劈天盖地,如此这般春和景明的日子,上午十一点,我独个儿在唐人街闲逛。离上班还有四个小时,颇难打发。本来约一个朋友上茶楼,聊聊明清小品文,碰巧他出门去了。惶恐间想到昨天一位朋友所报告的消息:"金山粥会"在唐人街一家酒楼举行新春雅集,欢迎大家参加云。

粥会,单看名堂已够新颖。盖因结社,总须有一面旗帜,一如政党须有主义。海外同胞的社团,有以姓氏结社的,如黄氏公所、许高阳堂;有以行业结社的,如工程师协会、针灸学会;有以志趣结社的,如敦风诗社、南国音乐社、文艺协会;有以疾病结社的,如癌症协会、乳癌患者互助会、糖尿病协会;有以传说结社的,比如"龙岗亲义总公所",包括四个姓氏,起源乃是《三国演义》里桃园三结义的刘关张,加上后来的五虎将之一赵子龙。一段半真半假的典故,造就了一个声势浩大的团体,你不能不佩服中国人的浪漫。更有以偏旁结社的:谭、谈、许、谢四姓都有"言"字旁,便组成"昭伦公所",使得我们对汉字本身的凝聚力景仰十分。吃粥,也吃出一个不同凡响的局面,更叫人拭目相看。有人也许故意找茬,向粥会的会长或秘书长发难:"吃粥的能结社,吃鱼翅的、吃素的、吃小笼包、四川榨菜的,能不能参照办理?"我可以代庖作答:"怎么不可以?有号召力就行,日本和中国的台湾好像就有喝尿协会。"

"粥会"当然有旗帜,有纲领,有一个团体必须具备的一切:顾问、正副会长、财政、会计、理事、常务理事。头儿们在社交场合亮出的中英对照名片来,其考究毫不逊于任何会所的主席和总董。粥会的纲领,一言以蔽之:养生。据该会会长的大著《寿而康讲座》称,粥易于消化吸收,有延年益寿之功。因为粥的主要原料:粳米,能"补中益气、除烦恼、止泻痢、平胃气、长肌肉、壮筋骨、治诸虚百损、生津、长智"。可见,除却"寿星公吊颈——嫌命长"的,都该大吃特吃之,怪不得吃出一个规模宏大的会来了。

本来,我也有成为吃粥党党员的机遇,交臂失之,咎由自取。年前我好几次接到粥会会长邀我加入的信柬,行草流丽飘逸,排列在精制的粥会专用笺,教我受宠若惊。试想不才异乡漂泊,受气挨骂的经验不少,何曾有哪个体面的团体,这般待我以上宾之礼?可惜我每到周末例必上班,没有赴会的空闲,只好写信给会长陈情,以后邀请信才断了。其实,"忙"之外,还有一个不敢说出来的理由:我对粥,一向并无好感。大跃进时代,知青时代,我在国内,家里常常缺粮,大米饭吃不上,举家不时吃粥,那无非是大锅清水加小半筒米,稀得不像话,乡人戏称这种清澈得几乎见底,一如池水般平滑的食品为"美人照镜"。母亲有时经不住几个肚量奇大的儿女的埋怨,就放进一把木薯粉,使之黏稠。我一连咕噜咕噜地喝上七八碗,肚子徒然隆起,饥火却烧得更旺。所以,少年与青年时代的远大理想之一,就是不吃粥。

踌躇间,我灵机一动:何不到粥会去?一来见见吃粥的盛况,二来还掉积欠会长的人情,三呢,一个聚会,杀去三个小时,轻而易举。我走到酒楼门口,还有点心怯,大概对粥还存畏惧吧?恰好昨天提供这一情报的朋友兴冲冲赶到,我便半推半就跟上楼去。

到得稍晚,楼上已是人声鼎沸,二三十张圆桌旁,坐满了会员与外围人士。我一边从人丛中穿过,一边略作扫视。清一色的炎黄子孙,九成以上是退休的。据我平时观察,他们不但在年龄上,而且在移民来美的历史上,也当仁不让地"资深"。新移民,即便已届耋耄,也不暇,或不敢、或不好意思进入这一类纯然为有闲兼有相当经济基础的人而设的团体。千万别小看这些被光阴剥夺了光圈的龙钟老人,他们就是本世纪一部活生生的历史。如果你超越党见,不费多少工夫,就可以依个人履历,拼凑一个军或师的指挥机关,一个省的议会,一个县的政府、一所大学的研究所、一所完全中学的师资,当然都属于"过去时态"。

好在我认识的人极少,要不又费许多工夫去握手、寒暄、话旧。座中故旧若好事,再给我介绍若干位新朋友,又得"久仰"、"幸会"多番,不胜其烦。只有一位老先生和我打招呼,他是从旧金山市交通局退休的,喜好文艺,曾读过我登在报上的狗屁文章,有一回请几位文学方面的朋友茶叙,我也忝列其中。并非所有桌子都没空位,而是举目无亲,不好贸然落座。好在最靠近门口处,有一张桌子,空位还多。原来上面有"记者席"的牌子。可见粥会与唐人街一切团体一样,对"公关"极为重视,各家华文报纸专跑社区新闻的小记者,是货真价实的"无冕之王"。一位已安坐的英俊绅士,原来是华语电视台的新闻主播,后来电视台取消了华语新闻,他转到股票行当经纪去,他本来已不算记者,但今天他的身份乃是粥会特邀的"金牌司仪",所以仍享受记者待遇。他与我有数面之雅,握手之后,他邀我坐他旁边的椅子。

记者在这样的聚会,是当仁不让的"嘉宾",被洞达人情的会长赋予"白吃"的特权。记者的回报是:回到报馆,写一条"××雅集,明星、红星、闻人、名人×××、×××、×××、×××、××……共襄盛举"的消息,配若干张排排站的照片,便告功德圆满。要诀在于勿漏掉要人的大名,次序毋颠倒,行文则不须讲究。我不是记者,没资格打秋风,便到秘书处,向长桌旁的接待员买了一张餐票。千万别鄙薄职小官微的接待员,看仪表,我有理由推测他在抗战时期曾任某专署的教育局长或军需处长,他记下我名字,就用上长官签发公文的架势。

餐券才七块钱,比上茶楼便宜,我窃喜。继而推测,今天吃的什么粥呢?据会长的专著,粥类单在"药粥"项下,就有三十六种:薏苡仁粥、鲜藕粥、菊花粥、芦根粥、生姜炒米粥、蛇床大枣粥、茯苓粥、阿胶粥……姑且说,酒楼不是医院,不是药膳铺,那么来个艇仔粥、皮蛋瘦肉粥、腊八粥、及第粥如何?总不会是在乡下吃的那种毫无艺术性,又灌不满饥肠的劳什子吧?

英俊的绅士正和我闲聊,会长过来拍拍他的肩膀,他起立,到台前去,对着麦克风,以那无人不晓的"新闻嗓子",宣布会议开始,他宣告,今天的内容,一是纪念国画大师张大千先生诞辰一百周年,一是纪念书法大师、"党国元老"于右任逝世三十五周年。我才知道,粥会雅集,要旨并非吃粥,而是另有寄托。中国人办事,都讲究弦外之音、题外之旨。文人开会,少涉文事而谈女人;政治家开会,不全是治国平天下,而在铲除异己;同胞上茶楼,志在果腹而非品茗;某些同乡会的理事会每月聚集议事,议程乃是吃一顿可照单报销的豪华"工作午餐",不过怪不得衮衮诸公,哪有那么多"会务"可办?至于今天,我们也不宜拿钱钟书的老生常谈:"吃讲究的饭其实只是吃菜,正如讨阔佬的小姐,宗旨倒并不在女人。"来抨击粥会的"主权旁移"。张大千和于右任这两位美须公,都是中国本世纪呱呱叫的大人物,纪念他们,是我们的本分。

会长致辞。副会长作会务报告。台下照例一片嗡嗡的私语。不碍事,各听其便就是。接下来,一位赫赫有名的"王牌"记者——特邀的主讲人开讲,嗓门奇大,缕述"于髯"的文韬武略,十分精彩,使得我忘记了吃粥的后遗症——流清涎。

报告作完,开始用餐。被连串讲话弄得发腻的侍应生们,在席间穿梭。端上来的第一道,是粥——最为切题的物事。不过,只是平常不过的粥:寥寥的白果和腐竹片,很少的肉。果不出所料,在每人一小碗符合粥会宗旨的粥下肚后,便跑了题。下来是叉烧包、干炒河粉、面条、虾饺、烧卖。但我得承认:完全值回票价。更不必说,粥会邀来的贵宾献艺,献唱粤曲《昭君出塞》,动听之至。餐用过,聚会结束。若干社会活动家,很会榨取这种名人荟萃的场合的"剩余价值",到各席拉人拍合照。

值得补记的是,今天似乎没请动多少"无冕之王",我所在的"记者席",一直空着几个座位。于是有如下插曲:

一、副会长做会务报告那阵子,一位老太太进来,茫然四顾,要找座位。她,我在以前的作协活动中就认识了,称她"李大姐"。我请她坐在我旁边。她问我名字,我说:"您认识我少说也有八年,忘啦?"她更茫然,苦笑道:"去年过了八十,老啦,记不起来。""我可知道您,抗日老战士,女兵作家,像谢冰莹先生一样。"她欣慰地笑了。过一会儿,她向我提问:"你,看我像一个兵吗?"我无比庄严地作答:"像极了,怎么不像?本色的军人,和日本鬼子厮杀过的英雄,我们永远忘不了。"她听罢,"哦哦"连声,盯着席上的空粥罐出好一会儿神,眼神更其迷茫。十分钟后,她提出同一问题,我再度予以肯定的回答。末尾,还来一次。

二、副会长做完会务报告后,也坐在我们这一席。这位很有造诣的书法家,正与我们谈笑,一位七十来岁的男士走来,恭敬地递给他一张纸,是一首绝句,我从旁窥到后两句:"十年一觉金山梦,赢得茶楼清客名。"毛笔字平平,剥杜牧诗也剥得不干净,副会长循礼赞好。诗人本来一脸凝重,胸有万千丘壑似的,告别时倒露出"终遇知音"、浮一大白般的笑容来。

一九九八年四月

向后代播种乡愁

"娜娜不见了,快去找!"父亲气急败坏地在村口向三弟大叫。三弟正和本村应急而生的几位"厨师",在老屋门外用泥砖架起的临时土灶前,油炸"咕噜肉",慌忙揩揩手中的油,把"本田"牌摩托车推出门,在禾堂前的石板路上开动,一溜白烟地出了村,到小墟里寻人去。我正在田埂上观赏汪汪春水里的灰色天穹,不远处父亲和弟弟的举动一一看在眼里,没加阻止,但也毫不紧张,尽管,"失踪"的是自家女儿。她前天才从遥远的北美洲回到家乡,语言不怎么通,路更不熟。我想,这里不是美国的"罪恶之都"纽约和华盛顿,哪会有绑票的?她一定是到巷子里哪个人家串门去了。过了十分钟,弟弟便从小墟赶回来,一个劲地摇头,说娜娜不在那里。本来喜气洋洋的父亲,这阵子急得像热锅上的蚂蚁,在满地铺着大鞭炮"满地红"纸屑的地堂上,团团乱转,咋咋呼呼,我远远看了好笑。

妻子却也终于沉不住气,把文儿叫来,一起在村里头,逐条巷子地找。妹妹随后专事吆喝:"娜娜啊,你在哪里?该回家啰!"引得长长巷子里,众多久未见面但仍旧稔熟亲切的乡亲,从家里探头观望,一听说是找才从美国回来的小姐,都哈哈笑开,安慰说:"没事,她玩耍去了。"巷口的三婆,女儿小时候她常背,刚才我们到村子不久,妻子特地领上女儿,带上一包从旧金山超级市场买来的"开心果",到她家去谢恩,老人家笑得脸上光剩一张没了牙的嘴巴,连连大呼小叫:"我的心肝肉儿,成大姑娘啦!"这阵子三婆在家里喂猪,听到叫声,手里滴着潲水,慌忙奔出门,说:"娜娜是到阿惠的新屋子去了,我看见的。"果然,在村子南端一幢还在建造中的两层瓦房里,找到了女儿。她正在用结结巴巴的家乡话,连比带画,和阿惠嫂谈得热乎。女儿向妈妈说,是"叶姆"把她邀请来新屋子参观的。妻对女儿说:"阿惠嫂,你该称'二姆'才对,谁教你叫她'叶姆'?她的名字叫学英,也没带个'叶'字。"女儿嘻嘻笑着说:"我哪记得这么怪的名字?又不是Candy、Judy、Lily什么的;看到她的毛线外套上绣片绿叶子,问她这是什么,她说了,我就这么叫,好记嘛。"

妻子和儿子、女儿一起,兴冲冲地向北头的家屋走来。我正站在池塘边的社坛旁,眼前,"池塘生春草",排水闸前绿水丁丁,一尾红鳍鲫鱼蹦到水面。抬眼,远远近近,烟树和岚气,黑灰色掺杂的排排老屋,郁郁垒垒的故园。看着至亲的人,肩搭肩地走近,心里打翻了五味瓶。

十二年前,我和妻子,带上六岁的儿子,一岁多一点的女儿,步上艰辛备尝的移民之路。山水迢递,关山阻隔,起点就是村前用花岗岩长石条铺成,把鸡公车和自行车颠得咣啷乱响的路。在广州的美国领事馆领了签证,那是一九八〇年的夏天。侨乡习俗,人出洋叫"出脚","出脚"避天光,出门越早越吉利。子夜时分,我们便在家人陪同下启程。搭车到省城,再乘火车到香港去。在港九直达快车上,挥送月台上依依的双亲,和妻子把儿女安顿在座位上,长长地嘘了口气,歇下来。多日忙碌,打点行装、和亲友一一告别,办退职手续,又是饯别又是祭祀,我们都累坏了,妻子瘦了一圈,一下子老上十岁。火车噙着轨,铿锵铿锵,一首缠绵欲绝的乡愁诗篇。两个小儿女,可丝毫没有那种灰暗心绪,在卡位上嘻嘻哈哈地玩。邻座一位香港人,看女儿红扑扑的脸蛋,夸她伶俐,女儿向他招手,他把桌面上的荔枝分出一半,给了我们的孩子。我忙道谢。两个馋嘴猫儿拍手欢呼,儿子一把抓过去,剥皮,把晶莹的果肉送进口里,响亮地把核吐到窗外急促旋转的田野去。女儿不会剥壳,伸手抢哥哥的,眼看要开仗。我把顽皮透顶的儿子强按在座位上,吓唬他,要不放规矩点,就叫穿制服的警察把他捉去,又给女儿剥了荔枝,孩子才安静下来。我和妻子交换了眼神,疲乏的脸孔浮出笑意。万里风尘的漂泊,固然为了自己的前途,我才三十二,妻子三十,青春还没离开,该去闯闯天下;然而,不更像天下的移民一般,为了后代吗?

在香港的酷暑中熬了十多天,然后乘坐日本航空公司的客机,越洋去。女儿买的半票,也占了一个座位。怕小家伙们乘机捣蛋,我包下女儿,为的她小,好哄好抱;妻子包下儿子,为的小子一向只服妈妈的监管,却不把严父当回事。日航的男服务员以为我是他的同胞,走来叽叽嘎嘎地拉话,我摇头;他改用英语,我还是摇头。只好换上一个会中文的小姐,她问我要不要给孩子一些玩具,我谢绝了。因为两个小家伙一上机,便打起呵欠。女儿开始时在座位被安全带碍着,很不舒泰,我只好抱她坐在膝盖上,不一会儿工夫,她在怀里呼呼大睡。

日月星辰,春夏秋冬,光阴在劳累中飞逝。儿子转眼到了十八,高中毕业在即。女儿十四,读初中二年级。儿子一来,刚好赶上小学一年级。女儿太小,上不了幼儿园,在家由妻子带。岳父心疼外孙女没地方玩,特地买一辆木马,让她在低矮的客厅里用嘴巴驰骋。如今,儿子个头和我差不多。女儿几乎像妈妈一般高。初来那几年,儿子的家乡话还呱呱叫的,上的年级愈高愈忘得干净,后来只会说和他的日常需要切切相关的词儿,比如,"饿"、"我要吃饭"、"给我煮面条"。"袜子",女儿不叫"一双"叫"一条",汽车叫"一个"不叫"一辆"。英语里同一个词的"米"和"饭",她也混淆,把"做饭"叫"做米"。指着从后院飞进来,盘踞在垃圾上的苍蝇,说:"别赶走,虫虫也要吃午饭呢。"两辈人会话,先是大人用中文问,孩子以英语答;再大些,我要讲点做人的大道理、学科的选择和前途的自我设计之类,非得操拗口的英语,要么孩子光顾互相挤眼,心不在焉。

前一年除夕,合家吃团年饭,妻子一边紧张兮兮地监督着从电视机前赶回到餐桌来的儿女,生怕他们不小心,摔碎碗碟,筷子掉到地上,影响来年的运气;一边和我说起私房话,你一言我一语地回忆乡下过年的趣事,我瞟了眼宝贝儿子,他正埋头用刀叉对付一碟子盘结的粉丝和金针菜,我问:"文文,乡下的事情,还记得吗?"他眯着和我的一般细长的眼睛,很识趣地作出搜索枯肠的姿态,停了一会儿,还是耸了耸窄窄的肩膀。我和妻子相对苦笑,不约而同地下了决心。是啊,在美国,儿女长大,远走高飞,到那时要拽他们和父母一起出一趟远门,艰难得很;不如趁春假,带他们回老家,让他们知道,自从在县城的妇产院降生以后,在哪里坐摇篮,吃奶,吃"煲仔粥",爬行,学步,那些亲过、抱过、背过、哄过他们的父老和婆姆姑婶是谁。该让洋化的心灵,领略故乡的连山如黛、春秧如茵、炊烟、田塍、榕树、芭蕉、小桥流水。看惯盛在"肯德基"快餐盒的炸鸡腿,该见识在爬满牵牛花的篱竹上,喔喔叫的雄鸡;穿惯了"耐基"球鞋的脚,该硌硌滴满父辈汗迹、布满牛蹄窝的村路。无论从儿女的意愿,还是从两代人的处境着眼,一家子都不大可能常常回去。趁我和妻子在精力未衰的中年,趁儿女青春年少,一家子,和和乐乐地回去。不是说"未老莫还乡"吗?已老还乡,是落叶归根的大事;未老还乡,我们追怀韶年,"断肠"也许难免,但痛得来有悲剧的快意,如果它能把积存心间、乃至潜意识里头的千般眷念释放的话;更重要的是,对于长在异国的儿女,可能是足以影响终身的寻根之旅。

四口之家启程。坐上新加坡航空公司的波音客机,从旧金山飞往香港。女儿的座位像上次那样,又是在我的左侧。半夜,舷舱外,白云卷舒,机翼掠过浩渺无限的苍穹,不动声色,机体仿佛凝定在沉寂的空气里。我哪里睡得着?翻开记事簿,潦草地记下零星印象,好作诗材。忽然,肩上响起轻细的呼吸,侧头一看,一头浓黑的秀发披散在我胸前。我思绪奔腾,在记事簿上刷刷写下:

> 女儿,从我膝上
> 走到身边的座位
> 这样的距离,花了
> 整整十二年。昔日牙牙学语
> 今天亭亭玉立
> 正靠在我的肩膀上
> 沉沉睡去,在还乡途中
> ……
> 我的肩头,托着女儿梦境的肩头
> 已经酸痛(离五十肩不远了)
> 这挑过一百二十斤行李
> 走过罗湖桥的木板的肩头

在异乡从未卸下沉重的生活的
肩头,真的,已经酸痛了
……

——《客机上》

酸痛诚然酸痛,却完全值回票价,我高兴还高兴不来呢!回到家乡,在小墟的铺子里住宿。那是早年我家开文具店时的房产,如今住着三弟一家。第二天大早,把儿女唤醒,和亲人们一起回村子去。从小墟到村子,不过两三里路。二月的熏风,水田里的紫云英,蜿蜒的黄泥路,儿女们感到又新奇又亲切。我用英语提醒儿子:"你小时候,最喜欢的大家伙,是什么?"潜藏在儿子记忆深处的童年终于苏醒,儿子高声说:"记起来啦,是,是TRACTOR!"他毕竟无法用母语称呼在脑瓜里的"拖拉机"影像。我又说,不是在电视见到的那种,是带两只长长胳膊,在水田里突突叫,冒黑烟的。儿子一蹦,跃过一条排水沟,说:"不就叫'蜢头'嘛!"地道的乡音,久久遗忘的土造诨名夺口而出,我用力拍拍儿子的肩膀,说道:"对哩。"随着,儿子记起学前班里,叫"珍珍"的女老师来,还有:下雨天找妈妈哞哞叫的小牛,池塘边猪栏里嘟嘟抢食的猪崽。本来,儿子出国前,快要上小学一年级,如果他没有经受语言上的彻底改换,五六岁时的印象该不会完全消退。他的难题乃是:幼小时的中国风景,需要他以英语来反刍,来表述。那时他最热心的,除了追着"蜢头"满山满野疯跑,天天一身泥泞,挨妈妈的教训之外;就是上学。学前班到下午三点才开课,一点钟他就吵着祖母做饭。我家靠近禾堂,在那里晒谷子的婶母们爱寻憨儿子的开心,骗他说:"早过两点啦,上学要迟到。"儿子慌张地回家看挂钟,咦,才一点嘛,继续和伙伴玩玻璃珠子。一位大婶过来悄悄说:"你的阿嬷把钟拨回去啦,本来过两点,现在却不到一点。"儿子相信了,回家踢门,向在房里磨蹭的祖母兴师问罪,大哭大吵。倒是诳他的大婶看到事态严重,过来认罪,承认骗了他,文儿停止造反,母亲才缓过气来。我用英语向和我一前一后走着的儿子,诉述这桩"轶事",儿子听罢,搔搔棱角峥嵘的头,不好意思地转身,向走在后面的祖母说"Sorry"。母亲在美国虽然住了好几年,却不懂洋话,不知道这是为了陈年的罪愆向她道歉,但看孙子这般亲热地扶着自己,小心走过窄窄的水闸桥,乐得呵呵笑个不停。

孕着潮气和生机的春风,轻盈地吹来。刚灌了春水的田野,汪汪地,漾起细细的波纹。燕子在头上掠过,久违的候鸟,可是老屋檐下的老住客?轻盈的一剪,就是多少个分离的日子。我和女儿一起站在坡头,告诉她,这一条弯弯曲曲的村路,是她才几个月大时,一天两次,让奶奶背着,到小墟社办缝纫厂去,在那里上班的妈妈给她喂奶。那时和祖母作伴,扛雨伞、提披风的,是五六岁大的梨姐姐。我的脑际,走马灯般转过村里乡亲久别的容颜,深情地对女儿说:"可知道,你从出生到出国前,这一年多日子里头,多少人用绣着'花开富贵'的大红背带,背过你吗?"女儿定定地看着我。我屈着指头数:"第一是嬷嬷,第二是二姑姑、三姑姑,第三是二姨姨,还有莲妈婆、二祖婆、三姑婆、琴姐、耀他妈。梨姐姐太小,力气不够,背起你走到塘基摔了一跤,嘴角流血呢!"女儿问:"梨姐姐在哪里?我要谢谢她。"母亲在后面听到,叹一句说:"梨姐姐十六岁那年,父亲在香港害腰腿疼,回家来养病,日子难过,她到深圳做工厂妹去了。"

绕过一座山,村头的碉楼兀立天际。身边小河蜿蜒而来,流成我还乡梦中的九曲愁肠。我指给儿子看,"那,就是你和'肥仔胜'捉鱼的地方。"到了坝头,闸门上的水声叮咚,诉说那一年端阳节前下"龙舟水"时,儿子随我去玩水的往事。我指着碉楼下的小水潭,告诉儿子,他在这里替二姑姑背猪草,鞋子掉进水里,回到家给妈妈揍了两下屁股。在禾堂上,我向女儿说,我把你抱到这里,放在地上,你走出第一步。可惜女儿对于故乡,一点记忆也没有,看着我比比画画,只觉好玩,好在有的是好奇心,一路缠着妈妈问这问那。儿子不想败坏老子的兴头,随着我的唠唠叨叨,偶尔点头说"有那么一回事",多半却是摇头,漠然说"忘了"。

碉楼下,隔一个干枯的池塘,是老屋——"家"这一名词所蕴涵的本义,供着列祖列宗牌位,陈列着一个家族全部历史的青砖大瓦房,也是漂泊之舟最初扬帆的埠头。母亲掏出沉甸甸的钥匙串,打开笨重有如家谱的木梲和坤甸大门。老屋特有的窒闷气息扑来。儿子皱起眉头，女儿捂住鼻子，很不情愿地踱进厅堂。父母出国后，三弟一家搬到小镇去，老屋好些年没住人。天井里的绿苔，肆无忌惮地爬到厅堂尽头处的瓦缸边沿。墙上，母亲细心贴上的年画都剥落，我们历年从美国寄回的彩色照片，嵌上镜框，挂在四壁上，都发了潮，漫漶成一片迷茫。岁月的流逝，谁能阻遏？

我指着屋前水泥地堂旁的井台，告诉儿女一个家乡古老的习俗：世世代代的出洋人，行囊里都有一瓶从村里水井打来的清水，到了目的地，做第一顿饭，故乡水混合着异乡水下锅，吃过这样的饭，"水土不服"之症便不会来侵扰。我说得深情款款，儿女却不感兴趣，拿手扫扫蒙满灰尘的酸枝椅，坐也不肯坐。好在，乡亲们知道我们回来，纷纷登门，家里一下子热闹起来，气氛才转了。阿进进来，一把抓住文儿的手，说："大头仔，记得我这个'蜢头'司机吗？"妻子在旁说："文文，快叫进叔，他待你最好了，常常让你坐司机座位，你出国前一天，他用单车载你到墟里，请你饮茶呢。"文儿既听不来我们的对话，也被长辈的"怀旧"整得烦腻不堪，不但没好好道谢，反而耸耸肩，不发一言，溜到门外看烧鞭炮去。妻子尴尬地向阿进解释，我生了一肚子气。

在村里的下半天，摆酒席招待乡亲。大家忙得不亦乐乎，我光管和从前的学生话旧。二弟一家从佛山市回来，他的儿子比文儿小，但合得来，两个人骑借来的自行车。儿子在家乡，恰如我们初到旧金山，"聋哑"兼具，好在有的是活力，玩起来，就不再陌生。女儿呢，趁人不在意，穿过巷子到处逛，看新鲜。不知不觉到了村南头的"叶姆"家，于是演出开头那幕"寻人"闹剧。"叶姆"对女儿特别亲热，她的两个儿子，小时候是文儿的最佳搭档，屋旁苦楝树下的两棵西红柿苗苗，就是文儿和她的大公子一起撒尿"施肥"施死的，后来两个淘气精为"责任归属"问题打了一架。那时我家千金她可没少背，还想做女儿的"契娘"呢。

一天中，闹哄哄，乱纷纷，迎来送往，到黄昏才把"宴客"这"金山客"还乡的第一桩要事办完，回到小镇的铺子去宿夜。两个儿女的脸拉得老长，女儿干脆拒绝到厨房后的浴室去洗澡，说"脏死人，受不了"。儿子一本正经地提出：要到县城去住旅馆，好歹有坐式马桶和淋浴，"再这样熬，我要提前回家！"我伤心地说："跟你说，旧金山那儿的，最多算得'第二故乡'，这里才是真正的家！可不要丢掉根本！"儿子耸耸肩，说："这家是你们的，可不是我的。""你还算不算中国人？算不算台山人？"我咆哮着。儿子和女儿倒不敢和我闹翻，知道说溜了嘴，做个鬼脸，算是道歉，他们的母亲慌忙来打掩护，推他们到楼下睡觉去。

夜里，我辗转反侧，难以成眠。我尽情地嘲笑自己的自作多情，和不切实际。儿女和我这一代，有多少共同之处呢？硬要他们仿效我，作刻舟求剑式的求索，他们哪有多少旧可怀？他们以英语思维，所积累的词汇中却没有"Nostalgia"（乡愁）。构成他们生活的轨迹的，是"萨特"小学、"楼威尔"或者"吉尼尼"中学，洋电视肥皂剧、美国的流行歌星、好莱坞电影、汉堡包和比萨饼、牛仔裤、"淘金者"足球队。他们的同学和朋友，要么是土生土长，要么是母语愈来愈不灵光的移民后代。遥远的母土，即便未至于虚幻如海市蜃楼，那也是因了在家听父母说中国话，吃大米饭，端午吃粽子，冬至吃汤圆，除夕吃年糕，春节领压岁钱，清明和重九随大人到华人墓园祭扫。孩子从小到大，从信箱掏出写着汉字的信封，知道那来自爸爸日盼夜想的故土故人。无论在租来的"姻亲柏文"，还是在自买的房子，里头都有满架满架与他们不相干的中文书，在咖啡桌上，天天还叠着唐人街出版的报纸。只是，我们的后代，命定地成为"黄皮白心"的"香蕉"。"数典忘祖"，是国人的奇耻大辱，我作过红卫兵，已开先例；长在异国的儿女比我尤甚。唉唉！我推醒因为连天辛劳而熟睡的妻子，和她聊聊自己的忧虑：可怜天下父母心，花上万美元，千辛万苦跑这一趟，怕是瞎子点灯呢！妻子在半寐中说："'儿孙自有儿孙福'，你别操那份闲心好不？退一步说，没法认祖归宗，不妨碍前程不是？他们两个不吸毒，不进帮派学坏，便是天大福气。睡，睡，明天还得'行山'去呢！"

"行山"，是乡间土语，意为扫墓。我家祖宗的墓地，都在离村三里路的丘陵上。次日早晨，微雨霏霏，是最能陪衬扫墓人心绪的天气。我和亲人、乡亲们，扛上甘蔗捆和在圩市买来的整只烧猪，挑着盛满"行山糍"、鸭蛋、三牲和纸钱线香的箩筐,走到山上。早春的山野,草开始泛出柔弱的鹅黄,密密麻麻的坟头上,纸钱在风里抖索,雨后崩塌的山坡,裸露出红如处子之血的朱砂土。亲人们在刻着我家祖先姓名的碑石前,摆开了供桌,噼啪的鞭炮响过,接力似的,松林里传出布谷鸟凄厉的鸣声。山岚蜿蜒,和山下溪水上的雾气混成一体。

　　我在祖父和祖母的坟前蹲下,抚摸着花岗岩上的刻字。儿子看到我非比寻常的凝重神色,不敢放肆,静静地站在身后。我说:"文儿,这里长眠的,是你的'白公',还记得他老人家吗?""白公"是土话,意为曾祖父。我们出国那年,祖父刚交八十,还健在。儿子想了想,用英语答:"记得,腰弯曲的老头儿,爱拿一支竹子,咕噜咕噜地吸,又会冒烟,很新奇哩。"儿子说的"冒烟"物件,是乡下人所抽的水烟具,俗名"大碌竹"。他有意弥补昨天冲突所造成的裂痕,口气温和,使老子挽回了面子。我说:"'白公'最疼你呢,你记不起来。家里他最老,你最小,他进墟一趟,一定给你捎回个叉烧包。老小在一起,可也没少闹矛盾。有一个冬天,'白公'戴着绒线帽,坐在屋檐下晒太阳。你蹦蹦跳跳地过去,轻轻掀开他的帽子,给秃脑袋吃个小小的栗子。'白公'真地恼了,起来追,非要教训你。爷爷过来劝架,抱你去赔罪,让'白公'的白胡子扎你的脸蛋,'白公'的气才消掉。"往事里的曾祖父,一点威严也没有,活脱是一会儿玩耍一会儿怄气的小伙伴,很撩起儿子的兴致,他一个劲追问我"白公"的事。我又说,我们出国前,向老人家辞行,他搂住你们兄妹久久不放,说最舍不得,他晓得以后再也见不到曾孙们。说着,我的眼一热,对着儿子流下泪。对于长眠于故土山冈上的祖父祖母,我自有绵长的依恋,回忆牵引着我的童年和少年。好脾气、爱在半夜哼唐诗的祖父啊,生性泼辣、去世前老念叨要为我娶媳妇的祖母啊,天涯羁旅的孙儿,给你们行礼来了。昔我往矣,今我来思,在酥润的泥土上,屈下膝盖,在异邦无论遇到什么困厄都不曾弯曲的膝盖,把多少年的思念化为低沉而坚忍的叩头声。我的前额,贴着、沾着家山的泥土;我的心,装着祖先的容颜、祖国的山川。我缓缓站起时,却看到,儿子不知什么时候把妹妹拉来,在我跪拜的地方,并排跪下,完全仿照我的姿势,向他们曾见过面的"白公"和不曾见过面的"阿白",恭恭敬敬地叩头。我欣慰地,对着满目溟蒙的雨丝拭泪微笑。妻子过来悄悄告诉我,刚才她在旁数着,两个儿女叩了九个头,"从来没这样认真过哇!""九"是"久",汉字的含义,孩子们倒是从小吃除夕团年饭时,妈妈就教会的。

祭祀完毕,乡亲们在坡地上摆开供品,斟上"三蒸"米酒,打起牙祭。我把父母和妻儿——我生命中三个最重要的女人和两个男人——叫齐,在祖坟前照相。要让家山知道,让地下的先人知道,"根"伸延到迢迢万里之外,却仍旧粗壮顽强,我们无愧于老屋神龛上的木刻对联:世代源流远,宗枝弈叶长。当然,现代的中国人,已经完全不必要也没有可能固守一姓一宗的狭隘观念,我说的是广义:中国人的本色,中国文化香火的传承。我终于省悟此行的意义:使后代拥有乡愁。他们离乡时太稚嫩,乡愁来不及扎根。

那么,让还乡之旅,把乡愁种进他们的心田,一如在春雨中种下油绿的相思树。是的,眼前"无边丝雨细如愁",但是乡愁并非单纯意义上的离情别绪,不只是对往事的追怀,不只是自怜和自伤。乡愁的迷人,在于它总是"记吃不记打",它是纯化的故人情,醇化的故乡恋。拟于文章,乡愁是选本。拟于爱情,乡愁是蜜月。拟于友情,是诗酒风流。乡愁里只留精华,而淘尽糟粕。我的儿女,把故乡带回日常生活的国度——我称之为异乡,虽然我拥有它的国籍;却是后一代安身立命的本土。距离和时间,将在孩子们的心中,把青春还乡的一幕幕,连同陌生而亲切的家乡土话一起酝酿,愈久愈成为陶冶精神的中国式诗意。孩子拥有乡愁,文化背景就多了一重景深;生活视野多了一条地平线。我为了自己先后拥有的两个国籍而自豪;也希望儿女为了重新拥有出生地而骄傲。儿女们:中国,是美丽的名字。寄寓在中国的乡愁,是最美丽的乡愁。

几天后,我们坐面包车,从村里离开,踏上归程。在村口,我们和乡亲珍重握别的当儿,女儿又失了踪。不过这回因有人早早报信,连父亲也不再着急。女儿是到村南一栋新瓦房去,向正在拌和水泥的"叶姆"道别,女儿掏空口袋,把在乡中收到的人民币"利是",连同最心爱的蝴蝶发夹,送给这位最新的忘年交。女儿回到车上,我问她此行的感想。她无师自通地套用美国老牌歌星汤尼·班涅所唱名曲《我的心留在旧金山》的旋律,哼了一句"我的心,留在我的故乡"。

一九九九年二月

"吃饱了撑的"
——美国两项地方"创制案"(二则)

"美式民主"中,人民有一项被广泛利用的权利,叫"创制权"。首先,由某人、某团体草拟一项提案,再广泛征集签名,待到签名的人数达到法定标准——各州、市有别,如在加州,提案须征得十万个签名,才获得载入选票的资格。旧金山市的提案,签名则要五万个。在若干利益集团操纵下,从一九九八年十一月三日这全国投票日的情况看,这一权利有被滥用的趋势。其中的一些"创制案",除了劳民伤财之外,就只一个用处:作脱口秀的笑料。试举两例:

一、"禁止女性裸露上身整理草坪"案

在缅因州新港,一个付诸公投的提案,曰《禁止女性裸露上身整理草坪案》。事缘芳龄三十岁的戴维斯女士,几个月前的一天,到母亲家去,光着上身整理草坪。邻居汤普森女士见了,便向警方检举,她认为女人裸身割草,不但伤风败俗,而且令路过的驾车人分心,导致车祸。为拯救世道人心兼以消除交通隐患起见,汤普森女士发起请愿,要求立法加以禁止,并惩治违反者。

这一提案经投票,以七百七十五票对二百八十三票落败。反对者认为,缅因州已有立法,禁止在公共场所暴露生殖器,从事性行为。但乳房不是生殖器,割草不是性行为,所以,戴维斯女士没有触法。

个别人的行为,非要全体公民投票来制止吗?当然,草坪不是脱衣舞厅,谁也无意鼓励女士在割草时脱掉上衣,尽管这么一来,乳罩和上衣因少受汗渍,寿命相应延长,在这个无处不浪费的国度,未始不算小小的节约。再说,如果戴维斯女士割草的地方,临近交通要道,好色男士驾车路过,眼睛忙于吃冰淇淋,确乎难保不出事。问题只是,除了极个别的色情狂、暴露狂,加上天体主义者,有多少女士是以露乳割草为终身职业的?戴维斯女士,也许不过是逞一时之快,那场地好歹是神圣不可侵犯的私人财产,而且隐蔽,所以脱它一脱,日光浴与劳动锻炼一炉冶之,谁料到弄得满城风雨?如果汤普森女士不是贴邻,不是专爱窥探别人隐私的好事之徒,她裸那么一会儿,便成为不着痕迹的历史,何劳芸芸众生在选举日,为劳什子"乳房事件"伤脑筋?麻烦事嫌太少吗?

二、"禁吃马肉案"

今年加州大选的选票上,第六号"创制案"是:要求立法禁止贩卖马肉供人食用。但其命运与上案迥异,前者败北,那里的女士如果高兴,以后还可以裸体割草,不用吃罚单;后者却获得通过,从此加州人如果拿马肉当食物,其罪状该相当于吃"香肉"。由此足见加州选民颇具民胞物与的伟大情怀,这可是名副其实的"拍马屁"。马们该在人之前,举行感恩和祝捷大会,赛马场的健驹任大会主席团。

但是,我想,"马肉案"过关,也许不因人人爱马如爱狗,而是选民不大在乎。就我所见,任何超级市场都不出卖马肉,也不见任何餐馆烹调"马扒"、炸马排骨之类。据说马肝有毒,马肉不见得如何可口。马肉与绝大多数人的口腹之欲,风马牛不相及。禁吃马肉,与禁吃天鹅肉、老虎肉差不离,反正人们既不想吃,也吃不到。这等议题没有多少实际意义。不过,爱马人士说,自一九八六年至今,全美被宰杀的马达二百五十万匹,加州还有专业盗马、杀马、偷运马肉到国外的集团。所以,这一提案是基于人道——不,该是"马道"——主义的考虑云。他们没说明,这一吓煞人的大数目中,有多少属于老、病、弱,不得不宰杀的。须知以美国人的爱狗猫如命,也常常把它们"人道毁灭"呢!一个提案,耗费公币不少。全州为这无聊的提案辩论,值吗?

我想,在美国,爱护动物人士中的极端主义分子,实在是"吃饱了撑的",他们先前为了旧金山市区内的唐人街宰杀鱼、龟、蛙的"不人道",闹个沸反盈天,如今又拿马来做文章。我倒想弄清楚,他们在中国人开的鱼店里,量度过水箱的体积,精确地算出每一尾鲫鱼所占的生存空间,进而向不合"鱼道"者提出控告后,对铺子外的乞丐伸出来的手,是佯装不见,还是倾囊相助?马肉,被他们成功地禁吃了,下一回,会不会轮到牛呢、猪呢、青菜和萝卜呢?它们也有生命啊!

此等"创制案",虽然郑重其事,"选战"前赞成与反对两方,不但各自在电视台买广告时段,来一连串的对骂;还广贴标语,散发传单,争吵不休,钱是花了不少,到头来却难逃"脱裤子放屁"之讥。

一九九八年十一月

"李太夫人金英生平事略"

那天早晨,我在家,给阿荣打了电话。阿荣是我的好朋友,也是多年同事。十七八年前,我刚移民来美国,在一家大型西餐馆找到工作,他在里头的酒吧当调酒师,从此认识。以后,不但交往频繁,在一家酒店还是同事。他的母亲前几天去世了,我致电,一来吊唁,二来慰问,三来,看看有什么能帮帮。

家荣的嗓音还是异样,多天来痛哭,哪有不嘶哑的?我深深知道他的身世,母亲的逝世,予他的打击是无与伦比的,这时,他的整个身心还匍匐在巨大无匹的哀恸中。他在电话里谢过我,又提到正在给母亲写一篇事略,好交给"积善堂"(唐人街的一个同乡会,不限于一姓)派来的主持人,在丧礼上宣读。他的英语怕比中文要好,不晓得怎么下笔,何况怀着深重的悲痛?我便毛遂自荐,把差事接过来。

"说说母亲的生平吧。"我在电脑前打开记事本,作扼要的记录。

电话线的另一端没有回音,他在沉吟。多年朝夕相处,我是明白他的。终于,他抑住泪水,轻轻地,迟迟疑疑地说着,他的心里一定流淌过岁月长河的逝水,那是怎样澎湃的巨浪,又是何其细碎的涟漪啊!

"李王氏金英,一九××年×月××日生于××县××镇××乡,××年×月××日凌晨寅时在旧金山谷拿医院逝世,享年七十三岁。"阿荣说。我知道,七十才是实数,但天地人三造,各赠送一岁,过去把这浮报的寿元写在白纱纸灯笼上,图个好看。

三句话,六十来个字,就把一个中国乡村妇人的一生打发掉。不过,旧金山郊外华人墓园里整齐如街道、如多米诺骨牌的墓碑群落,无论材料是云石、花岗石还是水泥,不也千篇一律地罗列简单的数字?每一个死者的生命历程,都成为生年和卒年这两组干巴巴数字中间的空白,唉,空白!

电话那头又归于沉寂,孝子的思绪,陷落在数字之间。一九四九年,年近四十的阿荣父亲从旧金山回老家娶妻,在妻子怀孕时返回美国。同年阿荣出生,由母亲独力抚养。一九六〇年,全国发生大饥荒。阿荣那个村子,许多乡亲得了浮肿病,穷苦的、没依靠的,要么饿死,要么逃到香港去。阿荣的家乡离澳门很近,母亲怕李家的独苗苗保不住,托亲戚把儿子带到香港去。分别时,阿荣十一岁,正在四年级的教室里背书,被母亲叫出来,家也没回,拿起母亲塞来的包袱,随人匆匆上路。母亲才三十出头,这是她作出的第一个重大牺牲。想想,一个从来没有离开过娘的孩子,在香港这个花花世界,寄人篱下,虽然父亲按期付钱赡养,但母亲的牵挂,何等痛彻心扉!阿荣一个人,在人海里沉浮,好在懂事早,从来没走进歪道,边上学,边打工。到二十多岁,到美国去,从未见过面的父子俩终于团聚。然而离母亲更加遥远。后来,母亲到了美国,阿荣那时已娶妻,有了第一个女儿。

过去十五年间,母亲在乡下,天天依闾,望穿秋水,至多盼来儿子一封字数极有限,只为报平安的家信,有时是汇款通知。如今,骨肉至情有了续篇,母亲把积存的爱倾泻在业已成年的儿子身上。那种不大合乎季节的母爱,极其琐细,极其动人,也极其沉重。多年来,阿荣都上的早班,时间并不固定,有时是五点,有时是六点。不管什么时间,母亲都比他早一两个小时起来,生火做饭。饭做好,再去拍卧室的门,叫他起床。母亲在厨房前餐厅小桌上,摆上热腾腾的饭菜,却不肯离开,亲眼看着宝贝儿子,一口一口吃下去,她坐在旁和儿子聊聊家常,说说孙女们的趣事。儿子出了门,她再去上床去,合合眼,又到送孙女们上学的时光。儿子知道,母亲白天劳累得很,过去一直在唐人街的广式茶楼做点心工;退休了,照顾孙辈,做家务,更加忙碌,每天还起这么早,心中不忍,告诉她,他回到酒店去,职工食堂供应的早餐好得很。母亲听了不高兴,说"老番"的早餐,就那两只荷包蛋,怎么比得上她做的?再说,她就生气,问:"你不喜欢妈做的饭,是不是?"儿子不敢说下去,报答母亲的唯一法门,是尽量吃。母亲从来不讲究什么"减肥",她信奉乡下人朴素而直截的哲学:能吃是福。上班时,我常跟阿荣开玩笑说:"这么多当儿子的,数你最走运,四十好几还有个老娘侍候你。"阿荣微笑,那神情,既是得意,又是感戴。有一次,我和阿荣一起逛商场,他从来不抽烟,却往购物车里放上两条"云丝顿",我问他买来干吗,他说是给"老妈子"的。阿荣上班时,每天都给母亲打一个电话。我开他的玩笑:"两三个小时前,你妈不是站在门口,目送你把车子开出车库吗?又想得不行啦?可得当心老婆呷醋哪!"阿荣微笑点头,总是一句:"谁叫我才一个妈,妈又只一个崽呢!"

阿荣终于理清思绪,声调滞重地往下说:"一九四九年,父亲李××从美国回乡,通过媒人拉线,和母亲结婚。不久父亲回美国谋生,从此再没有回去过,一九七三年在旧金山去世,我送的终。"

阿荣的父亲在旧金山,干过厨师,干过园丁,也开过小不点儿的"衣裳馆"(洗衣店),后来到郊区,买了些土地,种菜出卖。本来略有积蓄,可惜天生嗜赌,钱陆续扔进唐人街地下赌庄"番摊"、"牌九"和"十三张"的无底洞去。他在旧金山待了这么多年,也许没钱,自认没脸回去见妻儿;也许没这份感情,懒得再涉重洋;也许别的原因,例如在移民局申请被拒绝。总之,夫妻没有再聚首过。"李王氏"金英当名实相副的妻子,不过一两个月,尔后,就是活寡,比之真实的寡居更难熬的漫漫长夜。如今,当我们对妇解运动略作回顾,从娜拉出走,自由恋爱,自由离婚,到所谓"开放性婚姻"的自由性爱,再到前些年台湾妇女堂而皇之地打出的"要性高潮,不要性骚扰"旗号,这些获得解放的妇女,套用法国人拉罗什福科的明言,是"和自己恋爱"。然则,李夫人在漫长一生中,和谁"恋爱"呢?须知她不是出生得太早,来不及赶诸般时髦,而是压根儿没有这种运气。像她这样的妇女,在侨乡,世世代代,数不胜数。她们是忠贞无比的望夫石,却可以行走;她们是被阉割了性欲的节妇,好在不必自杀,也没有谁给她们立牌坊。在物质上,她们不致太艰窘,甚而是穿金戴银,叫乡人妒羡的"金山婆"。可是,她们极端干旱的心灵,她们与常人无异的本能,谁来给予关注呢?她们在大半生中,坚忍而沉默地试炼肉体与灵魂,也许仅仅被一个古老的信念支撑着:"廿年媳妇熬成婆。"熬吧,岁月总会熬到头,儿子大了,媳妇娶了,孙子有了,除了这,还巴望什么?一九七五年,阿荣加入美国籍,有权利申请亲属移民了,才把母亲接来。李太夫人的夫婿——她十七岁那年糊里糊涂地托付终身的男人,四分之一个世纪之前的生离后,再见时,只是华人墓园中一块嵌着瓷照片的墓碑。教她惊讶的是,她自己的名字也早已刻上,和夫婿的名字并排。不同的是,碑上仅写上她的生辰,"殁于"之后的年月日还空着,由她此后在异乡的岁月填充。她的"长生地",也被孝顺的儿子选好了,就在夫婿的棺木旁侧,这是给予一对相差近三十岁的夫妻的永恒慰安吗?生年只有短聚,死后却长相厮守。这些,阿荣早就告诉我,这回他略略带过。母亲并不如意的命途,怎好巨细无遗地写在"事略"上呢?我久已感到纳闷的是,李太夫人为何不在早年申请到香港去,再来美随夫生活?当时也不是没有可能。我为此问阿荣,阿荣耸肩摊手,说:"不大清楚,似乎是母亲听信乡人的谣传,说金山一点也不好,光受欺负,就不来了。"一点辗转相传的村巷闲话,就教一位不识多少字的妇女裹足吗?兴许另有隐衷吧?而人间,类似的糊涂账多的是。

我一边记录,一边在电话问:"说说母亲的功劳吧?"说出来便自知是废话,他的母亲并非马上得天下的英雄,不是叱咤风云的女强人,一生,是"润物细无声"的春雨,无处不在,却难以捕捉。阿荣轻轻叹了口气,说:"有什么好说的呢?哦,母亲抱大五个孙女。"

阿荣的五个女儿,最小的十岁,最大的二十三岁。多是母亲到了美国后才出生的。有了母亲这任劳任怨的全职保姆,阿荣的太太才一直出外工作。名诗人余光中教授养了三个女儿,岳母和母亲没算上,便自封为"女生宿舍舍监"。阿荣的家,拥有七位女士,他的职权自当超过余光中。不过,阿荣夫妇忙于上班。"女生宿舍"的掌门人,是这位仁慈的祖母。因了前面生的是女娃,阿荣嫂不忍李家断了香烟,咬着牙,再接再厉地生。生过第五胎,倒是婆婆松了口,说一句:"和命斗不过,算啦!"才煞了车。五个孙女儿,都是李太夫人拿奶瓶喂大的,要算她换下来的尿布,该能装好几个车皮了吧?里头的辛劳,太平凡太卑微,祖母自己从来不好意思提起。倒是长大成人的孙女们,都记得祖母的生日,每年都偷偷地买礼物,筹划庆祝活动。每一回,被孙女们宠着、爱着、搂着的老人,在生日蛋糕摇曳的烛光映照下,流下喜泪。

"说说千金们的名字——不要英文的。"我说。

"云霞、云珠、云翠、子义、子全,都是母亲起的。"家荣说。从这些名字,也看得出祖母和送子娘娘的妥协,年幼的两位,干脆是男孩的名字,抗争与弥补的意义兼而有之。

阿荣的女儿,大的两位已从大学毕业,都有了不错的工作。别的也读上中学。他夫妇多年的辛勤,打下稳固的经济基础。买了好几栋房子,单靠租金,也活得相当滋润,何况都有合意的工作。至于旗下五千金,也使他们占上便宜。依洋风俗,出嫁女可不是"泼出的水",恰恰相反,还带女婿进门。在美国,结婚的青年男子,和岳父母同住,比与父母同住的比率大得多。这一个普通的移民家庭,在异邦,终于立定了脚跟,无论以美国的还是中国的标准,日子是富足的、安宁的,很少缺陷的。如果撇开李太夫人的奉献,全副心力的投入,有这样的局面吗?

幸福的家庭,未必没有矛盾。阿荣过去偶尔提起婆媳间的冲突,说这两个,谁也得罪不起,她们一开仗,他劝不动,只好开车上高速公路兜风,半夜才回来。这一招有时也奏效,两个女人都怕他出事,不敢放手大吵。我曾问他起因,他为难地说:"有时是为了孩子的事,那好办。难办的是我成了靶子,比如,吃饭时母亲给我夹菜,我回敬母亲几筷子,老婆看了不高兴,借故发泄。有时,母亲看我对老婆好一些,又说我心里没有当妈的。老鼠进风箱,两头受气。"我半开玩笑道:"所以嘛,我老说你小子他妈的硬是走运,这夹缝,可是'爱的夹缝'哟!"还好在婆媳全心所爱的男人是同一个,所爱的女娃是同一群,比起因了钱财、遗产、感情而争个你死我活的闹剧来,容易消解得多。雨过天晴,一家子更加亲密。自然,我对阿荣的妻子寄以更多的同情。不能说,李太夫人施以儿子的爱,全然没有病态,她以过分舍己和带强迫性的施与,来平衡自己的不幸姻缘,疗救爱情上的致命伤。儿媳妇在她的眼里,有时成了"抢去"儿子的仇敌,寡妇式的醋意,不是谁都吃得消的。我倒常常为好朋友担心:相依为命到了极端,万一母亲去了,那悲痛怕会把他整个打垮。好在,他没有趴下去,至少,从电话交谈中听得出来,他挺过来了。不过,这不是因了他个性如何坚强,而是因为母亲从病到去世,耗了5年。

李太夫人原先患糖尿病,但不重。使她一病不起的,是中风。据医生说,这病的罪魁祸首,是尼古丁。她是资深烟民,家里人一直顺着她,从来没迫她戒掉。谁都明白,如果把烟瘾也剥夺的话,她怎么活下来?"云丝顿"既是她多年来唯一的享受,到晚年,更不好意思强她所难。倒是老人家自己不好意思,家里人回来,她便到后院去抽。她刚发病,住进"康复中心"学走路时,我随阿荣去探望过她。她蓬头垢面,一下子衰老了十岁,像小孩子一般嘤嘤而泣,恨恨地用健全的左手捶打僵硬的右手,喃喃自语:"怎么办?做不了饭,洗不了衣服,废物!"家荣像哄最小的女儿一样哄,她才安静下来。

从此,李太夫人要么在医院的急救室,要么在疗养院,要么在家,来来回回地转换。她不肯离家,怕看不到儿孙。在疗养院待得好好的,她忽然撒泼,在床上打滚,逼得院方送她回家去。在家里,她无法自理,上厕所、洗澡,要两个人扶着。还得隔天送她到医院去作检查。家里人上工的上工,上学的上学,回到家来,轮班照料老人家。有一次,阿荣嫂在街上见到我,谈不到两句就哭,说:"受不了,昨晚婆婆闹肚子,我一夜没合眼,半夜一个人搀她上厕所,力气不够,摔了跤,膝盖肿了,大清早又得上班去。再这么折腾,她不去,我先得完蛋!"阿荣每天奔走,当司机,找医生,抓药,探望,一口一口地给母亲喂饭,人子的责任,尽得到家。

李太夫人缠绵病榻,一家人精疲力竭。那些年,阿荣和我说话老是心不在焉。我却想着,母亲旷日持久的病,对他来说,未必全是坏事,使得他对最爱的人的辞世,有足够的心理铺垫。如果老人家害心肌梗死,毫无预警而遽尔撒手,那闪电式的袭击,倒容易彻底把人打垮。从阿荣的状态看来,我这结论站得住脚。

和阿荣通过电话,我在电脑屏幕上打上题目:"李太夫人金英生平事略。"据常识,悼词宜扼要朴实,文学性的描写与抒情都不合宜,至少,叫丧礼主持人读来别扭。我写下六七百字,无论从文牍的角度,还是从艺术的角度看,都不够精彩动人。我抑制情感过了头,强作平淡,反而显出格格不能尽吐的狼狈。我用了许多空泛的词语,"富于传统美德"、"富于牺牲精神"、"富于爱心"、"克勤克俭"……但自认都持之有据,涵盖李太夫人的劳绩和心路。

写下最后一句:"平凡而伟大的李太夫人,安息吧!"我伏在屏幕前饮泣。不但为一位好朋友的母亲,也为了中国侨乡万千同样遭际的女性,其中包括我的两位曾祖母,她们的夫婿都埋骨异邦;还包括我的外婆——外公来旧金山数十年后,虽然回乡养老,但她竟在团圆不久即开始的土改中上吊死去,其时不过六十多岁。

《李太夫人金英事略》,是一页没有完全翻过去的历史啊!

——九九八年九月

新"洗衣歌"

头一次阿贵炫耀地向我摊开双手,一双被洗衣粉腐蚀,被自来水泡白的手。他个子矮瘦,手指头顺理成章地又短又小;皮肤本来已够黝黑,那是在广东沿海乡村长年暴晒的成果,于是指头仿佛发出惨白的荧光,使得泡脱了皮的巴掌分外触目。我记起闻一多的《洗衣歌》:

(一件,两件,三件)
洗衣要洗干净!
(四件,五件,六件)
熨衣要熨得平!

我洗得净悲哀的湿手帕,
我洗得净罪恶的黑汗衣,
贪心的油腻和欲火的灰,……

那是很久以前的事了,我在旧金山下城一家意大利餐馆当侍者,阿贵和妻小刚从家乡移民到这里。他和我,在高中时同级不同班,上学期间仅是见面点点头的交情,何况在离校三十年之后。不过,他予我的印象比一般同学要深刻得多,一来,在二十世纪六十年代,穷学生要么穿布鞋要么穿球鞋,赤贫的干脆打赤脚,他居然见天穿一对锃亮的黄色皮靴子,底部还加钉铁掌,在教学大楼的长廊里走起路来,霍霍有声,石破天惊。二来,他吹得一口好笛子,下了晚自修,大家进了宿舍,他倚窗吹一曲贵州民歌《花儿与少年》,我听得入了迷。不过,岁月山河,已沧桑几度,彼此早失去联系。他来到旧金山,从另一位老同学那里得到我的电话,第一次给我打来,舍故乡土话而操不咸不淡的广州话,大呼小叫,豪情不减当年。他告诉我,他现在在一家越南人开的餐馆当厨房杂工,收入不多,问我有没有门路,给他弄一份"半工"。正好我所在的餐馆需要半工练习生,我就把阿贵介绍进来。阿贵起初不敢来,说英语不过关,我对他说不要紧,有我呢! 从此他当我的下手,所干的无非是收拾盘碗的粗活。客人问他什么,他就慌慌张张地拉我衣角,由我出头应付。

在餐厅,要是客人没进来,我和阿贵照例聊天。他说起他的家境:妻子是下乡当知青的倒霉日子娶的,她家的成分是地主,运动一来岳父便给押上台挨斗或者陪斗,连累他受了许多苦。只有这回出国,是沾岳父家的光。还说一儿一女,都在家乡出生长大,十多岁了。谈及儿女,他的脸便洋溢着兴奋的光彩,说到得意处,就伸出手来,谈他的"洗衣经":"我可从来不是大男人,老婆自从生了女儿,坐月子开始,全家四口的内外衣服,都由我包洗!"我说:"慢着,这里的人家都有洗衣机干衣机,谁这么老土,还手工操作!"他眯着眼,神秘地说:"你又有所不知了,唐人街的公寓跟普通住家不同,这玩意儿是放在大厦的底层,供各住户共同使用的,但洗衣机上装了投币设备,你不给他喂一把二毛五的硬币它硬是不动,洗衣和烘干这两项,算起来一个月要花二三十块。用手洗,用的只是自来水,水费是由业主支付的,花多少都不用心疼。老土有何不好?"我点点头,带点嘲弄地说:"阁下既然把这当做业余爱好,就像雀迷眷恋麻将台,自然好极。"他却说:"这就叫过瘾。"

说实在的,阿贵这双洗衣服洗出瘾来的手,果然了得,在餐厅收碗碟,铺桌布,在厨房给洗干净的杯分类,给客人奉咖啡,都极为胜任愉快。有这么一位无论背景还是语言都如此亲切的助手,我十分满意。有一回下了工,两人一起逛唐人街,他扯着我去造访他的家。他所租的公寓,位于唐人街入口处的市德顿隧道上方,相当破旧,所以租金不贵,一个月才五百多。我进了门,看到他的女儿,已是娉娉婷婷的少女,很害羞,见了生人说声"哈罗",就溜进房去。阿贵盯着女儿的背影,眼神充满慈爱,轻轻摇摇头说:"这妮子,上高中了,别看腼腆,脾性可倔呢!"阿贵拿起靠在餐桌旁的"水烟筒",让我抽。我见了眼睛一亮,这可是家乡最流行的抽烟器具哪,这里却没见过。我说不抽,这玩意烟味太冲,呛得受不了。他高叫一声"强,点火!"一个愣小子从房里跑出来,先点上一根线香,再往"大碌竹"中端斜插的小竹管上端,放上小小一撮家乡土产的"生切烟丝",用香点燃。阿贵不无骄傲地享受着儿子的侍候,顺便给我介绍:"叫阿强,上初三了。"阿贵咕嗒咕嗒地抽起水烟来,很是荡气回肠。长长呼出辛辣的烟后,阿贵和儿子聊金庸的武侠小说《笑傲江湖》,为某位大侠的出路争了一阵。看得出来,阿贵是极疼爱儿女的。儿子在客人面前表现的孝顺,似乎令阿贵心绪奇佳,随即他用威严而充满慈爱的嗓子吆喝:"阿珍阿强,马上把脏衣服换掉,拿到这里来!"

"又洗衣服啦?"我回过头问。

"珍她妈在餐馆当厨房工,放工回到家已是十二点,还指望她呀?"与其说是抱怨,不如说是自豪。

在厨房、饭厅、客厅三位一体的小间隔里,我在吱纽吱纽地作响的破沙发上,随意翻看他从唐人街书店租来的《鹿鼎记》。他怕太冷落了我,又不愿耽误活计,便把一大盆浸在水里的衣服搬到我的对面,坐在盛过葡萄酒瓶的木箱子上,挽起袖子,搓起衣服来。他是行家,手势比一般柔弱女性,有力而利落得多,而且不乏细腻。可惜才交四十,眼睛已老花,为了看清脏处,要把湿淋淋的衣服挪远,那模样因了小题大做的庄重而显出滑稽,我扑哧一声笑了。他却不在乎,一个劲地谈美国各种洗衣粉的优劣,他最推崇的是"多尔"牌——"好就好在去污彻底,我女儿的牛仔裤,死硬的布料,用手搓不动,用'多尔'泡半天,过水就行。"我唔唔应着,暗暗笑他的婆婆妈妈,不期然想起此前他第一次到我家造访的情景。那时我刚在唐人街买了一支"玉屏梆笛",只因它和我在中学时代视为宝物的那一管酷似,那一管我曾藏在宿舍,却在某次武斗中被"战友"趁火打劫掉了。阿贵来到,因为笛子是当年两人的狂热爱好,聊得分外投机,我便拿出笛子,让他吹。他推辞了一阵,还是吹了,是哀怨悱恻的广东名曲《双星恨》,听得出来也疏荒太久,底气无法贯串,情绪飘摇在滑音的表面,比昔年差了大截,不必由我来表示遗憾,他自知不行,苦笑着,叹口气放下笛子。我的思绪倒飞越了四分之一个世纪的生命断层,把从学生宿舍飘出的曼妙旋律,和眼前塑料盆里的雪白泡沫联结起来,它们是由同一双手制造的啊!

走出阿贵的家,一路上,又想起闻一多的《洗衣歌》:

> 胰子白水耍不出花头来,
> 洗衣裳原比不上造兵舰。
> 我也说这有什么大出息
> ……

对阿贵来说,倒不是有没有"大出息"的问题,洗衣裳这一凡庸不过的家务,恰恰让这位土气盎然的中年人,最便当地表达对家庭、对儿女淋漓的爱意。而这,往往就是流寓异乡的新移民,心理上一个支撑点。是啊,家庭和儿女,就是阿贵的一切。有一回,阿贵受了一位同是收盘碗工的墨西哥人欺负,他因为英语不灵光,无法招架,便恨恨地用中国话回敬:"你他妈的光会向我逞威风,你要敢向我的儿女撒野,才算好汉!"又有一回,他女儿害重感冒,在家发高烧。本来也不是什么大不了的病,但阿贵牵挂着亲骨肉,上工时低声叹气,心不在焉的。不巧新来的洗碗老伯不知就里,和阿贵开玩笑,说:"阿贵你别这么垂头丧气好不好?人家见了,还以为你女儿跟人私奔了呢!"言者无心,却挑起阿贵的心病,阿贵也不管这老伯伯好歹是小同乡这情分上,动了真感情,伸长脖子,青筋怒张得像雨后偃卧在村头大路上的蚯蚓,骂老伯伯"狼心狗肺",从此绝不理睬。

后来,阿贵因为餐馆里一个洋侍者克扣小费,气不过,和个子比他大上几乎一倍的洋人打了一架,然后辞工走了。那时,我也离开这家餐馆。从此两个人很少来往,偶尔通通电话,知道他在好几家餐馆,仍旧干的练习生,但已是轻车熟路的资深角色,不但应付裕如,而且敢于和上司顶牛,最后又是因莫名其妙的摩擦,他当老板的面甩掉制服,扬长而去。再往后,不在餐馆这行混,改在一家专门制造车库铁门的小厂当操作工。他夫妻俩这六七年的打拼,有了成果——买上了房子。卑微的"新乡里",如阿贵和我,在这块新大陆上,一步步地熬过来,如果不出岔子,小日子像"芝麻开花——节节高",似乎也是理所当然的。

不料,前几个月,也就是距离他和我开始搭档在西餐馆干活十年之后,他给我来电话说:"我离了!"虽然我早听阿贵说过,他夫妻俩有时吵得很凶,有一回还因为他瞒着妻子,一下子把千辛万苦才攒下的三千美元寄给乡下的哥哥建新房,给老婆揍了几下。但新移民忙于对付生存困境,又怕伤了儿女,再不和睦也凑合着过,这和国内某些都会,人们见面以"离了吗"作为问候语的新风气大大不同。"女儿也走了,这家——毁了!"阿贵带着哭腔道。老同学处于生命的谷底,不能隔岸观火啊!我便约他到唐人街茶楼叙叙。

几年不见,阿贵苍老了不少。不待我发问,他就滔滔不绝地讲起近年的不幸,当然全是对方的错。"你知道,我对家庭怎么尽责吧?替全家人洗衣服,在老家洗到美国,二十多年,男子汉谁做得到?"我瞟瞟他的手,还是皱巴巴的,看来,离婚后他还是要过洗衣服的瘾。

"也亏得洗衣服,才揭穿了老婆的奸情。"他忽然得意起来,仿佛离婚也是千秋功业似的。"过去,老婆的衣服,不管内外,都是堆在浴室的篮子里,由我洗的。每月的经期,内裤弄脏了,不好意思由我代劳,就这例外。可是前年冬天起,有好几回,夜里她回来得特别晚不说,第二天,还偷偷地自家洗内裤,我知道那并不是她的经期。有一晚,我还听到她在自言自语,说'连大学生都有当妓女的,偷偷人算得什么?'妈的,老婆偷汉,男人的脸往哪搁,我就拉她上法庭,离了!"

我说:"慢着,凭人家洗洗内裤,就定下偷汉的罪名?太草率了吧?何况,你也要检讨,你待老婆怎么样呢?"

"听你说的,我跟老婆同床共枕二十多年,不了解她还了解谁?她就是与人有染!我快刀砍乱麻,一了百了。"

"那么,女儿又怎么跟你过不去呢?"

"不服管教。她在高中毕业后,就反叛,每天夜里和人出街。你晓得我那个社区治安不好,夜里常常发生抢劫强奸的案子,前年一位香港移民下了巴士,离家门才一百步,竟死于匪徒的枪下,想来怎不寒心?我不准女儿出去,是为她的安全着想呀!她就搬老婆那头的人,什么外婆舅父姨妈作救兵,和我作对。哼,我阿贵岂有屈服之理,教训她几次,她居然一去不返!唉唉,我一想象到女儿惨遭坏人强奸的情景,好像有一百把利刀在慢慢剜着心尖尖!"说着,他捂紧心口。我理解作为父亲的,失去女儿的痛苦。他女儿这种带着仇恨的离家出走,比之绑票,更为不堪,因为父亲失去的,是女儿的心。

我问:"你的所谓'教训',可是打?"

"当然,不知道乡中谚语吗——'碓头出白米,棍尾出孝儿'?我的两个儿女,从小到大都受我的教训,他们知道我是真心爱他们的,替他们洗衣服,从尿片一直洗到乳罩,这样的父亲会不爱儿女的吗?"

"二十多岁的大姑娘,你怎么还动手打呢!女儿没告你一个虐待罪,让你尝尝铁窗风味,就该谢天谢地了!"我生气了。他沉默,我知道他并不服气。记得在十年前,在他告诉我,他"教训"儿子以后,儿子以"打吧,打吧,待我长大了你才……"回敬时,我就警告过他:"爱他们,替他们洗衣服,并不能补偿你的拳头给他们造成的创伤,教育儿女,方式一定要讲究。"他一笑置之,还讥笑我是"洋奴"。

"那么,你现在怎么办?"

他说,正在找对象,半年前,在这里报纸上登了《征婚广告》,广州那边有一个在工厂当会计的姑娘通过在美亲友搭线,和他谈过,开始时热乎得不得了,他三天两头给对方拨国际长途,一聊就是两个小时,一个月下来,电话账单三千六百块。后来却冷了下来。

"为什么呢?"尽管我对这种"隔山买牛"式的相亲没有好感,还是关心地问了问。

"天晓得,最后那回,在电话本来也聊得很投机,不料我一提到这么多年来我都用手洗衣服,还说将来我和她要有缘分生活在一起,我也给她洗衣服。她听罢哈哈笑了,问我是不是说着玩的,我正经地说不是,那头沉默了一会儿,就说拜拜了。"

我沉吟,也解不透:那女方嫌他手洗衣服是"老土",是穷酸;抑由这婆婆妈妈的事想及他缺少丈夫气概？

"铜是那样臭,血是那样腥,
脏了的东西你不能不洗,
洗过了的东西还是得脏,
你忍耐的人们理它不理？
替他们洗,替他们洗！"

我一边玩味着早成陈迹的《洗衣歌》,一边端详着坐在对面,低头喝闷茶的阿贵,瘦削的脸庞,笼罩着茫然的表情。他泛白的手搁在桌面,脱去了结婚戒指的手指,空落落的,乍看似乎在搓着无形的物件,那该是泡在肥皂泡里头的一盆衣服吧？不,是像三十年前在校园的玉堂春下,按着梆笛的孔眼,吹出来的定是一支《洗衣歌》:新的旋律,那情怀依旧是"年来年去一滴思乡的泪,半夜三更一盏洗衣的灯"。阿贵为了它(自然,不全是为了它),洗掉了共了多年患难的婚姻,洗掉了儿女,洗出沉痛的叹息。

一九九七年十二月

唐人街流言(三则)

一、"定额"与"乡情"

  旧金山有一家房间上千的大旅馆,总经理是香港来的中国人。有一段时间,总经理在郊区的高级住宅雇人重新装修,大兴土木之时,一家四口搬进旅馆来,把一个高级套房作为临时住处。负责清理这套房的女工,也是香港来的。"老乡见老乡,两眼泪汪汪",头一天,这位女工进套房来换被单、吸尘、洗浴缸,用港话向总经理夫人打招呼。总经理夫人除了照顾两个孩子,没事可干,巴不得有个"同声同气"的乡亲来陪着,好打发日子,就放下身段,和女工攀谈起来。女工呢,有点局促不安。她不曾忘记旅馆的规定:每人一天之内要清理完十四个房间,这个定额,放在新手身上,足够在八小时内忙个昏天黑地了,但资深者熟能生巧,晓得哪里该下足工夫,哪里能偷懒取巧,倒也不算太苦。比如说,这一位识途老马,一天用上六个多小时,就完成任务,好整以暇地等候收工的钟声了。女工开头不敢放肆,和总经理夫人只是敷衍,后来一想:这大人物开罪不得,反正有空闲,"擦擦"她的"鞋",将来总有个好处呢!便套起近乎来。两个婆娘,从香港到唐人街的餐馆,从房里的全家福照片到孩子,聊个不亦乐乎。总经理出门进门,看到太太和这女工打得火热,一直保持沉默,女工向他问好,他也微笑点头。

  港人有一句形容"得寸进尺"的俗语,曰:"三分颜色上大红",女工见总经理没有明说什么,而总经理夫人又这般给足了面子,使得诸位与她一般清理房间的姐妹都投来羡妒的目光。客房部那位当经理的老处女,过去动不动就对着中国人吆喝,如今见了她却诚惶诚恐地点头问好。她的虚荣心得到相当满足之余,更下了决心,抱定"事头婆"(港人对"老板娘"的称谓)的粗腿不放。每天上工,拼着房间的配额完成不了,也到套房去,聊天之不足,还替总经理夫人拿衣服到洗衣房去洗熨,哄小孩子睡,给娃娃换尿布。女工成了总经理家的业余管家兼佣人,后来,干脆把给小孩子采买牛奶、零食和日常用品的差使包下。"易过借火嘛,我家就在超市隔壁,稍带就办了"——她对总经理夫人这般说,其实并不轻松,她得支使丈夫开半个小时的车才到大商场,把夫人交来的长长采购单逐项买下。两个地位悬殊的女人,渐渐地,要好得像姐妹了。女工已准备向夫人提出邀请:假日到她家打麻将,来个十二圈,每底三十块,赢家请大伙吃夜宵!总经理的两个孩子嘛,由她的女儿当保姆,就这么定了!

可是,有一天刚上工,还没来得及去敲套房的门,担任客房部经理的老处女把她叫去,冷冷地宣布:从今天起,她的房间定额从每天十四个加到十八个。她气得哇哇叫,说经理"种族歧视",扬言到工会告她一状。老处女胸有成竹地回答:"不关我的事,这是你们中国人自己的主意,张总经理刚刚吩咐下来,说近来见你在上工期间,有许多时间去干与本职无关的事,这证明分配的定额太少。"

女工哭丧着脸,到套房敲门,找总经理夫人诉苦。夫人不开门,只在门缝抛出一句:"我家先生下了话,叫你别来了,免得影响全体工人的工作。"然后,两人沉默了片刻,隔着一道门,不约而同地耸了耸不怎么灵活的肩膀。

一九九七年八月

二、自家的儿子

老话说:"人家的老婆,自家的文章。"前者在深闺的蓬头垢面,外人见不到;所见到的,总是涂脂抹粉的可人儿,所以男人不免"起痰";后者之可爱,则出自文人不可救药的自恋。如今似乎又到了朱熹所称的"一为文人,便无足观"的行情,不提也罢,唐人街上有趣的,是"自家的儿子"。

不止一次了,在唐人街的咖啡店,遇上这等事:我正与友人坐而论道,一个我的熟人,或者是友人的熟人进来,出于礼貌,招呼他同座。有时甚而破破悭囊,请他喝一杯咖啡,加上一两个菠萝包,继而说说市井逸闻,公所趣事。熟人兴犹未尽,就动问:"家里人都好吗?"这一问往往教我感激涕零,试想天涯羁旅,劳人草草,有几许人关怀过自家?马上回答:"谢谢,都好。"熟人又问:"你有儿子吗?多大啦?"我据实以告之后,仍出于礼貌,加上一句:"那么阁下呢?"这一问可不得了,他直如决口的俄罗斯河,大谈起"自家的儿子"来!

这类老子说儿子,大抵有一定程式。先道出儿子的大学,如柏克莱加大,如麻省理工、哈佛,令你刮目相看,在啧啧赞叹中,再踌躇满志地说"犬子"的奖学金、助学金、女朋友、身高、体重、相貌、品行,甚至每顿能吃干饭或汉堡包几何,能喝可口可乐若干,口沫横飞,才不管旁人如何欲语还休,面面相觑。"我家这浑小子嘛,硬是有两下子,不是我夸口,他小时候,看相的就说他天庭饱满,是大富大贵之相。来到美国,从小学到中学,成绩从来没低过三点八……"我只好忍住烦腻,随着他夸张的手势,作出机械的应和:"哦,哦!""真的?了不起!"我这阵子最痛恨的,是自家竟没有技巧,不着痕迹地腰斩他的絮叨。

终于,此公结束了"自家的儿子"的纵横谈,但光阴似箭,我们也要离座,上工或者回家去了。本来,我与友人要完成一个治国方略,至不济也要弄出个"二十一世纪预测"之类的蓝皮书的,不料让"自家的儿子"耽搁了。

不过,我终于宽容起来。当我知道,洗碗的、扫地的、失业的、领福利金的、挨老婆骂的、在国内混上局长但在唐人街没钱买咖啡的,如此这般的父亲们,其毕生勋业,一如文豪大仲马,乃在于养了一名儿子时,我开始努力聆听他们永不厌倦的"儿子经"。

一九九五年七月

三、老母鸡

在旧金山唐人街，三十号巴士靠站后，一位老太太夹在候车人群中，几经艰难，才挤了上来。她要掏钱买票，白人司机却不让，要她下去。老太太是广东四邑乡下来的，连汉字也认不了几只，别说英文。她呆呆地看着司机，不知所措。司机叽里咕噜，连指带画，老妇终于晓得：司机不让她提着活鸡上车。她手提的"煲汤老母鸡"，是刚刚从街旁停泊着的"农场车"买来的，一只才两元。她急于赶回家做晚饭，嫌那纸袋子不结实，就干脆用绳子缚住鸡腿，倒提着上车。她不明白，提着鸡来使用公共交通工具，跟提着箱子袋子有什么区别，她犯了哪家王法？

老妇人嘟嘟囔囔，不肯下去，司机便罢驶，一时相持不下。老母鸡却不合时宜地"咯咯"叫了，车上的乘客哄一声笑起来。一位谙熟双语的女士，见闹僵了不是办法，就过去问司机。司机解释说，按条例，是不能携带活的家禽上车的。女士只好向老妇转述，老妇一听，说："何不早说。"即咚咚走下去，在车门旁用力把老母鸡往地上一摔，鸡一命呜呼。她得意地返回，向司机展示还在痉挛着的鸡，意思是：这不是活的了，行了吧？司机双手蒙住脸，连说："我的天！"乘客中，同胞大笑，异胞皱眉暗叹，有人别过发白的脸，在胸前画十字。

司机把头摇了五六次，耸肩耸了三四次，终于冷静下来，开动巴士。

一九九五年八月

搭 档

早上,黑人阿伦出现在旧金山"田德隆"区最脏乱的爱第街上。粗壮的身板,笔直的腰,在海军陆战队服役时练出的军人步伐。他从一堆堆不干活、专等政府救济金支票的闲人旁边走过,很有睥睨一切的气派。要说美中不足,就是皮夹克邋遢了些,红色的酒痕,襟上一片,胸前一片,胡子也横七竖八的。这倒和他所寄居的"大使"客栈很协调,那里出入的住客,很少不放浪形骸的,谁的衣服太整洁,免不了被另眼相看,运气背的说不定给闲汉找岔子,修理一顿。

他正走着,黑人野鸡玛丽像跳夏威夷最性感的草裙舞那般,扭着屁股走近,把他扭得头发晕。他没心招惹她,连"哈罗"也不说,想绕过去。他今天有事在身,一如政客竞选季节到了,都变得庄严和正经起来一般。事缘一位老主顾,指定牌子型号,要他弄一部录影机,50块钱定金不但收下了,而且昨晚已在酒吧花去了大半,他要想个法子交货。不料玛丽的屁股,其宽阔,几乎等于人行道的一半,一扭,挡住左边,再一扭,挡住右边。阿伦火了,从牛仔裤的袋子里掏出一把剃刀,寒光闪闪的,在她面前划了几划,露了点儿海军陆战队格斗擒拿的看家本领。玛丽哇的惊叫一声,捂着脸跑开了。他嘟囔了一句:"妈的,不识相。"旁边看热闹的流浪汉耸耸肩,打个呼哨,神秘地说:"她呀,一整夜拉不到客,急疯了,便宜货,别错过……"

阿伦灵机一动,向玛丽叫:"回来!"玛丽站住,惊惶地扭头看他。阿伦从头到脚把她细看了一遍,满意地点点头,掏出五块钱来。野鸡故作鄙夷地看看钞票,不接。阿伦说:"你以为我不知道行情呀?不要拉倒。"说罢拔腿要走。玛丽见价钱抬不起来了,懒洋洋地问:"到哪去?"意思是：进旅馆，还是到汽车去完成"交易"？

阿伦严肃地说："慢着，我才不干你呢！"他伸出两个指头，捏捏她那足有三十八英寸的伟大胸脯，确知没戴胸罩后，放心地说："跟我来。"

野鸡纳闷地随他往市场街方向走。一路上，他告诉她，要去弄一件货，要她作十分钟的搭档。她什么也别管，只要浪。野鸡哈哈大笑，那是我的专业，用得你调教吗？

到了"兄弟电器店"门口，阿伦从背后把玛丽穿的夹克脱下，说："我给你保管，事成了，拿回去，再加五块。"玛丽上身，只剩下一件无领衬衫，被早晨的风一吹，冷得抱紧胳膊，两个乳峰在手肘间呼之欲出。

玛丽一本正经地踱进店去，时候还早，没有顾客。店员只有一个，男的，三十来岁，无聊地看着一排电视机屏幕上，清一色的篮球赛。玛丽向店员说："早上好！"店员立刻抖擞精神，从柜台后站起来。她甜蜜蜜地趋近，美美地捏了一下他刮得发青的脸孔，说："帅哥哥，不要动，我就要这个。"她指指玻璃柜台内的"随身听"。然后，俯下风情万种的身躯，挑选起来。她郑重其事地央求店员，把一个"索尼"牌拿到柜台上，她戴起耳机，试听，又征求店员的"专家眼光"。一种不如意，又试另一种。男店员呢，眼睛焊在她大大地张开的领口里，吃足了冰淇淋不说，又有生意可做，哪有不全力以赴之理？七八分钟以后，她从柜台前直起腰，店员的眼光还来不及收回，嘴唇舔了几下，有点不好意思。她宽容大度地握握他发热的手，失望地说："没有合意的，耽搁你的时间，很抱歉。"说罢，她对着店员背后的镜子，扬手理了理头发，睒睒镜中反射出的门前景象，见没了动静，便说改天再来，临走时给了店员一个飞吻。

阿伦干这行可算轻车熟路，在门外遛了一下，周围的情势便全了然。他哼着流行歌曲《要快乐》，进到店里。先看看闭路电视镜头所对的方向，选定一个安全的角度，把早已选好的录影机拿起来，从容地走出门。他不用看柜台，他对野鸡的公关手腕具有极大的信心。街上稀落的行人对他也没有起疑心。

在拐角的小巷里，阿伦把夹克还给玛丽，说："干得漂亮！"再给了她五块钱。阿伦急着去交货，要走了。玛丽却缠着不放，要他好歹成全成全她,宁可减价。阿伦说:"我要男的,懂不?"

一个月后,阿伦在街上走着,一样的龙行虎步。玛丽又扭着屁股走来,他避开了。玛丽响亮地叫:"搭档哟,慢着。"阿伦勉强地站定,扬扬头,说:"怎么啦?"玛丽近来生意兴隆,一副财大气粗的模样,伸手捏捏阿伦胡子纵横的下巴,阿伦厌烦地扭扭脸。

玛丽说:"好,我不惹你。你近来没钱,是不?别装,一看就看出来。"阿伦不好意思地低下孤傲的头颅。"看在跟你搭档过的分上,雇你一回。你去教训一个家伙,他揩了我的油,不付钱,他哪有钱嘛!叫他以后不要碰我。"说罢,给了阿伦五块。阿伦嚷着:"妈妈的,就这数,雇人去拼命呀?"玛丽眼神直直的,很坚决地点点头。

"好,看你我合作还算愉快。"阿伦达观地说。然后随着玛丽,在亚力斯街上走。快到了"太阳"杂货店,玛丽停下,说:"店外一圈人中,个子最高的,叫乔伊的王八蛋。狠点儿教训他!"玛丽还要交代行动的细节,阿伦不耐烦了,摆摆手说不听。这是他的专业之一,用得把手教吗?

阿伦吹着口哨,踱过去,那步伐带着令人侧目的威严。一堆人在杂货铺门外,正争论昨晚电视上一场足球赛,旧金山的"淘金者队"输了该谁负责。阿伦没进到圈子里,只远远地叫:"乔伊,过来!"乔伊迈动两条细毛竹竿似的长腿,迟迟疑疑地走过去。

阿伦知道玛丽躲在远处偷看,便掏出那把剃刀,打开来,在空中划了几划,寒光在阳光下耀得乔伊眼花,连忙退后一步。阿伦压低嗓门说:"别怕,我是表演给那个野鸡看的。你玩了她不给钱,是不?没关系,她嘛,算给你缴地头税。她如今是我的搭档,互相方便,好不好?"乔伊是街头混混而已,没后台,也没马仔。阿伦要动武,他也打不过,只会求饶。想不到阿伦这么和蔼,当然满口答应。阿伦呢,才犯不着为了野鸡,去结一个新仇人。干他这行,要的是朋友。末了,乔伊想握手,阿伦不让,怕给玛丽看到,只说,改天请你到酒吧去。便走开了。

阿伦向玛丽回报说:"这孱头,不用我动拳头就软了。从此保险没事。他要来,尽管找我。"

玛丽笑笑,打开手袋,又给了阿伦五块钱。阿伦哇哇叫:"不够我喝他妈两瓶百威!"

"我们搭档,就这个价码。"玛丽扭着屁股走了。

一九九七年四月

缆车司机

如果说，到了美国西海岸的旧金山而不坐缆车，一如到巴黎不去卢浮宫，到开罗不去金字塔，到北京不去长城，是巨大的遗憾，虽稍嫌夸大其词，但也错不到哪里去。盖因缆车在世界诸旅游名城中，"只此一家，别无分店"。它的奇特处在于动力——那是铺在轨道底下的钢缆；钢缆，则靠位于唐人街附近的一个总站里头，那许多个打水辘轳样的巨大轮盘牵引。本市有缆车，缘于下城一带的地形。记得中国诗坛泰斗艾青，来过一趟后，作了一首诗，说旧金山有"全世界最陡削的街道"，我没查证敝市是否有这个荣耀，但十分赞同他这明快的结论。

因了街道陡削，上个世纪一位名叫哈里迪的苏格兰佬，在跑华街赶马车上坡，马爬不上，马车倾覆了，他气呼呼地摔掉带血的马鞭，回去便发愤，创建了缆车。可见愤怒不但出艾青那样的大诗人，也出名胜风景。因了坡度，坐缆车有了独特的风味，下坡时，风声呼呼，车铃叮当，乘客大呼小叫，真有驭风而行的快意。仅此而已，我以为，外地人，坐过一次，填补了空白即够。一来票价贵，不论远近，上车就是三块，比巴士贵两倍；二来，上下车不及巴士安全，老人以不搭为宜。我年过七十的父亲，不服老，上缆车时失却平衡，摔到地面，把大腿骨摔断了，如今骨头里旋进四根螺丝。

我长年在缆车必经的纳山上班，不得不坐它。新鲜感虽然早在十多年前已缴回给市旅游局，但缆车司机还是值得说说的。每辆缆车有司机两人，一在前控杆，一在后操闸，兼卖票。缆车属于市立交通系统，它的司机，除了在拉杆以控制开、停、快、慢，拉车铃，接驳交叉点活动路轨方面须受特别训练外，按说和别的公车司机没有太多不同，但他们享有若干特权，其中之一，是在缆车总站附近可随便停放自用车，市府给他们划下了专用地段，常教为停车位短缺而叫苦连天的居民眼红，我自己就起过几次向市议会投诉的冲动。然而，开举世闻名的缆车，和开普通巴士、无轨有轨电车怎可同日而语？旧金山是近年来多次被全球首屈一指的旅游杂志推为"全球第一"的名城，凌驾于维也纳、巴黎、纽约、日内瓦之上，挟此声价，缆车司机这样一群本市"旅游大使"，怎能不稍稍高视阔步一点？

缆车是以古老著称的，崭新的车厢也漆成古典的色调，一如少年强装得老谋深算，失诸牵强。但是在电脑时代，仍旧是老而土的一套，以很大的手劲拉动笨重的操纵杆，不认落伍哪成？好在美国最重标新立异，"拙"也是一种资本。不单驾驶得拙，在总站掉头时也够笨——先驶进一个大转盘里，司机和售票员再跳下来，蹬直两腿，合力推，让缆车随转盘转到另一位置，和对开的铁轨接合。好在总站位于跑华街和市场街的交界处，堪称全城最繁华的地段，这种几乎和拉纤打夯差不离的原始劳作，遂有了一个色彩缤纷的背景：头上是四面大红旗，上标着本市最著名的景点：金门公园、渔人码头、金门大桥和艺术宫。大转盘四周，一条等候乘搭的长龙不消说了，还有为数众多的谋生者——弹吉他的，打非洲鼓的，卖瓷像片的，乞讨的，赌国际象棋的，卖报、卖热狗、卖旅游地图、卖皮肉的……周末干脆来上个乐队，大小号、琴、大小提鼓、钹、长笛；摇滚风、爵士风、金属风，或以黑人"灵魂歌手"布朗为蓝本的忧郁调子。热血沸腾的宗教家，身体前后都挂上大牌子，上写警世的《圣经》语录，还声嘶力竭地叫，叫之不足，就凭手提扩音器，把"末日审判"啊，"艾滋病是上帝的惩罚"啊放大为雷般的声波，使得所有市声相形见绌。无家可归的汉子们，也手拿他们的"机关报"，嚷着"每份一元！"咄咄逼人地堵着地下铁的出入口。于是，缆车的土气，很光明正大，很和谐地融入现代都会的光怪陆离里头。待到它叮叮地响过铃，开行时，司机就是一副唯我独尊的姿态。他们对地位的优越性也有着高度的自觉，无论说话，拉铃，还是卖票，查票，都更潇洒，更爱即兴表演，规章制度之类，似乎以玩弄于股掌的时候居多。

就拿今天早晨来说。缆车停在总站,乘客已上车,静静待着。司机和卖票员终于各持一个盛咖啡的纸杯,从旁边的"麦当劳"踱出来。却不马上开车,截住一个女乘客开玩笑。"啊哈,甜心,今天你真漂亮,让我亲亲。""甜心"是一位胖女人,也在纳山上上班,与司机是极稔熟的。她打扮自己的心思和肉一般丰富,穿戴确乎花枝招展,尽管年龄大大超前,但引人注目的效果是达到了。她极为受用地把硕大脸盘凑到黑人司机面前,司机很响亮地"啃"了她一下,两人畅快地大笑。"我说甜心,昨儿个复活节,彩蛋你带来没?没有?孩子玩意,是不怎么好吃。有糖?好极了,吉米,我们先吃块巧克力。"司机从女士的手袋掏出几块糖来,扔给同伴一块。随后,他和她兴高采烈地聊复活节找彩蛋的花絮。我不耐烦了,想起来抗议,看手表,还早,便不冒天下之大不韪,由他们去。众乘客可毫不介意,随着他一起笑闹。座位离司机近的那几位女客还得了巧克力。磨蹭了半晌,拉了开车铃,才过了一个街区,对面开来另一辆缆车。司机高叫着:"大卫,等等,有事!"说罢,刹住车,飞身而下,上了另一辆,与司机大卫拉了会儿呱,再从容回到岗位。

缆车司机都是雄辩家。以此地移民之多,哪一行没有英语不地道的雇员?唯独缆车司机,尽是说一口纯正美式英语的公民。有时我坐完一趟,便起了不可抑止的好奇心,想知道,他们是不是在"幽默速成班"恶补过一阵;或每晚十一点,把看电视台全美最吃香的搞笑节目——大卫·赖得曼主持的《深夜脱口秀》,作为进修教材?为何能这般突兀滑稽,成为洋的"东方朔",即"西方朔",出言即惹起一车笑声。乘客上了车,司机不正儿八经地叫你握紧横杆,免得下山时失去平衡跌倒,而顽皮地扯扯上嘴皮,吆喝:"我是不高兴写事故报告的,诸位自求多福为上。"下山时,司机先制造紧张气氛:"飞啦飞啦!""哟哈,好戏开场啰!"报沿途街名,也怪里怪气。更多的是,即景生情,托物起兴。你是德州来的吗,他叫你作"牛仔";你是亚利桑那州的大学生吗,他和你讨论"你的"大峡谷和"我的"优山美地,孰优孰劣。你是新西兰远客吗?他递票给你时顺便模仿大腹便便的袋鼠。你是以色列人吗,他会和你聊一阵子耶路撒冷的古迹。你是印尼人,他就说你的咖喱菜,"好辣!"伸伸舌头。他总会没话找话,自嘲,嘲人,插科打诨,耍贫嘴,揩油,逗笑的门道,都用得上,偶尔前后唱和,把短短一段路程,变成一个单口或双人相声的舞台。在普通巴士,你能找到这么丰富的笑料吗? 巴士上可是贴着"警告"的:"不得随便与司机谈话,以策安全。"

司机有如簧之舌,诚然添了许多乐趣。我坐车坐得多了,也偶然见到凭口才捞油水的。一天深夜,我在车上。车从纳山顶刚要开动,四五个来自日本的青年人气呼呼地追上来,上了车。气还没缓过来,其中一位递钱给售票员。售票员正口若悬河,大谈联合广场的音乐会,故作不经意地接过纸币,不给票,却煞有介事地问日本人:"什么?你说这是小费,给我的?"日本青年一副浪迹天涯的旅游装束,一看就不是本地人,再看他呆头呆脑,反应不灵敏,便知不懂多少英语,司机那么大声叫嚷,他给吓住,不知所措地乱点头。售票员又问:"是小费?"日本人光张口,答不出话。售票员得胜回朝一般宣告:"啊,是小费。多好的人,谢谢你! 朋友们,请为了这位先生的慷慨,和我一起欢呼!"日本人也知道遭了戏弄,却缩在一个角落不吭声。乘客也看出是一出独角戏,没有人附和。售票员自然把钱放进自家口袋。我却愤怒了:近于赤裸裸的贪污,是可忍孰不可忍?怪不得市立公车公司年年亏空。我决心下车前看清楚他的工号,打电话到交通局去检举。可是下车时他比我先溜了,只好作罢。

缆车司机还有一样绝活,可和口才比美:拉铃。铃,就是缆车的喇叭。每年市里照例举行一回"拉铃比赛",看哪位司机拉得有韵律,有劲道,听来过瘾。这几年好像都让同一位黑人占了鳌头。在闹市中行驶,行人穿插,车辆狼奔豕突,拉铃以示警,是非常必要的。可是铃声太小,太柔,响得再频密,也不像普通车笛那么气势汹汹,恰似深闺丽人骂树上惊醒春梦的黄莺儿。于是在混乱场合,缆车司机拉罢铃,还不得不动口。一辆"的士"停在圣·法兰西大旅馆前,为了抢载到市郊机场的客人,把缆车挡住了。缆车司机探头往下,给"的士"司机放话:"老弟,行个好,给我让开点。你要去,最好这就上金门大桥。""的士"司机是听出弦外之音的:你他妈的要找死,就从金门大桥往下跳! 本市金门大桥,乃"自杀圣地",建桥五十多年来,从桥上爬过护栏,纵身数百尺以下的太平洋,了结生命的人物,迄今已逾千名。缆车司机骂人骂得有风度,"狼子野心"尽在不言中。"的士"司机却不一样文质彬彬,把侧窗摇下,竖其中指,破口大骂。缆车乘客于是哄笑。缆车司机不回嘴,只耸肩,十分无辜似的。绿灯一亮,两人一前一后,笑嘻嘻地拉铃,松闸,把车开往总站去了。

一九九七年四月

编辑部的故事（三则）

一

中午，旧金山唐人街《××日报》编辑部内，人人忙得一佛出世，二佛升天。中文报业，在异国经营艰难，人手少，译、写、编"一脚踢"。一位西装领带的老者傲然踱入，可惜无人"识荆"，他也没有熟人。原先负责专栏版的编辑与老者是认识的，但不久前给炒了鱿鱼。老者尴尬地站了一会儿，趋近一位打字小姐，握手，递名片，很有风度地自我介绍："小姐，您好，我是贵报的专栏作家××，小姐一定读过区区的文章吧？敬请指教。"小姐哪有工夫扯淡？冷冷地回了一句："对不起，没读过。"老者一脸惊愕，摇摇头，彷徨四顾，见还是没有引起谁的注意，又问："可以借用电话吗？"小姐说："是打往本市的？随便。"

老者在一空位上就座，拨号，然后，运足丹田之气，无比洪亮地发起话来，把所有打字声、拉广告、讣告的电话声、电传机声、编辑之间选择头条的争论、无聊时的私语，统统覆盖。

头一通，无人接听，铃声响过一阵，自动答录机开动了，只见老者对着话筒，一板一眼地说："我是××日报专栏作家××，要找市参事邓××女士。邓参事，前天我在专栏《××××》上，有专文赞扬您代表华人参政的丰功伟绩，不知邓参事看到没有？如果没有，我可以寄奉。希望邓参事告诉我读后感。我还会陆续写这一类文章，为参事广事宣传。我的电话是×××××××，恭候您的回音。……"

第二通，老者兴高采烈地说："××先生吗？我是××日报专栏作家××，来信收到了，衷心谢谢你！敝作蒙先生誉为千古奇文，高山流水有知音呀!真的是大家手笔?不是瞎吹?……不敢当不敢当,区区写作凡四十年,嘻嘻……不敢说著作等身。我在××大学当教授,嘻嘻,不错,在国内是有点名气,几本著作出来,捧场的不少,省委里头的赵书记,宣传部的李部长,都给予很高的评价……如今不堪回首喽,幸亏有阁下赏识……改日茶楼见,宵夜?那更好,酒逢知己千杯少哟……"

老者又拨电,给另一位"知音"。然后,拨电和一位"教授",谈论某一位名作家某某文的得失,自然,百川归海,他总会把话题绕回到"区区"的成就、造诣和声望上去。只是,大家心想:也许压根儿没有人接电呢!

终于,娱乐版编辑小崔站起来,拍拍他的削肩,说:"阿伯,家没电话吗?"老者愤然道:"我是这里的专栏作家,借用电话有何不妥?"编辑道:"小半天了,你吵得我们没法工作。请你离开。"老者说:"我要对社长投诉你!"

列位不识好歹的编辑发出嘘声,老者拂袖而去。

二

一位五十来岁的同胞,走进报社编辑部,要找总编辑。总编辑昨晚为了等候香港电传的"爆炸性新闻",即港人行话所称的"坚料",好做头条,凌晨才回家,这阵子还没上班。编辑老顾一看来者,一派儒雅,神情凝重,说话慢条斯理,语气极为恳切,便好意地和他攀谈起来。来人自称是新移民,三月前从河北来,在老家当"作家"兼"教育工作者",凡三十余年,成就有口皆碑。到了美国,"虽然不怎么懂英文",应也能一展长才。偌大报社,难道不需要一个像他这般,在中国文化、文字、文学方面,造诣非凡,具有不止一个高级职称的高级知识分子?

老顾耐心地向他解释,美国的中文报社,一般都要求编辑通晓双语,否则绝对无法与主流社会沟通,无从操作。不说编译,就是校对,也要懂英语嘛!不过,也不是没有例外,比如说,谁要有雄厚的财力,来美投资"文化事业",尽可把我们这个报馆买下来,阁下当董事长就行,那就用不着屁英语了。这是正经话,不是寻你开心,敝报确实经营困难,老板有意脱手呢!

来人听罢,暗骂老顾"饱汉不知饿汉饥",却不敢发泄,只拿出昔年教育学生的耐心,细诉衷情,从本人履历说到如今住在唐人街客栈,房东逼迁的困厄,万望贵报给他一口饭吃,救活他这么一个人才,也未始不是弘扬中华文化的功德。末了,更情急地说:"无论如何,在我离开前,请给予一个明确的答复。"似乎有"要挟"的味道,老顾只好猛耸其肩膀,表示心有余而力不足。

好在,总编辑打着呵欠上班来了,老顾喜出望外,高叫:"老总,有人找你。"总编辑边喝浓咖啡边听来人倾诉,没听完,就高屋建瓴地训了一顿:"在美国,不懂英文,要干新闻,岂不笑话?回去学三年ABC再来吧!"一摆手,表示毫无商量余地,埋头看已译好的电讯稿。来者默然站了一会儿,终于绝望,摇了摇倨傲的头颅,缓步退下,大家见了心酸酸的。

老顾目击这一幕,为来人叹过气,又暗暗发笑。同是这位老总,不久前撰文谈奋斗史,以今日之地位,顾盼自雄了一番,自云鄙人不懂英文,这么多年下来,"总"得非常之胜任愉快。末尾干脆说,君不见马路上的无家可归者,谁不是英语顶呱呱的?英文好,就能混上个好差使吗?以鄙人之"不懂英文",比照彼等之"懂英文",我以自己为荣。"光荣"的老总,何以如此"双重标准"呢?很快,老顾想通了:报社内,"不懂英文"的优势,已被老总垄断,岂容别一个分一杯羹?老顾后悔没向碰壁的求职者要电话,他想提供一点过来人的忠告:为生存计,何不先放下舞文弄墨的小笔,改而拿起俗称"大笔"的扫把呢?"斯文扫地"一词,你在异邦才找得到本义啊!

三

七月初,庆祝香港回归的热潮仍旧火热。午间,编辑部一片忙碌。"专栏作家"气急败坏地跑上楼。一路高叫:"谁,谁有《纪事报》?快给我看看!"众编辑一看,又是那穷极无聊的老者,先就来了气,没人吱声。幸亏打字员朱小姐,温柔惯了,见不得客人受冷落,忍不住应了一句:"老伯,我这有。怎么啦你?"

"嗨,不得了呀!我上了版面,连照片!王牌记者采访了我!"

"喔,那可了不起!"朱小姐真诚地赞叹。

总编辑一听,顿时竖起耳朵。悄声吩咐英文最好的老区:"快去查查,本报专栏作家要给人家英文大报做了专访,可是大事情!"

老区连忙把英文报抢过来,看头条,没有。翻了几页,才看到了,是一位洋记者,为了香港回归,在唐人街中心随便邀若干中国人谈感想。"专栏作家"刚好路过,做了访问对象,就那么几句凑时兴的场面话,算什么"专访"?他用鼻子"哼"了一下,把《纪事报》扔到一边,又忙他的"马经"去了。

"专栏作家"正在兴头中,缠着朱小姐不放,非要弄到《纪事报》不肯干休。"小姐,你成人之美好不?就借这里的复印机,印它一百份,让众亲友和我那专栏的拥趸分享荣耀。"朱小姐说,那不行,花公司一百张纸,老板晓得,炒我的鱿鱼哪!

"那么,劳驾你替我打个电话,给《纪事报》,请他们寄五十份报纸给我,他们不发稿费,赠送报纸,是责任所在嘛。"朱小姐说:"你又不是不懂英语,自己打吧!"

"靓女打电话,人家爱听,还是你来。"他道。朱小姐勉强地拨了电话,回说:"他们说,按规矩,只给一份。"

"那我怎么送给人家?真是!堂堂大报,如此吝啬。""专栏作家"叽咕不停。

　　老区说:"得了,别妈的'三分颜色上大红'了,街头访问,谁干不了?""不能这么说,那记者凭专业眼光,看出我肚里有墨水,有见解,才来找我哩。要不满街的人,就我雀屏中选,怎么解释?"

　　老区有意灭他的威风,说:"慢着。被你那位王牌记者访问的,可不止你一个。呐,这位十八岁的被访者,该不是像阁下一般的名人吧?还有排在你前头的药材店店员……"

　　"反正,我上了英文大报,你没这个资格,就妒忌人。""专栏作家"义愤填膺起来。编辑部同人又一次无法忍受,一起发出嘘声。

一九九七年六月

赖 床

醒来时,窗帘已透进熹微的晨光,略略仰头,摆在床端电视机上的座钟,以绿色液晶显示着:六点三十分。睡不着,翻个身。妻子早起床,上工去了。一个人,赖在床上,想想,并没有马上起来的理由。于是,心安理得地躺着。

想起中学时代,那个高大而寒气森森的宿舍,数九寒冬,最悚人的,莫过于起床。钟声早响过,房间里十来号人,都不动弹。值日生吹哨子了,一遍两遍。大家仍旧窝在单薄的被子里。终于,一位外貌庄严的老师快步走进来,把靠近房门的那床被子拖起来,用劲抖了几抖,一边吆喝:"还是人吗你?"于是,那位穿着短裤的瘦小同窗,哆嗦着爬出被子,狼狈地穿衣。大家这才给黄蜂蜇了一般,噔噔跳下床,穿衣洗脸,出操去。那个年龄,赖床,不过是顽皮鬼的小动作,意在揩时间表的油。然后,是二十啷当岁,在乡间务农的日子,想起昔年"人之患",把赖那几分钟床的莘莘学子,打回"不是人"即"禽兽"的行列,不寒而栗,于是,每天凌晨三四点钟就起来,读《离骚》,念英文单词,还在凛冽风中,赤身跑到村头井沿,兜头浇下几桶暖和的井水,几乎有了"闻鸡起舞"的架势,可惜为时很短,后劲不继,只因肚子太饿,起床后发晕。

异乡谋生,有时要起个绝早去上早班,那可是没得商量的。闹钟一响,随即一跃而起。但丁《神曲》里,有两句,昔年起早时,常常背诵以自励:"起来,只要你神完气足,不为形役……"忧患中年,哪有这等气概?然而,冷得发抖的冬晨也好,疲乏未消的春晓也好,只要是上工,都不会赖床。那是饭碗之所在,赡养老婆孩子的义务之所在,支付房屋汽车抵押贷款的支票之所在,岂可拖泥带水于黑甜乡或温柔乡?那阵子,最噩的噩梦，不是鬼打墙，不是洪水猛兽遭劫被捕，而是：闹钟响时，睡意正浓，关掉，再睡"回笼觉"，卒睡过了头，上工迟到，给炒鱿鱼。它糟就糟在太切近平庸的现实，使你惊醒时着实出一点冷汗，还得细细检讨它的真实性。

　　今天不必上工。赖床，不管于人情——妻上班前特地叮嘱：睡够了才好起来，令我马上赞叹：老婆乃天下第一知音；于法理——请问可会有警察或联邦调查局的干探破门而入，给你一张类于高速公路超速罚单一般的"超睡告票"，或把你拘提到案？我都是理直气壮的。然而，有很长的年月，我，和我的同辈人，同调者，都把赖床视作罪恶。不是说"一寸光阴一寸金"吗？不是都会背《明日歌》，以"明日复明日，万事成蹉跎"作鉴戒吗？洋人也有一说："今人最伟大、最省力的发明之一，就是'明天'。"夜晚，可以把一切委诸明天。天亮了，一张眼，就是昨天用以搪塞，用以自我欺骗、自我安慰的"明天"，还到哪儿躲去？于是，即便你还可以往下一个"明天"推，但总免不去自怨自艾，自我批判。如今不同了。七点过去，我仍旧赖在床上，奶白的天花板上，目光惯常射向的那一处，不知什么时候起，油漆鼓起，裂开缝，再过若干年月，怕要剥落。想起武侠小说中的高人，发起功来，目光会钻穿物体，莫非我也有这般异能？即便没有，也足以证明我赖床已赖得火候相当了。

　　这就所谓"岁月有情"，不但弄得黑发变白，柔荑变鸡皮，沧海变桑田的魔术，还能把是非颠倒过来。赖床，从"堕落"、"罪孽"变作人生一大乐趣，一大福祉，是在我读了林语堂的《论躺在床上》以后。依吾人的惯例，一旦"实践"和"理论"，即"主义"挂上钩，就平空伟大起来。即如暴露狂，"当众露械"，是要给逮捕的，一旦有了皈依自然的"天体主义"为遮丑布，就不可同日而语。也如"文革"年代，红卫兵剪牛仔裤，剃阴阳头，叫"砸烂旧世界"。幽默大师的妙文，好就好在把赖床上升为一种"主义"："我相信人生一种最大的乐趣是卷起腿卧在床上。"他连姿势也规定好了："用软绵绵的大枕头垫高，使身体与床铺成三十度角；而把一手或两手放在头后。"我就是这般躺着。时钟已是八点。街口的"皇冠"地毯公司，开始往破旧卡车上装大卷大卷地毯，工人在大气磅礴地发议论。檐下的麻雀,在言不及义地吱喳。阳光,炽热起来,但未到迫使我蹬开被子的温度。于是想起金门公园林阴道间的慢跑,草地上喷水器所造的极绚丽的虹,未进过任何一个胸腔的空气。起来,穿上棉质的运动衣,和那双旧得合脚了无龃龉的跑鞋。出门去,诚然是美妙的,但不必马上实行。"谋定而后动",在"谋定"和"后动"之间,那一段过程,叫"踌躇满志",或"好整以暇",尤其富于趣味。不见,猫捉到老鼠,总喜欢再玩一下放了捉,捉了放的游戏吗?

何况,赖床时的思想,并没有猫玩老鼠的残忍成分。这阵子,因了睡眠充分,万事俱足,一定心平气和,即精神达致妙不可言的均衡,就不会嫉妒,不会想法儿害人,对世间不幸多了同情心,对社会缺陷多了理解和宽容。深夜则不同,特别是失眠的时光,心境被白天的俗务烦扰,来不及让一枕酣眠过滤,免不了带着毒素。我猜,旷妇报复娶了二奶的老公,情郎陷害琵琶别抱的女友,股市大亨对竞争对手的"敌意收购",乃至元首向敌国的不宣而战,诸种算计、机谋,一定形成于无梦的深夜,而不在这"黄金时段"。以我自己而论,赖床之际,想的多是无聊而有趣的事体,自作多情地,或天真烂漫地,品咂昨天巴士站前一个微笑,友人来信中好笑的段落,傍晚一朵云,午夜一颗星,电视剧一个无稽的情节,大卫·赖得曼在深夜脱口秀里以疯言疯语表达的真理,又想到儿时所捉到的、叫"天牛"的小昆虫,曾经把它放在火柴盒里,半夜梦寤,怕它憋死,爬起来放了,如今总推敲不出:童心何以那般软?躺累了,一转头,瞥见床头柜上,一张自来水公司的信,说上两个月我欠了水费,须马上缴付,连同罚款,否则有断水之虞云;还有儿子所在的洛杉矶加州大学,寄来的学费单。这等恼人俗事,在床上,倒不乏极为简易的推搪术——只消再翻过身去。一翻,就对着另一个床头柜:一叠书:《阅微草堂笔记》,《明清杂记》,《陶庵梦忆》。不过,这阵子,看书,哪怕是最能愉悦身心的书,也不甚相宜。因为它们毕竟是外物。胡思乱想,信马由缰,灵与肉都处于最随意的自由状态,才能充分地体验无为和无欲的清净境界。何况看书须开灯,此刻却懒得挪动身子去按开关。

林语堂还胪列赖床的无比优越性:"诗人写得出不朽的诗歌,哲学家可以想出惊天动地的思想,科学家可以完成划时代的发现。"我在三者之中,只和"诗人"稍稍挨着边儿,不过,诗虽然写过几百首,却绝无佳篇奇句,狂热时曾"梦中得句",却没有一个意象由赖床而来,由此反证出我非但不能因此而不朽,连当末流诗人的资格也没有。不过,话说回来,为了"不朽"而赖床,"目的论"本身,已使人生头等享受变了味,一如父母打着"养儿防老"的旗号去"爱"儿女一般。

总而言之,我就这么躺着,瞪着天花板,发呆,做白日梦,偶尔翻翻身——不是反抗某个阶级的压迫,获得胜利而上街庆祝的那种伟大的"翻身",仅仅因了固定于林语堂所规定的姿势,终于使腰部发酸。直赖到九点才起来,到公园跑步,打太极拳去。

一九九七年三月

行至水穷处

一九九六年最后一天,我把全年所写的东西汇集起来,编上目录。这一年,成散文、小品、杂感、诗,共约三百篇。字数没法算,总该在三十万以上吧?这一年,我还上工,挣须臾不可缺的钱,忙时上班,连同加班,有过一天二十四小时中干活二十二个小时的记录。以上两项,合成全年生活的骨架:上班和写作——上过班便写,写过了便上班。当然,还有吃喝拉撒睡,上茶楼,到芝加哥会友、看书、看电视、看电影、看月和云、买菜、做杂务、探望摔断了腿的父亲、跑车行给大学即将毕业的儿子买车子、打电话给健康保险经纪、为医生付来的账单作交涉,还生忧患中年题中应有之病:甲状腺出了点小问题,体重剧减,看了几次专科医生,似乎也雨过天晴。

渺小的人,渺小的事,如此而已。不料返顾之后即陷进过去很少有过的沮丧。它未经预告即迅猛袭来,其时正好是举世上下除旧布新的除夕,一边是新年舞会的急管繁弦,衣香鬓影,开香槟酒瓶的嘭嘭声;一边是斯人独憔悴。

望着沿街迷幻的节日灯饰,我想起青海诗人昌耀的诗《斯人》:

　　静极——谁的叹嘘?

　　密西西比河此刻风雨,在那边攀援而走。
　　地球这壁,一人无语独坐。

不过,我绝对没资格做这等参透大化的哲人。与眼前这绚烂的、温暖的、充满对"新"的热切期待的外界相对的,我的内心,是一片迷茫的荒野,一无所有,连荒草斜阳、枯树寒鸦也没有。这种心境,青春时代是颇稔熟的。它是虚无:一切都没有价值,没有重量,没有意思。没劲儿,没活头。及至世故日多,心思从太虚渺的玄想转到"过日子"的琐碎和黏滞以后,才少了这等可怕的困扰。其实,并非它远离了,而是少了与它面对的机会。我有一个甚有诗才的知交,狂热地作诗作了几年后,渐渐荒疏。我给他鼓气,他总是说,写什么写?写了好诗又如何?名满天下又如何?进入文学史,获得不朽又如何?何况我绝对没有那等天分和福气呢!是的,你可以批评他,找一个堂皇或者巧妙的理由,自甘于无所为。但你不能不承认他是对的。《红楼梦》的《好了歌》,所揭示的,就是这永恒的幻灭。中国台湾的畅销书作家林清玄,有一文曰《人生之不可管理》:

"谁能留住一个泡沫?

谁能管理一条河流?

谁能管理阳光一样的美丽?谁能管理阴雨彷徨的哀愁呢?"

岂只"不可管理",更是不可穷加追问。你试着沿着"名"、"利"、"事功"、"情"、"谊"种种,一直追究下去,到了骨灰瓮,到了墓碑,万千纠缠,百年恩怨,均戛然而止。除非你借助宗教,把因果伸向冥冥。

自然,中年的虚无,与早岁的同名病,并非孪生。倘如此,世故便白费了。如今的虚无,打个比方,是一个本钱本已可怜地少的投资者,在一个企业投资了三十年,企业一直半死不活的。要是它开始不久就宣告没治,投资者及早抽出资金,还可庆幸全身而退。但它有时似乎有点生气,有时还闹个收支平衡。投资者想,还是扶持下去,寄望于未来吧。于是不惜举债,一路追加投资。如今,企业亏损依旧,回天乏术。于是投资者进退维谷:继续抻注吗,还得赔,这是无底洞;退出吗,企业马上宣告倒闭,几十年来的投资完全付诸东流。我对写作的投资,比上述投资更糟,我投入的是自己的生命,绝对无法追回的时间。不是毫无果实,无论内容还是质量都乏善可陈的诗集、散文集也出过几本。只是,投入与产出,固定资产与投资总额,完全不成比例。

"老鼠进风箱——进不了,退不了"的状态,并非从今日始,于今为烈而已。如果说,实际的挫折,如连番遭退稿一类,尚可以"人生并非一马平川"自慰的话,那末,稍加体察自家长期滞于瓶颈的产品,就不能自欺下去了。似乎无论生活积累、才气、灵感,乃至作为灵魂的哲学,都到了尽头。再写,也是一个样,甚而因重复自己更显出低能。明知道广大的天地,在另一边,中间隔一面墙壁。倘是高僧,面壁十年,也许可把孽障破去,我何曾有宗教的寄宿?有一个时期,我把这停滞归咎于离乡太久,缺乏两种文化的激荡,后来一想:在身处的生活中无法挖掘意义的作者,试图回到往昔,寻找刺激,恰如靠海洛因提神一般,哪里是正道呢?何况回去一趟,谈何容易?便打消了买机票的念头。

新年的第一天,没有出门,因没有兴致。躲在书房里翻依写作日期排列的一册活页簿,如此丑陋和浅薄的大路货!我感到莫名的疲乏。想号啕大哭,没有泪;泪早干了,它之于中年男性,其吝啬一如用情的胆怯。想作自嘲的大笑,也笑不出来,幽默对这关乎生存意义的大事,派不上用场。于是绕室疾走,一边喃喃:"妈的,妈的!"骂自己?骂老天爷?还是像阿Q一样,一种与自己亲切的对语?

别看身体还好好的,沮丧之为病,在于它消耗的能量极多,几天下来,心力交瘁。后悔没有酒瘾,若有,便可以溜到酒吧,半夜打烊时才跟跄回家。这时候,对一切平时最为鄙薄的弱者,如流浪汉、妓女、黄昏时拖一袋空汽水罐缓缓走在小巷的老婆婆,竟因同病而生深沉的理解。

这么缠绵在心造的病榻上,一星期后才稍稍平复。并非从哪本书里寻到万应灵药;也没有去看心理医生,一个小时,貌似海阔天空的聊天,要二百多块,出不起。只是在等候。我总是迷信:依上帝造人的惯例,他既要人类生生不息,便不会听任沮丧繁衍下去,因为那是心灵的艾滋病——一种"世纪绝症"。上帝一定使人具备从沮丧中恢复生机的本能,你耐心就是。罗曼·罗兰的巨著《约翰·克利斯朵夫》里,不也有类似的情节:一个人,在冬天白冷的阳光下,呆呆地坐在旷野里,整天不挪动,人问他在等什么,他答道:"等候复活。"自然,毕竟不是大落复可大起的年龄,不再被书中"奋斗"啊,"创造"啊,"自由意志"啊,"前进"啊一类字眼刺激得马上奋翻腾飞起来。这等候,姑且况为"行到水穷处"吧。

仕途至此,水穷,山穷。不效阮籍"哭而返";也不做发酒疯的刘伶,吩咐人扛锄头跟着,说:"死便埋我。"就这么找块爬着青苔,硌得屁股生疼的石头坐着——"坐看云起时"那般坐着。云起云灭,岂是你能主宰的?看够了,就仍旧照走了几十年的老路走下去,"回报率"什么的,管他娘就是。

一九九七年一月

眼镜与我

我的五官之中，长得最丢人的，要算眼睛。太小，细而长，加上单眼皮，一笑就眯成缝。小时候，祖母常常向人说："我家这个长孙呀，刚出生那阵，眼睛小不点的，好在眼角尖利，长大了一定聪明！"幸亏她过世得早，来不及见到眼角尖脑袋却不尖的孙子，到底没混出个头脸来。也不是老天独薄于区区。眼睛小，是得自母系的遗传；恰如秃顶，乃是父系的福泽一般。前几年，我回乡去，先去探望居住在香港的姐姐，和姐姐那守活寡守了大半辈子的婆婆聊天，她终于有了极为重要的发现，偷偷告诉与我同去的妻："看清楚了，阿舅的眼睛比阿嫂的，大那么一点点儿。"为了这眼睛，世故的熟人，偶尔恭维我"南人北相，主贵"。在异国，倒引起若干毫不美丽的误会——好多次了，路过旧金山的闹市，给一个或几个东方人拦着问路，一开口就"咔啦古嘎"，那是日本话。我只好以英语说："抱歉，我不是日本人。"也不止一次，半夜放工，走过市场街，高加索种或阿非利加种的妓女扭着丰臀，前来搭讪，我自然拒之于千里之外。后来一想："洋鸡"们不向别的同胞推销，为何独施青睐于我？随即悟出：她们把我当成东洋客。不闻前些年日本男人爱组"买春团"，"进入"别国旅游乎？想必我又被眼睛带累了。可忍也，孰不可忍也？夫个人不英俊不倜傥事小，平白使一百七十五公分高，怎么说也不算"萝卜头"的身躯，更换国籍，生时乡愁无从寄托，死后孤魂无主，兹事体大。

于是，思量补救之法。找美容师开刀，割出个双眼皮儿，诚然是釜底抽薪，但花费太多。何况早已结婚，从来不曾想过另起炉灶。女人才以"美"为天职，于我辈则多半是"管他娘"的小问题。简便的法子呢，莫如弄一副眼镜。一般而论，眼镜是"知识"的代号，一如镶金手杖是威权的象征。哪怕你再土气再愚昧，戴上一副，马上就增了几分儒雅，几分深沉。我要戴的话，就要玳瑁框的，以阔边挪去旁人的视线；如果近视得够火候，眼镜片厚得如酒瓶底，别人看我，也隔五里云雾，岂不就藏拙了？我也略略实践过，比如十来年前，我所买的医药保险中，有一项"免费配置眼镜"。我去眼镜师那儿"验光配镜"，不料颇为失望：视力仍旧是一点五，最佳状态，何须眼镜？于是，一面庆幸：我平生爱读书，而书多半是躺着读的，在乡中没电灯，便把煤油灯放在帐子里头读，从未酿成火警不说，还对视力丝毫无损。与教科书上一系列"保护视力"的学说大相径庭。可见，一报还一报，我的眼睛不漂亮，换来经久耐用。另一面又想，不配白不配，便好歹弄一副平光的，权充"聋子的耳朵"。不过，偶尔装蒜犹可，要起卧行立都戴着，就苦了。这平光镜，只在照相时派了一回用场，以后，不知扔到哪去了。

《离骚》云："老冉冉而将至兮，恐修名之不立。"前一句放诸四海而皆准，后一句迂阔了些。异乡谋生，首先是脚跟立得稳不稳的问题，"修名"云云，只在名片上。四十的生日过去，四十二岁的生日说话就到。如果我有钱兼有头有脸，当效某些人物，广送请帖，大排筵席，至少在礼单上捞一把。文雅点，可仿胡适之博士，来个《自述》。青年时代业已完结，中年开始不久。顾后，凭吊少时壮怀；瞻前，畅言辉煌未来。然而上工下工，买菜做饭而已，哪有胜业？在家与家小分吃生日蛋糕时，妻说："乡谚有一句：'四十二，眼镜柜'，下一回，生日礼物该是老花镜了吧？"我胸有成竹，微笑不语。私下盼望：年轻时错过了近视眼镜，如今"廿年媳妇熬成婆"，戴戴另一种，也很好玩的。不见我的同事中，老同学中，一跨过这个关坎，胸前口袋就放上眼镜盒子了吗？要不戴，便得把书报推到远处，一如关老爷夜读兵书的模样。青年而近视镜，是在蓬勃的生命力之中，加上一些细腻的思辨意味；中年而远视镜，则是在成熟之中，加上洞达，和从容不迫。如果老花镜戴得够久，够纯熟，便和霜鬓、皱纹融为一体，类似大侠的"剑手合一"，借用阿城在《威尼斯日记》里的判断，愈到老来，愈变为"一团气氛"。此外，在电视中见到某些国会议员，答记者问的间隙，把眼镜脱下来，用绒布擦拭，那姿态，乍看是漫不经心，其实蕴藏着多少机心,也渴望有一天,能有这般气象。

然而,四十三过去,四十四,四十五……转眼到了四十七。知我底细的友人,见我读书看报的模样,大呼小叫:"怎么,还不用眼镜呀?戴隐形的?"我照例不答,偶尔露出"余不得已也"的自得,或者无奈。

好在,要来的总会来。一过四十八岁的生日,眼睛就不时发花。躺在床上,就着灯看书,字太小的,眼前就起了一层雾,雾先是来来去去,后来干脆不走了。终于来了,我的眼镜时代。于是向家庭医生讨了一张介绍信,打算光顾眼科医生,第二度"验眼配镜"去。还没上诊所,有一回到超级市场买东西,货架上见到许多眼镜,款式不错,试戴一下,居然效果很好,减价期间,每副才卖九元九毛九。便买上一副阔边的,好了结少时的心愿。天知道是什么度数,反正戴着字儿看得特别清晰。当晚,卧床看张岱的《陶庵梦忆》之前,掏出镜片,以纸巾细加擦拭,很为踌躇满志。戴镜看书,铅字大了近倍,当然好过多了。妻子进卧室,一见我这"老成谋国"的样子,却哈哈大笑,说是"流里流气"云。唉,男人与女人之异,甚于人与禽兽多矣!

我这么戴着九元九毛九的老花镜,看书看了才几本,却又有新发现:我可以不戴的,只要把读物移得稍远一些。如此浅易之极的理论,我早就晓得,却临阵忘光了,可见习惯可战胜一切时髦。不戴,仪表方面或有损失,毕竟方便,比如,侧卧看书累了,掉过头来看电视上利得曼的《深夜脱口秀》,待到播广告时,又回头看书,就不必把眼镜摘了戴,戴了摘;也不必听任两条眼镜腿夹得太阳穴生疼。

这么浅尝辄止过,我才晓得,如果眼镜果真到了须臾不可缺的田地,大抵不会多美满。我的个性太粗疏,太追求简单。举凡首饰,小而至结婚戒指,大而至金的银的木的项链,我平生从未戴过,一想到手指或脖颈无辜而枷锁,不寒而栗。那末,要我出门必在上衣口袋塞一个鼓囊囊的眼镜盒子,在家里书房、卧室、客厅和厕所,还须于当眼处各各放上一面眼镜。否则,肯定因读书看报不成而手足无措,而六神无主,而跺脚,而骂娘,叫老妻心惊肉跳。这又情何以堪?据说,"鳄鱼"牌眼镜公司如今已用上铝碳合金作眼镜框,分量极轻。眼镜框还在进化着,不久,材料将是"镁合金",重不过一克,轻如羽毛,那于我更是灾难——我肯定老是忘记鼻梁上的异物,而随便碰壁,那是何等的狼狈!

　　至于因眼睛殃及仪容随着老境的临近,已越来越不成其为问题。我少时常常引为大憾的单眼皮,因了眼盖的皮肤富余日多,眼皮岂止成双,再多的褶也打得,睑下再添上眼袋,像煞圣诞过后商场"买一送一"的大平卖。同一道理,老花镜,散光镜,或别种眼镜,谅必也躲不过,听其自然好了,到时自有应对之法。

一九九六年十二月

黑 夜

我读过一本宇宙的大书,它的名字叫"黑夜"。

那是在从太浩湖赌城回到旧金山的高速公路上。前一天,乘"发财巴士"到那里去玩。我生性不喜赌博,在人欲横流的赌城,几乎是纯然的观光客。在角子机前花光几十块赌城发放的"钓饵"之后,再也不肯轻解悭囊作出额外奉献,只在牌桌旁的酒吧一角安坐,于是几十个小时下来,倒不像连轴转搏杀的赌徒那般把体力消耗掉,反倒神完气足。时已深夜,"灰狗"大巴士上的,尽是刚刚与角子机、俄罗斯轮盘、牌九或"廿一点"档上拼搏过且一律狼狈败北的角色。男男女女都放浪形骸,睡得东倒西歪,鼾声此起彼伏。巴士把赌城的冲天灯光甩掉之后,沿着太浩湖畔飞驰。

我毫无睡意,斜靠在车窗上,凝视外面。白天一碧如镜的太浩湖,一如当年神秘的天劫把古罗马的名城庞贝吞没一般,此刻被哪个神祇施了隐身术呢?竟然不留一点痕迹。几星从灯标或船艇发出来的微光,非但无能烛破黑暗,倒反衬出黑夜无与伦比的厚度来。何其伟大的黑色啊,夜!凝练,紧密,均匀,一如最黑的黑缎。你是能感觉到它的律动的,车窗外呼呼的风声,就是黑色的波涛。它是时间,也是空间,可以在你的指缝间漏掉,你无法握住。它又是不可击破的,几乎连逼视也不可能,因为太浓烈了。连绵的内华达山脉,全然陷落在无边无际的黑色中。车爬在海拔相当高的群峰之间——高山反应来了,耳朵嗡嗡地响着,怕有好几千英尺吧?天幕上疏疏落落的星辰也消隐,只剩下无懈可击的黑色。我仿佛走到了一个深深无比的深渊之前,只要再往前半步,就要坠下去,若然,我着地那刹所发出的响声,怕要到下个世纪才会传递到地面上来。想及此,不寒而栗,忙把目光收回来,大口喘着气。一个乘客从梦中醒来,站起来伸伸懒腰,昏糊糊地在过道上挤过,到后面的厕所去方便。我对这位只在赌场打过照面的同胞,竟产生了莫名的亲切感。在宇宙性的大寂寞之中,幸好有他提醒我:我还活着,没有被黑色完全吞噬。我抑住心跳,拧亮座位上的小灯,读起从家带来,聊供解闷的《周易》来。木刻版,没有断句,玄而又玄,岂是我可能领会的?但随手翻过去,两行楷书扑入酸涩的眼帘:

"乾为天为圜为君为父为玉为金为寒为冰为大赤为良马为老马为瘠马为驳马为木果"

"坤为地为母为布为釜为吝啬为均为子母牛为大舆为文为众为柄其于地也为黑"

好个"其于地也为黑"!"坤"即地,诚然是黑;"乾"即天,何尝不是?此刻,黑色把天地融合,把乾坤统一了。当初,有了黑夜,才有了燧人氏钻木取来,或由普罗米修斯从天上偷来的火。然后有了灯。我童年时最简陋的灯,是带蓝花的青瓷小碟子盛上菜油,一根雪白的灯芯草卧在中间,夹着几星黑灰。后来是煤油灯。"文革"后期,连煤油也没得供应,又没有了灯芯草,只好退回到上个世纪,点起松明烛来。案头插上一束,哔哔啪啪地响着,很快就燃尽了,得赶紧换上另一束。那火光总是摇曳不定,一如青春动荡的心。写不完一张情信,鼻孔积了一层乌黑的烟垢。以后,是电灯的时代。不论故土异邦,都是电力操纵的光明世界。最使人惊心动魄的,莫如深夜驾车到旧金山中心的双峰山顶去,在浸人的寒气中,向下四顾,那是灯的海洋。灯光盘踞在城市上空,无所不在的毫光,形成另一个伞形的天穹,把强悍的夜色逼到目不可及的远方。灯光是如此的嚣张,连广阔的海湾,也不是黑夜的领地:不是被岸上的灯光所笼罩,就是裸露在海湾大桥和金门大桥灯饰的围剿之中。我慨叹,文明的过程,城市化的过程,就是离开黑夜愈来愈远的过程。唉,没有黑夜的城市!看吧,生硬地把浑圆的天宇割下锯齿似的缺口,大厦群落,蜂窝似的窗口流泻灯光,恰好充当都市诗人的稿纸。最骇目的,要数夜晚的高速公路,那是一条条奔涌着鲜血的大动脉,车灯不过渺小的血球罢了——血色的车后灯是红血球,橘黄色的车前灯是白血球,却组合成何其磅礴的泛滥!它们又是最使黑夜恐惧的火力,经一〇一号、八十七号、二八〇号、十七号、九十一号等双向高速公路的交叉轰击,夜哪有反抗的力量?于是,白昼奏凯,物质主义奏凯,城市奏凯——灯红酒绿,声色犬马,纸醉金迷的一统天下。

于是,人失去了完整的不被电灯干扰的黑夜,而且为此沾沾自喜。我亦不能免俗。好在,眼前的夜把我带回到往昔去。那是仲夏六月,我离乡去国的日子,子夜时分,天宇间还是浑沦的黑色,厚重而温暖。村旁碉楼,在黑色天幕衬托下,成了村庄里慈祥的土地之神的化身,目送我走向天涯。鸡声和蛙声错落在稻田上空。青石板路上的露水,和星光一起闪烁。启明星亮得使人心慌意乱。我最后一次,注视大熊星座和小熊星座,斗柄斜斜地伸向山峦的顶端。两端低垂向旷野的灿灿银河,是我年轻时所作的散漫诗篇中,拟作凯旋门的。谁能穿过永恒之门?这千古疑团,一样可用于黑夜:谁能长久地保有它的太初形态,乡村在黑色背景下的一切?田野是晶莹剔透的黑色,蛙鼓的间隙,游动着管水人的手电筒。阡陌间的小溪,潺潺着原油般浓稠的黑漆。村里,一灯如豆,映在窗棂上,迎候迟归的打柴汉子。坤甸大门落下木闩的清脆声响,母猪的哎哎,蟋蟀,萤火,"散仔馆"里"大碌竹"上通红的火头,村头大路上露水般玲珑的单车铃,石桥上秋水一般的眸子,幽深竹林里的情话,幅幅淳朴敦厚的风情画。久违了,纯粹的黑夜,心灵的黑宝石!

巴士驶过内华达州的连山,回到加州的疆界。正是凌晨三点多,黑夜最为恣肆的时分。我手捏着不知所云的《周易》,脸贴在车窗上,自身仿佛变成一尾活泼的鱼,在无边夜色里潜游。此刻,我才实实在在地省悟:我们的世界是失衡的,目迷五色的生命,太多的白天,太少的黑夜。除了睡眠,不是白日就是电灯,有时连梦也被霓虹灯霸占了。使得我们阴阳不调,中焦燥热,虚火上升。从《周易》推论,土地是母亲,黑色乃是母亲的原色。黑夜,是禅的澄心静虑,是哲学的深沉思考,是原始,是单纯,是蛰伏,是退避,是寂寞,是淡泊,是和平,是爱情,是梦境。它无所为,也是无所不为;它无所见,也是无所不见。连身边那些在赌场喑呜叱咤的赌徒,也不能不离开使他们血脉贲张的七色灯光,回到黑夜,乖乖地接受母亲的爱抚。

巴士飞驰着,我不能走下来,脚踏泥土,着实地拥抱稀罕的黑夜。哎,黑夜,你这没有一根杂毛的、巨大无比的黑乌鸦,让我到你的翅膀下躺一躺吧!让我充当一阵子睁眼瞎子吧!在伸手不见五指的漆黑中,人是能视通三界,思接千载的。

从太浩湖归来,我作了一首诗,题为《黑色的田野》:

"寻你千百度／却在湖畔／灯火／原是都市辉煌的病,／紧贴车窗／搜索犬吠、蛙鸣／柴扉咿呀一声／款款而来／村野的宁静／远远的孤星／可是那油灯／母亲正低首补袜／我那被柴担磨破的披肩,／偃卧于黑暗的田野／因率直而明亮／还有人的心"

一九九六年十一月

唐人街琐记（三则）

一、变　脸

午后，在旧金山唐人街徜徉。无所事事，无所用心，无一定去处，几乎够格借用当年创造社的青年才俊讥讽鲁迅夫子的话："有闲,有闲,有闲。"逛着逛着，经过一家礼品店。午后的阳光白而淡。入冬以来，连日下雨,今天放晴,却起了寒意,行人寥落。各家杂货店,因与生计关系至大,人声尚称聒耳；若干金铺,亏得近日股市下泻,带累黄金价格跌至每盎司三百美元之下,颇有顾客赶来拣便宜货,还显出热闹来；别的店子,一片清冷。礼品店,专以掏外地游客的腰包为职志,在这旅游淡季,那生意,可以套《水浒传》中好汉李逵的名言——"口里淡出鸟来"来形容。

容貌娟好的女子,在柜台后,大概枯坐得够久,也枯站得够久,便从玻璃柜子里,拿出一件件货品来,细加擦拭。柜台离人行道不过几步,我看得清她手头摆弄的红绒布小盒子，所盛的是镀金小铁片做的一对蟋蟀,盒下藏着A号电池,开动时发出"唧唧"的叫声,可以乱真。在人工万能,电脑打败世界棋王的后现代社会,区区虫鸣,要仿造可是毫不费力。我缓步走过,她和我打了一个照面。就在那瞬间,她打了半个呵欠——向老天发誓,才半个。就因为张大嘴巴的刹那,她的目光和我的目光对撞,而一双玉手摆在柜台上,来不及挪去掩口,所以,她施出奇妙之至的"忍功"。

然后,是更教我惊叹不止的脸部特写:樱唇并没有因呵欠中断而闭起来,居然变为灿烂的笑——巧笑倩兮,配合上滴溜溜一转的媚眼,我顿感晕眩。从半个呵欠到整朵的笑,是从出自生理需要的自然反应向纯为强装的"表演"的演化,只在一瞬之间,何其顺溜,何其不可思议!贾宝玉说女人是水做的,唯水的变形才如此神乎其技。

  顿时,我联想到一个真实的故事,它发生在旧金山湾区一家北方餐馆,一位在那里当过侍者的诗人朋友告诉我的。老板是一对来自四川的中年夫妻,他们从非法移民当起,十年八载下来,如今不但有了绿卡,还有了这样一家生意不错的馆子。只是"男人有钱就坏",竟然在老婆的眼皮底下,和他们从家乡担保出来当"专业厨师"的姑娘打得火热,奸情败露后,夫妇闹离婚闹得如火如荼。为了感情啊,财产啊,儿女啊常常吵架,这不奇怪;奇的是两口子爱一边做生意一边干仗。老板娘兼任带位员,午间餐期开始后,要在门口迎候并把客人带到餐厅去就座。门口影壁旁有一个衣帽间,带位员专用的小柜台就在衣帽间外。于是常常出现这样的镜头:夫妇俩在衣帽间内开骂,老板娘感情丰沛,骂负心人骂到兴头上免不了号啕大哭,幸好门关得严,隔音设备良好,哭声骂声传不出去。老板娘骂一会儿,哭一会儿,不忘稍稍打开一条门缝瞄瞄外面。在殡仪馆里人们听惯赞语:"治丧不忘慈善",她是离婚不忘赚钱。客人来了,她便极其快捷地擦去泪痕,补上妆。走出去迎接时,已换上一副朝霞一般灿烂的笑脸。她热情地打招呼,问候,姿态高雅而从容地安排客人,对熟客人还撒撒娇。随后回到衣帽间,拉上门,重开战事,骂、哭,到下一拨客人来到,再重复刚才的程序。一个餐期下来,从哭到笑,从怒骂丈夫到温文有礼地迎客,情绪上、心理上、容貌上如此急骤的切换,居然不着痕迹,老家川剧"变脸"的功夫,她算学到家了。

  如果说,那位把呵欠转为笑的店员,是以人力遏制自然;那么北方馆老板娘的脸孔,更其扑朔迷离,究竟在哪一张脸是真的:申申而詈的怒脸呢,还是殷勤待客的笑脸?也许都是真的,也许都不过是表演,天晓得。反正人的脸孔,不论妍媸,不论性别年龄,都和蟋蟀声一样,不知是从童年月下的草丛、乱砖堆里发出的;还是来自礼品店的柜台,标价为三块九毛九的金属制品?

二、在鱼店

路过积臣街一家鱼店,那是我常买"生猛海鲜"的所在。本来不打算买什么,无非出于"惯性收视"一般的心理,站一站。两个店员,都是广东来的中年新移民,从口音听得出,一位来自台山,一位来自中山。中山人在柜台外,以木箱为桌,正在吃午饭。台山人被一位要买鲈鱼的同乡阿婶缠着,因为她对先后从缸里捞出的那几条总不中意,他硬着头皮频频挥动小网兜逮鱼,一边和她说说笑话。这么一耽搁,等候买鱼的顾客便多起来,都站在淌水的过道上,面对柜台前贴满鱼鳞的挡板沉默着。我浏览四周:老是那么脏,苍蝇掠过,停在案板剖开的甲鱼上。柜台前,"严禁拍照"的英文告示脱落了一半,那是月前为了应付洋人"反对虐待动物"的声浪而取的自保之策,浪潮过去,对好奇洋游客的照相机,就疏于防范了。

一位高个子洋人进来,手里捏着一筒纸,用英语向坐着的中山人问:"请问老板在吗?"中山人仰起脸,一颗白饭粒粘在上唇上,格外触目,照例以不变的一句速成英语"我不知道"应万变。这个"不知道",可有多种解释:"不知道"英语,"不知道"老板在哪,"不知道"你是谁,有何贵干。洋人耸了耸瘦削的肩,自求多福,探头到后头仓库里找。我想:如果他是卫生局的稽查员,这店就糟了,少不得给勒令停业三天,以彻底清洁店面。洋人找不到老板,转过头问台山人:"你们店门口那个防火筒找人检查过没有?"台山人也"懵查查",但知道以"不知道"对付,不是办法,一时又找不到双语人才,只好向顾客寻求援助。我在旁将洋人的来意向店员说了,店员说老板不在这,正在机场旁一家新店为开张作准备。我居间稍事翻译,洋人再耸耸肩,离开了。

中山人已把一盒饭吃完,对我说:"这家伙说不定是骗子,灭火器早有公司包下,每年定期来检查,充氮气,还用他来操心?"台山人也附和。

这么一来，他们对我倒热乎起来，我趁聊天的方便，买了两只田鸡。

鱼在缸子里泼喇着水花。我忽然想起了濠上的庄子，他肯定了鱼的快乐。这里的鱼，这里的人快乐吗？不知道。这等华洋之间无伤大雅的纠葛，唐人街倒是天天成批地发生着。可惜没有文学评论家所要求的"哲学意蕴"，连煽情的乡愁也阙如。既然这就是移民每日的生存状态，聊备一格，也不妨吧？

三、在车上

逛过唐人街，到父母亲的住处去，弟弟妹妹的四个孩子放了学，也在那里。弟妹两家人，共九口，几个月前才从大陆移民到这里，大人有了工作，小孩进了学校，也都租到房子安顿下来——新移民生涯的开篇，大抵差不多。

两个外甥住在唐人街之外，要坐车回去。我刚好要驾车去接在下城上班的妻子，便把他们两个载上。外甥女，叫阿卿，十二岁；外甥，叫阿昌，七岁，都在市教育局为新移民子女所开的双语班上课。阿卿的父母在衣厂常常加班，阿卿在家做饭，照顾弟弟，还会搭巴士到老远的商场去，为的买每罐由四毛九减到两毛五的鸡汤。傍黑，下班回家的人多，交通格外拥挤，车走得慢，我便和外甥们聊天。

我问："喜欢美国吗？"

"喜欢。"他们异口同声地说。

"说说看，喜欢美国的什么？"

沉默。妹妹刚来到那天，就告诉我，阿昌在村里最爱骑自行车，知道到了美国也许骑不上了，临行前那天骑了大半天，在池塘边摔了跤，膝盖破皮出血，妹妹带他去诊所扎了一支消炎针。我问："阿昌，没车子骑，还喜欢这地方呀？"我扭头看看阿昌，他很不自在地把头摇摇，然后低下。

我这才省察，我的提问大而无当。我自己未必回答得来，何况孩子？

使我略觉悲凉的，是孩子过早的世故。他们没有对我说心里话，一来还不熟；二来，他们虽小，却晓得我这"大舅父"，是他们一家来美的申请人和经济担保人，他们怕说"不喜欢"，我会不高兴。我倒渴望，他们响亮地回答我："不喜欢。"那反倒显出童真诚实的本色；这样的逢迎唯其属于一望而知的"小儿科"，才更让人觉得世界的虚伪。而且，不喜欢这里，即喜欢故土，可以安慰我这愈老而愈是莫名其妙地浓烈起来的乡思。

好了，不谈大的。"每天谁买菜？""妈妈下了班，到唐人街买了才回家。""有肉吃吗？"父亲告诉我，妹妹他们省俭得不近人情，每天就吃从超级市场买来的，最便宜的鸡翅膀，我担心孩子们营养不良，想证实一下。

"有，猪肉天天有。""鸡呢？""也有……吃腻了。""学校里好玩吗？""好玩……有时候。""英语能懂一点吗？""一点儿。"一问一答，气氛总热络不起来。

妻上了车，一个劲教外甥在迷路时怎么打电话，怎么在大街上走路，遇到陌生人来问话，该怎样躲避。外甥们都点头，表示一定照章办事。

外甥们在家门口下车，我给了他们一包点心。阿卿用英语说"谢谢"。两个小不点的身影消融在异乡浓浓的暮色里。我想起还在衣厂缝纫机前赶工、很晚才回家的妹妹，在电动裁床前操作的妹夫，想起放学后窝在家里，专心致志地盼望爸妈的脚步的外甥们，心头涌上一点凄楚，和欣慰。

这就是生活：广阔得不着边际、教新移民无法把捉的自由里，掺和着惶恐；卑微、困顿，却因了自食其力而俯仰不愧；艰辛却不乏奔头。忧愁和欢乐交织，期望和失落混合，诸多情愫化合的结果，是一无所感，只听任异乡忙迫的岁月把一切席卷而去。一茬茬移民，这般活过来，活下去，我也是。

一九九七年十二月

纽约的魅力

两年前的夏天，参加旅行社组织的"美东八日游"，为了与久违的挚友见面谈天，提前三天，从旧金山飞赴纽约。对那次旅游，没有多少好说的，不是坐飞机就是坐大巴士，匆匆忙忙地赶路而已。从新泽西的旅馆启程，跑过费城、华盛顿，看尼亚加拉瀑布，捎带吃掉加拿大几个名城，从旅游日志上看，成果不谓不辉煌，脑瓜子仍旧空落落的。回来做了一篇散文《旅游与照相机》，主题是：旅游是照相机的事，叹息这种囫囵吞枣的行脚，照相几乎成了唯一的指归，得到实惠的是家庭照相册，此外别无可以传世的奥义。然后，带着一堆脏衣服和时差，回到上工下工的固有轨道，颇觉松了一口气：既然非去度假不可，我去了；既然美国的东海岸非到不可，我到了，对得住天理良心了。套句童话的结尾：从此过上幸福的生活。

不过，那次远游的余荫可算绵长，至今我还偶有小小的冲动：把对纽约的印象写下来。尽管我对它的了解，连皮毛也算不上。就说以其颓败恐怖而成为景点的哈林区吧，我虽坐在旅游巴士上经过，谁知道车未到竟已酣然入梦，导游的介绍听不到不说，连入口处那幅巨画也失之交臂。别的呢，论时间，只有三天；论空间，若不算随旅行团参观过的地方，说点，就是友人的家、几个地铁站、唐人街几个茶楼餐馆和皇后广场；说线，就是肯尼迪机场到包厘街，再到三十八大道，凑巧，离开时经过荷兰隧道，碰上了比便秘难堪十倍的堵塞；论面呢，出不了曼哈顿和布碌仑。

那么，我只好扬长避短，单谈直觉：我爱纽约。其实，我不该爱的。多年来，居住在纽约的亲友打来长途电话，照例骂他们这个"第×故乡"，衣厂如何难挨啦，拿熨斗的工人在酷暑中，被蒸汽烘得受不了，每隔十分钟要到窗口喘一回气啦,治安糟得要命啦,雪啦,泥泞啦……至于电视新闻,纽约不消说是凶杀之都,毒品之都,不是地铁车厢内狂人开枪,就是世贸大厦挨炸,华埠里头的"蛇头"、帮派行凶。再说,我走出肯尼迪机场时的第一印象也够伤心,那些无牌的载客"的士"和中巴狼奔豕突,司机拉客人时又凶横又鬼祟。但是,我毫无理由地爱上纽约,自从那年炎夏八月,我在暧昧的暮色中来到唐人街,从第一瞥,我就凭直觉爱上了。唉,这个被美国人鄙为"没有人说得上标准英语"的"外国人都市",唉,这在名诗人余光中的《登楼赋》里,"一只诡谲的蜘蛛,一匹贪婪无厌的食蚁兽,一盘纠纠缠缠敏感的千肢章鱼"!

我是莫名其妙地爱上纽约的,直觉无从诠释,它虽为女人所倚重,目为最优越的本能,但对男人并不相宜。何况我没有从纽约旅游局领取津贴,负上为"大苹果"招徕的使命。我也曾将这种直觉拆解开来,效法研究院院士的实证精神,罗列爱上纽约的理由,再找出深层的动机。只是怕追下去,会抠到什么"文化基因"、"心理积淀"上头,徒招"老王卖瓜"之讥,所以只就感觉论感觉。

比如说,我曾自问:"我是爱纽约的友情吗?"不错,在那里,有我的知交。我认识他时,他是高中课堂里风度翩翩的语文老师,我是童嗓正在变粗的少年。转眼间,三十年过去,我们相逢在斯。来到布碌仑的幽静小街,我在他租来的住所下榻,两个人,在客厅各占一张长沙发,聊天到深夜。他在衣厂连日加班熨衣,已够累了,这么谈个不休,更使喉咙发炎,于是嗓音沙哑。碰巧,在街头苍翠的香樟树上,飘来了久矣乎不闻的蝉声!嘶哑的、顽强的、缠绵的夏日合唱啊,一波波地撞击着彼此的心房,于是我们一起想起了遗落在故土的青春,流放在异乡的汗流浃背的中年。我作了一首诗《纽约听蝉》,岁月山河,昨天今天,遥远而贴近的蝉声,和友人如同蝉鸣的嘶哑嗓门,如此巧合,在纽约,在我这浅薄的诗中。可是,友人不爱纽约,他在这里住了五年,伴随乡思的,是"熬到退休再作计较"的苟且心理,是故,我不能强说"爱屋及乌"。

我又曾自问:"我是爱纽约的人情味吗?"不错,且不说与心仪已久的编辑、作家、诗人在茶楼、咖啡馆无拘无束的聚会;就说与老同学的重逢，就是穿过时光隧道的一次极有滋味的旅行。我见了同班的篮球中锋江君，他如今在纽约和新泽西，天天驾着"通用"牌箱型老爷车驰骋自如，替人家铺设地毯，最拿手的功夫，是在无处不塞车的马路和超级公路上抢道，仗着车子够破，横冲直撞，所向披靡。当年我们常玩"一对两"的球赛：他单独对付我和李君。说来也巧，这位李君，也在纽约见上了，一头花白，却保有学生时代的大智若愚。于是从当年赛事，何以江君出战必赢，我和李君的联合阵线总是崩溃，说到"江山易改，本性难移"，再说到江君今日抢车道所以神乎其技，是当年抢篮底球战术之演化。说得兴起，几乎要脱掉衣服，找个球场，再决一次高下。这么聊着，我们就轻而易举地跨越了万水千山，穿透了超过一万页的日历、比日历更为厚重的遗忘以及生活的压力、漂泊的无奈。可是，迷人的人情味，是从烟云渺远的昔日，而不是从纽约散发出来的。换一个地方，比如故乡湖畔的石舫，或者母校背后的纱帽山头，也许更为酣畅。何况在纽约，这种带有村屋中神龛前线香味道的氛围，并不多见。大都市的通病，我是在勿街一商店买日报时，从老板娘的冷脸中又一次看到的：我付的硬币中，夹着好几个便士，老板娘硬是不要。我纳闷了，这便士在西岸可是畅通无阻嘛，从来没有遇见谁拒收过这种正牌的美国通货，惊问根由，她没好气地答："我收下了，又给谁呢？谁也不要！"天，我光晓得在纽约上餐馆，小费低于百分之二十要遭侍者的白眼，岂料连便士也没了生存权。面额太小的钱钞尚且遭排斥，我们还奢望哪门子人情呢！

我复自问："我是爱上纽约的风景吗？"不错，自由神、时报广场、洛克菲勒中心、哈得逊河、大西洋、世贸大厦……大都会的光怪陆离，极端的前卫与醇厚的古典，纽约是旅游的"豪华宴"或"自助餐"上的招牌菜。美国都市千篇一律的气派，它有；独特的韵致呢，比如：地铁车厢里戴着小圆帽的犹太人、曼哈顿大型中餐馆门前一长列送外卖用的破自行车、布碌仑大桥上惊心动魄的钢铁合奏……也数不胜数。从友人的家，望向布碌仑普通人家的后院，几乎每家都有一个游泳池。瓷砖铺的长方形内，绿水盈盈，至不济的，也在树丛旁放一个简易的塑料池子，在盛夏，这是何等的奢侈！然而，我来自西海岸的旅游名城旧金山，它时常在国际旅游杂志上坐着第一把交椅,我似乎让四季如春的宜人气候,被波光水色和小格局才有的情调——虽无吞噬一切的气魄,从容雅致倒随处可见——宠坏了。何况,要说能彻底征服变硬变粗的中年之心的,唯故国的物华天宝而已。

那么,我爱纽约的什么?聪明的读者也许看出了机关:哎哟,兜这么个圈子,你谅必是说爱纽约的唐人街,再归纳到老生常谈的、放诸四海而皆准的——乡愁!我得不好意思地承认,这话对了一半。先前,一位在纽约住过的朋友,是这样描绘唐人街的:要找它,光凭鼻子就行,因为那里垃圾的馊臭味,远在百老汇就嗅得到。实地一看,虽远远算不上清洁,但也没脏到不可收拾。它的阔广:街道阔,领域也阔,有容乃大的气度,先就叫我放了心。不是说这里常闹枪击吗?这么大的空间,逃命容易,被流弹伤害的比率也小。随即我对它发生了好感。

然而——又来"然而"了,请原谅,不"然而"我就做不下去了——我所居住的旧金山,有一个号称"中国境外第一"的唐人街,名气和资格,远在纽约之上。要领略华夏风情,要解乡思,我非要飞它上千英里吗?我固然对大蜂窝似的纽约唐人街一见钟情,却仍留恋旧金山唐人街的小家子气,它的古典格调,它的局促、拥挤,无处不在的台山乡音,恰如家乡小镇的墟期。纽约的唐人街,是都市型的,而我宁愿选择乡村。

纽约的魅力,干脆说吧,其实仅仅在唐人街的夜市。我头一回进入唐人街,正华灯初上,走下友人的车子,脚踏在摆也街发烫的路面,想起了久久未亲炙的故园盛夏,那样温热的风,从孔子大厦那边吹过来,竟没有逼人的暑气,我迅即被夜幕中的闹市迷住了。不消提停滞在十字路口的汽车,把任何方向的车流都堵得一筹莫展,只有喇叭没奈何的哀鸣,那属于没有魅力的现代纽约,早已见怪不怪。我说的是人行道,何其富于中国特色的拥挤啊!论行人的密度,旧金山的唐人街是胜于此的,但那是白天;黑夜,唯纽约的唐人街才有那般密集的人情味。我从凉亭般的报纸档前走过,迎面而来的是小食档,熊熊炉火上,飘着炸鸡腿的焦黄的美式香味,炸春卷的脆脆的中原香味,炸鱼蛋的带腥的香港香味,炸鱿鱼的带辣的台北香味。一路上,馒头、葱油饼、龙凤糖、茶叶蛋、卤水蛋、牛杂、裹蒸粽、钵仔糕、龙须棒、馒头、烧鸡、点心档上刚出屉的肠粉、粥档上的柴鱼花生粥……在香味的交响乐中,一个老妇人在灯柱下摆出一只乌龟,那么迷尔的小玩意!跟指甲差不多,昂然对着在暝色四合中爬到高峰的市声。

我和友人在街上。这位昔日的文弱书生,今天的"吸衣佬",短裤衬衫,被衣厂蒸汽炉烘烤出来的略见粗糙的脸皮,与眼下充满世俗气的街景倒相当调和。坚尼街、摆也街、勿街、包厘街、市场街……我们漫不经心地瞎逛。多少年前,我和他,在家乡小城,也是这般逛的。如果这里灯光转淡的角落,迎接我们的不是剪径者的枪口,而是玉兰花缓缓浸来的香气,何妨将它虚拟为故园?我们走进了最拥挤的小巷,刚刚从衣厂下工,身上还挂着线头的婶姆们,在菜档、肉档、鱼档的重围中,驾轻就熟,游刃有余。一位勇猛的汉子,干脆站在四尺高的案板,从万绿丛中发出吆喝:"芥蓝平卖!番茄平卖!一元一堆靓白菜喽……"灯下映着一张张汗脸,都发出光泽。我们走进一家海鲜店,老板是同乡,个子奇小。上次见面,是在家乡,他正从纽约回来娶媳妇,一副见过大世面的派头。如今,他占据了月租据说要六千元的店面,本身的体积却谦卑地缩小了少许。两个少东家,十五六岁上下,块头有乃父的两倍,差堪告慰。我们买了几条白鳝鱼、一尾石斑鱼、几磅腊味,老板忙着称鱼割肉,没工夫多谈。我提着沉甸甸的袋子,走出店门,踱回到汹涌的人流中,居然有一种极熨帖、极美好的感觉,那是回家的感觉——这家,不指在旧金山日落区那幢用分期付款方式买的房子,也不尽是指青砖瓦顶、供着列祖列宗神位的老家,它是我心灵的故乡,是由所有具有"家"的终极意义的物事抽象出来的,既与袋子里还在蠕动的鳝鱼那般实在,又缥缈得如同乡梦。

啊,纽约,单单为了这个夜市,我就情愿忽略它的一切丑陋,诸如街角那家因帮派分子砸碎了落地玻璃窗而无限期停市的咖啡馆,诸如地铁站上冲天的尿臊味,诸如时报广场的霓虹灯背后,游客望而却步的黑暗,诸如友人全家四口,每人均受劫超过一次的罪案普及率。啊,有如乡村昔年"灯光夜市"一般亲切的嘉年华,有如九龙弥敦道一般教人眩惑的光影,有如西安美食街一般辐辏的香气,有如上海城隍庙一般的喧哗,"清明上河图"般的中国浮世绘!

说来见笑,鼎鼎有名的旧金山唐人街,从来没有夜市。白天熙熙攘攘,太狭窄的行人道旁,再堆上卖炸豆腐、鱼丸和蔬菜的摊档,更是挤得要命。这般繁盛的所在,一待金门大桥亮起灯饰,就咽了气。市德顿街上,只偶尔传来空铁罐的叮当声,那是老婆婆们翻垃圾桶找瓶罐时弄出来的。同胞们自然无所谓"夜生活",只是窝在家里泡租来的电视连续剧,打打麻将,我除了外出访友,或下馆子,这么多年,夜间出门消遣的,只是与友人去了一回卡拉OK,就那么一次,也去得很不过瘾,一来明天要起个绝早上班去,二来怕路上遇上劫匪,才十一点便溜了。夜间生活的刻板乏味,已是海外日子的定规。

从前,旧金山的唐人街,好歹还保留着东方古典式的宁谧。一八八二年,从英国来,进入美国海关时宣称没有什么要申报,"除了我的天才"的唯美派作家王尔德,在这里逛了一趟,对工人喝茶所用的,"雅致得如同玫瑰花瓣"的茶杯,中国餐馆里用黑墨写的宣纸账单,沿街的戏院和供菩萨的房子,十分感兴趣,称它为"我见过的最艺术的城市"。如果说,这只是洋鬼子肤浅的猎奇,那么,我得承认,这些年来,随着夜市的零落,中国农村式的恬淡消逝了,现代的快速与喧闹却没有填补进来,于是,形成一个尴尬的空当:没有内涵的寂寥,没有深度的单调。游客望而裹足不说,老居民也抱怨说一走过那座中国式牌坊,冷意就从脊梁冒上来。我并不新潮,从来没有光顾过夜总会、按摩院、"架步"与赌场,我是没进过大观园也不打算进去的现代刘姥姥。可是,我渴望,在熙熙攘攘的夜市,闲闲地走,漫无目的地看形形色色的世相,与一两个投契的友人,能即兴就世相说出荤的斋的笑话就更妙。连这样寒碜的愿望,也只在回乡那段日子实现过——我趁假期,在大街小巷盘桓了整整一天,为的是让伧俗平凡的中国风景,牢牢地印在空落落的游子心上。

这迷人的夜市,我在纽约,饱饱地领略了。于我,它就是纽约的全部魅力之所在。

一九九六年一月

"形而上"的唐人街（五题）

引 言

位于美国加州的旧金山，是闻名世界的旅游城市，海湾之畔的唐人街，向来是观光热点。只是，洋观光客未必晓得，这个域外的"小小中国"，不但有中餐馆、珠宝店、中药店、古玩店、签语饼小作坊；有在街角拉二胡拉了二十年技艺从无长进的音乐家和洋乞丐，还有美不胜收的人文景观。"中国人"这个笼统的名称下，成分何其复杂，单从"来处"分，第一代移民中，有来自大陆的、台湾的、东南亚的、其他国家的。即以香港移民论，也分来于97前还是97后。以居留身份分，有合法和非法。合法移民中，又可按入境的签证类别分：移民签证、学生签证、未婚妻签证、工作签证、被领养签证，还有近年来成了非法居留的跳板，使得移民局虎视眈眈的"商务考察"签证。万花筒般的人口结构，处于"言论自由"受宪法保障的新大陆，各种思潮、主义、观点、意见的发表和碰撞，是极其自然的，于是形成了一道形而上的风景线。

思想上的争鸣，主要在两大日报上进行，一是香港星岛报业集团的《星岛日报》，一是台湾联合报系的《世界日报》。《星岛日报》自九十年代中期起，开了一个叫《星岛广场》的版面，刊登读者对天下大小事件的意见。从一九九六年起，有一段时间，我相当热衷于和人家辩论，在这个各抒己见的"广场"以及别家中文报章的《读者来信》版和《论坛版》，以不同的笔名发表了一些杂文，均非带任何指导和"定性"色彩的"社论"和"时评"，只是平头百姓的老实话。

如今翻检旧作，只觉得好玩。笔战，对思想业已定型的参与者来说，其间的是非曲直即便旁人能够分辨,过招之后,任何一方都是不会认输的,从头到尾都是"各说各话"而已,好在,传媒从来不开批判会、检讨会和宣判会。如今反躬自省,自己手握的正确并不多。时过境迁,视之为人文景观上的渺小一角尚可,看做秋后算账的资本则太抬举了。

遗憾的是,我无法同时刊出对手的文章,让读者加以对照,因为没有剪存;即便保留了,我也得先征求作者的同意。可是,和他们只有纸上的交往,并不认识,难以联系。和我打过照面的对手,想来只一位——"关于'黄色'"一笔战中的黄先生。4年前,即距离和我在报上的笔战两年后,在一次中国人社团所举办的"为《华侨文学丛书》筹款"餐会结束以后,我站在酒楼门口和朋友一一握别,他在我面前经过,却有意地避开我伸出去的手,一脸的愠怒,教我大惑不解。随即听说,是有人向他"告密",说我就是那个玩恶作剧的"陶西"和"何道",看来他一直无法释怀。

一、关于"黄色"

《爱×志士优胜记略》(署名陶西)分上下篇,刊于一九九六年四月的《星岛广场》。论战的另一方黄×炎先生,是真诚地热爱祖国的人士,也是血性的作家,他为了批判美国根深蒂固的种族歧视,维护民族尊严,许多年来作了可歌可泣的奋斗,功勋卓著,成了广受同胞尊敬的民族斗士。拙文讥刺他在种族问题上某些极端化、狭隘化的观点,失诸刻薄。至今,我对黄先生的大节和主流,是肯定的。对他的为人处世,是钦佩的。

文中所提及、署名为"何道"的《捍卫黄色刍议》,也出自我之手,一九八六年刊于本市中文日报《时代报》。

爱×志士优胜记略（上篇）

陶 西

吾友L君，本来有志于治史，但海外谋生艰难，事业无成，仅剩下一个业余兴趣——收集旧报。日前，我造访其家，他示我以一叠10年前旧金山出版的《时代报》，我碰巧失业赋闲，干脆逐张翻看，不期读到黄×炎先生的大文，喜不自胜。黄先生，旧金山闻人也，他的志业乃是爱国，常常撰文痛斥一切卖国行为，从全盘西化的胡适之到"情绪化"的某公，近日正与若干人士就鲁迅之是否"卖国"而笔战方酣。读此等闻人之文，自当焚香沐浴，毕恭毕敬。果然，黄公不使我失望，《丑陋的"扫黄"可以休矣！》一文，石破天惊，我才读了一遍，就全身出淋漓之汗，连呼"痛快"。如此奇货，怎可听其湮灭。特公诸同好。

《丑陋的"扫黄"可以休矣！》，刊于一九八六年七月二十一日《时代报》言论版。为行文方便，本拟简称"黄文"，但恐被人误会为"黄色之文"，大大冒犯了黄先生，乃称为"炎文"——"炎黄"之"炎"，总该工稳了吧？炎文开明宗义，已不同凡响：

"最近有两段新闻值得我们去反省，尤其是海外的黄种知识分子。"

哪两段新闻呢？一曰《中报》所刊的，标题是"欧美时装风水轮流，今年黄色调从头穿到脚"，记者标新立异，把这种新潮服装的流行称为"黄热病"。于是炎文大义凛然地斥道："写这段新闻的人似乎不愿看到黄色被赞美，否则不会用'黄热病'来形容……须知道，'黄热病'是'黄祸'的难兄难弟。是同时代的产物，都是表示黄色恐怖的。"二曰《星岛日报》所刊的，标题是"古是帝王色，今属新潮流；黄色裙子压群芳，北京妇女争选购"。于是炎文评曰："东西两方的民众不约而同地喜悦黄色，这大概是天意。标志着黄种人翻身？这对港台及海外那些爱用'黄色'代表淫秽的'知识分子'狠狠地打了一记耳光！"

炎文从服装之黄成为流行色，推及"黄种人翻身"，跳跃虽大，但并非题旨所在，可以忽略。下面才是正题。黄先生最为反感的，是"我们的中文刊物,近来还特别爱用'扫黄'这个丑怪的词句。"炎文列出如下罪证:《美洲华侨日报》的标题有《扫黄》,《扫黄运动》,《扫"黄"计划》等字眼。《世界日报》的标题,夹上"扫荡黄赌毒","商店'扫黄'"等词句。

于是,炎文浮想联翩,"作为华裔的美国人看到'扫黄'二字,难免想起美国'横扫黄种人'的历史"。炎文从吴尚鹰先生所著的《美国华侨百年纪实》一书中,抄了五条美国白种人在十九世纪"扫黄"的罪恶,"空前的大'扫黄'","最彻底的'扫黄'"之类。恕不一一引下。

然后,炎文发议论:"十年人事就变更,十年沧海变桑田!近视的白人种族主义者,做梦也料不到'扫黄'百年后的美国,黄种人增加了几十倍! 大半个世纪以来,白人绞尽脑汁去炮制各种污辱黄种人的词句(如将黄色代表黄种人,黄色的新含义是恐怖,淫秽,懦弱等);但这只是短暂的逗口角之快,在人类长程历史上将是白人丑陋的污点,使后代的白人子孙永远蒙羞!……八十年代出版的《大英百科全书》,已经找不到'黄祸'这个丑陋词句了;一九七六年版的《美国百科全书》同样找不到这个可耻的名词。由此可见,白人的'扫黄'枉费心机,徒使面目可憎而已!"

"本来,黄色是一美丽夺目的色素。还在孔子以前,我们的祖先便赞美黄色了。《诗经》里面就有'绿衣黄里'、'绿衣黄裳'之句,何况绿色是黄与蓝组成的呢。那时候尊称老人为'黄耆'。后来,政治家将黄色视为尊贵的,如'黄袍加身'、'黄马褂'等;宗教家视黄色为神灵的,如香是黄的,符咒用黄纸,好日的叫'黄道吉日'等。现在的菲律宾,更把黄色视为民主、自由的象征……"

炎文之末,当然满怀黄色义愤,作出声讨:"正当全世界赞美黄色的同时,我们的一些黄种(肿?)'知识分子'却拼命地丑化黄色,真使我黄种人蒙羞!"

抄罢炎文,须向黄先生致歉,我并非有"文抄公"的特长,实在是不忍割爱。引文的版权,仍属黄先生。若定要查办"抄袭"之罪,也请减等发落,不要把此罪与"卖国"罪等量齐观。

好了,如今可以解题。黄×炎先生作"炎文"时,动辄为天下"黄种"

请命,横扫"近视的白人种族主义者",即"白鬼",襟抱之激烈,目光之伟大,令人不得不"高山仰止"。如今似乎后退了,只爱我中华了,虽雄风未改,但境界差了不止一层。盖黄种遍及亚洲,乃至全球也。也就是说,当年若与"炎文"对垒,罪名起码是"卖种"、"卖洲"。十年前的黄×炎先生,可誉为"爱洲志士"或"爱种志士"。如今,当个"爱国志士"自然游刃有余,所以我只好以×涵盖他一生壮烈的爱之生涯。只是,美人迟暮,名将白头,怎不叫人慨叹!

至于《丑陋的"扫黄"可以休矣!》刊出后,当时的反应如何,且看下回分解。

爱×志士优胜记略(下篇)

陶 西

且说当年黄×炎先生之"炎文"刊出后,连日在《时代报》不见动静。我一边翻旧报,一边叫苦:"如此宏文,遭冷落如此,人间何世! 黄种人啊,数十亿的黄种人啊,你们都以冷屁股回报黄志士的热脸吗?"唉,弥天的寂寞!我居然不识趣地忆及,不久前遭黄先生痛斥的鲁迅,这位"走上汪(精卫)胡(适之)这条死路"的"民族罪人",有诗句:"两间余一卒,荷戟独彷徨。"据黄先生的论断,鲁迅翁的彷徨,是罪有应得,因他由"废灭汉字"而"灭史"、"灭国","引起国人公愤、斥责","不得不要去租界由洋人保护"。至于黄公自己,要是也彷徨的话,乃是"荃不察余之中情兮",乃是"众人皆醉我独醒"。

好在,反响终于来了。一个星期后,在同报"言论版",一位署名"何道"的先生刊出《捍卫黄色刍议——为响应〈丑陋的"扫黄"可以休矣!〉而作》(简称"何文"),何文曰:

"虽然时代日日进步,但反亚裔的逆流尚在,'与其麻木,不如敏感',必须见微而知著,及时予以痛击。黄先生谓:'黄色是一美丽夺目的色素',黄色乃黄种人之代表,谁侮辱黄色,就'难免'使人想起美国'横扫'黄种人的历史,怎能不严阵以待?……试举一例:美国城市之商业地区沿街均设有停车线,白色线为乘客上落线,黄色线为货车装卸线。此乃明显之种族歧视,'白色'可为人使用,自然比只供货物使用的'黄色'高尚得多。又例如电话簿有黄页、白页之分,'白页'登一般用户号码,'黄页'登商业广告,这又是贬低黄色,分明将黄色当做铜臭熏天的生意佬之专用品。"

随后,何文与炎文同仇敌忾,痛斥"特别爱用'扫黄'这个丑怪的词句"的"黄种(肿)知识分子",而且,"为求强根固本,巩固我黄种人之阵营,合力抵抗外侮,经黄先生大文之启发,特提出以下之建设性意见,献诸亚裔各社区领袖,仁人志士:

"一、对中文词汇作出彻底清理,凡有侮辱黄色者一律参照'为圣者讳'之古训,加以删除。如中药之'人中黄',系指人之粪便,真是岂有此理!必须另用别名。再如肝病之'黄疸型',形容词之'枯黄'、'蜡黄'、'萎黄'、'焦黄',以及'黄脚鸡'、'黄脸婆',等等,其中之'黄'均含贬抑黄色即黄种人之义,饬令学者专家,一律加以改动。

"二、发动大规模的募捐,以形成推行黄色之世界性运动。黄先生云:'东西两方的民众不约而同地喜悦黄色,这大概是天意,标志着黄种人翻身?'形势喜人,但我们决不可以此自傲,须乘胜追击,以古之黄人成吉思汗征讨欧洲之声威,务使黄色风靡全球,持久不衰。募捐所得的款项,可用于广告,对黄色大力鼓吹之;可用于赞助时装设计师,家具设计师,汽车商,鼓励其多设计黄色之服装、家具、各种家庭用品及汽车,务使漫天遍野皆黄,令白色相形见绌,落荒而逃。

"三、中文报业协会应设立自律条例,不得使用'扫黄'之类含丧权辱族之义的词句。各读者也务必提高警惕,随时给这种侮辱黄色的黄种知识分子以'狠狠的''一记耳光'。

"四、……古之帝皇将黄色视为御色,一家专用,自不待言。基于此点,倡议亚洲各国考虑将国旗改以黄色为主色,并将'黄色为国家之标志,任何人不得侮辱'列入宪法,同时在〈刑法〉上列明,任何'拼命地丑化黄色,使我黄种人蒙羞'之行径,须受国法制裁。"

何文到此为止。所谓"光荣归于我主",该文完全是炎文的延伸,没有"炎文",何来"何文"？为防何某人冒领"卫黄"头功起见,特作预防性声明。

而且,在四天以后的《时代报》上,"何道"再度亮相,我遂看清楚,这位好事之徒,其实包藏祸心:挂"捍卫黄色"之羊头,卖"出卖黄种"、"出卖亚洲"之狗肉。这回,何某拿一个"恶"字作文章,说什么此字由"亚"和"心"二字构成,意谓:"亚""心"是"恶"——亚洲人的心就是恶,何其恶毒的"反黄"阴谋！如果"恶"字系仓颉造出,他就是"扫黄"始祖,"灭种"先驱,吃里扒外,实在算"黄肿"之尤,云云,云云。

于是,只好把何某从"卫黄"阵营驱逐出去,这么一来,黄公这孤家寡人便做定了,呜呼哀哉！倏忽十年过去,他的逆耳忠言,从来没有哪位黄种人当回事。今日神州,"扫黄"的"力度"更大不消说了;天下报章刊登"黄色"之文,"扫黄"之文,变本加厉。昔日的三闾大夫,慨叹"举世皆浊我独清,众人皆醉我独醒"之际,"颜色憔悴,形容枯槁",过不久便投了汨罗江。我们的爱×志士不会那么窝囊的,他那爱洲,爱种,爱国的伟大志业尚未成功,即使"罪人"鲁迅,他也没能痛快地扳倒,还要加倍努力呢。

二、关于"辱华"

一九九六年间,一位原籍福建,约十年前因与一华裔美籍女士结婚而移民来美的著名中年诗人、作家,以"辛哥"为笔名,写了一篇闲适小品《妻事二三》。在这个受过大陆大学教育,当过教师,后在省作协任副秘书长的文化人眼里,在美国从大学的公共传播系毕业,然后在广播电台当播音员,负责社区专访的"香蕉"型妻子,一言以蔽之:"死心眼",本分,单纯,诚实,"没半点儿邪门歪道","并不傻","有时又确乎让人感到实在不如我们中国人聪明"。文中举了三个例子:一,开车或走路,不管白天黑夜,有人没人,有车没车,她一定专注地等候绿灯。在高速公路上,规定是每小时走五十五英里就五十五,绝不超速。二,夫妻俩逛超市,买一两磅最便宜的"明虾",回到家一看,"明虾"里夹上两只贵一点儿的"老虎虾",她大惊小怪,非要马上退回去不可。三,夫妻俩买了一张迈克尔·杰克逊的CD回家,作者打算翻录一盘卡式录音带,好用在"随身听"上,妻子说这是"盗版",坚决反对。文末,作者道:"作为一个中国人,看到老美真是傻到家了,不禁轻轻吹起了口哨,一股自豪感油然而生;作为丈夫,看到妻是如此老实、憨厚,实在又不忍心去讽刺挖苦她了。"

此文在《星岛日报》副刊登出后,遭到署名"火山"的读者的批判。于是,在报上展开过针锋相对的辩论,焦点在于:在美国生活的中国人,应不应该正视自己的弱点?反省,是不是否定自己,糟蹋全体?

也谈《妻事二三》
钟 零

《星岛广场》虽小,但来亮相的志士真多。四月一十五日,有名"火山"者,刊出《是〈妻事二三〉而非〈国事二三〉》,向辛哥发难。读罢我真替辛哥捏一把汗,幸亏此"火山"业已流落异乡,设若现在仍旧是"四人帮"横行的黑暗时代,而他身在大陆,蒙"文革"小组之类的机构奖掖,当上个把"文艺官",即"警犬"的话,一旦爆发,辛哥大难临头矣,他将会被控以"诬蔑罪"、"恶攻罪",而且其诬蔑、攻击的对象,不止一个党,而是"全体同胞",全国共讨之,不在话下。辛哥"经过风雨,见过世面",还熬得住铁窗生涯。可怜的是他太太,虽"至少她未曾在报刊上因自贬自己而贬低全体同胞",不受株连,也只好仆仆于途,去给辛哥探监,送饭,不得安生了。

火山自命为爱国志士,但是他的爱,壮烈得过了头,令人受不了。鲁迅曾讥讽那些以保存国粹为使命的遗老们:"红肿之处,艳若桃花;溃烂之处,美如乳酪。"火山所捍卫的中国人的"体面"之中,恐怕也脱不了这类"桃花"和"乳酪"。而辛哥的罪状,据他指控,就是在自剖中伤了全民族的面子。

火山指责辛哥"贬低全体同胞",有下列三法:

一曰"硬派"法,这是最明快的论罪法,说你是什么你就是什么,颇类于江湖术士的铁口。说你辛哥"糟蹋自己",而你是"中国人的典型",就等于糟蹋所有中国人。罪名于焉成立,惊堂木一拍,着毋庸议。

二曰"中国有,外国何曾没有"法,如暴力、凶杀、诈骗种种,美国不是无日无之吗?你辛哥怎么可以借"抬高太太",而讥讽中国老百姓的"狡黠度和精明度"呢?这种战略当然是所向披靡的:中国有秦始皇,外国不也有希特勒?中国有张志新,外国不也有不可胜数的反人权事件?中国人道德大滑坡,美国不也有"为谋取人寿保险而谋杀妻子,为子虚乌有的乐透奖而手刃八旬老伴"?既然彼此彼此,那就闭上鸟嘴,少管人家闲事。至于我们自己,当然不必思量改革,不必改正错误,尽管自我感觉良好下去。而中国的百年积弱有一条就是:自我封闭,自我欺骗,盲目自大的国粹,害人不浅。如果不醒悟,痛作反省,到头来,我们的民族自豪感,恐怕只剩下宋朝灭亡前夕那种"金人有狼牙棒,吾人有天灵盖"式的陶醉。

三曰"对号入座"法,辛哥之文,说美国"许多其他人群"过马路不守交通规则,"有人"在商店购物碰落东西不捡回货架。对此,据火山"揣度","未必全是中国同胞"。然则辛哥又何曾说"全是中国同胞"?只是说的自己而已。就此点两人并无歧见。但是火山仍然从中挖出"贬低全体同胞"的证据,其逻辑是自动对号,入其理所当然之座,结果是自寻没趣。

辛哥的《妻事二三》,是一篇幽默散文,写的是日常小事。笔调是调侃的,其机锋所向,主要是自己,捎带上妻子。难得的,是他在自嘲中的自省。若说这是"小题大做",那末在平淡琐屑的柴米油盐之下,所投射的乃是难能可贵的忏悔精神。但凡评论,若把握不住总体风格,而忙于寻字摘句,判决罪状,只表明他缺乏欣赏文学作品的基本修养。比如辛哥文中一段:"个个老美似乎都心存憨憨的天真与懵懵的傻帽……"被火山视为崇洋媚外,只要细读全文,就晓得它是就妻子这个"土生土长的"华裔美国人的"傻事"而发的议论,着重点在于通过对比,反省自己这一备受大陆的"文革"一类"革命"所污染的心灵,主题在斯,何况还有"似乎"作限定呢?"似乎"者,即在这些好人之外,还有坏人之谓。辛哥在美国生活,难道连充塞于传媒的罪案也不晓得? 大凡做文章,必有所侧重,同时不能不有所忽略,政论如此,适性任情的散文小品更是。火山既有极为敏锐的嗅觉,不妨去翻翻鲁迅翁批判中国民族性的杂文,那里头"贬低全体同胞"的内容,《妻事二三》远远不逮呢! 辛哥的妻子,属于美国社会的"沉默的大多数",他们大多信仰基督教,具有许多美德,如文中所列的守法、单纯、诚实,这是这一以基督教精神立国的国家的主流,如果我们还有自知之明,就得虚心承认:我们保有好的和坏的国粹,还不够,还要学习人家的长处。

辛哥的《妻事二三》是成功的,它透露的,是一种大多数同胞所缺乏的生命体验——一个大陆来的丈夫与"香蕉型"妻子在共同生活中,那些很有趣味,也很能发人深省的小冲突,和他在冲突之后的文化反思。在这个领域,我们期望辛哥凭其"近水楼台"之便,多写一些《妻事四五》乃至《妻事八九》,而不必理会哪一座火山的嚣嚣。

三、关于"笔名"

《星岛广场》在一九九六年春天,有过一场围绕"知识分子节操与人身依附"的论战。我以"胡里"为笔名,与毕业于台湾大学历史系的胡先生对阵。你来我往中,一位姓梁的先生加入,提出:"对个人'人身'批评的文章,应发表作者的真实姓名。"理由是用笔名,等于"躲在黑暗角落施放冷箭"。而且,一旦战败,"仍可以用第二个笔名,第三个笔名,以至无数个笔名向胡××先生围攻,用车轮战的方法,以打击胡先生,直至胡先生投降为止。"

也说"笔名"

林阿顺

近来,以梁××先生领衔,打起"公平"的旗帜,讨伐起"笔名党"来。不消说,他们是义正词严的,因为手握真理,此真理就是:他们都用的是真姓实名。其逻辑也是十分之便捷和简洁,读者诸君以后不必理会"笔战"文章的内容,只要把署名研究好,就告成功。

王××先生就是这样"战胜"了"朔方"先生的,为什么呢?因为王是货真价实的"真名实姓党"党员,而"朔方"一望而知是笔名。用笔名,就是"不敢"用真实姓名,不敢用真实姓名就是"缺乏诚意","不够光明正大"。尽管梁××先生下了若能"战胜"使用真名实姓的胡××先生便"声价十倍"的钓饵,但此战于"笔名党"而言,绝无胜券可操,是故朔方业已输掉——在他写下与王先生驳难的大文之前,此败绩早经"笔名"确定,于是王先生"一笑置之,根本不当一回事"——你看,他已光明正大地赢了,不止一局。朔方以及其他"笔名党"党徒若要再叫阵,也是必败,谁叫你"不敢"用真名呢!于是,"真名实姓"党可随时开祝捷大会,梁王二公举杯表互相"敬佩"之情。于是我在这里替"真名实姓"党宣告:今后若要笔战,谁要不用真实姓名,谁就是违反"公平原则",谁就被"根本不当一回事"。

这样对付对手,自然绝对不算"胜之不武"了。天下的便宜事,除却高中六合彩,也许就联到此等"真名实姓"党了。

不过,有一个"技术性问题",不但编辑先生,更是"真名实姓"党不得不正视,也许要聘请至少是台湾大学历史系毕业的专才才"配"来解决的,那就是:如何确定是"笔名"抑"真名实姓"?如今,除"胡里"先生自愿招供"使用化名"之外,余皆望文生义,如朔方是笔名,梁××、胡××二公是真名。那末认为使用笔名"多少却产生对别人的不公平"的"胡涂"先生,此名之真伪,恐要擅长考据的胡××先生来考证了。又如湾区著名作家李黎女士,台湾著名诗人洛夫先生,《星岛广场》上的梅东先生,他们的名字是真是伪?看来,为了贯彻"真名实姓"党的党纲——所谓"公平",所谓"光明正大",唯有"验明正身"一途。

如何"验明正身"呢?只能如胡里先生所建议的,在每一文章之旁附上:一,绿卡或护照的影印本,无居留权者,当然要剥夺其发言权;二,本人之中英文签名;三,地保官盖章。但是,仍要解决一个细节,有好些作家,并不像梁××先生那般,从出生以来,不论作文、或作其他一切生计,清一色只有一个名字的(先须郑重声明:我对梁先生之底细一无所知,其大名一以贯之,我只是就其对笔名的不满而推定。名字问题,最好还是请他出示所有官方证件以做有力的说明,何况此举对他以后的笔战,助力极大),如大家熟悉的鲁迅,他原名"周树人"。他与人"论战"时,用的笔名百数十个。若他尚在世,与梁先生论战的话,梁先生在说过"来将通名"之后即宣告战胜,从而"声价十倍"呢,还是先为对手选定一个名字?

用笔名就是不"负责",那么谁可保证用真名就负全责呢?在25日《广场》上,使用真名实姓的胡××先生,骂王××是"杀手",你读罢真要为此位绝对不"老之将至"的英雄捏把汗儿,这不是诽谤吗?王××几时杀过人,或负有暗杀的使命啦?我怕王××看了,会马上筹款,请名律师,跟胡先生打官司。那时,"失眠"云云,就怕不是"诬蔑"了。在同一文中,胡先生称赞了"对火山这种原教旨主义党徒的作风驳得痛快"的"钟先生",即撰文《再谈〈妻事二三〉》的钟零,此位"老钟",是否伪托,不得而知。我倒想求教于"真名实姓"党:如何裁断"火山"与"钟零"二者的赢输?一并也裁决一下:在下"林阿顺",属于"真名实姓"党还是"笔名"党?

四、关于"文学评论"

下文所涉及的汉姬女士,是一位颇有建树的资深作家和评论家,她的著作我认真读过,里头不乏中肯的、正直的见地,行文多半诚恳朴实,并不都咄咄逼人。使我反感的只一点:她的著作所附的"作者简介",开宗明义是这一句:"文革前两年在广州曾以两大版篇幅在《羊城晚报》发表批评欧阳山的长篇论文《三家巷与苦斗的根本问题是什么?》而轰动文坛。"我由此想,善恶的界限一模糊,什么不可以拿来自吹?红卫兵罗列当年用皮带抽打了多少位老师,剃了几颗阴阳头;文革红人死后,他的大批判系列作品自可编入《纪念集》。当妓女以每天接客数以百十计作为"红牌"的证据时,任何"轰动"都成了成就。

可是,就此指汉姬女士"卑劣"是不公平的,她只是好名过分了点儿。我为文的尖刻之处,请她原谅。下文在《金山时报》的"读者来信"版刊登后,汉姬女士给总编辑写信,表示了极大的不满。致敬信成了招骂信,我是活该。

一个老"红卫兵"给汉姬女士的致敬信

勇毅的斗士汉姬女士:

一个三十二年前的"红卫兵"战士满怀过时的豪情向您写信,向您致敬!不才大半生中,写过情信、家信;但"致敬信",只在史无前例的无产阶级文化大革命年代,给我们心中最红最红的红太阳写过,为的是学校的革命委员会成立。如今破例,足见对您,是如何的"高山仰止"。

您我素昧生平,我却这般不怕肉麻,不怕热脸贴上冷屁股,是有原因的。事缘那天我逛旧金山唐人街的东风书店,发现您的大著,喜出望外。(说来见笑,我在中餐馆当洗碗工,收入微薄,每月还得汇钱回老家给母亲,买不起,只好揩书店的油,趁上工前匆匆翻阅)从《作者简介》,知道您昔年的战绩如此辉煌——"文革前两年在广州曾以两大版篇幅在《羊城晚报》发表批评欧阳山的长篇论文《三家巷与苦斗的根本问题是什么?》而轰动文坛。"不瞒您说,文革中我和战友们也在广州批斗过"反动作家"欧阳山,勒令这延安来的"三反分子"戴高帽游街,挂大牌子,在烈日下下跪,挨"喷气式",我等何其豪迈,此公何其狼狈!当时却想不到,我们这些"革命先锋"早已落伍,前头还有"先先锋"——在"文革"之前两年,您就狠狠揭发批判了这位广东省作协主席。那时的《羊城晚报》，是全国最有影响、发行量最大的地方报刊，您一下子占领两大版，那来头，那气势，何消说得？称您为资格最老的红卫兵，绝非过誉。当然，彼此心照，您那一回完全是奉命行事，您的笔是极左路线的枪。鲁迅尝言：要杀人，莫如当刽子手，既轻快又稳当。（大意，手头无书，因没钱买）您当时所扮，就是这等顺着指挥刀骂下去的角色，对不对？

"好汉不提当年勇"，如今我流落异邦，却并非实践红卫兵的豪语："到华盛顿支左"，无非以"数大饼"为活，羞对那曾戴在臂膀上的"红卫兵"袖章！午夜梦回，徒然抚白发而长叹！好在，我从您的大著，从您的专栏，重温当年干云的革命豪气。心有灵犀，同气相求，此之谓也。

教我惊喜万分的，是三十余春秋后，您的青春狂热并不稍减，批判的明快与果敢依旧，对旧金山作家老南的系列"移民小说"，你举重若轻，仅仅用几个"没有"："虽然作者把人物安排在美国旧金山，但是却没有写出移民异邦的苦况与努力耕耘的甜美结果"，"移民的甘苦与内心世界没有如实表达出来"，就批它个体无完肤。别人恐有所不知，以"没有"为罪状，乃是文革式大批判的独门功夫。文革权争的重头戏之一，是批判刘少奇的著作《论共产党员的修养》，此前，众多党的理论家写檄文多篇，都嫌隔靴搔痒，主席的巨笔一挥，直捣黄龙：马列的理论包括"阶级斗争和无产阶级专政"这两大要素，但是刘著蓄意只提前者，"没有"提及后者，"没有"就是别有用心，所以其"要害"是背叛无产阶级专政，一击把刘少奇置于死地。

我不但佩服，还为了您这"没有"战术，和一位反动分子激辩过。他说：以"没有"治罪，有点强词夺理吧？比如，"汉姬"这名字，是否有"民族沙文主义"、即"大汉族主义"之嫌？此"姬"只属一个民族，而"没有"同时属"胡"、属"联合国"，这不是狭隘的民族主义吗？何况在泱泱华夏，汉族之外还有藏维瑶黎等少数民族，岂可以仅有"汉"而"没有"别族呢？是故，他要求您这位我无比敬仰的斗士改名为"汉与所有民族姬"。我问：要不改呢？他说，不改就不能把某文"没有"写什么作为缺憾，只能就文论文，以扎实的功夫，持平的态度，论作品的得失。我只好耸耸肩，暗骂他"不可理喻"。有什么办法呢？您"轰动文坛"之时，这小子还在穿开裆裤,哪里晓得什么叫"口诛笔伐","所向披靡"?只有您的评论才叫一针见血。大著的自序,题目多好:《夜来风雨声,花落知多少》,您的评论就是"风雨",那些花,要没有铁丝做的枝,钢做的花托,纷纷啃泥去,那是受不住考验,活该活该。

越扯越远了。您的苦恼是"孤掌难鸣"。这里的各种文学团体您当然不必加入,它们都是"老子天下第一",座次早已排定,以您之勇之才之美,何必自贬身价?您来组织一个"'全无敌'文学协会"如何?您做"终身会长",我暂做个"筹委",拉一些旧日的红卫兵战友来当会员,待到有了规模,我马上退下,专心数大饼去。该会则以您为领袖,为旗帜,为前驱,在华文文坛,进行革命大批判,这叫:"金猴奋起千钧棒,玉宇澄清万里埃。"

致红卫兵的
革命敬礼!

某老红卫兵鞠躬
一九九八年九月十八日于南湾

五、关于"剽窃"

居于纽约的梁×万先生(原籍广东湛江),是一位文画两栖的文化人。他的画作我没瞻仰过,但他的剽窃功夫已经领教多年,什么都敢抄,新诗、散文、随笔,抄了便到处投寄,而且多半得手。偶尔被抓获,他也不在乎,兴致勃勃地抄下去,投出去。1997年,他不知从哪里弄来一篇专谈读书的妙文,煞有介事地教人读书,我读了,喷饭罢,手痒难耐,便给他写了一封信。此信寄往纽约的《明报》,责任编辑曾经来电查证他的剽窃问题。后来此文有没有发表,他却没告诉我。

也谈"抄书"
——狗尾续貂兼致梁×万先生

梁×万先生：

刚拜读大文《也谈"读书"》(刊于五月三十一日《侨报》),该文谈读书之益、之法,旁征博引,又是"革命导师"、"老一辈革命家",又是古今中外名人。末尾引作家茹志鹃的"煮书"语录："书光看是不够的,……应该读……然而读还不够,进而要煮得烂熟、透彻,不是一遍两遍可成的。"读此富丽堂皇之文,深受教益之余,却为阁下不平——你太谦虚了,没有公开独得之秘。在"煮得烂熟"之后,我要狗尾续貂："还要抄书。"

阁下"抄书"的优胜记略,仅举两端：一,一九九四年七月二十四日《世界日报》《家园版》在《读者·作者·编者》栏中刊出："本版六月二十四日刊登纽约州梁×万先生投稿的《我是一个任性的孩子》,经查证,系抄袭已故诗人顾城的诗作,谨向读者致歉。家园版是开放园地,我们欢迎读者投稿,却不愿见抄袭行为。一经发现,除不发给稿费,并将公布周知。"顾城的同名诗,共八十一行,"梁上君子"抄了五十三行,一字不差,可见出严谨的"治学态度"。你所以没有完全抄下,也许是嫌太长,手太累,也许是你这位虽已近或已届退休之年,但仍旧"任性"的老大孩子到时候上曼哈顿玩儿去了。不过,其中一行,九字："画下想象中/我的爱人",系顾城诗所无,当是梁上君货真价实的"创作",不忍其湮灭,附带作声明。二,去年上半年,抄了天津著名作家冯骥才先生的散文《迫出来的春天》,刊于《侨报》副刊。这回暗度陈仓,本也奏凯,可是,同在纽约的另一家报纸,不知是有心和"梁上君"作对,还是无心之失,稍后全文(连同作者姓名)登载,梁上君的"抄功"才给破了。拿两文对照一下,一字不易,可见梁上君对"智慧财产权"还是相当之重视。与前文一样,梁也有"创作"——文末四字："写于纽约",乃冯文所无,版权仍归阁下。

一为已甚,其可再乎？梁上君"抄"的丰功伟绩,却不胜枚举,远的还有许多因读者稀少而不易穿帮的"前卫诗"以及"诗论"。阁下谈"读书",

头头是道,不愧是当过"人之患",即"人类灵魂工程师"的角色,比如:"常读书可稳定人的情绪,净化人的心境,陶冶人的情操。""抄书",比之读书,乃是"柳暗花明又一村",其好处,更不待言,至低限度,可以锻炼腕力,可以提高书法水平,可以赚取稿费,可以赚点名气。

比起阁下"读"的理论及"抄"的实践来,我更佩服的是你的脸皮,不但胆子贼大,而且不管栽了多少遍,行不更名,坐不改姓。要是别的抄家,一次露馅,不是金盆洗手,就是改掉名字住址,从头抄起了。至于我等读者,被愚弄多了,一见阁下大名,就不怀好意,认定"任性的孩子"又在缴交抄书作业,那是杯弓蛇影。有的慷慨之士甚而嫉妒阁下的抄业,大叹曰:中国文化人流寓美国,所谓"斯文扫地",早已司空见惯。但彼斯文,用的是正经的扫把,以劳力换面包。此斯文呢,笔是正经的笔,操的却是贱业。此说太迂阔了,这时代,"一切皆有假,除了骗子",还讲什么鸟道德?反正,阁下抄了这么多年,把余年抄完何妨?但须抄冷僻些的,不要给逮个正着才是。

读者:何广合上
一九九七年六月三日

凌晨的巴士

上

  为了赶早班,我不时乘坐凌晨五时开往下城的巴士。有一回,中途上来一位盲人,五十多了,身躯粗壮,面目强悍。于他,我是颇为熟悉的,每次乘相同的班次,都会遇上。此公极为饶舌,仿佛其视力的缺陷完全由嘴巴补足似的,但所言无非闾里闲话,都会珍闻,倒也中听。他惯常坐在司机背后那专供老人及残障人士设的长椅上,拐杖搁在身前。那天合该有事,一位白人小伙子上车买票时,不留神,让拐杖绊上,差点摔倒,盲人也连带给重重碰了一下。小伙子也许昨夜没睡好,心气火暴,就骂开了。盲人给碰痛了,也生着气,就回敬了不止一句。于是唇枪舌剑,对骂起来。

  凌晨的乘客多带睡意,格外是所谓"沉默的大多数",两人一开战,人们更静了,与到衣厂上工的女同胞在早班车上的喧闹,恰成对照。盲人的辞锋,小伙子哪是对手,眼看落败,小伙子恼羞之余,竟动手推搡,盲人可不是省油的灯,报以更雄健的骂语。小伙子挥起拳头。乘客们正在惊愕中,看热闹的转而为盲人担忧,但是没有人出头,司机也一副"曾经沧海"的功架,不予理会。

  突然,在巴士的后头,响起一声断喝:"住手,你敢欺负残障人!"如斯逼人的气势,车厢内顿时死寂。只见小伙子把拳头缓缓收起,背过脸去,很快下车去了,也许,他怕的是某一位大汉跳出座位来教训他。

  回复太平盛世。巴士上,所有的人都带着敬意,望向仗义执言的勇者。他哪是大汉,不过瘦小个子的中年白人,考究的西装,还戴着深度的近视眼镜呢。

下

凌晨四点多，大雾弥天，巴士向市场街方向懒洋洋地开去。我坐在单人座一侧，无聊地看着一无所见的窗外。过道的另一边，两个白人男子，一个坐在双人座位的头一排，一个坐在纵向的长椅上，构成一个直角，正在低声谈话，不，严格说来，是布道会的格局：一个谆谆而教，一个垂首恭听。教者三十岁上下，皮夹克、牛仔裤和短靴，是街上见惯的那种后生，精明敏锐、能说会道，看样子是蓝领。听者五十开外，一看便知是无家可归的可怜人，因天冷，全身挂满破烂，头上是毡帽加头巾，他把左脚搁在座位上。从身边的拐杖和膝盖上的绷带，可知他的腿有毛病。再细听，其话题也是关于他的腿的。

"我说老哥，不能再拖了，得赶紧治好。"青年人极为恳切地说。

流浪人的嘴巴埋在密丛丛的胡子里，只见微微开阖，偶尔颔首。声音太小，我听不清。

青年人又道："我在家有个草药处方，我以前用过，效果非常好。你给我打电话，我另约个时间交给你。"说罢，他在口袋上摸索，想掏出笔来，却找不到，便站起来，有礼貌地向我借去圆珠笔，在报纸上撕下一片，写上字，递给流浪人。流浪人感动了，眨巴着无神的眼，想哭。青年人伸出手来，抚摸着流浪人的膝部，问："很疼，是不？会好的，你不放弃就行。答应我，不再失望。"他把流浪人的手握住，两人郑重地，动情地对视良久。他的手势，叫我想起了西部片中豪侠的牛仔。流浪人揩着眼，脸上蓦地现出生气。

青年人向我道谢，把笔交还后，要下车了，临走时，他又和流浪人握了手，说："放心好了，我会帮助你，不要忘了打电话哟！"

我想真诚地向青年人表示谢意，在这个混沌的早晨，他给我上了关于人性、人生的一课。

一九九六年十二月

公园特写（三则）

一

早晨，我在金门公园里打太极拳。不远处，是儿童游乐场，几个白人孩子聚在秋千架下说话。其中一个胖嘟嘟的女孩，正在大咧咧地倚着木头桌子，让另一个给她梳头发，两三个小孩在旁边看着。我在做我的起式、抱太极、坐身、揽雀尾、单鞭……本来两边各不相干。孩子太无聊，见到我在弄莫名其妙的"功夫"，起了好奇心，议论开了。胖女孩最为豪迈，扬声说："嗨，你敢不敢打我一拳？"我正气聚丹田，没加理会。胖女孩干脆站到我身后，怪模怪样地模仿起"高探马"、"左披身"、"右踢脚"来，一个转身，几乎摔倒了。别的孩子哈哈大笑。我的丹田之气早已溜进无何有之乡，又好气又好笑。男孩子对胖女孩说："别靠得太近，当心吃上一脚哟！"胖女孩雄赳赳地道："他敢，我告他，送他到'中国营'去……"接着咕噜出几个侮辱中国人的字眼。我强按着火气，脸发着热。

终于，孩子们闹够了，唧唧喳喳地离开。我如释重负，勉强敷衍到"合太极"。没等到呼吸平稳下来，我小跑着追上小孩子，叫道："等等，我有话说。"胖女孩停下步子，警惕地盯着我，仿佛我是一个性骚扰的积犯。我严肃地说："小姑娘，你能不能把刚才的话重复一遍？""我什么也没说！""我是懂得的，以后不要侮辱别人了，要有礼貌。"她脸红着大叫："我侮辱谁啦？"旁边的孩子这才晓得事态有点严重，纷纷互相问："她刚才说什么啦？"

我没有答话，走开了。胖女孩在后面叫嚷："滚回中国去，这里不是你们的！"我悲哀地想，孩子们的仇恨哪里来的呢？"187"提案（美国加州一项以排斥移民为内容的提案）的支持者中,有他们的家长吗？而他们,怕会是下世纪更可怕的"187"式提案的拥护者呢！

一九九五年十二月

二

还是早晨,还是金门公园,还是与几位白人孩子发生不愉快争吵的所在,我还是打太极拳。我刚跑进去,一位白人男子就挥手,朗声说："早上好,祝您节日快乐。"我受宠若惊,连忙微笑着道谢,捎带端详一下这位友善的人物：三十来岁,不,也许四十多了,美国人的胡子往往叫我判断失据,眼前这一位的胡楂尤其葳蕤,且颇干枯,抽烟正凶,我怕脸部迟早会发生火警。他的身份倒不难猜,身边一辆从某家超级市场拿来的购物车,堆满了衣服被褥,可知他是流浪汉,刚刚在林子中睡醒。

我开始操练总是打得不正宗的太极拳了。汉子没有打扰,只是看着。我却没法把气集中在丹田了,一边云手一边走神,流浪汉的目光,仿佛有微量的电力,在我背后游移。我忽然深深自谴,这样好的人,我该送上一两块钱才是,可是我除了钥匙,什么也没带……又揣测他今天干什么,漫长的冬日,如何打发呢？我知道他是想乞讨的,但是他终于没有走近我,伸出多毛的手。

我还没把拳打完,他已经从身边蹒跚着走过去,什么也没说。我看着他的背影,起了一点敬意。不错,他是社会最底层的窝囊废,可是他还是人,保留着起码的尊严。他走出公园时,又遇到一位慢跑者,他一样有礼貌地道早安,对方连忙回敬。

对于美国的流浪一族,我最欣赏的,就是他们的风度。他们乞讨,一般都点到即止,不会死缠烂打,咄咄逼人,不会伪装可怜,甚至不屑于开口,拿上一块纸片,随便你施舍不施舍,都保存着一种近于高傲的姿势。

一九九五年十二月

三

我路过金门公园。林阴路上,迎面开来一辆轿车,极其缓慢。驾驶座左侧的玻璃窗摇了下来,一只白得耀眼、粗得触目的手臂,伸到车外,牵着一只狗。狗是雍容华贵的贵妇狗,腿上的毛给修理过后,更伶仃得可爱。玲珑的狗,在皮绳子的牵引下,起劲地小跑,追着汽车。

我被这有趣的场面逗笑了,便停下来看。行人遛狗,或者精力旺盛的狗儿在前头飞跑,把老迈的主人"遛"得狼狈不堪,又或者狗儿坐在敞篷汽车上兜风,如此这般的图景,在美国这个"狗的天堂"里,见得够多了。但这等遛法,似乎少见。细看车内妇人,六十岁左右,极为肥胖。我担心,万一发生迎头相撞的车祸,那保护驾驶人安全的气袋怕也弹跳不出来,因为脂肪把方向盘前的空当塞满了。不过,胖子大多是乐天派,她也一样,看到我的微笑,滚圆的脸庞也绽开了真挚的笑容。我向她问好,然后蛮有兴致地看着小狗。胖妇人干脆把车子停下,我知道她在等候一场恭维。我当然晓得,在美国,赞美宠物,和恭维任何一个女人的漂亮或性感一般,是保险的。我热情地赞叹狗儿的毛色、姿态和智商,她果然感动得要流泪了。我想:区区没有多少闲钱捐献给慈善机构,就随时随地地干干善事吧!看,我这么奉送赞美,就造就了她如此丰富的快乐。

妇人不住地谢我,几乎要下车来给我一个拥抱。我原先是游戏人间的,从一开始就带着开玩笑的意味,一旦她动了真情,我反而羞惭起来。她说:"你倒是有眼力,我的巴比真的乖哪!只是我害了糖尿病,没法走路,唉,不遛遛她,又怕她将来胖得像我,你看,我这是没法子。"一副"我不下地狱,谁下地狱"的神色。最后,我俯身拍拍"巴比",并趋近妇人,真诚地祝她健康。

一九九六年七月

一本书的薪火

我走出中国城，提着一个纸袋，里面有一本书，一本名叫《JEAN—CHRISTOPHE》的英文书，在暝色四合的大街上。我走得恍恍惚惚的，不时碰着迎面而来的行人，只是心不在焉地道一声"对不起"。都是为了袋里的书，中译名称为《约翰·克利斯朵夫》的书。

书是友人托我转送给我的女儿的。这位热心肠的友人，认识的时间不长，但他学贯中西的根底，纵横古今的气概，我仰慕久矣。前些天，我和他在茶楼，谈起对自己影响最深的书，都不约而同地提到这一部。其实两人的背景殊异，他比我长几岁，在广州出生，在香港长大，毕业于香港大学，长期在高中教英文，举凡莎士比亚的戏剧、兰姆的散文、艾略特的《荒原》，都能借原文探赜索隐，这本书，他读过英译本和傅雷的中译本多次。我呢，在大陆时，反也造过，地也种过，书也教过，衙门的冷板凳也坐过，就是正经的书念不了多少，年轻时只读过傅雷的中译本。我和他先后来到旧金山，由"新乡里"而"老金山"，十数寒暑熬过，彼此倒有了相同的称谓：游子。两人的见解容或异趣，对这本书的推崇却是一致的。不久前，两人又从青春时代的坎坷谈到这本书的教益，聊到我女儿在成长期的诸般困惑，两人都认为，有必要把这本书推荐给她。我原先想，要么去买一本，要么到市图书馆去借，谁知友人从自家书堆里翻出来了，还是盖上了藏书印的珍本。然后，他约我到咖啡馆见面，郑而重之地把书交给我。我抚摸着因为收藏多年而变得黄而脆的封面，眼睛湿润了。

我极为感动地道谢，友人沉吟半晌，抬起头，出其不意地说："考考我们的记性，这书最后一句是什么？"我摇摇头，他也表示把握不大，翻

开末页一查,原文是:

And the Child answers:"I am the day soon to be born."

(孩子回答说:"我是即将来到的日子。")

两个人沉默了,都在咀嚼这段名言历久弥新的意蕴,继而沉浸在回忆里。我低头凝视桌上的咖啡杯,铁匙搅拌下,黑红的咖啡一如光阴的涡旋,克利斯朵夫的面影在上面浮动。我油然记起名诗人洛夫的诗句:"咖啡是黄昏中一条回家的小路。"《约翰·克利斯朵夫》不就是路,艰难人生中的路吗?也许因为回忆太滞重了,两人对此都没有多道及。凡是神圣的东西,形诸语言就成了亵渎。

然后,分手。我一边走一边想着,往常的玩世、放达、洒脱、机智、油滑,都不见了,有的是悲怆,久已为红尘埋没了的崇高感,早已为俗世所唾弃的使命感,我又像二十多年前一般,急于向一种梦幻献身了。多少年来,唯此刻我觉得自己原来没有老去。而这一切,仅仅因了手提着的书。

以栖迟异域的卑微之身,回忆青春种种,自嘲多于自炫。但是我怎能隐瞒它的恩人,它的挚友呢!六十年代末,我结束了中学红卫兵的狂热生涯以后,给发配回乡村种地。我们这一辈,是在"文革"中经过相当完整的驯化的。对偶像的极度崇拜,使我们在武斗中出生入死,毫无怨尤,然后,却跌落绝望的深渊。乡村的贫困,活计的粗重,生活的单调,还可以忍受。不能忍受的,是活得混混沌沌。我们痛苦万分地悟到:过去献身的竟是子虚乌有的玩意,非但不能幻化为一顿红薯加豆角叶的晚饭,反而在在成了讽刺。我们充当的,是受骗者、骗徒、打手、奴隶等等可耻、可恨、可悲、可怜,却无由救赎的角色。

于是,我和同龄人们拿出与当年讴歌同等的热情,诅咒"理想"。否定之后的快意,一如红卫兵烧古今典籍的快意,短暂发泄之后,便是何去何从的问题。要么沉沦,涉身爱河或者酒乡,沉湎于木器加工或者自留地等等简易的劳作,但是我不情愿。物质上的追求,过于琐屑,也实现得太容易,一旦到手又免不了厌倦重来,也背弃了早年"干轰轰烈烈的大事"的初衷。可是,眼下的"大事",无非是政治舞台的纷争,与自己的关系,仅止于频频开会,榕树头硌痛屁股。晚上,喝过水汪汪的稀粥,与友人漫步田野,饥肠辘辘应和着咯咯蛙声,星空依旧灿烂,却迷失了真诚地皈依了多少年的北斗星。

没有什么失落比之理想的失落,更教青春难堪了!青年的热血,流成一道河流,它存在的意义,仅仅在于能够载动理想之舟。它无私的勇敢,献身的狂热,妄执与敏感,都源自一个理想。它是抽象的,无确定的内涵,"红卫兵"号海盗船、"上山下乡"号革命船,乃至用塑料布自制、供偷渡到香港去用的"橡皮艇",它都能承载。那些"船",一次次地出卖了"河","河"就把它们倾覆掉。

旧的倾覆了,须有新的帆樯啊!我们为之望眼欲穿,为之辗转反侧。直到二十多年后,国内的同龄人们,掀起一波波的怀旧风:京华兴办了"老插酒家"、"老三届食乐城"、"忆苦思甜大杂院";他们重临草原的蒙古包,延安的窑洞;红领巾时代唱熟了的《让我们荡起双桨》又被炒热,"文革"时含泪高唱的《抬头望见北斗星》再度在卡拉OK中响起……所有这些,里头的偶像早已被抽出,摈弃,它们不过是引信,用来点燃青春的记忆;不过是催化剂,用来唤醒沉睡的理想主义。是啊,仅仅是失去了确切内涵的"理想主义",唉,那般愚鲁又那般炫目的形而上啊!

好在,那年头,在乡村最为烦闷、最为颓丧的日子里,我意外地得到了《约翰·克利斯朵夫》,没头没尾的厚厚一本。已忘了来处,兴许是缺粮时到远地买谷子,在老同学家随手拿走的;或是随民兵去抄"四类分子"的家,偷偷掖在裤腰弄回来的,一看就入了迷。随后,通过一位旧日老师从已关闭的图书馆书库里检齐了,一共四册。那可是心灵的盛宴啊!事隔四分之一世纪,我已忘掉,当时看了多少遍,写了多少字的笔记,作了多少摘引,看书时如何感动至痛哭,诸般细节都已被庞杂的日子悄悄吞没,但是"创造即生命"的信条,在与物质和精神的双重困境的苦搏中,因为被反复强调,终于融进了血液中,它或隐或现、或强或弱地导引了此后的生命航程。

这本书的作者,被誉为"世界青年的良心"的罗曼·罗兰,曾经说过:"我曾经为反抗那个使我窒息的世界,不得不加强我的力量,在我自己的内心和我的周围鼓舞起英雄精神。"《约翰·克利斯朵夫》所宣扬的,就是这种"英雄精神"。在二十世纪末的后现代社会,在我女儿这茬人身上,可能发挥它的魅力吗?这个疑问,我已经存在多时了。

我的女儿,是一岁多一点时,伏在妈妈的背带里头,经过海关,跨过罗湖桥,再来到美国的。如今快十七岁了,含苞欲放的年纪,情窦初开,又长在中国传统的严格家教与美国放任自流的学校教育并存的环境里,功课的压力、爱情的迷惘、周遭的诱惑、前路的纷乱,教她常常迷惘。她没有固定的人生哲学,只求活得写意,最为兴致勃勃的,是去逛街,去派对,去野餐;她有许多美妙的想头,从当跨国百货公司的总裁到当心理医生,但从没顾及从眼前到目标,得走多远;她为许多事儿着迷过,一会儿迷"蔡李佛"的拳脚一会儿迷裁剪一会儿迷诗,又很快丢掉了,迷得最久的还算香港歌星黎明。对于生命的意义,父女之间有过几次争辩,结果是谁也说服不了谁。我提到"奋斗"、"创造"一类词儿,她就说:"爸爸,你那时候跟我现在怎么比呢?"她那结巴的家乡话连带雄辩滔滔的英语,常教我难以招架。我屡屡有意向她谈谈克利斯朵夫,但想及我为了仿效这个偶像,凌晨四点在严寒中起床,跑到户外井沿冲冷水浴,再在松香烛摇曳的光中读书,读得鼻子耳朵全积上乌黑的烟垢,那是二十啷当岁以后的事,她目前太小,也许接受不了。不过,我很快觉察到,在这个资讯发达的环境,她的思想比我那时要早熟。使我忧心的是,她过早的世故,是从委靡、堕落、无聊的世风中绅绎出来的,"努力有什么用嘛!"是她简明的解构主义;"谁都尽情享乐,为什么要我吃苦",是她安于无所作为的遁辞。

好在,她的上进心未泯,我有一次趁驾车送她上学的机会,约略谈到这本书,她竟表露了少见的好奇,我说到克利斯朵夫精神的精髓,在于脚踏实地地、从今天开始走向远大的目标,她默然,我知道她有所领悟。我感到遗憾的,是自己没有可歌可泣的,由奋斗而获成功的传略,作为活教材,我太平凡、太窝囊,我唯一无愧于心的,是因地制宜地履行了书中"竭尽所能"的信条。但是,毋论我这一辈的成败得失,这本书所宣喻的理想主义,都不失其永恒价值。在物欲横流、虚无灰颓的末世,除了传递这一古老而辉煌的薪火,还有别的灵丹妙药吗?

我在黄昏的市场街,就这般想着,走着,热泪盈眶,热血沸腾,我将郑重地把书交给女儿,还要说说上辈人的往事与期盼,要说说书末那个大写的"孩子":

"(克利斯朵夫背着一个孩子渡河)

"天又黎明!在黝黑的危崖后面,不可见的太阳在金色的天空升起,快要颠扑的克利斯朵夫终于到达了彼岸。

"他就对孩子说:'我们终究到了,孩子你多沉重!你究竟是谁啊?'"

这个自称是"即将来到的日子"的"孩子",就是上帝的儿子,就是永恒,就是创造,就是二十一世纪,就是现在,就是人类,就是自己,就是他人,就是我们身处的世界。

我提着书,走下地铁。一个青年人在身边,弯下强健有力的腰板,在垃圾堆里精心挑拣烟屁股。车厢内人很挤,一个戴眼镜的女孩,微笑着向一位老者让座,然后,站在我的旁边,继续读一本书。

一九九五年七月

父亲和他的"生平知己"

八年前,父亲从家乡来到旧金山。他一走出机场的海关,我一家子和炳叔迎上去,父亲与炳叔紧紧握手,久久不放,一个劲地互问:"没见面多少年头啦?一九三一年?一九三二年?"一起到了我家,两人又聊到深夜才分手。炳叔回去后,父亲解开几大袋移民行李,一边整理,一边得意地说:"我早就晓得阿炳会来接机,'生平知己,唯汝一人',交情还在,交情还在……""生平知己,唯汝一人"一语,出自许多年前炳叔写给父亲的一封信,在乡时父亲时常念叨,在艰难中辗转的岁月,它是父亲的定心丸。

父亲与炳叔缔交于四十多年前,两人那时才二十五六岁,都在家乡一个小镇上经商。炳叔从乃父手中继承了一间饼店、一间"苏杭铺"(丝绸店),雇了十来个伙计,算是镇上财大气粗的"资产阶级";父亲呢,原先随祖父在另一个小镇开海味店,那阵子靠了刚从美国告老还乡的外祖父资助,在小镇最兴旺的丁字街中点买了一块地皮,建了一间两层的铺子,开了"永益隆"文具纸料店。凭着父亲的锐气和精明,店子不消两三年,就在同行中脱颖而出,雄踞一方。两个春风得意的青年,惺惺相惜,成了莫逆之交。论起财力,父亲比炳叔差一截,他就憋着暗劲,一门心思要撑上去。我那时才四五岁,商业上的竞赛不晓得,单知道有一回,炳叔到省城去办货,捎带给二儿子买了一辆漂亮的木制玩具汽车,他的二公子与我的三弟都是才一岁多的调皮蛋,三弟见了小汽车,就撒泼,非要弄上一辆不肯吃饭,但是在小镇哪买得到?父亲就挥凿运锯,忙了一个通宵,仿制了一辆,漆上彩色,大早就教三弟拿去给炳叔叔看。店铺打烊后,两人不时去喝酒。父亲倚仗酒量大,常和他打赌,有一晚炳叔灌了父亲四斤"永利威"威士忌,然后两人各各回家睡觉。到了下半夜,炳叔气急败坏地来到"永益隆",重重地敲门,祖父下楼去开了门,炳叔说有急事要立刻见父亲,父亲睡眼惺忪地走出门来,炳叔却只说了一句:"其实没事,就是要见见你,要不休想睡得着。"次日早上在茶楼,炳叔才向父亲说明原委:昨夜他带着惊叹向老婆说起父亲的海量,老婆却把他臭骂了一顿,说这样喝法酒精会把人烧死,他越想越怕,便起床来看父亲"倒了"没有,父亲当下笑得喘不过气来。

　　五十年代中期,生意人短暂的黄金时代过去了,"土地改革"没告一段落,炳叔夫妻就带上儿女跑到香港去。他们走后不久,"私营资本主义工商业"的"社会主义改造运动"来了,他的店铺和我家的"永益隆"一样,归了公家。父亲对这等巨变给自家造成的损害不但毫不在乎,还兴高采烈地当着工商联主任和人民代表,处处带头,在游行队伍前大呼口号,店前的鞭炮串也是全镇最有气派的。然后,父亲转到国营百货商店当个小小的副经理,不久又给下放到一个农场劳动锻炼去。正是塞翁失马,安知非福。父亲下放得早,得以避过了"大鸣大放"以及随之而来的"反右派"运动,倘不,以他的口没遮拦,捞上顶"极右分子"帽子是绝对有把握的。在农场,父亲虽然吃苦,却还有资格监管那群给送来改造的斯文扫地的"右派"——他们之中有教师、干部、店员,县里的前任统战部长也是其一,他原先是在"鸣放"中负责诱导工商业者向党提意见的,在"三反五反"中已成惊弓之鸟的商人偏狡猾,不肯说党的不是,部长免不了要作示范,万万想不到"水淹龙王庙",他先前下的诱饵反过来算是他的右派言论,与他"引蛇出洞"所引出来的蛇们为伍,这种恶作剧,教父亲始觉寒心复有所醒悟。数年后,父亲离开农场,在一家布店当售货员。尽管他是数一数二的干才,打算盘屡获第一,却再也得不到重用,因为他的出身是小商,跟炳叔那般的资本家成分,只是五十步与一百步之差。

　　炳叔一家到了香港,日子并不顺遂。他先后开过成衣店、百货店、"士多铺",摆过"大排档",都不大得意。直到三年经济困难时期,香港人纷纷向内地的亲人邮寄油糖大米衣服,炳叔才逮住机会,开了一个专办理邮递包裹的行号,小小赚了一笔。可惜刚上轨道,国内经济好转,邮包生意式微,他又歇了业。正在彷徨中,炳叔的姨妹在美国为他全家申请移民,炳叔就到了彼岸,开始又一轮创业。

炳叔在香港的十年间,与父亲常有书信来往,交情依旧,可惜自顾之不暇,没法给予父亲一点经济上的援助,只曾趁寄邮包之便,寄来几罐花生油,教我家的锅台飘起过久违的油香。那些年间,父亲可说是艰辛备尝。我上有姐姐,下有两个弟弟两个妹妹,母亲在村里替人缝补衣裳,挣不了多少钱,生活的重担全落在父亲肩上,他的月薪才四十八元五角,我和二弟两个上中学,当寄宿生就要花了他二十元,村里偏又年年缺粮,要到远地买粮食补充。日日面对捉襟见肘的家计,父亲指挥我们兄弟姐妹,齐心合力,打柴、养猪、编织草袋、竹帽、竹篮,一批批地卖给收购站。父亲到了休息日,在家和弟妹们一起干,除了吃饭睡觉,绝少停下手中活计,来了客人,他也是一边聊天一边做活,不是削竹子就是摇纺麻线的纺车。炳叔赴美时,正是"文革"的前夜,他思及有乡难归,与父亲后会难期,便写了一封告别信,末尾是"生平知己,唯汝一人"一语。那时我上了高中,父亲把我这个长子当朋友,父子俩常说说体己话,这封信他也喜滋滋地递给我看了。我正看信,父亲在旁边激动地踱步,仰起头,向着迷茫的远方道:"好,好!阿炳当金山客啦,他这家伙,很快就会发的。"

炳叔一去多年,没有了音讯,父亲免不了抱怨他没良心。"文革"开始,父亲竟然成了我的战友——也加入了造反派,他素来是务实派,对政治能避就避,这回也豁出去,并非要捞一把,只是要出出多年来无端受歧视的窝囊气。结果呢,不出熟谙世事的祖父所预料,我被下放回村里"接受再教育"不久,父亲就给揪了出来,挂上"阶级异己分子"的大牌子,敲起破锣游街。那是"道路以目"的年月,父亲没有了朋友,有话憋不住,至多是向我吐吐,因此他格外怀念远隔天涯的炳叔,不时对我说:"阿炳,不知混得怎样啦?"他偶尔见到炳叔的弟弟,却不好意思打听炳叔的近况,更不敢索取通信地址,生怕让人误解是要去信求取美援。父亲感慨地向我说:"我已经够晦气了,还有脸打秋风?"

终于,炳叔来了信,信不长,只略述几年来的经历,信末说如今开了个制面厂,生意不错。父亲高兴极了,一连几天和我谈论这封信。一天我随他进墟场买猪饲料,市集处处,摆满了番薯、木薯、米糠的箩箩筐筐,在震耳欲聋的叫卖中,父亲一若战场上运筹帷幄的大将,转了一圈,逐项问了价钱,手挖进盛木薯的麻袋深处,过细地查验了成色,再略略作了心算,随即极迅速极准确地作出决策:买木薯干。我在旁饶有兴味地欣赏他如何物色对象如何以进为退,在内行地列数木薯干质量上的缺陷,教卖主尴尬时,猛地杀价卒大获全胜,种种精彩绝伦的表演,活现了商家本色,我觉得又好玩又新奇。末了父亲以最低的价钱买到最好成色的木薯干。两人把四大麻袋拴上单车后座,运送回家,一路上,父亲兴致勃勃地解释他舍鲜木薯而选上干货的理由,原来他算准了:连人工在内,干的比鲜的每斤便宜一分六厘,买两百斤嘛,就省下三块二毛。我由衷地赞叹,且惋惜父亲的怀才不遇,因之又聊起炳叔来,我问:"如果你和他在生意场中比赛,谁是赢家呢?"

父亲一边轻松地蹬着单车,一边沉吟,半晌才作答:"赢的该是阿炳,我的心肠没他那么弯曲。比方说,两人一块到省城去采购货物,同时看中了一件货,我呢,会直肠直肚地跟他明说,随便他或我一个人买好了,他却能耍点小手段,当着我的面把这东西说得一无是处,然后回过头,偷偷买下来。这叫无商不诈。但是,我的吃苦劲,就跟我的酒量一般,嘻嘻,他是不得不服输的。眼下我要是也在美国,他能赚二十万,我好歹弄得来十多万。"他兴犹未尽,到了家,卸下麻袋,又拉上我去砌猪舍,顺便说说他开"永益隆"致富的窍门:"就说墨汁一种吧,一般商户只懂得到县城的批发站去订货,我在省城翻电话号码簿,找到厂家的地址,上门去买下,搬上三轮车,运到花尾渡码头去,这么一来,零售价比别家的批发价还低得多,害得同行叫苦连天。"他哈哈笑着,我却一腔悲凉,父亲无穷的精力和机智,要么让国营布店那把老旧的剪子一寸寸剪掉,要么在家庭与贫困的多年相搏中耗去,这可是他的初志吗?

往后的十来年间,炳叔的来信总是很疏,但据他在乡的弟弟说,他在美国真的发了。八十年代初,我移民到了美国,自然遵父命去拜访炳

父亲和他的"生平知己"

叔,住下来以后也不时到炳叔设在唐人街的面店去小坐,听他讲讲生意经,看他如何遥控位于市郊的制面厂,如何用电话向各地的杂货铺、超级市场、餐馆推销面条馄饨皮锅贴皮签语饼。耳闻不如目见,我这才弄清,炳叔之"发"非同小可。他初到美国时,已是四十开外,两手空空,与一般"新乡里"无异,头三年在一家面厂当雇工,他的生意人本色很快得到老板的青睐,不久就当上了经理。到他弄通了制面厂全盘业务以后,便辞了职,自家打天下,开的也是制面厂,才一部老式的面条机。他可不客气,以更优渥的价钱把原来所在面厂的客户全拉了过来。他就这般筚路蓝缕,过关斩将,不到十五年工夫,便俨然成一巨头。他轻描淡写又抑不住得意地向我提起他的家业:规模居本地华人同业之首的现代化制面厂、唐人街上好几家位于"地王"的店铺、动辄是五十个一百个单位的公寓大厦群……按保守的估计,他的财产也在数千万美元以上。所谓"赚钱不费力,费力不赚钱",他几年前因手头闲钱没有出路,便在市场街以南买下一块荒地,家人及地产界都说他失算了,谁料一个饮料大亨看上它,买下了,他不费吹灰之力就赚了三十万。堪称奇迹的是,他不懂英文,在店里给人开支票,记不来那些英文数目字,就预先抄录下藏在抽屉里,依葫芦画瓢。我和炳叔聊着,凝视着他那双饱经沧桑、锐利非凡的小眼,思绪翩翩:父亲本来是有机会在二十来岁上到这里来的,在此地唐人街与人合股开豆腐店、熬苦熬了三十年才积了点钱"返唐山"的外祖父,带给父亲的见面礼,是花三千多美金重价买下的假"出世纸",要父亲凭它出洋去,承继他磨豆浆泡豆芽的原始衣钵,父亲却放弃了这人人眼红的机会。他认定,与其在异国做牛马,一辈子中回国见妻儿的机会,不外是十年一次,不如在家乡发展。那年代,谁知道未来竟如此荆棘满途呢!其间休咎,绝非父亲那一辈人可左右,到他有幸来到陌生的国度,亲睹昔日知己这晚来的显赫时,当年竞技的宏图,孰胜孰负的计较,都成金门桥头缥缈的迷雾了。

父亲到了美国,一住又是好些年,开始时和炳叔来往颇密,不时游车河,上茶楼,到餐馆吃吃夜宵,最为谈得拢的话题,自然是逸兴遄飞的当年,但渐渐疏远了。父亲毕竟人情练达,即使是以"生平知己"相托的炳叔,他也注意保持距离。他明了,对已冷却了几十春秋的友情,不宜寄予厚望,更不可牵扯到钱财。果然,相处得愈久,歧见愈多,毕竟在心理上隔着一道鸿沟,相见太晚,来不及填平了。两人之间,维系的仅是并非取之不竭的回忆,而相异处甚多:炳叔仍顶着好几个董事长的头衔,在账目中打滚,父亲则已离开人生战场,作壁上观;炳叔每星期上班七天,偶尔放放假,也到内华达州的赌场去,他毕生的志趣集中于发财,最美好的消遣乃是聆听清点钞票的声音,父亲则含饴弄孙,优哉游哉;父亲和母亲一起,靠政府菲薄的福利金,日子虽紧巴却安定,炳叔聚敛了几辈子花不完的财富,但是悾悾惶惶。两人都已七十开外,结算总账,炳叔该是占有绝对优势的胜利者了。可是不尽然,对此,父亲向我发了一通议论:"昨天阿炳向我诉苦哩,说快不中用了,要把家业传给儿子了,却不知道该让谁接班,老大老二老三没一个靠得住,放心不下,十几天来吃不下睡不着,怕摆不平,兄弟阋于墙哇!我说这个班不放心也得交,想想百年身后,哪有看不开的?他却一味苦着脸,说道理他懂,放不下就是放不下。他说宁愿像我,一无所有,无牵无挂!"说到这里,父亲长满老年斑的脸竟泛起孩子样顽皮的笑意。我是读懂他的潜台词的:别看你功成名就,活得不快乐,还不是竹篮打水一场空?

看来,他们的竞赛仍在进行着。父亲的自我慰解,虽只是阿Q式的精神胜利法,但是每回我路过面店,看到炳叔已显龙钟的身影,转而欣赏父亲的豁达了。

一九九五年三月

"黄金梦"三部曲

第一部：买店

　　一九八二年的除夕夜,在旧金山海滨毫不热烈的爆竹声中,张泉和王斌各自在家吃过并不很团圆的"团年饭",然后通电话,谈乡愁,谈来年的计划,都说:在美国吃过三回"团年饭"了,到了圆"黄金梦"的时候了,明年要开店!依老家旧俗,除夕晚上倘把脚板洗得干净,明年就会得到"脚头神"的恩宠,"来得早不如来得巧",于是都郑重其事地洗脚。张泉那双,是在西餐馆当收盘碗工用来不停奔走的;王彬那双,是在市内旅游区"渔人码头"一家中餐馆厨房,当帮厨用来终日站立的,都各各用香皂精心洗过。都预期:这两双脚一跨进新春,就会步步莲花。

　　是的,天时、地利、人和,此其时矣。两位早在出国前已因爱好文学写作而结交的朋友,曾合写过新诗,在省内某个大刊物上初露头角。放洋之后,忙于养家活口,搁下了笔,一门心思发财去。两三年下来,算是站稳了脚跟。年纪嘛,正合适:张泉三十出头,王斌刚够四十。银行存款折上的数字,也升到了五位,那可都是不吃六元一磅的"游水石斑",而吃五毛钱一盒的"金门豆腐";不参加"豪华游"而只带孩子逛逛离家不远的"金门公园";那辆三千块买来的老爷车,能不开就不开,宁肯挤巴士,这样死抠出来的血汗钱。两个人的妻子都在车衣厂工作,工资虽是最低那一级,但万一下海亏了,也不愁交不出房租。孩子呢,都上了学,公立学校,连午饭都包了。既然没有了后顾之忧,便该告别收入少而受气多的打工生涯,联手一搏了。

　　两人既然都干餐馆这一行,自然要开餐馆,以求"专业对口"。旧金山这地方，找个人谈文论诗难，找个把待售的餐馆却毫不费事。哪张报纸的分类广告栏里不有的是？张王二位驾着车到市内和近郊看了好几处，都没合意的。有一回，报上登了一个小广告，说郊外有一间外卖餐馆求售，要价才一万五。张泉打电话一问，对方的嗓音好耳熟，立即省出来：那是自家远亲，三个月前店子新张时张泉还接到请柬，送了一盆万年青作贺礼，这么快就玩儿完了？张泉很尴尬，不敢亮出姓名，支吾几句，放下了电话。

说起美国百业，餐馆业实在是成功率相当低的一行。旧金山的英文大报《纪事报》早就披露过，旧金山这个人口七十多万的旅游名城里头，大小食肆六千间，全城居民同一时间倾巢而出，吃馆子去，才刚能坐满所有餐桌。所以餐馆开了不久就关门大吉的，数不胜数。得益的是制作招牌的公司。然而人们不信邪，前赴后继，每个人都以为自己与倒霉的前任不同，不是手艺好一些，就是运气胜一筹；或者干脆就是莫名其妙的冲动：下了海再说。于是餐馆倒灶之后决不愁没有替身，不过偶然也真有起死回生的妙手。张王二位呢，虽豪气干云，但未有资本傲视侪辈。张泉在西餐馆当的是侍应生的助手，连独立挣小费的资格也没有，更不用说经营整个餐馆的韬略了。王斌当了几年帮厨，台湾来的老板虽常常拍他的肩膀，说他勤快，却总不肯加薪，也不提升他做正式厨师。这两位酸气未除的半拉子文人，所倚仗的，无非一点胆量，加上莫名其妙的一点"使命感"。他们到美国来，且不说自身抱负，家里人的期望就够沉重，他们必得发财，以此验证自己的能力。而最迫切的，则是马上摆脱受侍应生或者头厨呵斥的卑贱地位，他们要连跨几级，当老板去！套句唐人街流行的广东俗语，这叫："莫看此时裤穿窿，终有一天龙穿凤。"

事有凑巧，他们着急之际，王斌的表哥带来消息：一位希腊佬有一家餐馆，要贱价卖出，对象只限中国人，因为中国人老实可靠云。张王二位大喜过望。按照国内的思维模式，他们断定这也算一种"后门"。事因王彬的表哥专承揽预防地震的建筑工程，和这位拥有两栋大楼的富有希腊佬成为朋友，希腊佬才向他透这个口风。张王二位连夜拉上表哥，去看了餐馆。那餐馆地处一家六层高廉价客栈的地下，客栈的业主就是希腊佬。它位于下城最繁华的市场街附近,在准贫民窟"田德隆"区的边缘,离地铁站只有一个街区。它好就好在店面位于十字路口,一面大招牌,四面都看得到。旁边还有别的店面:杂货店、美容院、咖啡馆,有一间是专门出租性爱录影带的成人商店。希腊佬是年近五十的胖子,一口流利但不易听懂的英语,自称早年也是当厨子,开餐馆,当头厨,这么一步步地发起来的。此刻他是一副求贤若渴的模样,诚恳地说,这餐馆原先是租给两位南美萨尔瓦多人的,他们赌博输了大钱,悄悄溜回老家去了,欠了希腊佬半年的租金。希腊佬又极热切地说,你们两位中国人,一看就是做生意的人才,凭着你们民族的勤劳,开店保成功!给你们一个发财的机会,以后阔了,不要不认我比尔就行了。希腊佬开价五万,另月租一千五百。一番讨价还价以后,价钱降到四万五千。希腊佬肉痛得几乎跳了起来,不肯再减一个子儿。再费了许多口舌,租金才降到一千四百。张泉凭着当红卫兵那阵参与两派谈判学来的软磨功夫,争到一个好条件:租金在七年租期内,每年只按官方公布的"物价增长指数"调高,那顶多是百分之二三。逐项谈妥条件后,两人自觉"冷手执了个热煎堆",很是踌躇满志。不久之后,他们就知道,当时装得一脸晦气的希腊佬,心下别提多兴奋了,因为他欠了市政府好几万元的房产税,正为筹款发愁。他这个谁开谁倒霉的餐馆,只求卖上个两三万;不料天真的中国人让他那现身说法式的"餐馆致富学"哄得服服帖帖,立马上了钩。希腊佬比尔为了表示感激,宣布:头一个月的租金免交。他还拍胸口承诺:凭他和市政厅税务局一位头头的交情,他代为说项,使新老板免缴营业税的押金,那通常要三四千元,在用钱最凶的头个月,能省出这笔开销,教张王两位对希腊佬更加感激涕零。

为了稳妥,在与希腊佬正式签订合约之前,张王两人或一起或分别,邀请了若干亲友,前来作实地考察,从店内的设备到店外的环境,从附近餐馆的经营手段到自家的策略,都做了尽可能周全的讨论。结论是:这个边沿地带,虽然毒贩多,流浪汉多,但凭着租金便宜的优势,若经营得法,也可以将市场街众多写字楼的职员和逛街者吸引过来。王斌的姑妈也来看了,极为权威地放了话:这地头,能开店的话,就一地是钱。她的丈夫早年也曾在这一带开过小餐馆，赚了钱后买了一栋公寓，如今靠收租过着挺滋润的日子。她一直是王斌的策士，这么说便算一锤定音了。

下一步，自然是两方正式签约。为了节省费用，没有上律师楼，只到唐人街的地保官那里，花四十元盖了认证图章。给文件签名时，王斌的一位堂兄弟赶来了，他一直做房地产生意，对租约的条文很内行，他细看过，说条文没什么漏洞，但他问："你们这样草率成交，没有查过餐馆的底细，连最基本的商业资料也不掌握，是不是儿戏了点？"这盆冷水要泼得早一点该多好！

自此，两位新科老板不能不背水一战了。存款搭上从几家亲戚借来的钱，一共三万块，给了希腊佬；所欠的一万五千，将以分期付款的形式每月偿还——这里暗藏着"机关"，契约上载明，如果不按期还款，业主可将餐馆收回，原先所付的三万块就进了业主的腰包。业主又可以将餐馆卖出，另赚一笔乃至许多笔。张王两人手头还有五千元，他们在附近的"花旗银行"开了一个支票户口，装修和开张，全靠这笔款子了。

张泉向西餐馆的洋人老板辞了工，怕同事笑话，不敢直说，只说有家事要回国一趟。王斌历来对刻薄的中国老板有气，故意在拿三百元花红之后才递上辞职书，气得老板直骂娘。

开张前的准备很琐碎，好在"脚头神"处处关照，还算顺利。市卫生局的稽查员是白人，早就听人说，是没钱打点就休想过关的角色。但是他对他们格外开恩，不但连贿赂的暗示也没有，而且毫不留难，来过两回就签字批准开业了。换一个专供做中国菜用的煤气炉倒费工夫，要新装一套排气装置。一位白人管子工看在拿现款、不必上税的条件上，工价由二千减到七百。张泉在油漆店面时，一位流浪汉竟来帮忙，挪梯子，递油漆桶，而且坚决不收工钱，教张泉觉得附近瞎逛的蓬头垢面者，并不如想象的可怖。

洗刷，修补，改装，跑批发店买作料，订购厨具、肉食、蔬菜，印菜单，两位老板事必躬亲，忙碌得有滋味，有奔头，自然也有连自家也不敢细察的忧惧。从上世纪"淘金潮"后的"杂碎馆"到如今遍布美国城乡的堂皇中国食府,干这一行的同胞成千上万。张王两人置身于烟熏火燎的创业大军中,从事一次悲壮的赌博。

第二部:开店

招牌挂起来了:"张王餐室",旁边自然加上英文的音译,有机玻璃做的,挂上拐角的二楼,成四十五度角,在十字街口十分醒目,无论在哪条街上走,老远就能看到。名字是二人推敲好久才定下了的,先取了个"醉琼阁",嫌太文气,这里并非唐人街,洋人哪晓得什么"醉琼"不"醉琼"?最后决定将两人的姓合而为一,"张王",也寓有"猛张飞"的意思。在这龙蛇混杂的鬼地方,要从张泉的远祖那儿借点儿虎气,才镇得住。令他们喜出望外的,倒是制作这样的庞然大物,原以为非要千儿八百不行,"百事可乐"饮料公司广告部的经理上门来,说要免费代做,只要招牌上方留下三分之一的面积让他们登"七喜"汽水的广告就行。

为了庆祝"新张宏发",少不了招待亲友。张王两家准备了丰盛的自助餐,客人来了一百多,引来许多闲人围观。亲友送的花篮在门外摆了一长溜。两家的亲人更是热心,凑份子买下了电饭锅、微波炉、碗碟,好使他们省下一笔钱。几位写作方面的朋友尤其羡慕,背着手在店里店外看个遍,议论风生,说文曲星的"才"快要化为"财"了!

当上老板,果然身价不同。专给餐馆送蔬菜的老陈,一进门就哈腰叫"波士"。推销汽水、肉食、调味品、厨具,乃至兜销自动售香烟机的,各色华洋掮客鱼贯而入,掏出名片,毕恭毕敬地谈生意,都摆出一副"暌违日久,倚彼殊殷"的媚态,教老板在稍嫌俗气之后很快生出前所未有的优越感来。

当然少不了上门找工作的同胞,那些刚移民来的"新乡里"尤其诚惶诚恐。但他们不敢雇人,怕开不出工资。早就商量好就两个人干,王斌的儿子十七了,可来当帮手,工资嘛,先欠着。张泉的妻子在衣厂,下了班可以来洗洗刷刷。先这样凑合着，待上了轨道再说，这叫步步为营。

开张头一天，客人不少。两个街区以外的银行小职员、时装店的售货员、风景区里扮机器人的黑人，都来尝尝新鲜。王斌在厨房掌勺，忙出一身油汗。张泉在餐厅，连走带跑，又是上菜又是结账又是收拾碗碟，顾不过来，有的客人等得不耐烦，差点不付账就溜之大吉。一天下来，人散了架，打开收银机一数，拢共才三百五十多。两人略感失望，但士气挺足。

除了现做现卖，供应有消费能力的客人，他们还在"蒸汽台"上放上已经做好的菜式，一共十来种，让人买了带走。这地方靠政府救济的穷人多，价钱要够便宜，才有吸引力。炒饭才卖一元二角五分一客，甜酸肉、烧排骨、锅贴、春卷，只要二元九毛九，便可吃到三种菜的"混合餐"。店子新，名声比赚钱要紧。他们不敢欺客，炒饭可不像邻近那家"金锅"一般，以酱油挂帅，可是正经地放了叉烧丝和青豆的；春卷和锅贴，也用上了上好的冬笋和碎猪肉。那些搜光口袋才凑足五毛钱的穷光蛋，啃着又香又脆的春卷，啧啧叫绝。

起头难，在他们的预料之中；但以后更难。一两个星期下来，商业区那边的客人吃腻了，转到别一家新开张的店家尝新鲜去了。不巧又碰上了报税的季节，靠工资支票过活的打工阶级要攒钱补欠税，手头紧巴，大多从家里拎饭盒上工。四近的餐馆一片冷落，"张王餐室"更是清淡。倒是贫民窟的人物还看在"蒸汽台"上头货色便宜的分上，常来捧场。比如五六个走路扭扭捏捏，手拿坤包的男同性恋者，就天天断不了进门买一客锅贴，每人吃一只，吃过了便占上靠窗的大桌子打扑克。张泉过去干涉，他们娇滴滴地抛媚眼，教人哭笑不得。有一个在街上扮小丑乞钱的年青白人，每晚总来，只买一块钱的白米饭，另外讨一小块免费的牛油，这就是他的晚餐。天天和这种缺乏消费能力的人周旋，费口舌，上火气不说，经营也打不开局面。晚上打开收银机一盘算，两人就叫苦：每月房租，加上食物成本、煤气费、电费、水费、垃圾费、税金、保险，还有这个鬼地方必不可少的防盗警钟、防劫警铃，一天没有四百块的进项，是断乎维持不下去的。

他们想出了促销的招数。一是仿照市场街"食物中心"快餐店的"出血大平卖",而且更便宜——那边每客炒饭卖八毛九,"张王"就来个六毛九。这个破天荒的贱价写成斗大的字,赫然贴在门口。二是印了好几百张传单,由张泉那九岁大的儿子放学之后拿到四近散发,谁凭传单用餐,可得九折优待。

　　然而招数不大灵光,"六毛九"一客的炒饭,主顾诚然多了,但他们贪图的就这点便宜,却不捎带买别的菜,便成了"赔上夫人又折兵"。那些优待券,满街都是,谁稀罕?店子没有回收到百分之一。

　　两位老板可不轻易退却,他们商定对策,要稳步建立知名度。他们把用料的质量再提高一个档次,做叉烧不用带一半肥肉的"梅头",改用精瘦肉,蔬菜改用了较贵的青辣椒、梨笋、芹菜,少用红萝卜、大白菜那类大路货。花去血本也在所不惜,打响了牌子不愁钱赚不回来。

　　遗憾的是,生意老像华尔街的蓝筹指数一般,疲疲沓沓的,上不去就是上不去。餐馆业是长程投资,哪有"一朝醒来,名满天下"的神迹?有一天,张泉跟一位在市场街珠宝店当护卫员的客人聊天,客人诚恳地说:"你们这店,菜又好又便宜,我是想常来的。但是你看,门口总站着不三不四的人,乞丐、疯子、流氓,要多煞风景有多煞风景,正派的人谁敢进门?"张王两位把这话咂摸了好久,隐隐找到症结了。

　　事有凑巧,次晨,还没开门,餐厅的天花板竟无端漏起水来,下雨一般,桌椅全湿了。楼上的客栈,以前只听说是市政府包下来,作为无家可归者的临时宿舍的,却不知底细。张泉便打电话给客栈的经理,经理还在家睡懒觉,只吩咐驻店的水管工去查一查。张泉怕开不了市,就随着水管工上楼去。才走进那个漏水的房间,他就倒抽一口冷气:房里黑洞洞的,连床也没有,一个青年白人男子蜷在地上打鼾。堵塞的是洗脸盆,水已湮到睡者身边,他浑然不觉。房内一无所有,上百个烟屁股像夏夜繁星般散在地板上。在号称富甲天下的国度,居然有这般破败的地方!张泉只差没失声惊叫,把水管工撂下,小跑了出来,在走廊上又撞上一堆一堆邋邋遢遢、懒洋洋的男女,他们都大咧咧地拿他取笑。临出大门竟摔了一跤,原来地上横躺着一个烂醉的女人。这些人,都是无家可归,被市政府收容,再塞到这儿来的。堕落、愚昧、荒谬、贫困、不幸、放荡、淫秽、肮脏,密集于一处,比贫民窟更贫民窟。餐馆就在它的腹部,你如何去招徕客人?张泉这才发现,那位一脸胡子拉碴,从早到晚靠着餐馆的大门高声嚷叫"我就是州长"的醉汉,就是这里的住客。还有一位二十来岁的黑人,不时来买六毛九一客的炒饭的,有一回手痒,把店内的窗子弄裂了,张泉要他赔钱,他狞笑了几声,说:"我赔你钱,谅你也没胆量要!"原来他是旅馆内"黑桃帮"的头目。

这一晚,张王两人都失眠了。美国餐馆学的要义,头一条是位置,第二条、第三条仍旧是位置、位置,他们并非一无所知,恨的是当初操之过急,看得不仔细。其实,所谓"位置",并不是指"高尚住宅区"或"繁盛地区"那么简单,而是指餐馆的开设,适合当地居民的消费特点和能力。个中的学问可大了,你要开一个面对中间阶层的店吗?价格就不能太低,装潢、菜式、服务得与之匹配;而且,必须设法将只吃得起廉价餐的流浪汉们排拒于门外。可是,在这"孤岛"中,你管得了店里,却赶不走门外的皮条客、毒贩、小偷、野鸡和野鸭,他们是连警察也奈何不得的地头蛇。退而求其次吗?单单以"便宜"为宗旨,专卖低档菜,也不失为一条艰难然而可行的路径,但他们的致命伤恰在经营方针上,企图熊掌与鱼,兼而得之,结果是两头不讨好。更何况,你必得有一笔储备金,以度过难以避免且长短无从预计的亏损期。比如说,要保证质量,就必须用料新鲜,卖不了的过时货要倒掉。而且要坚持不懈,一如"麦当劳"快餐连锁店一般,规定面包过了若干个小时就得抛弃,那就非要资本雄厚不可。然而,他们连维持日常营运也捉襟见肘啊!"张王餐室"进入了可怕的恶性循环:生意愈不好,菜愈是差劲;菜愈是差劲,生意愈加糟糕。各种账单源源而来,都是拖欠不得的。两位老板原以为在大跃进年间饿得肿了脚死不了,在"文革"武斗的枪林弹雨中保得小命,算得饱经忧患,这才知道最大的危机正在眼前。王斌还一脑子天真,提议找希腊佬谈谈,看他能不能把餐馆收回去,把血本付还,放一条生路。两人向希腊佬一提起,他那团团脸就变成拉成鸭蛋,冷冷地说:"七年的租约,是有美国法律做保障的,你们要违约,我的律师会控告你们。"张泉火了,说:"我们没钱,没房产,宣告破产,看你能拿我们怎么办?"希腊佬哈哈大笑,说:"求之不得哩,你们关了门,那三万元就归我了,我再把餐馆拿去卖。"他眨眨浅蓝色的眼,极有把握地说下去:"实话,你们不是头一个,也绝不会是最后一个。"于是不欢而散。

那晚打烊后,他们正在里头扫地,刷炉子,一个中年黑人闪进了门。他们以为是抢劫的,不料来人只是庄严地问:"你们卖不掉的食物,是怎样处理的?"张泉心情早已坏得可以,便答:"怎么处理关你屁事,滚出去!"黑人昂起头,悲壮地说:"我知道你们是把剩下的食物倒掉的,我只要一点点充饥,这样的善事也不做,还是人吗?"说的倒在理,张泉脸红了,但转念一想:若天天有人来要施舍,那不成救济院了,还做什么鸟生意? 还是咬牙拒绝了。黑人愤恨地说:"那好,今晚十点半我在门口等着!"放工时,张泉和王斌父子三人都在裤腰上别了刀子,黑人却没履约,看来只是虚张声势。

第三部:卖店

从新开张到现在,才三个月,王斌和张泉都瘦了一圈,日坐愁城,说多难熬有多难熬。一筹莫展之际,他们都想到了一处:卖店。趁人家不明底细,早早脱手,也许能把老本挣回来。

广东人有一句古老的刻薄话:"生意佬屙屎狗不吃。"平心而论,张王两位原是老实人,编个小谎也会脸红;但是商场如战场,为了自保,为了老婆孩子,他们不得不抛却文学上至关紧要的真诚,骗人去了。你要坦白说生意不好,人家还敢买吗? 谁个出卖餐馆,理由不外是"身体不好"啦,"因事回国"啦,"忽然染病"啦,"股东不和"啦,他们就选上"股东不和"这一条。餐馆刚开就闹拆伙,这也不是说不过去,知人知面不知心嘛!

首先,张泉抽空到唐人街,花了二十多块,在销量最大的中文报纸的《分类广告栏》上登了一则"餐馆急售"："商业区赚钱餐馆，因股东不和廉让，另合伙亦可，价格面议。"所谓"另合伙"，只是缓兵之计，让人以为餐馆真的有可取之处，老板才不愿全部放弃。登了报便就专心等候电话。一时间铃声响得热闹，好些同胞来电打听地点、价钱、营业额，等等，可见想圆老板梦的，遍地都是。一位中年广东人，在唐人街当了十多年厨工，老板加的薪水少得可怜，憋着一肚皮牢骚，一心要出人头地，读报后赶来，里外看了，十分中意。坐下来谈价钱时，张王两个装得气鼓鼓的，互不理睬，有话说时就冷言讥讽，来人信以为真，不但愿按原价加上装修费用，共五万元买下，还一个劲地劝他们别为了小小生意毁了多年交情。两人暗里高兴得差点跳了起来，仍旧愁眉苦脸，一副舍不得放弃"金饭碗"的表情。末了说定明天来交订金。不料煮熟的鸭子也会飞走，广东人回到家，连夜把老婆孩子带来看店子，没进门就看到人行道上一大摊鲜血，原来他前脚出了门，后脚就出了事：几个古巴难民和另一帮打群架，有人挨了一刀，给抬上救护车去了。几辆警车还亮着红灯，在街上搜集证据，一片恐怖气氛。广东人顿时魂飞魄散，落荒而逃，连电话也不敢回一个。

登广告不济事，便转向地产经纪求援。打电话给中国人开的地产公司，请其代找客户。经纪人大多对代卖餐馆不感兴趣，都声称难卖，赚那百分之六的佣金，怕还不够付在报上登推销广告的账单。一位经纪倒是接下了，但只带一个新加坡商人来转了一圈，也没了下文。

他们一边苦苦撑持，一边托熟人，求朋友，找旧日的餐馆同事，看有没有买主。一个越南来的中国妇人倒是很认真地看了，颇有成交的意愿。她据多年研究堪舆的心得说："这大门朝北，北风一直往里灌，风水上属大开大阖之局，鸿运当头的人会大发，否则就不甚顺利。"看她志得意满的模样，大抵就是合该"大发"的一个。可惜来过几趟，吃过王斌精心烹制的免费菜肴后，又不明不白地消隐了。

渴盼、失望、颓丧，他们陷进了前所未有的困境中。进取的锐气已全然为悔恨所取代，幸亏他们还互相信任，晓得这时候更要和衷共济，否则会吵架打架了。

有一天，一位机灵的小伙子登门，自称是不远处"食物中心"的伙计，那是专做穷光蛋的生意的外卖店。他说他早已精于和各种下三滥打交道，知道怎样从他们干瘪的钱袋中赚取可观的利润。三人认真地核计了一番，小伙子提出了一整套改革计划，要点是在"蒸汽台"上大做文章，增加大量成本低、能饱肚的廉价菜，一靠便宜，二靠快速，打出"打工族快餐"的优势来，教张王二人怦然心动。但最后小伙子不好意思地说："眼下我没钱，可不可以让我先进来，以后再把股本还给你们？"这本不失为走出绝地的良策，无奈两人在心理上已一败涂地，一门心思就是"鞋底抹油——溜之大吉"，这一变革大业于是乎胎死腹中。生意则一天不如一天，每天的收入竟跌到一百来块。他们有空不是打电话找买主，就是在里间抽闷烟，等待奇迹。

奇迹终于让他们等来了，一位香港来的女士决定买下。她刚跟有钱的丈夫离了，敲下一大笔赔偿费。这女人生性极好强，又工心计，前两年在郊区开过小餐馆，小小赚了一笔。她看上这一家，却是出于匪夷所思的报复心。因为那负心汉就在附近的一座写字楼当建筑师，她要在他的眼皮底下"抖"起来，让他亲眼看到，好好泄泄心头的怨恨。她容貌秀雅，口齿伶俐不说，据说七言律绝也写得蛮像一回事。但是谈到价钱时，却露出了一点也不清高的商人本色，只肯出三万五千，就是说，要王斌他们亏二万多。两人心疼得紧：我的妈，才几个月，白干不算，还要赔这么多！两人当然不肯。女士傲然笑道："别逞强了吧，你们的底儿我清楚，每天做不了两百块钱的生意，还能硬挺多久？"张泉一惊：糟！营业收入是每个店子的秘密，给谁偷去的呢？向王斌一问，原来是一位热心的文友无意中看了营业日志，又无意地在闲谈时漏给有心的女士。把柄既在人手，也不可能另外有买家出更高的价，他们不得不接受了。否则，拖下去只会让希腊佬收回，那才叫竹篮打水。

不多久，餐馆成交了。张王两人和女士约上希腊佬，一起到地保官那儿，在买卖合约上签了字。希腊佬对风韵犹在的东方女士似乎格外喜欢，签名时十分爽快。

王斌和张泉两个难兄难弟收拾了家什，把钥匙交给了新老板，向曾寄以"黄金梦"的晦气所在告别。尽管在不到半年之内,每人除了起早摸黑地苦干却毫无报酬不算,还各亏了至少一万元,却觉得十分侥幸,毕竟脱离苦海了。用国内流行的说法,叫做交了一笔学费。虽然无处报销,但男人那老是蠢蠢欲动,又无从着落的所谓"事业心",倒平静下来了,一如出过一次"天花",有了免疫力。

黄粱梦醒。这未必意味着他们的愚鲁或者背时。他们明白了,在中国大陆生活了这么多年,吃惯了大锅饭,先天地欠缺竞争意识。这是初战失利的重要原因。如果再迟几年,让国内那些改革开放后出现的"大款"、企业家出马,局面当会不同。

尾　声

香港来的女士买下餐馆后,关上门,装修了一个月,重新开张时,果然面貌一新。显然,她彻底地采取了"面向中产阶级"的经营方针。蒸汽台拆除了,桌子铺上了桌布,还在新搭的月牙门内,设了雅座,门口挂上了大红宫灯。菜单自然全盘改了,以带辣味的川菜为主,以她拿手的上海菜为副,价钱中档偏上。女士一身而四任:大厨、餐厅经理、带位员、侍应生。手下两个厨子都是广东乡下来的新移民,每人每月工资才七百块。

女士的惨淡经营却不顶事,生意是"外甥打灯笼",贫民窟的豪杰固然对其价格望而生畏,稍远一些的客人仍旧嫌地方太脏太乱,不愿涉足。女士支撑了几个月,灰头土脸之余,竟也和前任一般,向希腊佬求救,让他把餐馆买回去。希腊佬不谈正题,却眯着色迷迷的眼,说好说歹说,还打算和女士合伙干。说到最后干脆露了底牌,说,你很适合做我的妻子,可否成百年之好?女士脸红红的,骂嘛得罪不起,只好躲开他那双多毛的手,远远坐着。多情的希腊郎以为得手,来个熊抱,对怀里发抖的女士建议:立刻就开始"试婚"如何?如果满意,他就把妻子休了,来做中国人的夫婿。女士自然以"容我慢慢考虑"推掉,罗曼史不了而了之。

再过了一段日子,女士把餐馆出租给一位台湾来的女人,每月收租金一千五百元。台湾女人不愿签长约,她怕赔不起,留了随时开溜的后路,但还是交了八千元的押金。

香港女士暂时甩下了包袱,回家休养生息去了。到了下月初,她进店来收租,才大吃一惊:餐馆又告易手,新主人是越南人,她作为东主,全给蒙在鼓里!问那越南人,才晓得,台湾女人冒充老板,开价三万块,把店子盘给他。越南人呢,刚刚从内华达州的太浩湖赌场赢了十七万元,正愁钱没出路,立刻用现款支付了。台湾女人拿了钱,连夜逃之夭夭。

香港女人气急败坏,要打官司,但是找不到了被告的踪影。好在越南人看钱既来得太容易,何妨破财消灾,就补回三万元给她,算是"私了"。女士见自己的利益没受多大损害,就同越南人正式签了契约,把餐馆卖断。自此,越南人半死不活地维持了下来。

几个月后,张泉在街上邂逅希腊佬,谈起那家餐馆,希腊佬不无自嘲地道:"那鬼店子,没有人能弄得好。十年前我买下客栈那阵,把拐角改成这餐馆,到今天老板少说也换了三十个。先前一个白人,买了下来改开酒吧,生意好坏他全不在乎。后来给警察封了,原来这家伙在地下室装了一部带压模的机器,专门造假的二十五分面值的硬币,每天至少造一千来元。他给判了坐牢十年。以后一个墨西哥人买下了,他的儿女一大群,天天涌来几十个人白吃白喝,才三个月就垮了。你们中国人,别看能做,也对付不了。"说到这里,他潇洒地耸耸肥厚的肩膀,笑了:"我不管,反正收了回来,又出卖,还是有得赚,哈哈!"

那阵子双方已没有利害关系,他说的该是老实话。

一九九四年十二月

告别莲池

拆去环绕着莲池的铁丝网之前,前来帮忙的妹夫还在迟疑着,不肯动手,皱着眉头问我:"好端端的池子,拆去太可惜了吧?"我犹豫了片刻——已经数不清是多少次的踌躇了,还是咬了咬牙,挥挥手说:"不管了,拆吧!"于是两人扬起铲子,敲开铁桩,扯掉铁丝网,再下到池中,用水桶舀了水,倒进排水沟。金鱼在奔突、蹦跳,莲叶东倒西歪,几朵盛开的睡莲,颤抖了一阵,不情愿地倒在污泥中。水干了,妹夫将金鱼捉起来,养在小桶中,打算拿去送给家有金鱼缸的朋友。一位在家后院新掘了小池子的友人,闻讯赶来,捡走了一大把带泥巴的睡莲的块根。然后,大锤子一阵猛砸,池沿的砖头粉碎,落进池中。一个小时之后,池子用沙子填平了。那阵子我光顾喘气,待到洗净了一身泥巴,坐在楼上书房中歇气,打开百叶窗下望,心才像被钝刀子剡着一般,一阵比一阵剧烈地痛起来,唉,追悔莫及!我抱头欲泣。

八年前,我和妻在旧金山打算买房子,看了几十栋,都没有合心意的,不厌其烦的洋经纪领我们走进了这一幢,看过内里,踱到后院,在八棵挺秀的枞杉围拥中,竟有一个莲池!直径十二英尺左右,红的花、绿的叶、藻荇、金鱼,我几乎惊呆了。随即向妻说,别的不用计较了,单单冲这个池子,就该买。

房屋成交后,我和旧主人见了面。这位七十多岁的德国犹太妇人,是因了丈夫故去,才忍痛卖掉住了近四十年的屋子,搬到内华达州去与侄女同住的。她领我到后院,不胜眷恋地抚着池畔那块刻着"不准钓鱼"的木牌子,喃喃地叮嘱我:"都交给你了,这些睡莲,这些鱼儿,我的好伙伴,得好好照料啊!"说罢又交给我大罐小瓶的鱼食。她搬走之前,给我来了电话,说她写了一张《备忘录》,放在厨房一个抽屉里,要我千万细看。搬进来以后,我取出一看,密密麻麻的两页,都是关于池子的,睡莲与金鱼的脾性啦,喂鱼食的分量和时间啦,要每天让池子中央的小喷泉不断喷水啦,等等。最末的一项却教我莫名其妙:每年用粗盐清洗池子一到两次。我为了研究这种清洗法,特地下到池中去,脚下莲根盘虬,污泥好几寸厚,插满了大小贝壳,如何洗得?所以一直没有实行。其余的自然——按既定方针办。

搬进新居不久,就是春了。池上枯败的莲叶日渐让新叶挤到水下,一天,新雨初晴,池子上蓦地升起了几株睡莲。有的含苞未绽,有的已迎着阳光怒放,鹅黄的花蕊闪着金的光泽。我叫来妻子儿女,一块到池畔观赏、照相,小女儿对着花拍手唱起歌来。

亭亭的莲花,如盖的莲叶,柔细如丝的水草,还有金鱼,岂不就是微缩了的江南胜景?我的故乡在岭南,并不以莲驰名。但是一到夏天,在县城的人工湖上,在乡间偏僻的一隅,在河涌的旁汊,都不难见到莲塘。雨霁的莲荡最是夺人心魄,南风中招摇的莲花,一如烛焰。莲叶田田复田田,在水面传递着最神秘的悸动,唯有少女初恋的心差堪比拟。蛙们栖在叶上,蜻蜓嘬着莲瓣绛红的边沿。夕阳如火,有小橹滑过,有挑水桶的村女嬉笑着走近,投下俏的影和野性的波纹,鱼泼喇喇地在远处跳跃。这浮现于还乡梦的莲塘,居然化为眼前生动的涟漪,乐何如之!尽管睡莲比故土的荷花小了不止一半,蒲扇似的莲叶也缩小为巴掌大的片片,不过是盆景罢了。绝没有"接天莲叶无穷碧,映日荷花别样红"的气魄,但于我足矣。在异乡沉重的生活挤轧之下,在紧张忙逼的工作之余,每一回下工走下有轨电车,回到家里,到后院去消受这活色生香,便不期然想起"开门郎不至,出门采红莲"的诗句,那点属于女性的古典的慵困,竟体味得分外真切。

睡莲并不娇贵,有水就能按时序开落,金鱼倒不然。有一年开春,一天天鱼儿浮上水面,翻着肚皮死去,捞起一看,腹鳍下都有出血点,忙到金鱼店找师傅。师傅说是患了流感,我买了二十块钱的药片,回到家,把池水戽去三分之二,再把药片溶进水里,才救活了不到一半。后来,我到唐人街去，买回一些补充。太昂贵的不敢问津，怕在户外难养活。身长盈尺的日本锦鲤也没买，怕那庞然大物摧残了花叶。买了十来元一尾的"珍珠鳞"，为的是它们那艳红鳞片上淋漓的金斑，恰如睡莲在初阳下的倒影。还买了六七尾浑身漆黑的"水泡眼"，为的是在红与绿的主色调中作点儿调剂。鱼戏在莲叶之东、之西、之南、之北，也不时停驻在中央喷泉周围，嗒喋滴嗒而下的水珠。每当一个街区以外的电车隆隆开过，莲池也应声荡漾，花叶微抖，有如弹簧，唯金鱼怡然如故。这一图景，教我悟出：大隐隐于市也好，升斗小民混饭吃于市也好，都少不了这种缓冲器。看，都市的噪音，经过这玲珑一泓的过滤，不就大大地减弱、驯化了吗？

再后来，我终于有了一个书斋。那是自己动手，将阳台改建而成的，面积不足一百平方英尺，简陋得很。明人屠隆有文曰《书斋》，对这种"雅地"，从外头的盆景、洗砚池，乃至青苔、墙上藤蔓，内里的几榻、琴剑、书画，乃至书童、客人，都有极苛的要求。我做不到，但也具备了一项："近窗处蓄金鳞五七头于盆池内。"而且不止此数，也许已逾"雅"的法度了。屠隆没有提及莲，该不一定是疏忽，而是无力为之。在书斋读倦了，朝窗下一望，顿觉所对的睡莲，便是如今仅存的"羲皇上人"，日出而作，日入而息，按部就班，从从容容。有莲，有鱼，有书斋，嘻！恍惚间不知是梦是醒了。

两年前，隔壁搬进了一家阿拉伯人。从此莲池渐渐成了是非之地，为的是阿拉伯人的四五个半大小子，爱在后院玩球。兴起时大篮球小皮球不时飞到我家后院。莲池上几乎天天浮着一两个球。小孩子丢了球，自然性急。便爬过篱笆，到这边拾回去，为了捞出池上的球，不知危险的孩子，伏在铁丝网上，探出半个身子在水面上。铁丝网承受不住，塌了还在其次；孩子失掉平衡，倒栽葱掉进水中，保不住会淹死。有一回我见了，连忙喝止，还找上阿拉伯孩子的父亲，痛陈利害。大胡子的阿拉伯人也很紧张，答应严加管束。但是他打两份工，难得在家，妻子也有工作。而且你怎么禁也禁不了孩子玩球的狂热。才静了几天，那种玩命儿的捞球节目又上演了，再向阿拉伯人告状，他只耸耸肩，表示无能为力。

妻子害怕起来,常向我唠叨,说这池子迟早会弄出人命,不能要了。我哪肯答应,只是支支吾吾,苟且度日,寄望于邻居早日搬走。

到了最后,我竟答应了。来由倒不全是为了邻居的孩子,而是莲池惨遭蹂躏。好端端的池子,早晨所见,一片浑浊,莲叶碎了,花茎断了,鱼儿没了踪影。谁是祸首呢?不会是邻家孩子,他们只管拾球,绝不会无端糟蹋它。那必定是金门公园溜出来的浣熊了,这种动物仗着有政府保护,常来侵扰,它们会游水、爱吃鱼,一定是晚上爬过铁丝网,在池中追捕金鱼,才弄得这般景象的。儿子却说,他亲眼见到几只长喙的白鹤来叼鱼。我不相信,一厢情愿地把账记在横行霸道惯了的浣熊身上。那飘逸的、只配在典雅的十四行诗上飞翔的鹤,雪白的翎羽,单腿伫立的矜持之态,如何背得起残害莲池的黑锅?

为了免教孩子受淹而毁掉莲池,虽有好生之德,也毕竟近于广东人所称的"斩脚趾避沙虫",小心得过了头;为了浣熊的捣蛋而取此下策,则有"宁为玉碎,不为瓦全"的悲壮了。干过煮鹤焚琴的恶行后,浣熊依旧在林间逍遥。我所伤害的,还不是自己?都市中仅存的田园风韵,在一念中化为残垣,我家后院,盲了碧水盈盈的眼瞳!

在排干了水的池中,我一边挪动睡莲盘错的根系,一边寻找两只小乌龟。那是去年春节时在唐人街桃花摊旁买来的,往常总见它们伏在莲叶上,但在泥中翻个遍,都见不到。即使已死了,硬壳该在呀!大抵神龟有灵,预知有此一劫,早早溜之大吉。明知此辈与我,都是无所逃于天地之间,但我逼着自己相信一个神话,一如我把睡莲的块根送了人,让它在别处延续楚楚可怜的美。我能要的,无非是救赎的慰安。

莲池逝矣!已填平的圆形上,长出了萋萋荒草。我将以水泥覆盖,再买上一套露天用的塑料桌椅,好招待到访的友人。在炎夏作日光浴,在中秋赏月,然而,以旧金山的多雾与阴冷,连这点弥补也只是说说而已。唯一的真实,是真实过的莲池,退回到乡梦中。告别莲池。是人的异化过程中的必然呢,还是偶然?

一九九四年十二月

"老母鸡"传奇

眼看天色已晚,从坐落旧金山下城乾尼街和华盛顿街交界的一家专卖越南牛肉粉的小吃店望出去,满街是从金融区大厦群下班的男男女女。我眼看"谈判"没有结果,便扬手把侍应生叫过来,付了账,走出门来。参与"谈判"的另一方,是文医生,文医生的女儿小琳。小琳那六个月大的女儿海海,躺在手推车上。我因为出师不利,有辱友人所交付的使命,情绪颇为低落,只闷闷地随着文医生她们一起走,打算把她们带到市场街,送上地铁站,看她们上了开往郊区的火车,便回家,忙自己的事去。文医生母女,刚才还激动得很,向我摊牌时两人都泪一把涕一把。文医生说到伤心处,竟哭出声来,牛哞似的,引得食客都扭头盯着我们这一桌,我赶紧劝说,递过一叠纸巾,她才把哭声封住。这阵子倒雨过天晴,母女俩有说有笑,不肯径直回家,要逛逛没来过好久的唐人街,我只好作陪。她们在都板街众多的礼品店进进出出。女人似乎只要可以发泄购物欲,甚至只要到商场转悠转悠,心情就会好起来。在"昌记栈"的玩具部,她们拿起一个新加坡出品的椰菜娃娃看了又看,放下又拿起。文医生下意识地掏掏手袋,却摇摇头,说:"还是别买吧?小琳。"我知道是手头紧,反正也就是八九块钱,我帮她付了,把娃娃放到小海海怀里。文医生母女不迭地谢。

再往前走,到了"安记鸡鸭店",店门旁贴着一张红纸:"老母鸡每只三元。"文医生见了,二话没说,走进店内,不一会儿就拎出一个牛皮纸袋子,笑眯眯地向我说:"老母鸡煲粉葛,我在肇庆时最爱做了,又鲜又滋润,我的琳琳一喝就是两大碗,你问她是不?"我没问,却好奇地拿过纸袋,稍稍打开一看,一只麻花鸡沉着地蹲着,翅膀和爪子都给纸带捆上,只能勉强挣扎几下。这种鸡,是郊区农场从产蛋的鸡群中淘汰出来的,不消说已很老,连毛色也灰哑,不过眼睛仍旧机警非常,头一转还倚老卖老地哼上几声。这种母鸡,我也很熟,二十年前在乡村,家里养过好几只,连毛色也和这只相仿。这种雌性动物,每一次下过蛋,扑扑从窝里飞出时,总会咯咯大叫,向全世界发布宣言似的。孵小鸡那阵子,格外凶狠,你走近,它就狠劲啄你,我那不识好歹的小儿子就吃过好些亏。小鸡出了壳,母鸡就领着,到外边扒食。母性的爪子又锐利又有力,把菜园、垃圾堆、禾堂都扒个天翻地覆。天空飞过鹞鹰的黑影,母鸡就张开翅膀,把整群小鸡罩在里头,它则悲壮地盯着天空。一路上,我看着文医生手中那只偶尔蹭动的纸袋,竟想起业已过世多年的老祖母来,她有一个小墟里无人不晓的外号:鸡婆凤,凤是她的名字,她和祖父开海味铺那些年,因为够勤俭,够刁,是乡里人所称的"摔倒抓把沙"的角色,活像老母鸡,所以给哪个促狭鬼封上这么一个未必全是贬义的头衔。一边想,一边看着文医生领女儿、外孙走上电动扶梯,挥手向我说再会,我竟不伦不类地将之和母鸡领小鸡的乡村景致联系起来。别的不说,但看文医生的外形,矮而富态,枣核的身段,宽阔的中段——记起一本外国小说以"海洋般宽广"来形容女性的尊臀,于是暗笑——一颠一颠的模样,不也和老母鸡神似吗?她年近六十,头发白了一半,原先在肇庆市属下某区一个小医院当医生,且是"内外全科"。她不是科班出身,读过师范学校,当过小学教师,被抽去参加农村工作队,在队里认识了从部队转业来的工作队长,谈上恋爱。一来二去,怀上小琳后,草草结了婚。以后,丈夫在卫生局当局长,把夫人调离学校,派到省城的医护速成班学了六个月,回来就当上医生。毛主席说得好:"实践出真知",她到底是机灵人,二十多年过去,也就给锻炼出来,成为医术不算马虎的真正的医生了。

小琳是文医生的大女儿,二十五岁那年,国内留学潮刚兴起,她就通过一个远房堂叔作担保,来到美国,读了一阵野鸡学校,刚到ESL（English as Second Language"英文作为第二语言",是美国政府为新移民开的英文课程）百班,也就是勉强能对付日常会话的程度,凭在酒吧当侍酒的室友拉线,嫁给了一位叫马丁的希腊移民。她不是爱马丁,而是急于解决身份问题。马丁三十多了，还打光棍，在酒吧当调酒师，是我已认识了好些年的朋友。头次相亲，他见小琳清秀可人，性情柔顺，一副小鸟依人的可怜模样，和那些大咧咧的、花钱如流水，抽烟喝酒加毒瘾的洋妞儿比，一个天上，一个地下，当然满意，很快就结了婚。一年圣诞节，我和妻应邀到马丁家去吃烤火鸡，第一次见到成为"马丁太太"才一星期的小琳，用广东话聊起来，分外亲切，妻和小琳尤其热乎。马丁巴不得孤独的太太有新朋友，便鼓励我带妻子多多来访。据我和妻的观察，马丁和小琳虽然因了语言隔阂，难以充分沟通，年纪差十岁，但算得恩爱夫妻。小琳不像她妈那么泼辣、有主见，总是百依百顺，凡事要丈夫点头。有时看她拿着《英汉字典》，手忙脚乱地比画，马丁先是搔耳抓腮，听懂了以后哈哈大笑的情景，实在有趣。他们在赌城拉斯维加斯行过闪电式婚礼不到一年，海海出世了。文医生刚刚退休，在家闲得发慌，挂念女儿和外孙，赶忙办了探亲签证来到这里，侍候小琳的月子。马丁到机场把从未见过面的丈母娘接到家来，也是满心欢喜的。文医生的行李，是两个大箱子：一箱是个人衣物和礼品，另一箱是中西药品，名堂之多，比唐人街的小小中药铺尤有过之，因为中药铺没有西药，她呢，连针筒、针头、听诊器都带了来，婴儿用药更是应有尽有。

在马丁那位于郊外中产阶级社区的家中，文医生初来时，一家子倒是挺融洽的，小琳从出生起就唯母亲的马首是瞻，是街坊三姑六婆所推崇的乖乖女。如今有了主心骨，更是一切内政委诸妈咪，专心抱着海海哼催眠曲。文医生也许开药方时会用有限的拉丁文，英文是绝对的"擀面杖吹火"，与乘龙快婿打交道，都由小琳居间作翻译。"鸡同鸭讲"的局面，也不全是坏事，无从交流，加上温柔的小琳作缓冲地带，文医生和性子急躁的马丁想吵也吵不起来。可惜好景不长，和平维持到海海生上头一场病，就告结束。海海那次得的是流感，不算怎么凶险却足以把全家人整得七荤八素。马丁小两口毫无经验，手足无措不消说了；文医生看这种病，少说上千例，本来是胸有成竹，指挥若定的，不过就是"保婴丹"，打支退烧针，再就是青霉素。但是马丁不吃她那一套，有一晚，海海发起高烧来，文医生打开箱子，掏出一大把白的黄的药片，马丁看见，脸发青了:我的妈!哪见过一下子喂这么多的!死活不让丈母娘再接近宝贝女儿,马上开车,把女儿送到"恺撒"医院看急诊。不料夫妇两个出门时太慌张,没注意给婴儿保温,路上给冻着,病情加重,演变为肺炎,要留医。折腾了一个星期,海海才出院,渐渐康复。这事使双方都留下创伤。马丁益发不信任岳母,吩咐小琳寸步不离地看着女儿,还请了假在家专门作监视,绝对不让岳母在医院开的药之外,再开"私药"。文医生呢,气不打一处来,老向女儿埋怨,说那回不是马丁阻拦,放手让她来治,哪有后来的麻烦?把外婆当成谋财害命的恶人,不是好心当做驴肝肺嘛!我当医生好歹当了二十多年,养大五个儿女,不信我信谁?小琳给夹在中间,表面上和稀泥,两面讨好,其实是暗暗帮着妈咪的。妈咪哪会错的?这是她有生以来的坚定信仰。

从此,家里没有了安宁。冲突往往因海海而起,诸如替婴儿洗澡,水该热一点还是冷一点,是一个人还是两个、三个人替她洗;怎样哄婴儿睡觉,是用中式,用背带背着还是按洋式,抱在怀里,抑干脆放在婴儿床上让她哭够了再睡;婴儿这么小,该不该放在游泳池里泡;尿布该什么时候换,奶该什么时候喂,诸如此类,反正两个人有了成见,没有一样顺眼的。有一回,马丁那读初中的外甥放了暑假,从洛杉矶来舅父家玩几天。马丁让他给前后院剪草,一天下来,给了他二十块钱,算是工资。不料发薪时给文医生撞个正着,于是牢骚来了:好你个洋女婿,我到你家来,当奶妈、保姆、管家、佣人、家庭医生,几个月下来,你除了带上我到意大利餐馆吃过几回面条,我生日时送过一条十四K金的项链,一个子儿的报酬也没给过,我劳苦功高,你高兴了就给我个拥抱,说声谢,不高兴了,就摔刀叉。她越想越气,便向女儿哭了一次,女儿当然是感同身受,当晚和马丁开骂。马丁顿时发了呆:这柔弱女子,哪来的火气?以后,又吵了好几回,都是文医生惹起于先,女儿代打不平于后。这更使马丁恨得文医生牙痒痒的:这女人没来时,我两口子多亲密,你这么一掺和,就一塌糊涂。

文医生的签证期限为一年,来前买下的机票是双程的,若逾期回去,就得作废。离期限还有两个月,马丁看势头,岳母是不肯走的了,小琳也多次提出，要马丁出面雇个大牌移民律师，先帮母亲办个延期居留，这么一拖两拖，直到拿到绿卡，然后把还在国内的父亲、弟妹全弄出来。小琳嫁一个洋人，自认为是为家庭作的牺牲，为的是作个开路先锋。在母女的夹攻下，吃够了苦头的马丁哪里肯依？多次在电话中央求我，无论如何替他设法，把岳母劝回去。否则，这异国姻缘没得救了。我便邀她母女俩到唐人街来，于是有了开头"谈判"的一幕。我把利害摆开来：你依期回去，待到小琳三年后入了籍，再为你和小琳他爸堂堂正正地办移民，岂不比在这里非法居留，日日心惊胆跳，怕移民局来抓人强？小琳他爸有哮喘病，需要你回去照顾，家里也缺不了你这个主人嘛！如果丈夫把你抛弃了，家里四个孩子学坏了，岂不是鸡飞蛋打？我说得唇干舌燥，文医生呢，说千道万脑筋就是不拐弯："我在这里，马丁都敢欺负小琳呢，我一走，还得了？就不信在这里待不下，我认识一个广州人，和我的身份一个样，花两千块请了律师，如今绿卡到手了。马丁是舍不得那钱，他的钱只给外甥发薪水！"我见没有转圜的余地了，只好收场。

那次在越南小吃店当说客，虽是无功而退，却并非毫无正面作用。不多久，文医生就离开马丁的家，到一个做出入口生意的台湾商人家打"住家工"去了，那里包吃住，她负责接送两个上小学的孩子，每天做一顿午饭，月薪五百，不用纳税。那家离马丁的家，只四五个街区，走路就到。文医生到了星期天才到女儿家去，见到马丁的脸色不好，连晚饭也不吃，坐一会儿就走。倒是小琳常常趁马丁上了班，推着婴儿车，到妈咪那边去串门。

文医生不在，马丁夫妻本来可以缝补裂痕了，可是事情就是怪，小琳比过去成熟多了，不再什么都无所谓，由马丁说了算，往往有备而来，操着结结巴巴的英语，和马丁一较短长。马丁哪会不晓得，小琳背后是有人煽风点火的。于是平添了对立情绪，夫妻矛盾加剧。有一回，大吵一顿后，小琳撂下海海，独自在政府办的庇护所住了几天，惊动了专查办"家庭暴力"案件的社工，好在没确实证据，要不马丁要吃告票。马丁没奈何，半夜三更给我来电话，要我出面。我只好当调解人，劝了这个劝那个，好不容易才把小琳劝回家。我知道，这段姻缘，已到了崩溃的边沿。

说话间,文医生的签证期限到了。出人意外的,她宣布:将如期回国。叫马丁欢喜得几乎跳起来,"祸根"将除,光明在前,怎不松一大口气? 于是,马丁表现出前所未有的孝顺,陪太太到唐人街买了好几磅花旗参,到超级市场买了各色巧克力糖果、饼干、开心果、葡萄干,把丈母娘带来的两个大箱子塞得满满。

文医生登机的前一天,马丁夫妇邀我们去他家吃晚饭,为岳母饯行。除了妻备下的礼物外,我特地到"安记鸡鸭",买了两只老母鸡,到杂货店买了几磅粉葛干,让文医生全家在她离开之前,再喝一次她的拿手"靓汤"。我和妻开了大半个小时的车,到了马丁家。开门迎接的是小琳。一见她满眼红丝,眼泡浮肿,我一惊,以为战火又起。她看出我的疑惑,解释说:"是累成这样子的,这几天妈咪把马丁赶去海海的房间睡,每晚跟我同床,唠叨到天亮还不停口。她呀,没有一样放心的,烦死了!"

我们进到客厅,与各人打招呼,逗了会儿海海。马丁一脸喜气,在厨房里边哼希腊小调边腌羊排。文医生在客厅的桌子前,埋头写什么。我走近,她把纸递过来:"正在赶写《育婴须知》呢。总是放不下呀,可怜天下父母心!"我向四周一看,只见门板上,过道旁电冰箱的门上,到处粘着小纸片,是文医生的手笔,如"婴儿发烧吃什么药"、"几点给海海喂奶"、"爽身粉搽法"、"出门前务必检查:奶瓶、奶嘴、尿布、衣服、风兜、钥匙。"我连连赞叹。

我们给文医生送上礼物,她不迭道谢,打开那个牛皮纸袋,看到老母鸡,登时大笑:"哈,就你有这心水哩!"她和我聊了一会儿,心事重重的样子,说来说去,无非是:我走了,小琳和海海怎么过?

那顿晚饭,由马丁主厨,完全是美式:牡蛎汤、色拉、羊排,外加苹果派。吃不到老母鸡粉葛汤,虽有遗憾,也不好说。不料,临出门回家时,小琳悄悄地向我说:"你说怪不?妈咪拿两只老母鸡到路旁树丛中,放了!"我哑然,个性务实,以功利为唯一人生目的的文医生,何以忽然这般浪漫呢? 我似乎悟出了她的悲哀。只是,老母鸡放生在林子间,能活多久呢? 让同胞捉了去,仍免不了上汤锅;让热爱动物的洋人捉了去,也就是送到动物庇护所和猫狗同住一阵子,然后给"人道毁灭"。唉唉,流浪的老母鸡啊!

　　文医生坐上联合航空公司的波音客机,飞回香港,据她说,在香港的表嫂家待几天,就回家和老伴团圆去。我如释重负,这年来,不但马丁夫妇,连带我也一再被牵入,不胜其烦,但愿从此,他们各各像童话那个美妙的结尾一般:过上幸福的日子。对各人行事,无论文医生、小琳还是马丁,你都难以断然说出谁对谁错来。每个人都按命定的轨道过活,或平行,或重合,或相对,彼此相涉或不相涉,如此而已。

　　文医生回去后一个月,马丁家却发生了大事。事件的起因却小到不可思议:那天是星期天,马丁的休息日。说好带上海海,到州政府所在地沙加缅度去看一年一度的农业展览,图的是那里的儿童游乐场,花样繁多。出门前,却为了海海该穿牛仔夹克还是花裙子,两口子起了争端。马丁的心情甚佳,本来对此无所谓,男人,哪会在衣着上过分挑剔呢!他就摊开手,说:"好了,我的女王,随你吧!"不料这句玩笑,使小琳神经质地暴跳起来,指着马丁破口大骂:"谁是他妈的女王啦?你逼走我妈,还要怎么样?"马丁惊呆了,天晓得这个平时不爱说话,遇事拿不了主意的密实女人,怎么储存了这么多怨恨?他坐进汽车里,等小琳发过火,气平了,再出发。不料,小琳动了真的,要把马丁拉出来,说个一清二楚,一副"新账老账一起算"的架势。马丁给拽出来时,肩撞在车门上,很疼,便也动了气,回骂不算,还推了小琳一下。那一推,也没用全力,不料小琳摔在车库的墙角上,头破了,血流出来。坐在婴儿椅上的海海给吓得哇哇大哭。马丁着了慌,跑回屋内寻纱布和绷带。趁这空隙,小琳捂着鲜血淋漓的头部,跑到前院,大叫"救命!"碰巧邻居一家在前院围着炭火炉子吃烤肉,以为发生了凶杀案,立马拨紧急电话911报警。警察在一分钟后赶到。小琳用破碎的英语,指控马丁殴打她,扬言要杀她。警察看她一头一脸的血,已信了一半。马丁有口难辩。只好乖乖地伸出手来,让警察铐上,到拘留所品尝铁窗风味。

　　马丁被控以虐妻的轻罪,法官姑念初犯,过堂时,罚款五百元,放他回家。待他开了家门,屋里静悄悄的。小琳母女不见了。细看,她们的所有衣物、用具,连同夫妻两人合开的银行存折,他送的或她从家带来的首饰,孩子的出生证,她的中国护照,都席卷而去。他打电话给几处庇护所和熟人,都说不知道。我自然是头一个被问到的。看来,一切是计划周详的。马丁给气得死去活来,向我声言,要控告小琳骗婚。反正她还没领到绿卡,如果控告成功,小琳会被移民局递解出境,好消消心头之恨。我却给他泼了冷水:"告什么告?须知虐妻罪,是你认下,在警局存案底的。这场官司,小琳一定反控你暴力伤害,法官将采信谁呢?我看你是输定了。何苦花那冤枉钱请律师?"马丁才取消了主意。

马丁找不到妻女,孤零零在家喝酒解闷。一天午间有人敲门,是信差送来一张标明"亲收"的法律信件,他打开,信是一位在唐人街开业的华人律师发出的。他才想起,岳母回去前,和小琳鬼鬼祟祟到旧金山去了一整天,原来就是为雇请这个擅长"家庭暴力"和移民离婚案子的名律师。律师在信中宣称:他所代表的客户李小琳小姐已正式控告马丁"在家庭内使用暴力",要求离婚。这回轮到马丁慌神了,他找我商量对策。我说:"哪还有办法挽救呢!同意庭外和解,解除婚约吧!"果然,马丁和小琳离了婚,马丁每月还得给小琳母女付出一千元赡养费。小琳怕马丁再来找麻烦,托律师和马丁说定,她宁愿放弃她那部分,即只要给海海的六百块,每月汇到银行一个指定的户口。交换条件是:马丁对女儿每星期一次的"周末探望权",须相应减为每三个月一次,而且不得到小琳的住处来,由她到时在指定的地点如公园、商场等处交接。总而言之,小琳不让马丁知道她母女的住处,电话号码自是保密。本来,这些私人之间的协议是不合法庭裁决的条款的,但马丁遭此打击,还缓不过气来,心灰意懒,也看在钱分上,便同意了。

事件至此,算是真正的结束。题外话有两句:一,小琳母女离开后不久,马丁收到的国际长途电话账单,前一个月达七百多元,都是他上工时,小琳和在香港的母亲通的话。出事前一天,通话45分钟。二,文医生到底没有回肇庆去,在香港兜了圈子,又回到小琳身边,天晓得她用的什么办法。这个"老母鸡"硬是了得。

一九九四年一月

以邻为壑 "壑"多深

在美国,以邻为壑,老死不相往来,历来都是"狗咬人"式的旧闻。但此"壑"到底有多深呢?一个电视节目制作人,别出心裁,不惜工本,作了一个试验,其结果呢,竟产生"人咬狗"式的新闻效力。

试验是这样的:首先,制作人在一个宁静、富裕的社区租下了一幢带前后院的独立房子,派一名中年男子住进去。这位新住客长相普通,一脸络腮胡,穿夹克牛仔裤,一看便知是蓝领。从他搬入那一刻起,电视台隐设于房子周围及内部的摄影机,就日夜运作,把发生的一切都录影。

第一天,新住客有意做出各种怪异的事,以期引起邻居的注意。他在车房里开动电锯、电钻,怪声远播。他用大锤敲门墙,噪音如雷。他在前院掘开草地,挖一深坑。他雇一辆货车,运来十多个大号铁皮油桶。半夜,他在屋内鸣枪十多响,啸声在寂静中尤为可怖。结果呢,四邻毫无动静,一片悄然、泰然。

第二天,新住客变本加厉,将外门墙都漆上血红色的油漆,教屋子呈现触目的不祥色调。他把门口的门牌号码改为"六六六"——这可是教人望而生畏的凶字,据说一直是杀人王一类的代号。他招来挖土机,把昨天手挖的土坑掘得更深更大。他在正门的台阶和通道上泼上摊摊点点的红颜料,活像人血。他再雇一辆大卡车,把另外三十多只油桶运来,堆满了车房。夜间,他在大窗户前不停地挥动大斧,仿佛在砍杀什么,窗内的灯光是暗红的,在街上可分明看到他砍杀的身影。半夜,他在屋内开枪,比昨夜开得更多。结果呢,是"外甥打灯笼——照舅(旧)"。

第三天早上,是收集垃圾的时间,他将一块染上大摊"鲜血"(其实仍是颜料)的床垫放在户外人行道上。慢跑者经过,遛狗者经过,步行者经过,都不理会,至多是稍停,投下好奇的一瞥。垃圾车来了,几位工人照办如仪,将床垫抬上车,扬长而去。夜晚,在路灯下,他在前院,把大油桶隆隆地推下土坑,再扬铲以土盖上,活像在埋葬什么。照样是斧声、电锯声、枪声。四周仍旧毫无反应,邻居依然各自待在家看电视、干家务。唯一警觉的是一条狗,走到院前煞有介事地嗅了一会儿,很快被主人喝走了。太平,麻木已极的太平。

第四天,电视台眼看施尽手段,竟无人上钓,岂但没人向警方投诉,招来警察,连好奇或不满的询问也没有,枉费心机,终于按捺不住了,便派员到邻居家访问,看他们对这怪住客到底注意了没有。邻居们都是"事不关己,高高挂起"的冷漠态度。隔壁的女士说:"我看到他在院子里大掘特掘,怕是电缆没接上吧?现在接就是费工夫哩。"说到骇人的半夜枪声,邻人们只耸耸肩,说:"听是听到了,可谁知在哪里开枪?"倒是住在对街的一位男士,观察对面窗子映出的那个挥斧头的身影好久,但只笑嘻嘻地说:"这人是有点怪,但很有趣。"邻居们对新住客的一致评语是:"看来是好人。"

电视台蓄意滋扰了五天,无功而退。主持人大叹:这是何等冷漠、自私的社区!

何止这一处呢?美国处处皆然。须知道,这位试验者五天内所有的怪异行为,都不是即兴创作,而是有所本的,那就是近年来落网的几个杀人狂的行状集大成。这些杀人狂,所收拾的人命,多则三十,少则十以上。他们事发前都住在中产阶级社区,平日都循规蹈矩,邻居称他们是"好人",虽然其中的一位,在院子中埋下十多位被害者的尸体,另一个的家中,则用电冰箱冷藏着人体器官。

一九九四年八月

遥远的邻居

八十年代初,我和家小移民美国后,起初租住同胞的"姻亲柏文"。这是由车库改建而成的违章单位,低矮且光暗,但颇合意,因其租金只每月二百来块。

六年后积够了头款,便自买了一幢,算是实现了"住者有其屋"的梦。房子位于旧金山市日落区,离太平洋不过六七个街区。开门时闻涛声浩荡,雾天更听不尽雾角呜咽,离金门公园也近。除却多雾,阳光略形欠缺外,其他如交通、安全等方面,尚称理想。另外的缺陷便是此区的住宅,均幢幢相连,与左右两屋成为紧贴的"贴邻",于美国人至为看重的"隐私权"便小有侵害。

刚搬进来时,左邻是来自阿根廷的人家。家长乃三十出头的保险经纪,倒是老实人,总板着木讷的胖脸。我和他认识之后,见面也仅是一句问候,连"今天天气哈哈哈"的敷衍也没有。他的拙于言辞常教我怀疑其推销人寿保险的能耐,怪不得没多久他就丢了饭碗。

他的妻子倒是伶俐人,在隔壁我常领教她那滴水不漏的西班牙语,其辩才在与她那脾气古怪的姐姐对垒时尤其精彩,偶尔在半夜起争端,吵得我全家辗转难眠,只好敲墙以示不满。然而我无从抗议,因为她们都不懂"阴沟流水",我又不晓西语。吵架并非无日无之,但那干瘦的老姐姐天天给你一点儿小麻烦。她是老烟枪,又不上班,其生涯除吵架外似止于吞云吐雾。在阳台抽,在浴室抽,走到哪里都把着一支"万宝路"。那些烟屁股呢,她总是巧妙地扔到两屋之间的夹缝——那是有如昔日中英之间的"九龙城寨"一般,谁也不打扫的——不是阳台与阳台之间的旮旯,便是浴室与浴室相对的天井,我曾当面教训她,她只耸耸削肩。

好在不多久,这家人便因缴不起每月一千元的房租搬走了。我在浴室外的天井扫到的烟头不下五百个。

以后呢,搬来一对年轻的白人夫妇,人是有教养的好人,但总像碍着什么,除了点头、哈罗之外,没法做深一步交往。有一回,那男主人回家,从车上扛下一支来复枪,自称是从靶场回来,这倒教我兴起和他交换电话的想头,为的是一旦有人破门入室行劫,请他拔枪相助。但总嫌突兀,没有开口。

不久后,终于有了打交道的机会。起因是他们养的一只黑兔子。这只宠物不知何时学会钻木围墙的空子,溜进我家后院,恣意践踏,好端端的菜地、花盆给它蹭了一个个洞。由此,我才悟出何以邻居偌大后院不栽花种草,任其荒凉。此事着实教人为难,总不能要人家把兔子拴住吧?只好用木板将漏洞一一堵上。然而狡兔三窟,它总能另找空隙,偷越边境。我只好难为情地向邻居诉苦,他们倒爽快,道歉之后保证把兔子管束好。不几天,兔子失了踪,原来主人既不想我为难,又不忍宠物受囚,便将它交给亲戚代养。再不久,一辆大型搬家货车停在门前,他们轻淡地与我握别,搬到辛辛那提州去了。

说到右邻呢,头几年的是一家墨西哥人,主人是公车司机,其贤内助十分臃肿,却生了两个如花似玉的女儿,拉丁民族之善于及时行乐早已著名于世,何况家有如许美姝。

于是平日常有小规模的嘉年华会,周末的"派对"上,嘭嘭的音乐,穿墙而来,踢踢达达的舞步,响过半宿。中途赶来的小伙子,兴冲冲间看错门牌,到我家门前大按其铃,隔门一看,还以为是上门收规费勒索的拉丁帮派,几乎拨"911"报警。

有一回,时未黄昏,右邻的后院聚集了十多位年轻人。录音机放着婚礼进行曲,他们一对对步下木梯,牵手翩翩而舞。女的一个个娇艳可人,司机的千金也在其中,神情最为矜持。

我看得发了呆,隔着围墙打听,公车司机十分得意地告诉我:"大女儿行将出阁,现在排练结婚仪式。"说起准女婿,他眉飞色舞,说他为了追求自己的女儿,头一次约会就花了五百元,那结婚钻戒更是若干克拉云。我笑说:拉丁男士素来多情,当年的西班牙,青年小伙频患伤风,皆因在姑娘卧室的窗外彻夜唱情歌,老是挨冻着凉。司机呵呵笑了,指着舞着的后辈说:"如今不必了,有钱便成。"

那一回虽然聊得蛮投机,他却始终没邀请我去参加婚礼。可见不单我辈,他们也颇为"严夷夏之大防"。

一个星期以后,司机的家中宾客如云,花车也来了,又唱又跳,音乐震墙,闹了一整夜。次晨我向司机道喜,祝他升级为"泰山",他摆摆手,神秘地说:"早着呢!昨晚只是订婚仪式。正式婚礼何止这个规模,热闹多了。"我听了,头皮顿时发麻。

好在,等不到那个"热闹多了"的婚礼开锣,他们就买到房子,搬走了。顿时耳根清净得有点无从适应。

随后搬进一户阿拉伯人,照例是冷漠,照例是不相往来。但也有不得不往来的时候。因为我家后院有一个约二十平方英尺的鱼池,养了数十尾金鱼,睡莲摇曳其上,我们都爱它。池边围上了篱笆,一防猫儿偷腥,二策安全。那阿拉伯人家有两个男孩,才八九岁,天天在后院玩球,球不时飞到我家这边来。于是发生了多次越界事件——孩子爬过围墙到这边捡球。有时球掉进池中,他们就攀在篱笆上,探身到池水上去,那情景是很惊心动魄的,万一在探前时身体失去平衡,人便会掉进水池,说不定出人命。为此,我郑重地向阿拉伯人说明。这位三十来岁的杂货店伙计兼地毯工听得浑身不自在,忙不迭地声明:"请放心,我的孩子不会再在后院玩球了。"这分明是敷衍之辞。我便说:"玩球是不妨的,但不要让他们爬围墙,叫他们来按门铃,我们代捡球好了。"

第二天午间,我在家看书,门铃骤响,下楼开门一看,是邻居的孩子,一副无所畏惧的模样,他们要我兑现诺言来了。我自然照办,到后院拾起球,抛回给他们。

孩子们玩球玩得兴起,球自然频频脱轨,落到我的领土上。他们每隔十来分钟便按一次门铃,一次比一次凌厉,我无端成了义务拾球员。我终于发了火,把孩子教训了一顿。以后呢,门铃照旧,我安坐不动。一天下来,我家后院的草地上、水池里,至少落下五六个球,我一次掷回去了事。

"皮球事件"之后,阿拉伯人对我似有了成见,见了面便扭过头去,我便连一声"哈罗"也省下了。

除了这些不见诸经传的小事,我和邻居倒也和平共处,并无大的纠纷。比起国内因人烟稠密,生存空间太狭而引致的邻里摩擦来,这种距离也非坏事。

即使在美国,也不是没有亲近的邻居。我初来时,住在旧金山利治文区,左邻是同乡,主妇七十多岁了,面善心慈,从广东乡间随夫来此,四十年间养大了七个不懂中国话的儿女。那时我天天早上在后院见到她,她总在菜畦间忙碌着,不是拿水管浇水,就是松土剥叶除虫。她爱一边莳弄一边和我闲聊,末了便摘下一把水嫩的芥菜或者枸杞送我,那成色比唐人街菜店的好多了。她又爱种花,菊啊玫瑰啊兰啊绕着院子栽了一圈。我这边呢,惭愧,一地荒芜的杂草。这倒激起老人家"人溺己溺"的慈悲来,有一天她起个大早,悄悄将锄头伸过篱笆,在我家这边栽上一行金线菊。我一见那平白而现的金黄花丛,又惊又喜,她在那边抬起头,一脸是菊瓣似的笑意。

去年中秋节,我和妻子不期然地忆念这位热心肠的乡亲,便提着一盒月饼前去作不速之客。在她家门前按了好一阵铃,屋内寂然,只好告退。因没有电话号码,也就无从联络。这唯一一家亲近的邻居,便与别家一般遥远了。

一九九三年三月

土洋骗子速写(二则)

一、土骗子

我和他坐在老陈家的客厅里。

他是中年人,中等个子,腰背微驼,对这不直的腰背具有高度的自觉,不时勉力挺直,坐在沙发上,把瘦骨嶙峋的腰往后倒,反而显出不安泰来。颧骨很高,使脸色显得苍白,一如月光洒下峡谷,在高山的映照下,光便阴森起来。好在他笑起来很害羞似的,露出两个桀骜的门牙,又竭力抿住。别看他神态像见惯了的、还没有"得意"起来的"博士后",一说起话来,就全然不同。

他和我对面坐着,却把头倾向我,以表现异乎寻常的近乎。"我离开这些年嘛,混得还可以。在科罗拉多的杜宾公司挂了个总经理的名衔。管的什么?哦,是商业信贷那一类,懂不懂?这里头术语是多了些,我尽量简明地解释一下吧!"他挪了挪位置,下意识似的把领带摆正,这阵子我才看清楚,他的西装是意大利名牌,深红领带衬着柳条衬衫,哟,一副总经理的行头哪!真耶假耶?他仿佛看透了我的内心,往口袋里掏出考究的钱包,打开,找了一会儿,合上了,耸了耸肩,说:"糟!没带名片来,这次我摆脱了公务,纯为度假而来,把这劳什子忘了。我的公司是跟联邦商业部直接挂钩的,我们的任务是审查和管理陷于破产边缘的大企业——注意喽,小的我们可不管,没那个工夫。我手中的'抢救'名单上排得上名次的,都是雇员上千,负债过亿元,不救活会影响一个地区整个经济的庞然大物。怎么个抢救法?我带一批人马,开到那个企业去,驻扎下来,先摸底。我手下有六个部门:法律、信贷、企管、会计、税务、工程，头头都是博士，清一色的洋鬼子，没有几把刷子可镇不住哩。老实话，在下才是个法学硕士，学位还是在旧金山州立大学拿的——（老陈是招待他的东道，正忙着在客厅另一侧为客人架临时床铺，没有加入谈话）老陈，你记得那次你送我到州大去报名吗？就那一回让我混了个学位。（老陈没回答，轻轻摇摇头，不知他意思是'记不得'，还是'没有那回事'）"他倒不介意，滔滔地说下去："我是总其成，领导全局的，洋鬼子没那个本领，不听我的不行。我带队到企业去，参加会议，清查账目，找出症结来，再综合各个科的资料，拟订治理的一揽子方案。企业原来的领导层，要是可用，就留；要不就统统收拾铺盖滚他妈的，由我们来接手。抢救方案由我上报联邦商业部，批准了，就拿到联邦贷款，哦，那都是大数目，有了钱，起死回生的手术就可以开始了。"

恰好，他那娇小玲珑的妻子走过来，坐在他身边。两口子异常缱绻地牵着手，他说："这几年，难为芸芸了，我三天两头出差，在别州一蹲就是一个月两个月，非把抢救方案弄出来脱不了身，责任重呀！和企业原来的董事会、经理层蘑菇，谈判、摊牌。我是联邦商业部的首席代表，你不晓得妈的洋鬼子多会说话，代表企业的律师团才够刁，哪会轻易露马脚？一个会开下来，人都累塌了架，躺在大旅馆的总统套房，头痛得要死。是好是歹都给我熬过来了，全靠芸芸，常常安慰我……"说到这里，他亲了亲妻子的脸。妻子无限崇拜似的凝视着夫婿，一个劲地点头。

"今年头一季，我打了两个仗：救活了密州一个钢铁厂，商业部怕五千黑人工人失业，说要不惜代价抢救，我说好，拿钱来！头一笔贷款就是三千万。那里的工人把我当成活神仙！还使纽约一个大酒店免于清盘，重组董事局以后，算是上了轨道。我们中国人的脑瓜子，就是比老美灵，他们不服不行。酒店那个CEO，听我一点两点地数出经理层的积弊，他差点没下跪。"

"欢迎你到我的公司来做客，我派我的司机去接你。我要外出，就让秘书立刻通知我，我乘机回来。电话吗？对了，在名片上，我改天把名片寄来好了。"

我没有多少表情地默默听着，像幼时在故乡小镇的茶馆里，听一位

"讲古佬"讲"穆桂英大破天门阵",姑妄听之而已,反正我没有大企业,无那么大的"产"可"破",我要倒霉了,顶多到福利局申请点救济金,不会找他去的。何况,他的底细我不是不知道。不过几年前,他落难在旧金山,借住在一位北京老乡的公寓房间,钱没有,花名倒不少,一会儿是小许,一会儿是王强,一会儿是刘军。自称是高干子弟,父亲是老红军,当过副部级,"文革"时给斗死了。他的妹妹或者姐姐,嫁了香港新华社一位名字常常见报的高官。他那时没得混,只好在一家小餐馆送外卖。那年寒冷天,他瑟瑟缩缩地去向老陈求援,老陈请他坐了会儿咖啡馆,还送了他一件夹克。尽管"士别三日,便当刮目相看",但一个人这般飞黄腾达,总在想象之外。想到这里,站在我身边的老陈和我交换了一个意味深长的眼色。

恭听过他的新式"优胜记略",当晚我给老陈打电话,求证他在加大取得"法学硕士"学位的事,老陈口气很冲地说:"硕士个屁!不错,我是送他到加大去报名,那是英语成人班。凭他那点破英语,说会问路还将就,谈判什么的,就是大笑话了。而且,连成人班他也读不长,开学不久,他就嚷穷得受不住,给餐馆送外卖去了。"

不过,我觉得"总经理"先生不失其可爱,他向我撒弥天之谎,就是纯然的"为艺术而艺术",并无功利目的。他对我作的,顶多是"实战演习"。果不其然,次日他遇到老陈的一位朋友,此公倒是斤两十足的留美化学博士,他可毫不含糊,对博士摆开架势吹!博士给唬得一愣一愣的,全信了,末了诚惶诚恐地要求和他交换名片,好建立伙伴关系,通过他揩揩联邦商业部的油云。"总经理"爱理不理,直到博士到川扬菜馆请了客,他勉强答应回去"吩咐秘书办一办"。

也不知后来办了没?

一九九五年十月

二、洋骗子

午后三点，"来利"快餐店内空落落的，加热台上的各种菜式都显出过了时的暗淡色泽，热气无聊地在价目牌上缭绕着。老板老张坐在角落的桌子旁，愁容满面地大抽其烟。

蓦地，大门开了，踱进来一位神清气朗的年轻绅士，老张眼睛一亮，忙起身招呼这难得的客人。客人却摆摆手，表示并非来用餐，而是找老板谈点事情。

老张疑惑地打量着他：金发碧眼，高鼻子，胡子刮得干净，白衬衫，灰色西装裤，要不是那对并不衬配的雪白"耐基"运动鞋，便是标准的生意人。这样的装束，使他看来像市立大学二三年级的学生。二十来岁，也是上大学的岁数。一口纯正的美式英语，举止又文雅又机警。

老张迟疑了一下，暗忖：莫不是来找工作？对不起，敝店的生意很糟，雇不起人手。他话没出口，来人已经大方地伸出手来，热情地说："我叫强尼，想必你是老板吧？我一眼就看出来。"

老张有点飘飘然，笑着点头，和他紧紧地握手，寒暄后让座。

强尼却不坐，以极其热诚的语气说："我是旧金山《观察家》报'周末生活'版的记者。"说着，往上衣口袋掏什么东西。老张晓得，是名片。谈生意少不得这玩意。

可是强尼什么也没掏出来，只尴尬地说："对不起，名片用光了。"又沉着地说："我们这个版面，每星期推荐一家本市餐馆，还撰文加以详细介绍，并打上'星级'。我路过这里，觉得贵店的装潢富于东方情调，菜单也读过，可算物美价廉，我当下决定，下星期把贵店推上版面，不知阁下喜欢不喜欢？"

老张顿时眉飞色舞，赶快进厨房端来一杯咖啡，恭谨地点头，连说："再好不过，谢谢贵报的关照。"

老张这店子开张一个月，生意一直上不去，正在犯愁呢！他刚才还思量到哪家报纸登登广告，想不到这小子把免费广告送上门。须知在《观察家》报登广告，要花几千元。这家全市首屈一指的媒体，只消在它的"美食家"专栏露露脸，让食评家打上三颗星，以后，午餐看门口的长龙好了。嘻，怪不得相命专家说今年我虽有困厄，但定有贵人相助，却不知贵人是"非我族类"。

老张深知机不可失，对小伙子竭尽殷勤之能事。强尼却大模大样起来，侃侃而谈："我在报社只是见习记者，版面的负责人是雷·兰道先生——你读过他的食评专栏吧？他是我的好朋友，对我可是言听计从。介绍贵店的报道，还是由我来写。我先要作作品尝，你呢，请给我作作解释，我对中菜还是外行。"

老张说，一定一定。转身快步走进厨房，吩咐头厨，马上刷锅生火，炮制几种最拿手的菜式。

少顷，热气腾腾的菜上了桌。老张降格站在旁边当侍应生，强尼大快朵颐，腮帮子鼓鼓的，喉结上下滚动。老张遵命一一介绍，先是头盘：春卷、炸排骨、炸馄饨，再是主菜：甜酸鸡丁、核桃明虾球、扬州炒饭。强尼却一门心思作牙齿运动，并不注意听，别说作笔记了。

老张皱皱眉头，心里说，什么食评家？分明饿鬼呢！再想，他连名片也没有，别说记者证了，该不是骗饭吃的吧？但不敢造次，仍旧兢兢业业地当讲解员。

二十分钟过去，强尼面前，只剩下狼藉的盘碟。好大的胃口！老张边收拾桌面边惊叹。强尼拿起餐巾抹抹嘴，最后，像所有的美国大孩子一般，要来一杯牛奶，骨碌喝光，满足地打个饱嗝，眨巴眨巴眼睛。老张看那瞳子，碧蓝得像金山湾的海水，忽然有点怜惜：唉，还是孩子嘛！强尼把皮带松了松，清清嗓子，毫不专业地称赞起来："好极了，味道好，盘饰也不错，我一定好好推荐。"说罢，有点胆怯地瞥了老张一眼，怕露了马脚。老张的微笑还在脸上。强尼起身，说："我这就给兰道先生打个电话，通通气，让他把版面留下。说不定这几天他慕名而来，你们的头厨要准备准备，喔？"老张没置可否，他已经断定，强尼是破碎家庭出来的浪荡子，在街上瞎逛，没钱买午餐，来这里打野食。

老张真想扇这"狗娘养的"一嘴巴，转念想，饭让他吃了，拆西洋镜也追不回二十来块钱，把假戏唱完算了，便把笑脸撑下去。小子煞有介事地拨电，说是打给报社的上司，贴着听筒听了几秒钟，回头对老张说："兰道先生不在，我回报社当面说好了。"挂断电话，抬头时，老张却从他眼里看到不成熟的狡猾，觉得好玩，冷冷地笑了。强尼慌起来，说声再会，溜之大吉。

老张看他的背影，消失在站着好些流浪汉的街角，摇摇头，走回店里。对侍应生说，这小子再来，便请他到地下室去，小小修理一顿，让他晓得，中国人不能老做冤大头。

一九九二年十一月

招牌之战

老张在旧金山金融区附近佃下了一家墨西哥餐馆,照例关起大门,用旧报纸贴严所有门窗,开始装修。

这店位于美臣街和爱利士街交界的拐角,门前人来人往,很是热闹,可惜是无业游民、无家可归者、妓女、毒贩之流居多,难怪原先开店的两位萨尔瓦多人不堪赔累,连交给业主的抵押金也不要,欠下半年房租之后,鞋底抹油,溜回老家去了。

老张不是不知道生意难做,但看中了它的位置,自忖凭这每月仅一千元的低廉租金,把菜式弄得"好食夹便宜",便会把一个街区之外的写字楼小姐们、售货员们引过来。为此,自然要费心装上一个引人注目的招牌。

这店原本已有一块大招牌了,高约八英尺,宽约三英尺,在建筑物的二楼之外,取四十五度角,几乎在十字街口任何一条街上都能看到,只要换上新主人起的新名字:"利来餐馆",也就算得上威风八面了,自然,得加上一些醒目的英文。

事情可真应得上吾人惯用的祝语:"心想事成。"

张老板正为招牌犯愁:雇人设计兼写字、绘画,少说也要五百,材料——就用玻璃板吧——也得三百,这几百磅重的庞然大物,请吊车装上去,又是几百块,用度正紧哪!

正巧,一位西装笔挺的白人进来了,向张老板递上名片:"百事可乐广告部经理。"

他慷慨地说:"招牌我们包下了,你一个铜板也不用出。招牌的面积,你占三分之二,我们占三分之一,用来做广告。"

老张喜出望外,立刻答应下来。

"百事"的经理也承诺:明天便叫广告公司的人来洽商具体事宜。

可是,次日一早,招牌不翼而飞。张老板很纳闷:莫非"百事可乐"办事神出鬼没,连夜雇吊车拆了去?若果真如此,昨天为何不明说?当下致电"百事"广告部,主其事的经理说并没有派人拆除。老张想,旧招牌不过是一个铁框子加两块玻璃板,不值一文。此处盗贼虽多,但绝没一个会开上吊车来偷这笨重的废物,权当某个吊车公司大发慈悲,免费拆了去,也就没有去报警。

"百事"派来的招牌工倒不管招牌在不在,依时驾临,与老张商量新招牌的制作,他一副成竹在胸的架势,随手拿下一张纸餐巾,画下草图,老张看了倒满意,便交给他四个墨写的柳体——"利来餐馆",请他回去依样画葫芦,怕洋人不谙中文,弄得颠三倒四,特地逐个标明了上下左右,临走时说定一周内交货,保证不误开张吉日。

当天,"百事"广告部的经理还打来电话,宣称旧招牌既失踪,那个铁框只好另做,"也不过一两千块钱,没关系,敝公司完全付得出。"言下大有一掷千金的阔气。

过了一天,又有一位高视阔步的洋绅士登门,老张一看名片,原来是"可口可乐"公司广告部的主管。

洋绅士眨眨眼,神秘兮兮地问:"阁下可知道谁把招牌拆走的吗?"

老张耸耸肩。

他说:"正是我们,我们十分乐意为阁下做一又大又堂皇的新招牌。"

老张跳了起来,嚷道:"你干什么不早说嘛!"

洋人含笑不答,显出"目无余子"的神色,他的意思是:像"可口可乐"这样雄霸全球的巨人,你居然不懂得来门下求教制作招牌的事,实在太不通世事了!

老张解释了一番,说如今"生米已煮成熟饭",只好由"百事"负责到底了。

一提起敌手,洋人就不屑地说:"他们哪里有这个资格?他们的名字上了招牌,只会玷污餐馆的名声。"

老张对这般财大气粗的公司,自然不敢开罪,便来了个折中:"这样好不好?在店向街的两面墙壁上,由你们做横额式的招牌,仍旧是店占三分之二,'可口可乐'占三分之一。"洋人虽不甘被对手占了上风,但总算有所收获,也就答应了,但对旧招牌的去向讳莫如深,算是对对手的一点报复。

餐馆新张之日,"百事"和"可口可乐"两家的招牌都悬挂起来了,论广告的面积确是只占三分之一,但招牌工略施小技,在设色、装饰上本末倒置,把"百事可乐"和"可口可乐"的广告弄得醒目得多,衬得餐馆的大宝号黯然失色。开张之后,生意一直不见佳,会看风水的人说祸根盖在招牌——白底黑字,洋人依样放大的汉字,又尽失气韵,有点儿像哀旌了。

一九九二年十一月

我的黑人朋友

按照美国习俗,不好打听他的年龄及别的私事。我揣测他是三十岁上下。身长六尺,骨架大但很瘦削,赭黑色皮肤闪着光泽,惯常穿皱巴巴的花格子恤衫、旧牛仔裤和靴子。长相平常,只是头发颇特别,被辫成百十根精巧的小辫子,走起路来,发辫摇曳,使他增了几分原始的野性。黑人大多有一副整齐雪白牙齿,他却不然,牙不齐,一只门牙遗失了,咧嘴一笑,倒像个乡下憨厚的放牛孩子,增添几分亲切。在街上见到他,谁也以为他与一般贫穷的黑人没什么两样,有点邋遢,有点愤世,有点无所谓的迷惘:这就是吉米。

我认识吉米是在去年春天。那时我正与朋友在市场街附近合伙经营中式小快餐店,顾客多是穷人。头一回,吉米来光顾是在午后三点钟左右,那时餐期已过,店里只有两三个客人。他背着一个大学生常用的背囊,在店里逡巡了一回,定神研究了墙上的中英文菜单,足足有一刻钟,然后腼腆地向我说,用的竟是笨拙的广东话,说得很慢,很别扭,老带着R音:"唔该,俾我一元四毫九一份的,多一的炒饭,咕噜肉唔要咯,肚饿……唔该。"这时我正站在蒸汽台后担任分餐,他一说,令我大为惊奇,非但听黑人说广东话,是在美国头一遭,他那样谦卑,那样温和,像没见过世面的孩子,实在唤起我无可名状的恻隐之心。我连忙说:"当然,当然,先生。"给了他满满一盘子炒饭。他一边道谢,一边双手接过,放到角落的桌子上,回身取了一双筷子,坐下来,先是向我笑笑,便埋头大嚼,再没有抬起头来。他实在太饿了,可怜!大约五分钟,他风卷残云地把炒饭收拾了,把空碟和筷子放回专放脏碗碟的胶盆里,向我说:"好食好食。"然后坐到桌前,从背囊掏出一本厚厚的书,读起来。

这时，我产生了一种与他交谈的强烈欲望，便走进餐厅，与他通了姓名，客套了一番后，我拿起他正读看的书，原来是老式的"中英字典"，大约半个世纪前商务印书馆出版的。

我问："你正学中文吗？"

他说英语："是的，严格地说，我学的是广东话。你是广东人，对不？那好极了，当我的先生，好吗？"乍一见面就这么诚恳，我真佩服美国人的热情如火。不管我答应不答应，他拿出另一本注上粤音的中英字典，要我校正他的发音。于是乎"唔好"、"走啦"、"得闲"、"几多"之类说了一通。旁边的客人还以为我们合唱一首异国的谣曲。

美国人能说流利国语的，可找到好几个，至于说广东话的，则仍未见到，看我眼前这位"学生"，跟着我，呷着厚嘴唇，翻动舌头，"别"着连中国的北方人也视为畏途的广东话，真替他着急呢！

我说："朋友，不要学广东话了，一来它不是正式的书面语言，二来，对外国人实在太难太难，比如说你，我就听不太懂你的广东话，你不介意我的坦率吧？"

他不以为然地说："你说得有道理。但是，在旧金山，大多数中国人说的是广东话，是不是？我说不了广东话，怎么和他们交谈呢？至于难嘛，正因为难我才爱上它，轻而易举地被征服的东西，像我刚才那一盘子炒饭，有什么意思呢？我就爱这点挑战性。"说着，他的脸更靠近我，一副小孩子的顽皮相，"在学校里，只有我一个人说广东话，我一开口，姑娘们就张大嘴巴称奇，看够多威风！"我呢，觉得他的好胜心颇近幼稚，然而也暗自钦服。

从此，我和吉米成了朋友。几乎每天下午三四点钟，他都到店里来，仍旧是一元四角九的炒饭，"唔要咕噜肉"。饭后便翻开字典或汉语读本请我讲解，有时递上一张纸片，上面有些汉字，或短句，说是在唐人街的招牌或招贴上抄来的，逐字求教。他的书法只是"麻麻哋"而已，字体往往张冠李戴，缺胳膊少腿的，但是他进步很快，一个月后，他见上我，不但能以"你好吧？""今天好生意？"作寒暄，而且能写上好些句子让我批改了，比如："我中意呢件恤衫十分"、"你想去公园星期日吗？"不大通顺,但也表达了意思。令我惊讶的是,汉字他不写则已,一写必是繁体字。我在中国大陆生活了多年,习惯了简体字,吉米对这些"SHORT-CUT"简直是深痛恶绝,连提也不愿提。他自己也身体力行,不但知道"阑"与"关"、"娇"和"桥"的不同,还明白"郁"的古体是"鬱"。仿佛越是难记,越是繁复的字,他记得越准确。我大惑不解地问:"你是怎么学到这些难字的?"他得意地拍拍手头破旧不堪的字典,说:"就凭这个。"从闲谈中我还知道,他正在一个研究院里上学,主科是数学。课后做半工。除了广东话以外,他还在学习两种非洲语言:班图语和希斯特拉语。我的天!难道他不用睡觉吗?

有一个午后,街上正淅沥淅沥地下着雨,店里没有客人,我真盼望吉米,他来聊聊天多好。果然他来了,黑色夹克淋湿了,他毫不在意,匆匆吃过炒饭又要我讲课。他带来的是新从唐人街书店买的"唐诗英译"。他翻开书,那是李白的七绝《赠汪伦》。说来惭愧,我这点英文程度,平时说话尚且勉强,对着博大精深、气象万千的唐诗,只有出冷汗的份儿,于是只教他念了几遍,再把意思简述出来,奥微之处,只好从略。对这首诗,他的悟性特别好。他用力握着我的手,感动地说:"伟大啊,中国文化!"他站起来,扫视一下四周,像台上的演说家一般,有力地挥动臂膀,说下去:

"中国的文化是地球上最古老的文化,由象形字演化而来的中国文字是地球上最复杂,也就是最伟大的文字,就凭你们的文字,就可傲视世界,因为大多数人不能弄懂你们的文字,它实在太难了。注意!难懂就是了不起的武器,千万不要弄什么简化字!"

这番伟论直弄得我目瞪口呆,我不想和他争论,也没什么好争论的。听一个外国人赞颂自己的祖国的文明,毕竟受用得很呢。

随着学习语言(应该说,他是我的一个极好的英文教师,在我教给他汉语的同时,我向他学了英语。他的英语十分文雅,绝不夹杂粗言滥语,且爱用逻辑缜密的长句子。)我们的交情也渐渐深了。也许是为了表示谢意,他常给店里送些东西,有时是一打竹筷子,有时是一个酱油瓶,有时是刀叉,我感谢之余,总想法付回钱给他,他不肯收,我便在分餐时给予特别的优待。我知道他相当穷。有一回,他愁眉苦脸地说,不知怎的弄丢了一张工资支票,面额九十五元,是周末替人清理后院的杂草垃圾的报酬。支票没了,下两个星期的房租没着落了。然后,他嗫嚅地问我能不能赊账吃一顿饭,我答应了。第二天,他便把欠账还了。我信任他。他没有钱,但他决不做无赖。

有一件事,更使我对他起了敬意。那是一个星期天,吉米领来一位白人。这汉子三十来岁,衣服褴褛,眼神呆滞,总是畏畏缩缩的。吉米出钱买了两客饭,那客便宜的炒饭归他自己,另一份二元七角的炒面归同来的人。饭后,吉米把我招过去,向我介绍他的朋友:他叫比尔,是从阿拉斯加流落至此的。早上比尔在联合广场公园向吉米讨钱,两人谈了起来,便成朋友。吉米愤慨地说:"××石油公司真是岂有此理,把比尔的家占了,比尔打官司打不赢,房子被政府派来的推土机推倒了,只好到处流浪。"比尔紧握着吉米的手,流着泪加以证实。我不知道事情的真相,只好陪着叹气。事后,我深深地自责:贫困如吉米,尚且对一个素不相识的流浪汉慷慨解囊,我为什么不也给予援手,至少,我可以给他一顿饭,不收钱。

这事过后不久,我和友人结束了快餐店的生意,我转到一家酒店做事。从此,再也见不到吉米了。我常想念他:这位勤奋而困顿的朋友,不知还在学广东话没有?他没有固定职业,有时替某公司当警卫,有时给某商店管仓库,他的老爷车常常抛锚,不要在高速公路上煞掣失灵才好……

一个晚上,我下了工,搭上巴士回家,正在车上低头读报纸,忽然,一个大汉兴冲冲地挤坐在我身边,使劲搂着我的肩膀,摇着摇着,叫道:"总算找到你了!"我一看,是吉米!大半年不见,仍是一头摇曳的小辫子,邋遢的衣着,咧嘴微笑的模样仍旧那样热情,那样诚挚。于是两人热烈地交谈起来,他告诉我,他仍在学广东话,只是再也找不到像阁下这样热心的先生,学得"麻麻哋"而已。我随手拿过他手中的书一看,是一本学朝鲜文的入门书。我说:"哟,了不起,又一门语言啦?"他得意地说:"是两门,还有越南文。丹麦语也开始了。嗨,都很有挑战性!"

我问："你何不学那些国际上更为通用的语种,例如法语、西班牙语呢？"

他满有把握地说："我母亲是法国人,不愁学不到。至于西班牙语和德语,我早就学过了。"除了佩服,我能说什么呢！

我又问："还上学吗？有了固定职业没有？"

他说："在研究院读数学,还有一年半,便可考到硕士学位了。这几个月多是打打零工,暑假时在研究院里辅导外国留学生学英语,上星期完了。恰巧我在奥克兰市找到个夜班厨子的职位,要不,下学期的学费没着落了。明天去上工。"

接着,他翻开我手中的中文报纸,指着一则香港电讯,要我讲解。看来,他的中文仍在进步,新闻标题的字认出了十之八九,大多数句子也能知道大意。

车近家门,我正要道别,他却随我一道下了车,他说他的老爷车就停在附近,他要陪我走走。于是,两人在午夜寂静的街上徘徊着,时而用广东话,时而用英语交谈着。到后来,实在太晚了,才不得不握别。最后,他问清楚我在哪里上工,什么时候放工,在哪个出口,他将在那里等我,让我教他广东话,我答允了。我走过几个街头,还见他站在原地目送我。

这以后,我再没有见过吉米,先前的约定,他也许因为要上班,没有履行。只是上个月一个假日,我驾车回家。忽然见到吉米在街上踯躅着,那正是那晚我与他分手所在。我正想停车向他打招呼,身边的妻却连说回家有急事,催我快走,我只好离开了。后来我才知道,妻并非有急事,只是害怕吉米那一头摇曳的小辫子。

一九八四年六月

附 录

刘荒田散文与比较文化学

董乃斌

一年来,陆续收到刘荒田的五本散文集——《美国红尘》系列三册(贵州人民出版社,二〇〇一.六)、《美国世故》一册(河南文艺出版社,二〇〇二.一)、《仿真洋鬼子的胡思乱想》一册(花城出版社,二〇〇二.四),随收随读,心中眼前常常晃动着这个我曾有缘结识的假洋鬼子的影子。(《美国红尘》系列的每一册都另有书名,叫做《假洋鬼子的悲欢歌哭》《假洋鬼子的想入非非》《假洋鬼子的东张西望》,所以在我心目中,早已暗自把这套书称作了"假洋鬼子"系列,再加后来意思相近的"仿真洋鬼子",这"假洋鬼子"四字怎能不深入我心?)寄书给我的出版社和荒田本人都希望我写一点评论,我的内心也接受了这一嘱托,然而,想归想,时至今日却迟迟没有动笔。若究其原因,倒不是因为无话可说,而是因为可说、想说的太多:也许是他的想入非非胡思乱想引起了我的想入非非胡思乱想,只是荒田便因此写出了一篇又一篇妙文,足够结集成好几个集子,可我虽浮想联翩却连一篇也写不出,人之智愚、才之高下由此可以概见,想想真是惭愧得很。

读了荒田的这些文章,我强烈地感到他文字功底深厚。他的语言老练泼辣,而又不乏清新活泼,尤其是在诙谐幽默之中常含机锋,很耐得咀嚼玩味。文中常常引用古语或典实,均相当妥帖浑成,显出腹笥丰实、积学渊雅;有时又一连串俗得不能再俗的方言土语(包括洋话的戏译),再巧加发挥,既让人会心一笑,更兼促人深思。总之,他之作文已达挥洒自如、意到笔随之境,是一个把中文操练得滚瓜烂熟、得心应手的写家。说起来也不奇怪,荒田原本是个诗人,诗人的一大长技是擅长摆弄语言以制造绝妙好词,诗人一旦改行来写散文,那文字的灵动和警策,便常在一般人之上。那么,也许不妨谈谈荒田散文的语言?但我想了想,没有从这里落笔。

荒田散文还有许多显而易见的特点,如文章的数量就显示他多少年如一日的勤奋和对文学的执著;如善于刻画种种人、种种人情世故,并善于因小见大,联想极为丰富,思考层层深入,分析鞭辟入里;如勇于自省,敢于自嘲,即在论世态人情时能"自觉地把自己放进去"审视解剖,因而其文往往有特殊的坦诚和亲和力;如不少篇章富于理趣,能将日常细故提升到哲理思辨;又如其文章风格的多样性,赤诚、柔情、恳挚、悲怆、冷峻、达观、锋利、反讽、讥嘲……能于抒情、叙事、析理中各适其体而色色俱佳。再若从总体而论,他的散文具有很大的信息量,他长期生活在旧金山的市民之中,属于草根阶层,又是一个用心的观察者,除了种种亲身见闻,还从广播、报纸、电视乃至网上撷取材料,其深入细致和亲切可信的程度,当然非一般宣传品或蜻蜓点水者所写的可比。以上诸点,我在读荒田散文时印象不断加深,似乎也均有深入开掘、论析的余地和价值。但我思之再三,还是放弃了。

想来想去,我觉得,要真正抓住荒田散文迥异于他人的独特之处,恐怕还得在他给自己的定位:"假洋鬼子"这四个字上做文章。

"假洋鬼子"的出处众所周知,原本是讽刺那些半吊子现代派,那些挂羊头卖狗肉或拉洋人虎皮吓唬同胞的恶棍的,不是一个好词儿。荒田借来自称,当然首先是对自己的调侃,一种自我解嘲,但据我看,同时又另有一层含意——自己出洋多年,穿洋服,住洋房,说洋话,吃洋面包,喝洋墨水,在留于故土的乡人们看来,好歹也算得上个洋鬼子了,可只有他自己心知肚明,浸透骨髓的中国人情结、中国人气味,永远也解脱不了,洗刷不掉,哪怕再住多少年,也决成不了真洋鬼子,这顶"假"或"仿真"的帽子是怎么样也难摘掉的了(恐怕主观上也并不是那么想摘掉吧)。这是从自己这方面说的,若再从真洋鬼子那面说,来自中国的移民,不管你居留了多少年,要同他们真正融为一体,要得到他们的彻底认可,那是谈何容易!如此说来,假或仿真洋鬼子,竟不但是现状,而且是远景;而且竟不是荒田一个人的命运,简直是一切离乡背井扎根异国的人几乎人人无从逃遁的宿命。不知我的理解是否对头,反正透过荒田的反复自嘲,我体味出了一种无奈,一种隐痛,一种苦涩和悲怆,要不然他哪来那么多的感慨和热泪,要用一整本书、近二十万字来宣泄他的"悲欢歌哭"?

当然,假洋鬼子在异国他乡绝不是只会长歌当哭,如果那样也就没多大出息了。他们更多的是在咬紧牙关奋斗,荒田自然也不例外;不同的是,他除了为谋生而辛苦外,还喜欢"东张西望","东张西望"之不足,则还要"想入非非",还要"胡思乱想",也就是说,他不仅用眼观察,而且用脑思考,不仅用眼用脑,而且还要动手诉诸笔墨,把他观察思考之所得传递给我们,与我们分享,同我们交流,也促进我们的反思和探讨,而归根到底,他是盼望着他的同胞无论居住在哪里,无论靠什么为生,都能活得更尊严、更自在、更快乐,更进一步,他是既盼望着中国人能在世界民族之林中立足更高更稳,也盼望着整个人类社会变得更和谐、更理性、更文明。荒田不辞劳苦地写啊写,文章的字里行间时时透露出这样的苦心。这是一种怎样的仁爱胸怀,这是一个怎样的假洋鬼子呵。

荒田散文有故事,有人物,有细节,有行云流水的文字表达,有动人心扉的情感流露,文学性是很强的,但就其深层的意蕴而言,我觉得又不妨视它们为中美文化比较研究,或干脆称之为比较文化学。荒田的兴趣主要是在形形色色的社会现象和社会心理,他所谓的"美国世故",其实便是在美国生活的真假洋鬼子们的处世态度和生活哲学。他一足立于所熟悉的中华传统文化(包括经典文化和民俗文化),一足立于今日时刻接触的美国文化(从上层文化到市井文化),对种种事象和心理作出剖析和批评,以一个中国人的眼光看美国社会和文化,又以假洋鬼子的感受反思中国社会和文化,中西文化的交流和碰撞集于其一身,所以他的许多自省自嘲,便不尽是个人的,实际上是代表着一个个大小不等的群体。

《"新乡里"和"老金山"之间》是一篇很有代表性的作品。荒田以一个过来人、一个新移民和老金山中介人的身份,讲述两种文化所导致的处世态度的不同。新移民带着旧习惯、抱着某种幻想登上新大陆，旧有的观念往往会成为他们和老金山矛盾冲突的根源。老金山们在张扬个人主义的、市场经济的法制社会待得久了，观念、作派乃至整个儿的人情世故都和小农经济和计划经济的传统有了距离，虽然在洋人眼中仍不脱"东方风味"，但在中国味更浓的新移民看来，却已变得相当陌生。荒田在文中举出五件事为例，比如老金山宁可向银行签约贷款，而不愿只凭口头协议借亲戚私人的钱；比如你尚未出国时，老金山曾经那样无私地资助（甚至可以说是供养）过你，可一旦你来到美国，本指望他们更为慷慨地解囊相助，他们却"翻脸不认人"，开始在经济上同你斤斤计较起来，总之一切要你自力更生，不再肯无条件援助了；比如三代人同住，你帮着带大了孙辈，自觉有恩于这个家，可洋气十足的年轻人并不领情；比如老金山到你家帮忙干活，口头上客气不谈报酬，你若真的让他白干，他却认为你蓄意揩油，从此关系搞僵；又比如新移民初到美国，往往拼命攒钱，拼命压缩消费，决不肯背债，这又与老金山敢于借债，有借有还，建立良好信用的做法不同。

　　五个例子，很能说明两种文化的差异。面对与故国传统迥异的美国文化，荒田以为新移民应该入乡随俗，改变观念以适应环境，他们应该抛弃依赖的习惯，改奉尊崇独立的洋教条，"你来到这个'个人本位'的国度，必须为自己负责，为你的家庭负责。……美国人情，质言之是'没人情'：夫妻俩账目分明，谁的工资支票进谁的银行户口，你交房租，我管吃饭，都在契约上列明；未成年儿女的零花钱，靠在家里洗碗、剪草乃至暑期在门外摆摊卖柠檬冰茶挣来。儿女满十八岁，自己谋生活去，自己赚钱交学费。亲友一起下馆子，除非预先说定谁做东，自动来个AA制。你借了他的钱，期限和利息都是说定了的，到时务必兑现，你要赖，他可不会在背后叽咕几句，向亲友说说你的坏话了事——去小额法庭控告你。"说得更透彻一点，便是"人家没有'拉你一把'的义务，你没有'共别人的产'的权利。"

　　这就是美国世故、美国文明，对照一下我们的传统，差异是多么明显。然而你在美国生活，你就只能墨守和遵从这种世故（当然还有许多更为硬性的法制条规和所谓游戏规则)。荒田说了,你如果连老金山这一关都过不去,还怎么可能进入美国的主流社会呢?这里就有文化的撞击和交融,对于广大的新移民来说,则是观念的改造,文化的改变。从观念的转变出发,荒田对一系列中国人习惯了的、甚至视为天经地义并尊为格言的说法,做了重新分析,参以体悟,作出许多新的有趣的引申和阐发。

如,事实上,不但在美国,也不但在欧洲和许多所谓西方国家,就是在咱们中国,这种美式世故在现代化程度较高的大都市中,不是也在日益风行吗?中国式的亲友温情在经济原则挂帅的现代生活中似乎注定要被淡化,被削弱,被压缩到很低的程度。这是不是也算是现代化的一种代价呢。当然,美国人和假洋鬼子中间也不是没有温情和无私的帮助,但荒田这里所说才是美国世故的基本面;对于新移民,把这一面强调得更鲜明突出,让他们把独立奋斗的思想准备做得更充分一些,无疑只有好处。

美国号称开放社会,尤其是性,即男人与女人的关系问题,比哪个国家都开放。这方面,有好多事儿,中国也未见得就不存在,但公开的程度却大不相同,公开的谈论,更几乎是一种忌讳。于是荒田便得天独厚了,他在美国见闻既多,又可以大大方方地付诸笔墨,所以他的几部散文集中,这类问题都占了相当分量。《假洋鬼子的想入非非》中有《接吻学"初探》《"婚姻专家"的离婚事件》《也谈"御夫四招"》《看女人》正、续篇和《痴心女子负心汉》等一组十五六篇,《美国世故》除以三十多篇特设"男人和女人"专辑外,还有《礼物单的困惑》《要宠物还是要未婚夫》《"非礼"该视否》《"非礼"该报否》等篇也涉及此问题,《"仿真洋鬼子"的胡思乱想》开篇即是《"男人的地狱"?性话题》,接下去有《从柳下惠说到性诱惑》《也说"做爱"》《爱情的标价》直到《路文思基小姐的出路》等十七篇的一组。这里有奇闻(在美国人看来也许是司空见惯)的报道,有对丑闻(如克林顿莱温斯基事件)的揶揄,但更多是对日常生活中普通男人和女人都可能遇到的关系问题和他(她)们心理状态的揭示和议论,作者既是中年男子,当然也就对这一年龄层次人的处境和感受格外清楚，不少篇写得颇有感同身受之至。

世上人口数十亿，除极个别的人，性别只有两种，可以说世界就是由男女两性组成，几千年上万年的人类历史，就是男女两性共同写成。他们相互依存，谁也离不了谁；他们共同创造，是天生也是天定的、拆也拆不开的合作伙伴。然则，他们也有矛盾，也免不了彼此间的斗争，从家庭里的小小龃龉到社会上的恩恩怨怨，再到政治上你死我活的争权夺利。人世间的矛盾多种多样，比较严重的，如阶级之间、党派之间、民族之间，宗教派别之间的矛盾，都可以弄到兵戎相见、血流漂杵的地步，可是，从理论上说，这些矛盾总还有消弭乃至最后消失的可能（虽然实际上是困难之至），而男女间的恩怨情仇，规模和量级虽比不上它们，但若论其弥散性（无处不在）、经常性（无时不在）和直到"天地合"（包括以上诸种矛盾都化解了）也不会消失的永恒性，却是任何人间矛盾所无法比拟的，因而也可以说是独一无二的。倘说世上有什么亘古不变的真理，我看这倒要算得一条。所以荒田对此作多方观察，深入体悟，反复辨析，以散文形式抒发己见并与读者交流讨论，应该说是抓住了跟普天下男男女女都有关的一个大问题，也抓住了中美文化比较的一个大题目。

从荒田散文看，中国人和美国人对待两性关系既有相同之处，也有不小差异，其相同者大抵表现了人类的共性，而差异则属于民族和地域的特征。荒田承认不同文化的现实，并不少见多怪，但同时很想为男女关系找到一种最文明最和谐的存在方式。综观他几十篇有关文章，我体会，他的方案是无论男女，首先要自尊，而自尊的要义则在于尊重别人（尤其是异性）和毋忘责任。性别、本能乃至欲望，既然人人都有，当然应予以正视，但性的问题（无论发展到何种程度）往往要涉及他人，在这里，尊重他人和承担责任就显得格外重要。而反过来，对于自己，便需要掌握分寸和有所节制，一意孤行或图一时之快，都是不可取的。如果我的概括没错，那么，荒田显然还是从个人道德角度立论的。这似乎带有清晰的中华传统文化色彩，在美国不一定行得通，就是在走向现代化的中国也未必行得通，然而，我是同意的。

当然，我想荒田和我都一样明白，在人的任何问题上，单靠道德防线是不够的,有的人就是不讲道德,甚至践踏道德,你怎么办?幸好还有法律,这可是一条硬杠杠,你过了线,就要受到制裁,要不岂不天下大乱了。中国过去法制不健全,如今正在加紧建设,当然要成为一个现代法制国家,路途不近。

　　写到这里,我想到了中美文化的一种差异。中国传统文化中,无论是性善论者抑或是性恶论者,都主张发扬或培植人性中善的一面,而消解或抑制人性中恶(过分的欲望在他们看来就是一种恶,当然何谓过分,又可有不同见解)的一面,他们都还是相信道德教化作用的,而强调自律、节制欲望,便是道德的基本要求。对于这一点,近年来批判之声颇隆,认为这是传统文化对人性的压抑,正是中国落后、不现代化的根源。我也知道这里问题复杂,尤其是有权人要老百姓克制,有钱人要穷人克制,而他们自己则为所欲为,把这种道德的虚伪和反动暴露无遗,难怪人们要否定它,与其提倡道德完善,不如高举法制的大旗。从这里我想到美国文化,美国人主张个人本位,个人自由,我听说过,好像在美国,你做什么都行,只要不触犯法律,就没有谁可以管你。如果真是这样,那么,美国似乎只有法律一条防线。这样,我就产生一系列疑问:像荒田散文中讲到的许多事,并不在法律管辖的范围之内,是否就可以听之任之了呢?作为一个文明人,除了严守法律界线之外,需要不需要自律和他律呢?作为一个文明社会,除了法制,需要不需要道德呢?在这方面,中华传统文化是否可以经改造而适用于现代化社会,因而与美国文化互补呢?这些问题我真是想不清楚,常常陷在矛盾的观点之中,荒田的文章促使我一度沉溺其中,但从他的文章,我也觅不到答案。当然,诗人、散文家荒田并没有一定要回答这些问题的义务,政治学家、社会学家或哲学家才更应该回答。我不过是作为读者和朋友,把读了荒田散文后的一些胡思乱想告诉作者,我愿意在今后继续思考和探索,也希望得到荒田以及众多同胞和真假洋鬼子的指教。

二〇〇二年春作

　　(注:作者董乃斌先生,前任中国社会科学院文学所副所长,现任上海大学文学院教授。)